Compte-Rendu

de

l'Administration du Département de la Seine

et

de la Ville de Paris,

PENDANT L'ANNÉE 1836;

Par M. le Comte de Rambuteau,

PRÉFET DE LA SEINE.

Paris,

Vinchon, Fils et Successeur de Madame Veuve Ballard,

IMPRIMEUR DE LA PRÉFECTURE DU DÉPARTEMENT DE LA SEINE;

Rue Jean-Jacques Rousseau, Nº 8.

1837.

TABLE GÉNÉRALE ET RAISONNÉE
DES MATIÈRES.

AU CONSEIL MUNICIPAL.

MESSIEURS,

Vous reconnaissiez avec moi, l'année dernière, que les devoirs de l'administrateur ont cela de commun avec ceux du chef de famille, qu'ils lui commandent, comme à ce dernier, non seulement de se rendre, à des époques déterminées, un compte exact de ses ressources et de ses charges, mais encore de se demander s'il a rempli sa mission, s'il a fait tout le bien qui dépendait de lui. C'est ce sentiment, Messieurs, qui me porte à vous entretenir aujourd'hui de nos travaux de l'année; ce que, dans l'origine, je regardais comme un devoir de vous exposer, est devenu pour moi un besoin auquel j'obéis avec empressement; pour la troisième fois, je veux jeter avec vous un regard sur le passé et sur l'avenir. L'année 1836 aura été fertile en grands résultats dus à nos communs efforts; je suis heureux et fier d'avoir à les signaler. Mais comment parler de la ville de Paris sans parler aussi des communes rurales dont les intérêts sont liés aux siens et qui sont comme ses boulevarts avancés? J'étendrai donc ce compte-rendu à tout ce qui a été entrepris, fait et projeté dans le *département de la Seine;* et comme la ville de Paris occupe presque à elle seule le tableau que j'ai à tracer, j'ai cru pouvoir l'adresser à ses conseillers.

J'ai adopté dans ce mémoire un ordre d'idées qui m'a semblé résumer l'ensemble de nos travaux d'une manière complète.

J'ai passé des personnes aux choses; l'état civil, l'état militaire, l'état politique, la perception de l'impôt qui établit les droits politiques et communaux, puis ce qui concerne d'abord le commerce et l'approvisionnement, ensuite la salubrité publique, enfin les biens communaux, les perceptions municipales, le domaine de l'état, voilà ce que j'ai cru devoir comprendre sous le titre *d'Administration générale*.

Viennent ensuite les travaux publics et les beaux-arts, l'instruction publique, les hospices et hôpitaux, les établissemens charitables, le mont-de-piété, les caisses d'épargnes et les tontines. Un résumé général du nombre et du mouvement des affaires dans les bureaux de la préfecture, terminera ce rapport et donnera l'idée du zèle de mes collaborateurs.

Lorsqu'au mois de décembre 1834, au moment où vous preniez possession de votre mandat, je vous fis connaître avec franchise la situation générale de l'administration, je signalai à votre sollicitude un grand nombre de besoins à satisfaire, d'améliorations à introduire; aujourd'hui, j'ose le dire, une grande partie des espérances que vous aviez conçues, des projets que vous aviez formés, s'est déjà réalisée. J'ai la satisfaction d'annoncer au Conseil que ses vues ont été heureusement secondées; l'état prospère des finances de la Ville et du département, l'ordre dans la comptabilité, l'administration générale vigilante, active et laborieuse, les affaires instruites avec conscience et promptitude, un zèle qui s'accroît à mesure que le travail augmente, telles sont les améliorations dont on est d'abord frappé. Grâce à vous, la population de la capitale voit à chaque pas ses besoins interrogés et satisfaits; le système des grandes communications se poursuit, les quais s'achèvent, une ceinture de routes va bientôt embrasser Paris; encore quelque temps, et Paris sera le point de départ de plusieurs lignes de chemin de fer qui vont donner au commerce une nouvelle vie et au département une prospérité croissante; la voie publique subit d'heureuses transformations, les eaux vont incessamment jaillir dans tous les quartiers et le gaz concourir par son éclat à l'embellissement et à la sûreté de nos rues; l'achèvement des égouts, les opérations de voirie compléteront l'assainissement et l'embellissement de la cité dont les rues s'élargissent, où l'air circule plus libre et plus pur; nos monumens s'achèvent et se décorent; la religion, la magistrature, la municipalité, ont une part égale aux sacrifices de la Ville et du département; les édifices que les siècles passés nous ont légués sont à la fois respectés et rajeunis; toutes les branches de l'administration offrent des progrès à signaler; l'enfance s'instruit, le travail est en honneur, les caisses d'épargnes sont là pour prouver que les idées d'ordre et de conservation se propagent de plus en plus; la vieillesse voit tous les ans de nouveaux asiles s'ouvrir pour elle, les malades des soins plus nombreux offerts à sa souffrance; les deniers du pauvre, sagement administrés, n'encouragent plus la paresse. La population s'accroît en même temps que l'indigence diminue; partout la haute sagesse du gouvernement national qui nous régit, le dévoûment au prince éclairé et courageux que la nation est fière d'avoir à sa tête, apparaissent avec éclat. Travaillons toujours de concert, Messieurs, à remplir notre tâche. Ne nous dissimulons pas qu'il nous reste beaucoup à faire et que le temps est loin encore où nous pourrons nous reposer. En persévérant dans la voie que vous avez suivie jusqu'ici, votre administration sera hautement signalée à la reconnaissance de vos concitoyens; ils verront chaque jour sur leur passage l'œuvre assidue d'une magistrature intelligente qui fonde et qui conserve, qui protége et qui établit, qui respecte le passé et qui enrichit l'avenir.

Le Pair de France, Conseiller d'Etat, Préfet de la Seine,

C^e^ DE RAMBUTEAU.

Paris, le 20 janvier 1837.

TITRE 1.

COMPTABILITÉ GÉNÉRALE.

Système financier de la ville de Paris.

Nous avons exposé, dans notre rapport du 5 février dernier, que le système de finances adopté par l'administration municipale depuis 1832, offrait les plus grandes garanties possibles d'ordre et de stabilité dans le mouvement et dans la gestion des fonds de la ville de Paris. Il en ressort en effet trois conditions essentielles : d'abord et avant tout, les services annuels sont assurés; en second lieu, les excédans de recette sont exclusivement affectés à l'accomplissement des grands projets d'utilité et d'embellissement; enfin, des ressources suffisantes restent constamment en réserve pour faire face aux besoins que des circonstances graves et inattendues pourraient faire naître.

Ce système a été scrupuleusement suivi dans l'année qui vient de s'écouler. Ses résultats ont justifié de nouveau la confiance qu'il devait inspirer. C'est une épreuve ajoutée à celle des années précédentes, qui déjà avaient répondu à notre attente. En restant dans les mêmes voies, nous avons droit de compter sur une situation toujours prospère.

Avec un budget normal, tel qu'est depuis six ans celui de la ville de Paris, aucune nouvelle dépense annuelle ne peut paraître sans devenir l'objet d'une attention spéciale, ni être admise, à moins d'une nécessité bien démontrée.

Avec des évaluations de revenus, calculées plutôt au-dessous qu'au-dessus des espérances, on ne redoute aucun mécompte dans les rentrées.

Avec un fonds de réserve de 1,200,000 fr. classé parmi les dépenses ordinaires, on peut couvrir toutes les éventualités, tous les cas imprévus se rattachant aux services courans.

Enfin, au moyen de la réserve en caisse d'une année sur l'autre, des excédans probables de recettes et des économies également probables sur l'ensemble général des crédits, on constitue une ressource toujours présente qui, jointe, au besoin, à tout ou partie du fonds de réserve de 1,200,000 fr. affecté aux dépenses imprévues ordinaires, en même temps que l'on ajournerait, s'il était nécessaire, quelques travaux neufs, pourrait s'élever à la somme de 6,000,000 fr., considérée comme suffisante pour parer à de grandes et extraordinaires éventualités.

Ces avantages, que l'administration n'a eu d'abord qu'en perspective, elle en jouit maintenant en réalité et avec une sécurité appuyée sur une expérience de plusieurs années.

En portant aujourd'hui ses regards vers le passé, elle peut voir comment elle a su profiter de la position qu'elle s'est créée.

Chaque année, à partir de 1832, les améliorations matérielles et d'intérêt général ont reçu plus d'extension. Résultats de ce système

Les dépenses du budget normal, dans lesquelles figurent en première ligne les arrérages et l'amortissement de la dette ancienne, ont été couvertes par les ressources annuelles; les grands travaux ont pu déjà recevoir, sur ce budget même, une première dotation, et tous les exercices ont laissé, lors du réglement des budgets, des bonis qui ont alimenté de nouveau le service des grands travaux. Ces bonis conservés en caisse, suivant les vues précédemment indiquées, jusqu'à ce qu'ils y aient été remplacés par les bonis des exercices subséquens, ont offert une progression qui mérite d'être rapportée.

Ils ont donné pour 1832,	994,220 f.	qui ont profité à 1834.
pour 1833,	1,816,343	qui ont profité à 1835.
pour 1834,	2,812,544	qui ont été attribués partie à 1835 et partie à 1836.
pour 1835,	4,882,958	dont une faible partie a été reportée à 1836 et tout le surplus à 1837.
Au total......	10,506,065 f.	

Ainsi, tout ce que les revenus ont produit au-delà des prévisions, toutes les économies obtenues sur les crédits ordinaires, ont tourné à l'avantage matériel de la cité par les nombreuses améliorations exécutées depuis cinq ans. Si quelques crédits, pour des services administratifs autres que les grands projets d'utilité, ont dû être imputés sur de faibles portions des bonis ci-dessus, nous pouvons dire qu'en échange il a été prélevé, pour contribuer aux améliorations nouvelles, sur le fonds de réserve de 1,200,000 fr., des sommes plus importantes qui ont encore ajouté aux ressources destinées à ces améliorations.

Budget communal de 1837.

Le budget de 1837, délibéré par le Conseil municipal dans sa session du mois de juin dernier, ne s'écarte en aucun point de la marche adoptée depuis 1832. L'évaluation des revenus y est portée avec une prudence qui autorise à croire que les produits ne peuvent manquer d'y répondre; les dépenses annuelles de cet exercice, comparées à celles de l'exercice précédent, offrent, ainsi que je l'ai exposé en détail en présentant ce budget, une différence de 20,921 fr. à l'avantage de 1837; ce qui suffit pour convaincre qu'elles restent dans la limite normale que le temps leur a tracée. Enfin, parmi ces dépenses figure un fonds de réserve de 1,200,000 f. pour les cas accidentels et imprévus. Quant aux grands travaux neufs, l'excédant total des ressources annuelles sur les dépenses obligées y a été affecté et a donné le moyen de répartir, pour des améliorations et créations nouvelles, une première dotation de 4,602,513 fr. Cette dotation s'augmentera du montant des bonis de l'exercice 1835, dont l'emploi est destiné à 1837 et qui s'élève à 4,401,623 fr. Il arrivera infailliblement encore que la majeure partie du fonds de réserve de 1,200,000 fr. sera assigné à des dépenses du même ordre, et si l'on fait entrer en ligne de compte cette ressource particulière, il s'ensuivra que le total des crédits affectés en 1837 aux grands travaux d'utilité communale s'élèvera à la somme totale de 9,604,136 fr., qui n'avait encore été atteinte dans aucune des années précédentes.

L'exercice 1836, quoique déjà avantageusement partagé sous le même rapport, n'a pu réunir que 7,268,984 fr., savoir: 1° pour dotation primitive, 4,719,069 f.; 2° bonis de 1834, 1,949,915 fr.; 3° également pour environ moitié du fonds de réserve, 600,000 fr. Ce rapprochement suffit pour établir que nous sommes toujours en progrès, puisque les grands travaux qui ne sont et ne peuvent être dotés qu'avec les excédans de recettes sur les dépenses annuelles obligées, ont reçu d'année en année des sommes successivement plus élevées.

La constance de l'administration municipale à observer les règles qu'elle s'est prescrites, n'est pas sans doute la seule cause du changement qui s'est opéré dans la situation de ses finances. L'aisance générale et l'accroissement de la population, en augmentant les recettes, ont facilité et avancé l'exécution des vastes travaux de quais, d'égouts, de distribution d'eau, de nombreux perçemens qui, par leur importance, ont en peu d'années changé déjà la face de plusieurs quartiers de Paris. Cependant, on ne peut méconnaître l'utile influence d'un ordre financier qui a sagement combiné et classé les ressources et les charges municipales, et qui, dans une sphère à la vérité moins élevée, se montre en quelque façon comme le prélude des nouvelles conceptions annoncées par le gouvernement pour la multiplication des grands travaux publics sur toute la surface de la France.

Sans chercher à établir un parallèle à l'avantage du présent, il doit être permis de faire remarquer qu'il y a loin de notre situation actuelle à celle, encore peu éloignée, où la Ville, accablée de dettes exigibles, était dans la nécessité de recourir à des emprunts. Ses revenus étaient alors cependant ce qu'ils sont aujourd'hui, leur nature et leur quotité sont restées les mêmes. Le mode d'administration a seul amené la situation de caisse que j'ai à mettre sous vos yeux :

Situation de la caisse municipale.

L'actif en caisse s'élevait, à la fin de la journée du 31 décembre, à 22,594,112 fr. 88 c., représentés, savoir :

En fonds placés au trésor	18,500,000	»
En dépôt à la Banque, y compris les arrérages et le terme de l'amortissement de la dette municipale dont le paiement a été ouvert le 1er janvier 1837, à	2,692,588	83
En effets reçus en paiement de droits d'octroi	1,321,729	»
En espèces	79,795	05
Total	22,594,112	88

La destination de ce reliquat s'établit, d'après le compte-rendu de l'exercice 1835 actuellement soumis à l'examen du Conseil municipal, de la manière suivante :

Sommes affectées à la liquidation finale des dépenses de l'exercice 1835	2,186,191	29
Sommes à répartir par supplément aux budgets de 1836 et 1837, tant pour l'acquit des restes à payer de 1834 et années antérieures, que pour de nouvelles affectations	6,460,542	76
Sommes en dépôt qui n'appartiennent point à la ville de Paris	870,830	»
Fonds de l'exercice 1836 affectés au paiement des dépenses courantes, ou qui formeront un boni après sa clôture au 30 juin 1837	13,076,548	83
Total pareil	22,594,112	88

Le simple énoncé de ces résultats indique qu'à l'exception des bonis de 1835, dont la répartition s'effectue en ce moment, et des excédans de recettes de 1836 qui constitueront les bonis à répartir en 1837, et qui jusque-là doivent demeurer en réserve, tous ces fonds ont une destination réglée, qu'ils sont là prêts à faire face aux dispositions arrêtées et aux engagemens pris en conséquence, qu'aucune recette n'est oisive, mais qu'en même temps aucune obligation contractée ne peut manquer de moyens pour être soldée. On y trouve en peu de lignes le bilan net et clair de la ville de Paris, et l'explication du crédit dont elle jouit à juste titre.

Le dépôt au trésor de la portion des fonds attribués à des services qui ne sont pas entièrement liquidés et des excédans ou boni réservés d'une année sur l'autre comme nous l'avons précédemment expliqué, est devenu la source d'un revenu considérable qui se place utilement dans les recettes annuelles, et qui s'est élevé pour 1836 à près de 540,000 fr. Son importance, qui provient en majeure partie du mode suivi dans la formation des budgets, justifie doublement les avantages d'un système de finance qui constitue par prévoyance une réserve nécessaire et qui la fait concourir elle-même à créer les moyens de la réaliser.

J'aurais pu indiquer la situation de la caisse municipale aussi exactement à la date du présent rapport qu'à la fin de l'année 1836, parce que les écritures de cette caisse, ainsi que celles de mes bureaux de comptabilité, sont dans un ordre tel qu'il est permis jour par jour d'établir le contrôle réciproque de la caisse et de l'administration. Le procès-verbal de vérification de la caisse municipale, dressé le 31 décembre par MM. Lahure, membre du Conseil municipal, et Locquet, maire du 9e arrondissement, commissaires délégués à cet effet, constate que les écritures du contrôle et celles de la caisse présentaient exactement les mêmes résultats, et ne laissaient rien à désirer; sous ce rapport nous sommes arrivés au dégré de régularité le plus avancé. Je ne pense pas qu'il y ait nulle part une caisse mieux tenue, ni un contrôle plus ponctuellement exercé.

Avancement dans la liquidation des dépenses.

Il ne sera pas sans intérêt de faire apercevoir qu'en 1836 il a été fait des efforts qui n'ont pas été sans succès, pour obtenir le plus de célérité possible dans la liquidation et le paiement des dépenses municipales. Je sens combien l'administration est intéressée sous tous les rapports, non seulement à remplir avec fidélité ses engagemens, mais encore à devancer, s'il est possible, le moment de sa libération et à presser, autant qu'il dépend d'elle, le réglement et le paiement de ses entrepreneurs et de ses fournisseurs. L'année dernière, au 30 juin, époque de la clôture de 1834, les sommes reportées de droit de 1834 à 1835 pour l'acquittement des dépenses consommées au 31 décembre précédent, et qui n'étaient pas encore liquidées, montaient à 3,814,480 fr. Au 30 juin dernier les reports de droit de 1835 à 1836 ne se sont élevés qu'à 2,186,191 fr. Le zèle apporté à la plus prompte expédition des liquidations les avait par conséquent avancées au 30 juin dernier dans la proportion de plus de deux cinquièmes du reliquat. Il eût été bien désirable de voir la liquidation des exercices achevée, à l'exception des affaires litigieuses, au terme fixé pour leur clôture ; j'aurais pu l'espérer sous l'empire des réglemens qui avaient accordé une année entière pour l'apurement des engagemens pris pendant l'année précédente; mais depuis que le délai de liquidation est restreint à six mois, il n'est plus possible de penser que dans un si court intervalle tous les décomptes puissent être apurés, et maintenant je ne puis tenter que d'abaisser le plus possible le chiffre des sommes dues et non payés à la clôture de chaque exercice. Je crois avoir beaucoup obtenu en le ramenant cette année, comme je viens de l'énoncer, à 2,186,000 fr.

Présentation simultanée des comptes communaux.

La régularité dans la formation et la présentation des comptes n'a pas été à mes yeux un objet de moindre intérêt que l'avancement de la liquidation des dépenses. J'ai voulu, dès mon entrée dans l'administration, que toutes les comptabilités qui se rattachent à celle du budget de la Ville fussent concentrés à la préfecture pour être simultanément soumises au Conseil municipal avec le compte général dont elles ne forment que des subdivisions; toutes les recettes, toutes les dépenses mises en présence, se contrôlent de la sorte, et se justifient l'une par l'autre; tous les faits se déroulent ainsi parallèlement, et l'examen peut les atteindre et les comparer sans lacune. Les résultats que j'ai déjà obtenus à cet égard sont considérables. Cette année le compte d'administration de 1835 a éte accompagné de tous les comptes des produits municipaux, et de la totalité des comptes des administrations particulières placées sous ma surveillance. Si quelques-uns, comme ceux des bureaux de bienfaisance, par exemple, ont laissé encore à désirer, il suffira de quelque temps encore pour les rendre uniformes et plus satisfaisans. C'était une œuvre de patience que de réunir et d'amener à point, à une époque précise, tant de comptabilités diverses et si considérables, et j'espère pouvoir bientôt me féliciter d'y avoir complétement réussi.

Inspection des caisses.

J'ai trouvé sous ce rapport un grand secours dans la coopération de l'inspecteur des caisses. Cet agent, dont la création ne remonte qu'à la fin de 1833, et dont la mission a principalement pour objet de constater la situation des divers comptables de la ville de Paris, a été accessoirement chargé de faire établir leurs écritures, autant que possible, sur un mode uniforme, de manière à préparer le rapprochement des parties de comptabilité qui se lient entre elles. Sa présence concourt par conséquent au progrès de la mesure de centralisation des comptes, que j'ai à cœur de rendre aussi facile que je la trouve avantageuse. Dans le cours de l'année 1836, il n'est pas une seule caisse communale qui n'ait été inspectée, et c'est avec satisfaction que je puis annoncer que sur soixante-dix-neuf comptables aucun n'a été trouvé en défaut. Le résultat de cette inspection, indépendamment de son effet moral, a été de produire des améliorations utiles de détails, et d'obliger les comptables à tenir leurs écritures constamment à jour sur toutes les parties. La caisse des tontines, placée sous la surveillance de l'autorité municipale, n'avait pas encore été vérifiée; elle a été ajoutée cette année à la nomenclature de celles qui doivent être arrêtées au moins une fois l'an. La première vérification qui vient d'en être opérée n'a signalé que des irrégularités de pure forme, qu'il aura suffi sans doute de faire remarquer pour qu'elles ne se reproduisent plus.

Situation approximative de l'exercice 1836.

L'année 1836 offrira, comme l'année précédente, un boni qui ne saurait être constaté, quant à présent, avec précision, mais qui peut être indiqué sans crainte de commettre d'erreur sensible. Le produit des droits d'octroi a été clos le 31 décembre à 29,553,056 fr., et, quant aux autres branches de recettes, la balance établie à l'époque du 30 novembre, à laquelle nous joindrons le rappel des produits du mois de décembre 1835, offrira provisoirement un aperçu digne de confiance. Voici, d'après ces données, les résultats obtenus pour 1836.

Les revenus de la ville de Paris sont évalués dans leur ensemble au budget de 1836, à		42,058,503 »
Les droits d'octroi ont donné, comme nous venons de l'énoncer	29,553,056 »	
Les diverses branches de revenus autres que celle de l'octroi, ont produit pendant les onze premiers mois de 1836	13,812,785 »	35,034,959 »
Celles-ci avaient donné en décembre 1835 une somme de 1,669,118 fr. à laquelle nous évaluerons par approximation les produits du mois de décembre 1836, ci	1,669,118 »	
Le montant des produits dépasserait ainsi les évaluations du budget, de		2,976,456 »

Cette dernière somme n'ayant reçu aucune affectation, constituera en premier ordre le boni de l'exercice 1836.

Quant aux dépenses, comme elles ont été rigoureusement maintenues dans la limite de crédits qui se balançaient avec le montant des évaluations de recettes, elles ne donneront certainement lieu à aucun excédant. Il est cependant un article de dépense qui forme exception à la règle, c'est celui du dixième de l'octroi à verser au trésor royal. Les produits de l'octroi dépassant les évaluations de 1,870,000 f., la dépense du solde excédera proportionnellement le crédit qui y était affecté d'une somme de 187,000 fr.; mais divers autres articles offriront par-

compensation des économies et des reliquats de crédits non employés qui couvriront, et au-delà, cette différence; en sorte qu'il est permis de compter que l'année 1836 obtiendra en définitive un boni disponible qui évidemment ne sera pas au-dessous de trois millions.

La comptabilité du département de la Seine, quoique moins importante que celle de la ville de Paris, a cependant un degré d'intérêt qui lui donne une place utile dans le résumé des actes de mon administration. Comptabilité départementale.

Les dépenses départementales sont de deux espèces : les unes ordinaires, sous la dénomination de *dépenses variables*, sont obligatoires; les autres, dites extraordinaires, sont purement facultatives, dans l'intérêt spécial de la localité, et n'ont lieu qu'autant que le Conseil général en reconnaît l'utilité et juge à propos de voter l'imposition des centimes additionnels nécessaires pour les acquitter; pour les premières, les voies et moyens se composent de centimes additionnels mis à la disposition des préfets, de quelques revenus particuliers du département, et enfin d'une quote-part dans la répartition d'un fonds commun départemental prélevé sur la masse des centimes additionnels ordinaires, à l'effet d'aider ceux des départemens que l'insuffisance des ressources met dans l'impossibilité de pourvoir à toutes les dépenses obligées. Quant aux dépenses facultatives, elles ne peuvent consister qu'en centimes extraordinaires, dont le maximum fixé par la loi ne peut être dépassé qu'à la demande des Conseils généraux et en vertu de dispositions législatives spéciales.

Suivant ces principes, le Budget normal des dépenses variables devrait, par ses propres ressources et à l'aide d'une part dans la distribution du fonds commun, pouvoir faire face aux dépenses dont la nécessité est constatée par les propositions de l'administration, les votes du Conseil général et la sanction du ministre de l'intérieur; mais le département de la Seine n'a point encore joui de l'avantage de ce budget normal; chaque année les ressources que la loi lui concède de droit, jointes au secours accordé par le ministre sur le fonds commun, loin de présenter une recette capable de couvrir les divers services spécifiés par les lois, ne suffisent qu'à peine aux frais d'entretien des prisonniers et des enfans abandonnés. Dépenses variables.

La cause de cette insuffisance est due : 1° à la position toute exceptionnelle du département de la Seine, qui reçoit en même temps de tous les points de la France un nombre considérable de malfaiteurs qui peuplent ses prisons et son dépôt de mendicité, et d'enfans abandonnés dont l'entretien devrait être à la charge d'autres départemens; 2° à ce que la part de fonds commun que le ministre de l'intérieur accorde, quoique augmentée depuis quelques années par suite des réclamations de l'administration soutenues des vœux du Conseil général, n'est point encore en rapport avec les charges résultantes de cette position exceptionnelle. Toutefois le Conseil général, pour ne pas laisser en souffrance des services qui seraient abandonnés ou incomplétement dotés, s'il s'en tenait à l'emploi pur et simple des fonds mis à la disposition de l'administration, a consenti jusqu'à présent à prendre à la charge des centimes facultatifs destinés à des dépenses extraordinaires d'utilité locale, une partie des dépenses variables ordinaires, qui en certaines années s'est élevée jusqu'à 350,000 fr. Nous devons espérer que le ministre de l'intérieur, pénétré un jour de la nécessité de ne plus faire incomber au Conseil général l'obligation de fournir aux dépenses que la loi reconnaît comme charge du budget variable, élèvera au niveau des besoins les ressources annuelles de ce budget.

Dépenses extraordinaires.

Par suite du prélèvement considérable qui est fait chaque année sur le fonds des centimes facultatifs, les recettes de ce dernier budget se trouvent affaiblies au point que des améliorations indispensables n'ont pu avoir lieu qu'à l'aide d'une double sur-imposition : l'une pour les travaux de reconstruction et de restauration générale des bâtimens des prisons; l'autre pour la création et la réfection de routes dont le bon état devait si puissamment influer sur le développement des affaires commerciales et industrielles de la cité, comme sur la prospérité des communes environnant la capitale.

C'est donc au moyen d'impôts spéciaux que ces opérations importantes suivies avec persévérance ont dû leur succès. Aujourd'hui même les fonds sont assurés pour fournir aux frais de construction de la dernière prison, celle des prévenus, qui reste encore à fonder, et la loi nouvelle du 29 mai 1836 sur les chemins communaux a ouvert les moyens de compléter par des chemins de grande vicinalité le système des communications, tel que le réclamaient le commerce et les besoins de la localité.

Une grande œuvre, sur laquelle la magistrature appelait aussi les regards de l'administration, était la réfection totale du Palais-de-Justice; cette nouvelle opération exige une dépense évaluée à 4,126,000 fr.; des dispositions ont été prises par le Conseil général pour que les ressources puissent subvenir à l'importance des acquisitions et des travaux qu'il sera possible de faire année par année; la sur-imposition, qui avait été jusqu'alors nécessaire pour la restauration générale des prisons, ne devant plus continuer à partir de 1838, le Conseil général l'a reportée sur le Palais-de-Justice, et le produit à provenir de cette contribution, à laquelle viendront s'adjoindre les fonds de divers budgets intéressés à l'agrandissement des localités qui doivent servir aux différens tribunaux, pourra, dans un espace de quelques années, offrir les moyens nécessaires pour solder la dépense.

Etat financier du département.

En résumé, l'état financier du département à l'ouverture de l'exercice 1837, se trouve établi ainsi qu'il suit :

Dépenses variables comprises au budget qui leur est propre.	2,434,667 fr.	»
A reporter......	2,434,667	»

Report.......	2,434,667 fr.	»
Dépenses portées au budget des dépenses facultatives extraordinaires..	184,034	»
Dépenses facultatives et extraordinaires......................	3,256,115	»
	5,874,816	»
Dépenses extraordinaires délibérées par le Conseil général, pour des engagemens qui se continueront au-delà de 1837, tels que le Palais-de-Justice, la nouvelle maison d'arrêt, etc., et dont les voies et moyens ont été votés en même temps que les dépenses.	5,916,313	»
Total..................	11,790,129	»

Services départementaux desservis sur les fonds de l'État.

Mais en dehors des dépenses départementales proprement dites, plusieurs autres services qui sont confiés au Préfet de la Seine, demandent encore à ressortir parallèlement avec ces mêmes dépenses, auxquelles elles se lient d'une manière plus ou moins directe; ces services comprennent les travaux de ponts-et-chaussées et de navigation, les frais de justice, les dépenses du clergé, les frais d'administration des contributions directes, les frais de perceptions, les dégrèvemens et non-valeurs sur les diverses natures de contributions; ils forment l'objet d'une comptabilité particulière dont le montant s'est encore élevé pour 1836, à........ 4,379,641 fr. »

Ainsi, en rapprochant de cette dernière somme le total des ressources départementales ci-dessus........................	11,790,129	»
On trouve que les opérations relatives à la comptabilité dite départementale, offrent un ensemble de....................	16,169,770	»

TITRE 2.

ADMINISTRATION GÉNÉRALE.

CHAPITRE 1.

ÉTAT-CIVIL. — STATISTIQUE.

RECENSEMENT de la population.

Par ordonnance royale en date du 11 mai 1832, le chiffre officiel de la population de la France avait été fixé pour cinq ans à partir du 1er janvier de la même année : un nouveau recensement a donc été nécessaire en 1836 pour fournir les élémens de la fixation officielle de la population en 1837.

Ville de Paris.

Le ministre, dans la vue d'arriver à des données de plus en plus exactes, ayant décidé que ce nouveau recensement serait fait nominativement dans chaque famille, l'administration a voulu, de son côté, ajouter à l'utilité de ce dénombrement en rendant les résultats qu'il devait procurer, pour la ville de Paris, applicables aux diverses recherches qui occupent les sciences morales, politiques et économiques, et dont la connaissance de la population dans ses détails est la base principale. Tout a été conçu, préparé et dirigé dans cet esprit; ainsi, après avoir prescrit le mode à suivre pour établir des états partiels et distincts de dénombrement par arrondissemens, quartiers, rues, maisons et ménages, on s'est efforcé d'obtenir pour chaque individu les connaissances distinctes des circonstances suivantes :

Ses nom et prénoms ;

Son sexe ;

Son âge ;

Sa profession ou celle de ses père et mère ;

La condition où il se trouve placé par rapport à l'état civil ;

S'il est chef ou enfant de famille ;

S'il est à la charge d'une famille comme clerc, commis, employé, élève, apprenti, etc.;

S'il est en domesticité;

S'il est absent momentanément de la famille, soit comme enfant mis en nourrice, soit par son séjour dans un établissement destiné à l'éducation civile, militaire ou religieuse; soit par sa présence dans un hospice, un hôpital ou une prison civile, soit par un voyage ou une résidence de quelques mois à la campagne, soit comme militaire sous les drapeaux;

Si, habitant un logement garni depuis moins de six mois, il est Français ou étranger au royaume;

S'il est sourd-muet;

S'il est aveugle-né, aveugle par suite de maladie, ou par accident;

Enfin, s'il est aliéné par suite de vieillesse ou par toute autre cause.

Tous ces renseignemens ont été recueillis au moyen d'un bulletin individuel disposé de manière à ce que les colonnes destinées à faire connaître celles des circonstances ci-dessus relatives à chaque individu puissent servir, soit à faire de suite consigner leur contenu dans les états, soit à être détachées de la souche et à devenir elles-mêmes de nouveaux bulletins qu'on puisse coordonner suivant les différentes classifications exigées par la rédaction des états, sans avoir besoin de procéder par relevés qui auraient nécessité beaucoup de temps et beaucoup de monde; d'ailleurs, des moyens mécaniques de cette espèce, destinés à abréger le travail, étaient ici d'autant plus indispensables qu'il faut remarquer qu'il s'agirait de passer en revue, un à un, 900,000 individus en les répartissant dans plus de 300,000 ménages, distribués dans 28,000 maisons, situées elles-mêmes dans 1,800 rues et 48 quartiers.

La première partie de cette immense opération, celle qui concerne le recensement des habitans à leur domicile, doit, de nécessité, être faite entre deux termes de location, c'est-à-dire dans l'espace de deux mois, afin d'éviter les doubles emplois auxquels ne manqueraient pas de donner lieu les changemens de domicile; aussi cette partie, commencée après la première moitié de juillet, a été terminée vers la fin de septembre; 223 employés temporaires y ont coopéré sous la direction et la surveillance de MM. les maires, savoir : des commissaires-recenseurs en nombre proportionné aux besoins de chaque arrondissement; un contrôleur par mairie, distribuant le travail aux recenseurs et recevant d'eux les pièces dont ils avaient à faire le dépôt; enfin, des vérificateurs chargés de vérifier à domicile l'exactitude des bulletins recueillis et disposés par les recenseurs.

Quant à la seconde partie, des motifs de convenances exigeaient un mode particulier de recensement.

Cette partie comprenait :

Les personnes attachées à la maison du roi et aux maisons des princes et princesses;

Les ministres, les ambassadeurs des puissances étrangères, les directeurs-généraux, les personnes attachées à leurs hôtels et à ceux des administrations publiques;

L'archevêché et les presbytères;

Les séminaires et les établissemens religieux, les pensionnats, colléges et maisons d'éducation;

Les hospices, hôpitaux civils, maisons de santé, prisons et maisons de détention; enfin, les casernes, hospices, hôpitaux, prisons, et autres établissemens militaires.

MM. les maires, dans leurs arrondissemens respectifs, ont bien voulu, soit par correspondance, soit en se transportant eux-mêmes sur les lieux, se procurer tous les renseignemens propres à faire connaître l'état de cette portion de la population.

La totalité de ces documens ayant été réunie dans les mairies vers la fin de septembre, MM. les maires les ont fait classer et coordonner par les contrôleurs, qui en ont ensuite formé, par rues et par quartiers, des états dont les résultats ont donné les tableaux de population qui m'ont été remis pour chaque arrondissement; enfin, de la réunion des douze états d'arrondissemens a été extrait et transmis au ministre de l'intérieur, pour faire partie de l'état officiel de la population de la France, le tableau général qui suit, rédigé conformément aux instructions données :

ARRONDISSEMENS.	SEXE								TOTAL GÉNÉRAL.
	MASCULIN.			TOTAL.	FÉMININ.			TOTAL.	
	Garçons.	Hommes mariés.	Veufs.		Filles.	Femmes mariées.	Veuves.		
1er.	22,234	16,269	1,578	40,081	20,854	16,566	5,257	42,677	82,758
2e.	24,694	17,051	1,643	43,388	23,956	17,524	5,424	46,904	90,292
3e.	16,531	11,173	921	28,625	14,246	11,173	3,015	28,434	57,059
4e.	15,714	9,994	888	26,596	11,254	11,786	2,487	23,527	50,123
5e.	24,525	16,344	1,540	42,409	19,010	16,338	4,477	39,825	82,234
6e.	28,122	18,774	1,617	48,513	21,805	18,907	4,883	45,595	94,108
7e.	21,290	13,912	1,268	36,470	14,915	13,589	3,653	31,937	68,407
8e.	24,140	17,024	1,367	42,531	18,300	16,907	4,356	39,563	82,094
9e.	26,289	10,250	950	37,489	22,565	8,940	2,756	34,261	71,750
10e.	23,610	18,035	2,119	43,764	21,609	17,321	6,479	45,409	89,173
11e.	17,467	10,597	1;126	29,190	14,680	10,977	3,920	29,577	58,767
12e.	24,317	14,657	1,496	40,470	19,886	15,067	6,938	41,891	82,361
TOTAL GÉNÉRAL, garnison non comprise.	260,935	174,080	10,513	459,526	223,080	172,895	53,625	449,600	909,126

La même population, en 1831, était de 774,338 habitans; la différence entre les deux nombres est en plus, pour 1836, de 134,788; mais l'augmentation de la population est inférieure à cette différence, attendu que le mode de recensement n'a pas été le même pour les deux époques comparées : ainsi, en 1831, on n'a recensé que les personnes habitant réellement Paris; et d'après les instructions ministérielles, le recensement de 1836 a dû comprendre toutes les personnes absentes pour quelque temps d'un ménage, quelle qu'ait été la cause de cette absence momentanée : il suit de là que dans le chiffre de la population de Paris en 1836, se trouvent compris tous les enfans envoyés en nourrice à la campagne par les habitans de la ville; et de plus, près de 25,000 enfans sous la tutelle des hospices dont le domicile est à Paris, 9e arrondissement, et placés à la campagne par cette administration, soit en apprentissage, soit en nourriee.

En opérant ces défalcations, on peut évaluer que l'augmentation de la population à Paris est d'environ 100,000 habitans.

Ce premier résultat obtenu, il reste à tirer parti des autres renseignemens qui ont été recueillis et à dresser le tableau de la population par âge et par profession. Le bureau de statistique s'occupe sans relâche de cette tâche difficile et dont on peut apprécier l'étendue, en sachant qu'il faudra plus de dix mois à quatre employés pour vérifier et détacher de leur souche les 2,700,000 bulletins, qui doivent ensuite être coordonnés suivant les classifications de sexe, d'état civil, d'âges et de professions, avant de dresser les états pour lesquels ils sont destinés.

Les résultats de cet important travail feront partie des recherches statistiques publiées par les soins de l'administration.

Les instructions ministérielles prescrivant de recueillir les élémens propres à établir le chiffre de la population totale de chaque département, la mesure du dénombrement a été également appliquée aux communes des arrondissemens de Saint-Denis et de Sceaux; elle a été exécutée dans les mois de juillet, août et septembre, sous la direction de MM. les maires, soit par MM. les membres des conseils municipaux, soit par des habitans notables délégués à cet effet. Des instructions spéciales ont été données pour guider ces personnes dans leur opération, qui a été faite d'une manière uniforme au moyen de listes nominatives, où se trouvent distinguées les diverses localités, les rues et les maisons de chaque commune, et qui indiquent dans chaque ménage les nom, prénoms, sexe, âge, état civil et profession de chacune des personnes qui le composent.

Les relevés de ces listes se trouvent consignés dans l'état ci-joint qui a été transmis à M. le ministre de l'intérieur.

(*Voir* l'état ci-après.)

ARRONDISSEMENT DE SAINT-DENIS.

COMMUNES.	SEXE MASCULIN. Garçons.	Hommes mariés.	Veufs.	TOTAL.	SEXE FÉMININ. Filles.	Femmes mariées.	Veuves.	TOTAL.	TOTAL GÉNÉRA
Asnières	193	107	7	307	119	110	22	251	55
Aubervilliers	584	492	55	1,131	551	502	108	1,161	2,29
Auteuil	848	682	42	1,572	768	694	204	1,663	3,23
Bagnolet	244	279	19	542	225	278	50	553	1,09
Batignolles	3,069	2,465	221	5,755	2,667	2,538	641	5,846	11,60
Baubigny	84	74	4	162	85	74	12	171	33
Belleville	2,431	2,262	244	4,937	2,753	2,338	733	5,824	10,76
Bondy	207	144	11	362	125	147	38	310	67
Boulogne	1,379	1,347	109	2,835	1,477	1,351	353	3,181	6,01
Charonne	1,171	794	78	2,043	777	780	179	1,736	3,77
Clichy	961	715	50	1,726	1,000	715	170	1,885	3,61
Colombes	347	412	28	787	286	415	74	775	1,56
Courbevoie	641	513	46	1,200	637	527	141	1,305	2,50
Drancy	82	66	4	152	85	66	14	165	31
Dugny	158	102	12	272	131	103	28	262	53
Epinay	265	240	38	543	231	244	52	527	1,07
Gennevilliers	267	241	34	542	259	241	61	561	1,10
Ile Saint-Denis	55	43	7	105	78	45	16	139	24
La Chapelle	947	1,070	231	2,248	797	1,009	162	1,968	4,2
La Courneuve	169	126	10	305	144	121	21	286	59
La Villette	2,428	1,669	111	4,208	1,617	1,626	251	3,494	7,70
Le Bourget	169	138	17	324	139	138	19	296	62
Montmartre	1,622	1,678	234	3,554	1,420	1,549	364	3,333	6,8
Nanterre	692	565	58	1,315	599	529	159	1,287	2,60
Neuilly	1,759	1,692	169	3,620	1,913	1,692	448	4,053	7,67
Noisy-le-Sec	435	469	35	937	397	473	73	943	1,88
Pantin	507	397	32	936	522	388	71	981	1,91
Passy	1,625	1,045	102	2,772	1,528	1,066	360	2,954	5,72
Pierrefitte	215	186	23	424	153	180	37	370	79
Pré Saint-Gervais	193	177	15	385	216	170	39	425	81
Puteaux	742	595	59	1,396	605	582	129	1,316	2,71
Romainville	298	283	36	617	283	275	51	609	1,22
Saint-Denis	2,230	1,776	198	4,204	2,830	1,754	568	5,152	9,35
Saint-Ouen	265	224	10	499	215	227	45	487	98
Stains	230	210	27	473	216	201	53	470	94
Surènes	419	442	35	896	305	441	127	873	1,76
Villetaneuse	91	84	8	183	91	83	22	196	37
TOTAUX	28,026	23,804	2,419	54,249	26,244	23,672	5,892	55,808	110,05

ARRONDISSEMENT DE SCEAUX.

COMMUNES.	SEXE								TOTAL GÉNÉRAL.
	MASCULIN.				FÉMININ.				
	Garçons.	Hommes mariés.	Veufs.	TOTAL.	Filles.	Femmes mariées.	Veuves.	TOTAL.	
Antony	329	306	27	662	294	295	94	683	1,345
Arcueil	427	393	40	860	425	390	77	892	1,752
Bagneux	286	185	16	487	216	181	52	449	936
Bercy	1,895	1,391	101	3,387	1,436	1,349	273	3,058	6,445
Bonneuil	93	84	3	177	74	69	14	157	334
Bourg-la-Reine	269	230	8	507	270	238	67	575	1,082
Brie-sur-Marne	81	91	9	181	88	88	23	199	380
Champigny	351	337	30	718	337	326	86	749	1,467
Charenton-le-Pont	723	496	42	1,261	688	481	148	1,317	2,578
Charenton-St-Maurice	483	297	41	821	339	282	137	758	1,579
Châtenay	126	132	14	272	103	141	29	273	545
Châtillon	377	193	33	603	299	202	52	553	1,156
Chevilly	76	59	8	143	78	56	19	153	296
Choisy-le-Roi	750	636	62	1,448	766	616	188	1,570	3,018
Clamart	339	282	29	650	274	287	57	618	1,268
Creteil	443	333	23	799	395	354	86	815	1,614
Fontenay-aux-Roses	232	219	16	467	239	213	48	500	967
Fontenay-sous-Bois	365	333	39	737	358	329	94	781	1,518
Fresnes	105	89	4	198	102	88	27	217	415
Gentilly	4,985	1,380	118	6,483	1,287	1,403	289	2,979	9,462
Grenelle	705	640	63	1,408	641	648	130	1,419	2,827
Issy	603	395	38	1,036	551	409	115	1,075	2,111
Ivry	1,162	846	94	2,102	924	801	146	1,871	3,973
Joinville-le-Pont	170	125	11	306	140	128	35	303	609
Lhay	106	90	8	204	85	90	28	203	407
Maisons	624	259	23	906	268	267	71	606	1,512
Montreuil	757	871	59	1,687	782	880	207	1,869	3,556
Montrouge	1,550	1,291	221	3,062	1,374	1,229	361	2,964	6,026
Nogent-sur-Marne	337	329	22	688	309	343	70	812	1,500
Orly	133	132	13	278	109	134	39	282	560
Plessis-Piquet	45	45	5	95	43	45	19	107	202
Rosny	235	220	13	468	219	222	47	488	956
Rungis	47	48	2	97	45	48	7	100	197
Saint-Mandé	660	506	53	1,219	641	505	117	1,263	2,482
Saint-Maur	272	226	18	516	267	236	63	566	1,082
Sceaux	427	335	31	793	424	344	118	886	1,679
Thiais	338	184	17	539	290	193	69	552	1,091
Vanves	613	518	46	1,177	607	524	138	1,269	2,446
Vaugirard	2,627	1,871	189	4,687	1,953	1,816	442	4,211	8,898
Villejuif	438	314	35	787	459	314	96	869	1,656
Villemomble	141	136	18	295	188	141	27	356	651
Vincennes	689	628	60	1,377	1,663	691	209	763	3,040
Vitry	490	495	37	1,022	430	487	151	1,068	2,090
TOTAUX	23,904	17,967	1,739	43,610	19,670	17,863	4,565	42,098	87,708

La population réunie des deux arrondissemens de Saint-Denis et de Sceaux, garnison non comprise, s'élève à 197,765. Lors du recensement fait en 1831, elle n'était que de 159,836. Partant, différence en plus, pour l'année 1836 : 37,929 habitans.

RÉCAPITULATION

DES ÉTATS DE POPULATION DU DÉPARTEMENT DE LA SEINE.

DÉSIGNATION des ARRONDISSEMENS.	SEXE								TOTAL GÉNÉRAL.	OBSERVATION
	MASCULIN.				FÉMININ.					
	Garçons.	Hommes mariés.	Veufs.	TOTAL.	Filles.	Femmes mariées.	Veuves.	TOTAL.		
PARIS	268,933	174,080	16,513	459,526	223,080	172,895	53,625	449,600	909,126	
SAINT-DENIS	28,026	23,804	2,419	54,249	26,244	23,672	5,892	55,808	110,057	
SCEAUX	25,904	17,967	1,739	45,610	19,670	17,863	4,565	42,098	87,708	
TOTAUX	322,863	215,851	20,671	559,385	268,994	214,430	64,082	547,506	1,106,891	

CHAPITRE II.

RECRUTEMENT. — CLASSE DE 1835.

Fixation du contingent de la Seine.

Le contingent du département de la Seine, dans la répartition générale entre les départemens du royaume des 80,000 hommes appelés sur la classe de 1835, est de 1,414 hommes.

Ce contingent a été établi sur le nombre de 5,162 inscrits, moyenne proportionnelle des jeunes gens portés sur les tableaux de recensement rectifiés des dix années précédentes, 1825 à 1834.

Sous-répartition de ce contingent.

Quant à la sous-répartition du même contingent entre les arrondissemens de Paris et les cantons ruraux, elle a eu lieu proportionnellement au nombre des jeunes gens compris sur les listes de tirage de chaque canton pour la classe appelée.

Ce nouveau mode, appliqué par la loi du 5 juillet 1836 à la classe de 1835, a fait cesser les inégalités fâcheuses qui résultaient pour quelques cantons de l'ancien mode de sous-répartition d'après la moyenne proportionnelle des inscrits d'un certain nombre d'années immédiatement antérieures à celle de la classe.

La mesure avait été proposée au roi par le ministre de la guerre, sur l'avis favorable émis à ce sujet par la majorité des préfets, avis que le préfet de la Seine partageait, pour les motifs énoncés dans son rapport présenté au Conseil municipal le 27 septembre 1834.

Modification du sysème actuel de répartition du contingent général.

L'adoption d'un semblable mode pour la répartition du contingent général entre tous les départemens ayant été réclamée par quelques-uns auxquels le mode actuel faisait éprouver chaque année une surcharge considérable, le ministre de la guerre a désiré connaître à cet égard l'opinion de tous les préfets.

De nombreuses questions ont été adressées en conséquence à chacun dans le courant de juillet 1836, tant sur l'opportunité du nouveau mode réclamé par des préfets, que sur les avantages qui pourraient résulter des deux modes différens présentés, dans la session de 1836, à la chambre des députés et à la chambre des pairs.

Les réponses du préfet de la Seine et les observations à l'appui étaient entièrement favorables au mode de répartition du contingent général, d'après le nombre total des jeunes gens inscrits sur les listes de chacun des départemens pour la classe appelée.

Les inégalités fâcheuses éprouvées jusqu'alors par le département de la Seine n'avaient pas été, il est vrai, aussi considérables, à beaucoup près, que celles dont plusieurs autres départemens étaient grevés; mais elles pouvaient le devenir par la suite, et d'ailleurs, le principe de justice distributive semblait faire un devoir de se prononcer en faveur du mode qui paraissait le plus juste, et qui dès-lors paraissait aussi devoir être adopté.

Nombre des inscrits maintenus définitivement sur les tableaux de recensement.

Le nombre des jeunes gens maintenus définitivement sur les tableaux de recensement de la classe de 1835, rectifiés par le conseil de révision, étant de 5,552, il y a bonification de 390 inscrits dans la répartition générale pour le département de la Seine, son contingent n'ayant été établi, comme il est dit ci-dessus, que sur une moyenne proportionnelle de 5,162 inscrits.

L'augmentation qui a eu lieu progressivement dans le nombre de ses inscrits depuis la classe de 1832, se trouve ainsi en rapport avec celle de la population générale de Paris et des communes de la banlieue.

Composition du contingent de la classe sous le rapport des qualités physiques.

La différence entre la taille moyenne des jeunes gens formant les contingens des classes de 1834 et 1835, est d'un millimètre en moins pour cette dernière, c'est-à-dire 1 mètre 657 millimètres, au lieu de 1 mètre 658 millimètres. Il n'y a donc point amélioration à cet égard dans le contingent de 1835; mais sous le rapport de la force physique et de la santé des jeunes gens, on a remarqué qu'il y avait amélioration pour plusieurs arrondissemens de Paris.

En effet, le nombre des hommes exemptés pour infirmités diverses est moindre de 22; mais celui des exemptions pour défaut de taille est plus fort de 20. Le nombre des exemptions pour ces deux causes était de 978 pour 1834; il n'est que de 976 pour 1835.

Fils d'étrangers non naturalisés.

Le nombre des jeunes gens qui, au moment de leur inscription sur les tableaux de recensement, ont réclamé la radiation comme fils d'étrangers non naturalisés Français, s'élevait à 86.

De nouvelles instructions relatives aux fils d'étrangers, dont les pères avaient demandé des certificats constatant leur non-naturalisation en France, ayant été adressées par M. le garde-des-sceaux, l'administration a pensé qu'il était convenable de faire prononcer le conseil de révision lui-même sur la position des réclamans, et tous ont en conséquence participé au tirage au sort.

Sur les 86, soixante-quatorze qui ont justifié complétement de leur extranéité ont été rayés des listes de tirage; deux y ont été maintenus, et les dix autres n'ont point fait de justification ou n'en ont présenté que d'insuffisantes, parce que leurs numéros de tirage ne se trouvaient point atteints pour former le contingent.

Les soins constans de l'administration pour améliorer l'instruction de la classe ouvrière, partie si essentielle de la population, ont déjà obtenu, en ce qui concerne les jeunes gens de la classe de 1835, des avantages qui seront certainement encore plus marqués pour les classes subséquentes.

Degrés d'instruction des jeunes gens.

En effet, sur 5,388 jeunes gens portés aux tableaux de recensement de la classe de 1834, 4,410 seulement savaient lire et écrire; sur 5,649 inscrits de la classe de 1835, 4,615 ont le même degré d'instruction. La différence en plus est de 205, lorsque l'augmentation dans le nombre des inscrits n'est que de 261.

Esprit de la population relativement à l'opération du tirage.

Aucune manifestation de mécontentement n'a eu lieu de la part des jeunes gens à l'occasion du tirage au sort : la plupart, au contraire, parmi ceux mêmes que leurs numéros peu élevés plaçaient nécessairement dans le contingent, se livraient comme de coutume à une gaîté réelle, que la jeunesse de Paris montre presque exclusivement dans cette circonstance, et qui la distingue encore jusque sur les champs de bataille.

Le tirage au sort s'est fait avec le même soin et la même régularité que pour les classes précédentes. Il en a été ainsi de toutes les autres opérations de l'appel.

CHAPITRE III.

GARDE NATIONALE.

On sait qu'il a été présenté aux chambres, pendant la session dernière, un projet de loi qui apporterait des modifications essentielles aux dispositions qui régissent actuellement le service de la garde nationale dans le département de la Seine. En attendant que les chambres aient statué sur ce projet, j'ai dû continuer à régler le mieux possible l'emploi des fonds affectés à ce service, et chercher à y introduire toutes les améliorations qu'il pourrait réclamer. Une somme de 829,849 fr. est consacrée chaque année aux dépenses du personnel et du matériel de la garde nationale de la Seine; mais il n'est pas, j'ose le dire, de crédit dont la nécessité soit mieux justifiée. Le Conseil municipal de Paris a bien voulu augmenter le traitement des adjudans-majors : il a ainsi récompensé le zèle d'officiers actifs, intelligens, qui, dans les circonstances antérieures, ont donné des preuves de courage, et qui maintenant se signalent encore par leur dévoûment à remplir de pénibles fonctions.

Armement.

Une mesure d'une haute importance est celle qui a pour objet l'entretien de l'armement de la garde nationale de Paris.

Depuis 1830, cinquante mille fusils environ, et trente mille sabres, ont été confiés par le gouvernement aux douzes légions de Paris. Cet armement, dont la Ville reste responsable, représente une valeur de près de deux millions.

Quelques fonds étaient bien employés, chaque année, pour l'entretien de ce matériel; mais les réparations prescrites par MM. les maires ne portaient que sur les armes que les mutations faisaient rentrer au magasin particulier de la légion, et sur celles qu'on avait affectées au service des gardes nationaux non habillés. L'entretien du reste des armes, c'est-à-dire de cette masse considérable de fusils et de sabres que les gardes nationaux ont en dépôt à leur domicile, était entièrement laissé à la sollicitude de chaque dépositaire, et l'on comprend que ces citoyens, malgré leur zèle, avaient d'ailleurs trop d'occupation pour donner à cette partie du service toute l'attention qu'elle eût exigée.

On avait cependant tenté, dans plusieurs légions, de passer quelques inspections d'armes; on appelait dans ce but un demi-bataillon sur le terrain; mais la présence d'un si grand nombre de gardes nationaux que l'on ne pouvait retenir que quelques heures, ne permettait pas de consacrer à cette opération tout le temps nécessaire; on était obligé de procéder à la visite des armes d'une manière superficielle, sans les démonter, sans prendre l'avis d'un officier d'artillerie; et dès lors on n'obtenait que des résultats fort incomplets. La seule chose sur laquelle il ne restait malheureusement aucun doute, c'est que l'armement était en mauvais état, et que si l'on différait encore les réparations extraordinaires dont il avait besoin, les détériorations qu'il avait subies deviendraient bientôt telles, qu'il ne serait plus possible d'y porter remède.

C'est dans cette pensée qu'a été rendue, le 12 novembre 1836, une ordonnance qui prescrivait diverses mesures pour l'inspection et la réparation des armes confiées à la garde nationale de Paris.

Déjà une décision du ministre de la guerre avait attaché à l'état-major général de cette garde deux officiers d'artillerie et deux contrôleurs d'armes, avec mission spéciale de concourir à toutes les opérations qui auraient lieu pour régulariser le service de l'armement.

Toutefois l'exécution des mesures projetées présentaient d'assez graves difficultés. Pour parvenir à les résoudre, une commisson fut nommée. On y avait appelé plusieurs membres du Conseil municipal, qui sont en même temps officiers supérieurs dans les légions. Là, il a été reconnu, après un examen sérieux de la question :

1° Qu'il était indispensable que les réparations fussent faites à l'endroit même où aurait lieu la visite d'inspection, c'est-à-dire à la mairie de chaque arrondissement, afin d'éviter les déplacemens d'armes qui sont une des causes les plus actives de dégradation ;

2° Qu'à cet effet un petit atelier et un magasin d'armes devraient être disposés dans chaque mairie, qu'il suffirait que l'atelier contînt une forge mobile, une petite enclume et un établi garni de ses étaux ;

3° Que les travaux de réparation à faire à l'armement de la garde nationale parisienne seraient mis en adjudication au rabais, en prenant pour base la série de prix portée dans un tarif établi à cet effet par MM. les officiers d'artillerie ; que toutefois l'adjudication d'une pareille entreprise devant présenter des garanties spéciales, on n'admettrait à concourir qu'un certain nombre d'armuriers choisis parmi ceux qui se livrent à la fabrication des armes de guerre et qui réunissent toutes les conditions requises de moralité et de capacité.

L'inspection aurait lieu dans deux légions à la fois, de manière à employer dans chacune d'elles un des deux officiers d'artillerie et des deux contrôleurs d'armes désignés pour cette mission par le ministre de la guerre. On convoquerait en armes, à la mairie, successivement, tous les gardes nationaux d'une compagnie ; on continuerait ainsi jusqu'à l'épuisement de tout un bataillon ; puis l'on s'occuperait immédiatement de réparer les armes dégradées, pendant que l'inspection se poursuivrait dans deux légions nouvelles. De cette manière, la double opération de la visite marcherait constamment de front et se terminerait presque simultanément dans quatre légions.

Le Conseil municipal a bien voulu approuver ces mesures, et mettre à ma dispo-

4

sition, pour les exécuter, deux crédits, l'un de 14,701 fr. 50 c. pour les frais d'établissement de magasins d'armes et d'ateliers de réparations, dans les douze mairies de Paris; l'autre de 32,000 fr. pour frais de démontage et de réparation des armes.

Le Conseil a saisi cette occasion de donner à la garde nationale de Paris un témoignage de sa reconnaissance. Il a considéré que, depuis 1830, cette milice civique avait été obligée à un service extraordinaire dont elle s'était acquittée avec un zèle et un empressement au-dessus de tout éloge; que ces circonstances exceptionnelles qui amenaient des prises d'armes si fréquentes, avaient été une des principales causes de détoriation de l'armement: le Conseil a donc décidé que, pour cette fois, tous les citoyens qui se présenteraient aux revues d'inspection seraient affranchis du paiement des réparations que la loi met à leur charge, et que cette dépense serait payée sur les fonds de la Ville. L'annonce de cette décision a produit le meilleur effet dans les rangs de la garde nationale, et facilitera beaucoup le succès de l'opération qui va s'exécuter.

Un système de réparation de l'armemement devra être aussi adopté pour les légions des arrondissemens ruraux. J'ai déjà transmis des instructions à cet effet à MM. les sous-préfets de Sceaux et de St-Denis. L'adjudication qui va avoir lieu dans la capitale, en consacrant un tarif définitif pour chaque nature de réparation, fournira une base précieuse qui pourra servir de règle ou au moins de point de départ, aux communes de la banlieue, pour tous les marchés de ce genre qu'elles auront à conclure. Quant aux autres mesures qui se rattachent à cette opération, je me concerterai avec MM. les sous-préfets et avec MM. les colonels, de manière à en rendre l'application facile aux citoyens qu'elles intéressent.

Maison d'arrêt de la garde nationale de Paris.

Après la réorganisation de la garde nationale en 1830, l'hôtel Bazancourt fut rendu à sa première destination de maison d'arrêt pour cette garde. L'achèvement de l'entrepôt, dans lequel cette maison était enclavée, exigea, en 1832, la translation de la maison d'arrêt dans une autre propriété de la Ville, située rue des Fossés-St-Bernard, et comprise dans le périmètre de l'entrepôt général des vins.

Cette maison, appropriée à la hâte pour une destination provisoire, était privée d'une cour où les gardes nationaux pussent prendre l'air, et ne répondait pas du reste aux conditions d'isolement que doit remplir une maison d'arrêt. Elle avait soulevé de nombreuses plaintes. Le séjour obligé, dans une chambre commune, de gardes nationaux paisibles et de ceux qui recherchent les distractions bruyantes, pouvait être considéré, par quelques citoyens, comme une aggravation de peine.

Des désordres avaient eu lieu, sans qu'il fût possible de remonter à leur auteur; aussi des mesures furent prises en conséquence par l'administration pour l'établissement d'un nouvel établissement, en remplacement de la maison d'arrêt actuelle, dont la démolition était d'ailleurs réclamée pour l'achèvement complet de l'entrepôt général des vins.

D'après les dispositions arrêtées par l'administration, la maison d'arrêt de la garde nationale doit être établie dans des dépendances de l'ancienne direction de la réserve, située quai de l'Hôpital. Les gardes nationaux y seront distribués dans des chambres particulières; une cour leur servira de préau; ils auront en outre un promenoir couvert qui leur permettra en tout temps de prendre de l'exercice.

Le projet de la nouvelle maison d'arrêt vient d'être mis sous les yeux du Conseil municipal : son exécution exigera une dépense d'environ 100,000 fr.

Toujours préoccupé du grave intérêt qui s'attache à la garde nationale, je me suis empressé de profiter, pour accroître ses rangs, du recensement général de la population qui vient de s'effectuer. J'ai transmis, dans ce but, des instructions à MM. les maires de Paris et à MM. les sous-préfets, et, grâce à cette circonstance favorable, je dois espérer cette année une augmentation sensible dans l'effectif de notre milice civique.

CHAPITRE IV.

RÉVISION DES LISTES GÉNÉRALES
DES ÉLECTEURS POLITIQUES, DÉPARTEMENTAUX ET COMMUNAUX.

ÉLECTIONS. — JURY.

La promulgation successive des lois électorales promises par la Charte de 1830 a dû nécessairement apporter d'importans changemens dans le travail confié à l'administration, et considérablement augmenter ses attributions en ce qui concerne les élections et le jury.

Les résultats que présentent les renseignemens statistiques ci-joints ont été recueillis avec le plus grand soin, et j'ai pensé qu'il serait utile de passer en revue les diverses natures d'opérations qui se rattachent à cette direction.

Révision des listes électorales et du jury.

1re partie. — Electeurs censitaires.

La révision des listes des électeurs appelés à élire les députés consiste principalement à relever chaque année sur les rôles des contributions directes, au moyen d'extraits individuels, les impôts que paient les censitaires, soit à Paris, soit dans les diverses communes de France, et à établir pour chacun d'eux le calcul du nouveau cens, résultant de cette difficile opération; elle réclame des soins multipliés et une correspondance active avec les préfets des divers départemens, les percepteurs, les contrôleurs et la commission des contributions directes de Paris, pour le renouvellement des 100,000 extraits de rôles dont se composent les dossiers des 16,228 électeurs de la Seine; la loi oblige les préfets à exécuter ce travail d'office, et elle les astreint aussi à faire la recherche des nouveaux électeurs pour en opérer l'inscription, à recueillir tous les renseignemens destinés à motiver les retranchemens, additions ou rectifications que les listes doivent subir, à examiner les titres et documens produits à l'appui des diverses demandes formées par les électeurs ou par des tiers, à prendre des décisions sur chacune de ces réclamations, à les notifier aux parties intéressés, etc., etc.

Il serait trop long d'énumérer les détails minutieux auxquels il faut se livrer pour l'accomplissement de toutes les opérations imposées à l'administration; il suffira de faire remarquer que, soit par indifférence, soit dans la crainte de faire partie du jury, les contribuables montrent généralement peu d'empressement pour l'obtention du droit électoral, et ce n'est qu'au moyen du zèle le plus actif et le plus soutenu que l'on est parvenu jusqu'ici à maintenir le nombre des électeurs à 16,228, puisque le terme moyen des radiations étant chaque année d'environ 1,500 et les demandes en inscription ne s'élevant qu'à 300 ou 400, toutes les autres admissions complémentaires sont opérées d'office.

La mise à exécution de la loi spéciale du 20 avril 1834, relative à l'organisation municipale de Paris, a encore apporté des complications à ce travail, et il n'est pas sans intérêt de dire quelques mots sur les détails aussi variés que multipliés qu'elle occasionne.

2° partie. — Electeurs départementaux-communaux.

En effet, les listes électorales et du jury, qui autrefois n'étaient composées que des électeurs politiques et des jurés non électeurs, comprennent actuellement, sous la dénomination d'électeurs départementaux-communaux, une troisième série de citoyens appelés concurremment avec les électeurs politiques, à élire les membres du Conseil général de la Seine, ainsi que les candidats aux places de maires et d'adjoints de Paris, et il convient de remarquer que les droits de ces nouveaux électeurs étant presque tous basés sur des titres différens, il en résulte des recherches nombreuses et minutieuses pour la vérification et l'examen des conditions que la loi leur impose.

Les justifications varient surtout sous le double rapport de la durée du domicile et de la nature des fonctions; si l'officier en retraite doit demeurer à Paris depuis cinq ans, le docteur en médecine doit y être domicilié et y payer patente depuis dix années; si l'avocat à la cour de cassation, le notaire et l'avoué est obligé d'établir la preuve qu'il est en exercice depuis trois années, l'avocat à la cour royale est tenu de faire constater qu'il est inscrit sur le tableau depuis dix ans.

Les électeurs d'autres départemens, les membres de l'Institut et des sociétés savantes, les membres des cours et tribunaux, les professeurs au collége de France, au muséum, à l'école polytechnique et dans les écoles supérieures ou secondaires de l'état, les docteurs et licenciés des facultés de droit, des sciences et des lettres, ont à produire des titres, des diplômes, des certificats, des arrêtés et pièces diverses qui n'émanent pas des mêmes autorités; et attendu qu'il ne se présente qu'un très petit nombre des ayant-droit pour justifier de leur capacité électorale, l'administration, qui se trouve dans l'obligation de faire d'office presque toutes les inscriptions, a besoin, pour recueillir les documens qui lui sont nécessaires, d'avoir recours à l'aide que lui prêtent officieusement les ministères, les préfets des autres départemens, les maires, les greffiers des cours et tribunaux, les archivistes des conseils ou des chambres des officiers ministériels, les proviseurs des colléges, les secrétariats de l'institut ou des sociétés savantes, etc., etc.

On comprend tous les soins que doit occasionner un semblable travail lorsqu'il s'applique à la population si nombreuse et si mobile de Paris.

La liste des jurés non électeurs se compose de plusieurs catégories de citoyens qui, ne jouissant pas du bénéfice des droits électoraux, cherchent à éviter pour la plupart les fonctions de juré; et pour dresser cette liste avec régularité, l'adminis-

3° partie. — Jurés non électeurs.

tration doit vaincre les difficultés que lui opposent la négligence et le mauvais vouloir.

Formation annuelle des listes des électeurs communaux dans les 80 communes rurales du département.

En exécution de la loi municipale du 21 mars 1831, les listes des électeurs communaux admis dans les communes rurales à élire les membres des conseils municipaux, soit comme plus imposés, soit par suite d'adjonction, doivent être dressées et publiées chaque année, du 8 janvier au 31 mars suivant, et ces listes comprennent 15,532 inscriptions dans le département de la Seine.

Bien que les maires soient chargés de réunir les élémens des listes communales dans leur mairie respective, en se faisant aider des percepteurs et des commissaires-répartiteurs, c'est à l'administration départementale qu'il appartient de prescrire tous les détails des opérations, de donner les instructions nécessaires pour l'accomplissement des formalités imposées par la loi, et d'en surveiller la stricte exécution; c'est elle qui doit résoudre les difficultés qui se présentent, soumettre au conseil de préfecture ou au tribunal civil les recours formés contre les décisions des maires, faire notifier aux parties intéressées les arrêts intervenus, et imprimer à tout ce travail par l'activité de son concours l'impulsion que réclame sa prompte exécution.

Elections générales et partielles des députés, des membres du Conseil général, des candidats aux places de maires et d'adjoints de Paris, des membres des Conseils d'arrondissement, et les conseillers communaux dans les communes rurales.

Si la révision des listes générales est digne, à cause des difficultés qu'elle rencontre, de fixer l'attention, les élections générales, et une élection même partielle, méritent plus encore d'être portées à la connaissance des administrateurs chargés des intérêts du département.

Indépendamment de la distribution des électeurs par rues, par quartiers et par sections, de la formation des listes de section, de la confection des cartes, des avis, des affiches, des lettres aux électeurs retardataires, la direction de cette importante partie de l'administration a encore à répondre aux continuelles réclamations des électeurs omis, que la loi sur la permanence repousse des colléges électoraux, mais qui sont d'autant plus difficiles à convaincre, que leur demande doit paraître admissible à ceux qui ont acquis leur droit depuis la clôture des listes.

Au moment d'une élection, les délais de convocation sont si rapprochés, que le peu de temps dont l'administration dispose pour préparer et faire exécuter tous les imprimés nécessaires, amenerait dans cette partie du travail une confusion inévitable, si le zèle des employés et l'exemple des chefs, alors constamment en permanence, ne parvenaient à suffire aux exigences de ces difficiles opérations. Autrefois, lorsque les citoyens prenaient un plus vif intérêt à la bonne rédaction des listes, on obtenait, par suite d'entrevues multipliées avec les électeurs, d'utiles renseignemens qui aidaient les bureaux; mais, depuis 1830, une négligence regrettable permet difficilement de compter sur le concours des administrés, qui restent indifférens pendant la formation des listes, et tous ceux qui ont été omis par leur faute ne réclament qu'au moment des élections. Pendant les années 1827, 1828 et 1829,

1,800 à 1,900 électeurs (payant alors 300 fr.), demandaient leur inscription sur les listes, depuis le 15 août jusqu'au 30 septembre; et trois ans après, en 1832, bien que le cens soit descendu à 200 fr., 598 seulement, dans le même délai, réclamaient contre la rédaction des listes. Cette nécessité, au moment d'une élection, de recevoir tous ceux qui ont omis de former leurs réclamations en temps utile, complique les opérations des bureaux qui, en 1834, par exemple, à la veille des premières élections départementales, eurent à répondre à 1,458 demandes en moins de quarante-cinq jours.

Ainsi, moins les électeurs s'occupent de la conservation de leurs droits, plus l'administration doit déployer de zèle pour remplacer par des recherches multipliées les documens que les citoyens seuls pourraient leur faciliter les moyens de recueillir. Il en est de même au moment d'une élection : plus la négligence des électeurs se manifeste en ne paraissant pas dans les colléges, plus aussi l'administration, qui doit veiller non-seulement à l'exécution des lois, mais encore à éviter les cas de nullité, a besoin de déployer de zèle pour exciter les citoyens à venir exercer ce droit, qui devrait toujours être apprécié comme aux époques des luttes les plus vives entre les partis politiques, ainsi qu'en 1830, par exemple, avant la révolution de juillet, ou parmi 10,037 électeurs inscrits, 8,829 prirent part aux élections.

En 1834, sur 14,622 inscrits, 11,494 votent, plus de 3,000 négligent ce devoir; dans les élections départementales, sur 17,347 inscrits, 11,736 seulement concourent à l'élection; et cette négligence, qui rend incomplètes la plupart des opérations des 14 colléges, oblige l'administration supérieure à convoquer extraordinairement les ayant-droit par des circulaires qui, trois fois réitérées, ont élevé le nombre des lettres, écrites en trois nuits, à plus de 45,000.

Il résulte de tous ces rapprochemens que lorsque les électeurs prennent quelqu'intérêt à la rédaction des listes, ils forment leurs réclamations pendant le moment de la révision, tandis que s'ils négligent de répondre pendant les opérations annuelles aux invitations de la préfecture, il arrive qu'au moment des élections tous réclament à la fois, avec d'autant plus d'instance que leurs demandes, alors sous le coup d'une déchéance légale, ne peuvent être accueillies.

Toutefois, j'ai fait mes efforts pour résister avec succès à la multiplicité des opérations qu'entraîne, soit la révision générale des listes électorales, soit les élections des députés ou des conseillers de département et d'arrondissement.

En ce qui concerne les fonctionnaires municipaux, bien qu'il soit nécessaire de renouveler tous les trois ans les nominations des Conseils communaux dans les arrondissemens ruraux, et de réélire les candidats aux places de maires et d'adjoints de Paris; bien que des élections partielles aient lieu fréquemment pendant le cours de chaque année parmi les 1,228 fonctionnaires dont se compose le corps municipal de la Seine, le personnel ordinaire auquel ce travail est confié a su jusqu'ici suffire à toute son exigence, malgré son augmentation progressive; et cependant aucune allocation ne lui est encore accordée sur les fonds destinés au paiement des dépenses que nécessite l'exécution des diverses lois municipales.

En examinant avec attention le tableau statistique des professions ou fonctions des électeurs censitaires, on sera naturellement conduit à se demander si, dans ce moment, l'abaissement du cens ou une réforme électorale est nécessaire; on sera frappé de ce que dans toutes les élections ce sont les contribuables moins imposés et jouissant d'un droit nouveau qui votent en plus petit nombre, de telle sorte que les 6,000 électeurs de 200 à 300 fr. ne prennent part aux élections que dans la proportion des 2/5, tandis que les censitaires à 300 fr. et au-dessus votent dans celle d'un tiers.

Jury. La loi du 2 juillet 1827 confie aux préfets le soin de dresser chaque année la liste des jurés appelés à siéger pendant les sessions des cours d'assises, et cette liste, qui contient 800 noms dans les divers départemens, doit en comprendre 1,500 pour le département de la Seine. L'importance de ce travail est connue : on sait la scrupuleuse exactitude qu'il impose, on rend justice au soin que l'administration supérieure apporte à cette grande opération, et l'on remarque que le jury, dans le département de la Seine, se montre en toute circonstance non moins éclairé que ferme et consciencieux.

COMPOSITION DES LISTES ÉLECTORALES ET DU JURY. (1836.)

PREMIÈRE PARTIE : **ÉLECTEURS CENSITAIRES**

appelés à élire : les **Députés** ; les **Membres du Conseil général** ; les **Candidats** aux places de **Maires et d'Adjoints de Paris** ; les **Conseillers d'arrondissemens.**

ARRONDISSEMENS.	PROPRIÉTAIRES sans autres désignations.	NÉGOCIANS et propriétaires.	PATENTÉS seulement.	NOTAIRES.	SAVANS ou Professeurs	EMPLOYÉS.	MAGISTRATS.	AVOCATS, Avoués et Huissiers.	MÉDECINS.	OFFICIERS supérieurs de terre et de mer.	Fonctionnaires gratuits.	TOTAL par arrondissement.
1er.	434	186	431	25	20	47	20	34	50	60	4	1,331
2e.	580	256	1,232	26	15	45	23	72	73	56	6	2,384
3e.	312	207	697	17	8	27	10	57	20	12	3	1,381
4e.	153	145	606	7	4	11	5	38	16	5	6	1,451
5e.	316	212	643	5	3	11	»	15	16	3	2	1,424
6e.	367	294	854	8	3	4	8	19	16	2	3	1,672
7e.	269	190	812	6	3	14	10	18	9	4	4	1,339
8e.	312	268	504	2	9	14	4	9	13	6	4	945
9e.	406	166	240	6	2	14	4	10	7	8	4	920
10e.	447	201	390	13	33	50	25	38	66	50	3	1,425
11e.	532	193	481	8	22	40	34	50	33	17	4	1,426
12e.	208	205	178	2	34	12	4	11	14	4	2	974
13e.	293	223	68	5	9	7	3	7	8	11	23	682
14e.	326	332	33	2	10	12	6	10	18	13	23	938
Totaux.	4,835	3,098	6,733	129	175	308	153	385	366	251	93	16,228

RELEVÉ par catégories des 2e et 3e parties des **Listes Électorales** et du **Jury.**

2me PARTIE. — **ÉLECTEURS DÉPARTEMENTAUX-COMMUNAUX** — Appelés à élire : Les Membres du Conseil général ; Les Candidats aux places de Maires et d'Adjoints de Paris. Les Conseillers d'arrondissement.

3me PARTIE. — **JURÉS NON ELECTEURS.**

ARRONDISS.	2e P. 1° ÉLECTEURS ayant leur domicile réel à Paris, et leur domicile politique dans d'autres départemens.	2° OFFICIERS des armées de terre et de mer en retraite, jouissant de 1,200 fr. de pension.	3° MEMBRES des Cours et Tribunaux siégeant à Paris.	4° MEMBRES de l'Institut et autres Sociétés savantes instituées par une loi.	5° AVOCATS à la Cour de cassation. Notaires et Avoués, après trois ans d'exercice.	6° AVOCATS à la Cour royale, après dix ans d'inscription sur le tableau.	7° PROFESSEURS au Collége de France, au Muséum, à l'École polytechnique, Docteurs et Licenciés des Facultés de droit, de médecine, des sciences et des lettres, Titulaires des chaires d'enseignement supérieur entretenues dans les écoles de l'État.	8° DOCTEURS en médecine, après dix ans d'exercice.	TOTAUX des huit catégories de la 2me PARTIE.	3e P. 1° ÉLECTEURS ayant leur domicile réel dans les comm. rurales du départ. de la Seine, et leur domicile politiq. dans d'autres départem.	2° FONCTIONNAIRES publics nommés par le Roi à des fonctions gratuites.	3° DOCTEURS en médecine, Docteurs et Licenciés de l'une ou de plusieurs des Facultés de droit, des sciences et des lettres, Membres des Sociétés reconnues par le Roi.	TOTAUX des trois catégories de la 3me PARTIE.
1	158	88	28	13	7	24	16	12	343	»	»	50	50
2	164	98	46	21	55	44	5	25	456	»	»	170	170
3	72	38	12	4	20	27	1	17	200	»	»	88	88
4	17	29	4	1	16	10	2	10	89	»	»	25	25
5	15	30	1	»	4	6	1	7	64	»	»	47	47
6	21	30	11	»	3	6	»	12	83	»	»	20	29
7	20	18	6	»	7	6	»	17	81	»	»	26	26
8	15	27	11	1	2	4	2	7	69	»	»	17	17
9	16	20	7	4	»	5	9	9	70	»	»	25	23
10	170	98	65	26	15	29	14	25	451	»	»	120	120
11	69	43	32	10	16	37	38	25	274	»	»	89	89
12	13	30	5	16	»	10	43	15	133	»	»	50	50
(Sceaux) 13	»	35	»	1	3	1	»	10	50	7	6	12	25
(St-Denis) 14	»	70	1	»	6	1	2	10	90	9	9	22	40
	708	652	230	103	161	207	133	199	2,453	16	15	779	810
	2,453									810			

(1836.) **ÉTAT** numérique des Électeurs Communaux appelés à élire les Membres des Conseils municipaux dans les **80** Communes du département.

ARRONDISSEMENT DE SCEAUX.

COMMUNES.	Électeurs censitaires plus imposés. Nombre fixé d'après la population.	Censitaires suppléans.	Électeurs par adjonction.	TOTAUX.
Antony	117	30	2	149
Arcueil	138	30	2	170
Bagneux	94	20	4	118
Bercy	358	40	16	414
Bonneuil	33	20	1	54
Bourg-la-Reine	104	30	2	136
Brie-sur-Marne	38	20	»	58
Champigny	123	30	2	155
Charenton-le-Pont	179	30	17	226
Charent.-St-Maurice	104	30	6	140
Châtenay	55	20	3	78
Châtillon	108	30	3	141
Chevilly	30	20	»	50
Choisy-le-Roi	201	30	7	238
Clamart	113	30	3	146
Créteil	131	30	3	164
Fontenay-aux-Roses	97	20	5	122
Fontenay-aux-Bois	126	30	4	160
Fresnes	42	20	»	62
Gentilly	424	40	8	372
Grenelle	191	30	1	223
Issy	156	30	4	190
Ivry	249	30	14	293
Joinville-le-Pont	64	20	»	84
Lhay	41	20	1	62
Maisons-Alfort	110	30	4	144
Montreuil	228	30	12	270
Montrouge	327	40	14	381
Nogent-sur-Marne	125	30	5	160
Orly	56	20	4	80
Plessis-Piquet	20	20	»	40
Rosny	96	20	»	116
Rungis	20	20	»	40
St-Mandé	174	30	6	210
St-Maur	104	30	4	138
Sceaux	134	30	10	174
Thiais	105	30	4	139
Vanves	172	30	4	206
Vaugirard	436	40	46	512
Villejuif	133	30	6	169
Villemomble	65	20	2	87
Vincennes	202	30	23	255
Vitry	155	30	9	194
	5,995	1,190	161	7,346

ARRONDISSEMENT DE SAINT-DENIS.

COMMUNES.	Électeurs censitaires plus imposés.	Censitaires suppléans.	Électeurs par adjonction.	TOTAUX.
Asnières	56	20	»	76
Aubervilliers	185	30	4	406
Auteuil	212	30	3	245
Bagnolet	105	30	5	140
Batignolles	564	40	42	646
Belleville	450	40	77	567
Baubigny	35	20	»	55
Bondy	67	20	6	93
Boulogne	341	40	16	397
Bourget (le)	62	20	»	82
Chapelle (la)	261	30	15	306
Charonne	239	30	13	282
Clichy	231	30	11	272
Colombes	128	30	4	162
Courbevoie	175	30	7	212
Courneuve (la)	59	20	»	79
Drancy	32	20	»	52
Dugny	53	20	2	76
Epinay	104	30	2	136
Gennevilliers	103	30	»	133
Ile-St-Denis	24	20	»	44
Montmartre	374	40	4	418
Nanterre	180	30	4	214
Neuilly	407	40	30	477
Noisy-le-Sec	144	30	4	178
Pantin	146	30	3	179
Passy	329	40	17	386
Pierrefitte	79	20	1	100
Pré-St-Gervais	81	20	2	103
Puteaux	186	30	4	220
Romainville	111	30	3	144
St-Denis	438	40	10	488
St-Ouen	99	20	1	120
Stains	94	20	1	115
Suresne	138	30	4	172
Villetaneuse	38	20	»	58
Villette (la)	408	40	13	461
Arrondisst de St-Denis	6,718	1,060	308	8,086
Arrondisst de Sceaux	5,995	1,190	161	7,346
TOTAUX	12,713	2,250	469	15,432

RÉCAPITULATION.

LISTES ÉLECTORALES ET DU JURY	1re Partie : Électeurs censitaires	16,228
	2e Partie : Électeurs départementaux communaux	2,453
	3e Partie : Jurés non électeurs	810
LISTES DES ÉLECTEURS COMMUNAUX	Électeurs censitaires plus imposés	12,713
	Censitaires suppléans	2,250
	Électeurs par adjonction	469
	TOTAL DES INSCRIPTIONS	34,923

CHAPITRE V.

CONTRIBUTIONS DIRECTES.

Comme branche principale des revenus de l'état, comme base fondamentale de différentes ressources départementales et communales, à cause des titres qu'elles établissent, comme pour les droits qu'elles confèrent, les contributions directes appellent au plus haut degré la sollicitude de l'administration. D'abord occupée du soin de leur assiette et de leur égale répartition, elle doit veiller ensuite à tous les intérêts qui s'y rattachent. Dans ce service, il est vrai, rien ne se fait remarquer, rien ne fixe l'attention : aucun de ces travaux grandioses qui attirent les regards, excitent l'admiration, et se distinguent non moins par leur rapide exécution que par leur utilité. Rien non plus de fixe et de stable; tout est mobile et variable et sujet à se modifier, pour ainsi dire, chaque année; travail d'autant plus ingrat, que les élémens sur lesquels il repose sont presque toujours éventuels. C'est par les soins les plus assidus, par la surveillance la plus active, que les difficultés qu'il présente sont vaincues; c'est par des mesures étudiées avec calme, préparées avec réflexion, que se réalisent les améliorations qu'il peut rendre nécessaires. Mais quand l'administration a pourvu à tous les besoins, quand elle sait que le bien s'opère, que la justice distributive s'exerce, elle n'a pas moins lieu d'être satisfaite de ses travaux, malgré l'espèce de voile qui les couvre. Le silence même qui les suit est encore pour elle une preuve que son action ne se fait pas trop sentir, et les heureux résultats qu'elle obtient sont en même temps le fruit et la récompense de ses efforts.

Confection des rôles.

J'ai pris, de concert avec M. le directeur des contributions, les mesures convenables pour que les rôles pussent être confectionnés aux époques prescrites. Ceux de la contribution personnelle et des patentes de la ville de Paris surtout, qui, précédemment, n'étaient mis en recouvrement que sur la fin d'avril, sont maintenant tous arrêtés et rendus exécutoires du 20 au 25 mars. Cette amélioration, dont le besoin se faisait vivement sentir, est très utile sous tous les rapports; mais ce n'est qu'avec beaucoup de peine qu'on a pu l'obtenir. Comme les recensemens annuels ne peuvent être terminés qu'au 1er février, il en résulte qu'il ne reste que bien peu de temps pour l'établissement des matrices, les calculs et les vérifications qu'elles exigent, et l'expédition des rôles : c'est dire combien il faut d'efforts pour qu'un travail aussi considérable puisse être fait aussi rapidement.

En ce qui concerne les arrondissemens ruraux, M. le ministre des finances a autorisé les mesures nécessaires pour qu'il fût procédé à des recensemens annuels dans les communes les plus importantes. Ces recensemens, qui se font de concert avec les autorités locales, servent à qualifier les contribuables d'une manière positive, et à établir les rôles par ordre de rues et de numéros des maisons. Il doit en résulter de grands avantages pour la répartition comme pour le recouvrement de l'impôt.

5

TABLEAU COMPARATIF

du montant des rôles des contributions directes du département de la Seine, pour les exercices 1835 et 1

NATURE DES CONTRIBUTIONS.				1836.	1835.	OBSERVATIONS.
ROLES PRIMITIFS ET SUPPLÉMENTAIRES.						
Foncier	Paris		9,865,570	(1) 11,077,167	11,116,576	(1) La diminution sur 1835 provient d… impositions.
	St-Denis		589,857			
	Sceaux		625,740			
Portes et Fenêtres	Paris		2,369,134	2,659,938	2,681,828	
	St-Denis		168,620			
	Sceaux		122,184			
Personnelle et mobilière	Paris	Se payée par l'octroi. 3,200,000 Se perçue par le rôle. 2,128,454	5,328,454	5,719,401	(2) 5,651,868	(2) Cette somme se décompose ainsi : Paris { Se payée par l'octroi .... 3,200… Se perçue par le rôle .... 2,075… 5,275… Arrondissemens ruraux .... 374… 5,651…
	St-Denis		220,037			
	Sceaux		170,910			
Patentes	Paris	Rôle primitif ...... 6,704,836 Id. supplémentre.. 122,102	6,826,938	7,202,192	6,462,640	
	St-Denis	Id. primitif ...... 186,376 Id. supplémentre.. 18,769	205,145			
	Sceaux	Id. primitif ...... 162,145 Id. supplémentre.. 7,964	170,109			
Frais d'avertissemt.	Paris		6,669	9,419	9,050	
	St-Denis		1,424			
	Sceaux		1,326			
			Total	26,668,117	25,921,964	
ROLES SPÉCIAUX OU EXTRAORDINAIRES.						
Bourse et Chambre de Commerce	Paris		20,964	21,639	18,708	
	St-Denis		314			
	Sceaux		361			
Droits de vérification des poids et mesures	Paris		76,274	92,437	81,397	
	St-Denis		9,489			
	Sceaux		6,674			
			Total	114,076	100,105	
			Total général	26,782,193	26,022,069	

S'il est de l'intérêt du trésor que la rentrée de l'impôt s'effectue exactement, il n'est pas moins essentiel, pour les contribuables comme pour la marche même des travaux de l'administration, que le jugement des réclamations et l'apurement des rôles aient lieu dans les délais fixés. Ce travail, toujours considérable et difficultueux dans le département de la Seine, et principalement à Paris, a exigé encore plus d'activité depuis que les exercices ont été resserrés dans des limites plus étroites; et cependant, malgré les efforts faits jusqu'alors à cet égard, on n'était point encore parvenu à terminer l'apurement au terme fixé; ce n'est qu'à partir de 1835 que ce but a été atteint pour la première fois. Au 30 septembre 1836, il avait été statué, sur 14,962 réclamations individuelles, 15,427 déclarations de vacances et 6,409 articles de cotes irrevocables ou indûment imposées; toutes les ordonnances de décharge et de non-valeurs avaient été également délivrées, de sorte que l'exercice se trouvait entièrement régularisé et consommé à l'époque fixée. Il avait été en outre pourvu à l'arriéré qui existait sur 1834, et cet exercice se trouvait totalement apuré.

Instruction des réclamations. — Apurement des exercices.

Ce résultat satisfaisant est dû aux bonnes dispositions qui ont été faites à ce sujet, ainsi qu'au zèle qui a été apporté à leur exécution. Si, pour 1835, on a pu atteindre ce but malgré les opérations extraordinaires auxquelles les agens de la direction des contributions ont eu à se livrer depuis deux ans, on doit regarder comme certain que cet état de choses pourra non seulement se maintenir, mais encore s'améliorer dès que ces agens n'auront plus à s'occuper que des travaux courans et ordinaires du service dont ils sont chargés. Le travail relatif aux réclamations de 1836 est déjà beaucoup plus avancé aujourd'hui que ne l'était l'année dernière, à pareille époque, celui de 1835. Il se serait même trouvé achevé lors de la confection des matrices de 1837, sans la révision cadastrale qui se fait à Paris, et à laquelle les contrôleurs ont été obligés de consacrer beaucoup de temps en 1836. Mais je ne doute pas qu'aussitôt après cette révision, qui doit finir en 1837, on ne puisse parvenir à terminer l'instruction des réclamations d'une année, avant l'époque de la confection des rôles de l'année suivante. Par ce moyen, on pourra éviter que les erreurs rectifiées ne se reproduisent dans ces derniers rôles.

Je ne dois pas non plus négliger de signaler l'augmentation importante des sommes que la Ville reçoit sur la contribution des patentes. De 156,559 fr. qu'elles étaient en 1833, elles se sont élevées à 294,769 en 1835. A cet égard, il me suffira de rappeler qu'antérieurement à 1820, non-seulement cette ressource avait toujours été nulle, mais que le fonds des attributions se trouvait même excédé chaque année de deux à trois cent mille francs par les décharges. Au moyen des fonds alloués à cet effet par le Conseil municipal, différens travaux particuliers eurent lieu alors à la Préfecture, dans la vue de remédier aux causes des décharges considérables qui étaient prononcées chaque année, et c'est depuis cette époque que la Ville a commencé à toucher, sur cette nature de contributions, un produit qui n'a donné

Attributions de la ville de Paris sur les patentes.

pour la première fois que 7,000 fr., mais qui s'est élevé ensuite progressivement au taux où il est parvenu.

Il est bien évident qu'aujourd'hui la cause doit en être attribuée principalement aux soins donnés chaque année à la confection des rôles et à l'instruction des réclamations; car, comme le prouve le tableau suivant, les décharges et les non-valeurs, loin de s'accroître dans la proportion de l'augmentation des rôles, ont au contraire diminué dans un rapport inverse. Il faut donc reconnaître que les frais qui ont eu lieu dans l'origine, ainsi que les sommes allouées chaque année à titre d'encouragement pour cet objet aux agens de la direction, sont des fonds utilement employés; et je pense même que ce serait un motif pour faire encore quelques légers sacrifices dans le même but, comme je pourrai peut-être l'indiquer dans une autre occasion.

RELEVÉ des décomptes de la contribution des patentes de la ville de Paris, de **1827** à **1835**.

ANNÉES.	MONTANT Net des rôles, prélèvement fait des dégrèvemens imputables sur le principal.	13 CENTIMES pour décharges et attributions COMMUNALES.	DÉCHARGES imputables sur les 13 CENTIMES.	RESTE pour attributions revenant à la Ville.	OBSERVATIONS.
1827.	5,585,176 »	726,072 96	584,262 27	141,810 69	
1828.	5,722,437 »	743,916 83	653,922 58	89,994 25	
1829.	5,711,993 »	742,559 10	624,598 92	117,960 18	
1830.	5,723,689 »	744,079 61	709,726 31	34,353 30	Ces deux années font exception à cause de décharges et non-valeurs extraordinaires qu ont été la suite de la staguation des affaire commerciales.
1831.	5,550,561 »	721,572 97	835,318 61	» »	
1832.	5,562,845 »	697,169 88	588,505 72	108,664 16	
1833.	5,447,684 »	708,199 04	551,639 38	156,559 66	
1834.	5,828,140 »	757,658 28	483,899 56	273,758 72	
1835.	6,041,305 »	785,369 73	490,600 42	294,769 31	

Exécution du nouveau réglement sur les poursuites relatives au recouvrement des contribut. dans la ville de Paris.

Pendant long-temps le besoin de modifier le régime des poursuites relatives au recouvrement des contributions directes s'était fait sentir. Un nouveau réglement, préparé de longue main à cet égard, a été mis à exécution vers la fin de 1834. A partir de cette époque, l'espèce d'omnipentence vague et incertaine qui régnait dans les mains des agens de la perception, a fait place à un état de choses plus légal, plus rationnel et mieux approprié aux besoins de la localité. Dès ce moment, l'administration a repris l'action qui lui appartient par la loi; toutes les poursuites quelles qu'elles soient, uniformément établies, préalablement autorisées, ont pu être facilement vérifiées et complétement justifiées. Aujourd'hui rien d'arbitraire ni d'occulte dans ce service; tout y est régulier, exactement constaté; les frais, sans pouvoir excéder les limites fixées, sont liquidés avec soin, et restitution est faite aux contribuables de ceux qui auraient été mal perçus. En un mot, la clairvoyance la plus étendue règne dans les détails comme dans les résultats; de manière que l'administration possède par elle-même tous les moyens de vérification nécessaires.

Comparativement à 1833, les frais recouvrés en 1835, d'après le nouveau réglement, présentent une diminution de 17,995 fr.; mais, c'est moins par rapport au montant des frais en eux-mêmes que pour la manière dont les contraintes peuvent être exercées, que les règles sont utiles. Il est souvent impossible d'éviter les voies de rigueur; ce qui importe, c'est que les frais qui en résultent soient faits et perçus régulièrement.

Du reste, je veille, le plus attentivement qu'il m'est possible, à la direction des poursuites, et je n'en autorise aucune qu'après en avoir connu la cause et avoir fait examiner quelle peut être la position des redevables. Aucune contrainte sérieuse, aucune saisie et vente de meubles n'a lieu que lorsque le contribuable qui en est l'objet a été appelé à la Préfecture, où il est toujours sûr de trouver l'appui dont il a besoin. Là, il obtient, soit les explications et les renseignemens nécessaires sur les réclamations qu'il aurait à faire valoir, soit les délais et les facilités que sa situation pourrait exiger. Ces mesures, qui enlèvent aux contraintes tout ce qu'elles pourraient avoir d'odieux, produisent le meilleur effet sur l'esprit des contribuables et sont d'une efficacité réelle. Dans le cours de l'année 1835, il n'a été fait que trois ventes de meubles, qui ont eu lieu, l'une par suite de la disparition du redevable, et les deux autres sur la demande même des parties intéressées, qui, se voyant menacées par leurs propres créanciers, ont préféré être exécutés à la requête du receveur des contributions. Ce fait est digne de remarque.

TABLEAU du mouvement des frais de poursuites perçus pour le recouvrement des Contributions directes, dans la ville de Paris, pendant l'année 1835, en exécution du réglement du 20 décembre 1833.

POURSUITES ADMINISTRATIVES.									
SOMMATIONS ET CONTRAINTES PAR VOIE DE GARNISON COLLECTIVE								TOTAL	
à 25 c.		à 50 c.		à 75 c.		à 1 fr.		des actes de toute nature.	des frais.
Nombre des actes.	Frais.	Nombre des actes.	Frais.	Nombre des actes.	Frais.	Nombre des actes.	Frais.		
52,100	13,025 »	16,069	8,034 50	15,669	11,750 75	9,972	9,972 »	93,810 »	42,782 25

POURSUITES JUDICIAIRES.										
NATURE DES ACTES ET MONTANT DES FRAIS QUI EN RÉSULTENT.										
ACTES CONSERVATOIRES.		COMMANDEMENS.		SAISIES.		ACTES TENDANT A LA VENTE.		VENTES.		
Nombre des actes.	Montant des frais.	Nombre des actes.	Montant des frais.	Nombre des actes.	Montant des frais.	Nombre des actes.	Montant des frais.	Nombre.		
675	2,227 25	8,029	14,637 20	1,976	10,476 50	1,297	6,601 10	5	11,978 »	33,701 55

TOTAL général des actes de toute nature et des frais qui en résultent	105,788 »	76,483 05
Frais de poursuites faits antérieurement à 1835		4,439 95
TOTAL général des frais perçus pendant l'année 1835		80,923 »
Frais de toute nature perçus en 1833		98,521 50
DIFFÉRENCE en moins sur 1833		17,598 50

RÉSUMÉ GÉNÉRAL des recouvremens effectués en 1835, et des frais qui en ont été la suite.

ARRONDISSEMENS.	MONTANT des RECOUVREMENS.	MONTANT des FRAIS.	PROPORTION DES FRAIS avec LES RECOUVREMENS.
			f.
PARIS	24,680,009 59	80,923 »	0, 00,326,391
SAINT-DENIS	1,223,014 28	7,061 16	0, 00,577,357
SCEAUX	1,127,237 41	6,066 59	0, 00,538,182
TOTAUX	27,030,261 08	94,335 90	0, 00,349,001

En exécution de la loi des finances du 21 avril 1832 et de l'ordonnance royale du 18 décembre suivant, il a été procédé à la révision générale des valeurs locatives d'habitation. Ces opérations, exécutées d'après le mode prescrit, ayant dû être soumises, dans le courant de 1836, à la commission départementale formée conformément à l'ordonnance royale précitée, cette commission a reconnu que les évaluations portées, savoir : pour Paris, à.......................... 110,552,350 f.

Révision des valeurs locatives servant de base à la répartition de la contribution personnelle et mobilière.

et pour les arrondissemens, à........	11,048,860
Total..........	121,601,210 f.

avaient été établies d'une manière trop rigoureuse; elle a demandé en conséquence une réduction d'un dixième.

Le commissaire spécial délégué par le gouvernement, à l'effet d'indiquer les bases du nivellement général entre les départemens, après avoir combattu les observations de la commission départementale, a proposé le maintien des évaluations telles qu'elles avaient été fixées, mais j'ai eu soin d'adresser à l'autorité supérieure de nouvelles représentations à l'appui de l'avis de la commission, et j'ai lieu de croire qu'elles seront prises en considération. J'espère donc que, dans le travail qui doit être incessamment présenté aux Chambres pour la nouvelle répartition de la contribution personnelle et mobilière, le département de la Seine obtiendra une réduction importante sur son contingent actuel, et que conséquemment la somme considérable que la ville de Paris acquitte sur ce contingent pourra être réduite dans la même proportion. Ce sera un nouvel à-compte sur le dégrèvement auquel elle a droit et qu'elle ne cesse de réclamer depuis si long-temps avec tant de raison.

Révision et achèvement des évaluations cadastrales à Paris.

Si jamais un travail utile a été fait à Paris pour la répartition de la contribution foncière, c'est à coup sûr celui qui s'exécute en ce moment. L'expertise cadastrale de cette ville, commencée en 1809 et continuée pendant vingt-deux ans, sans avoir pu être conduite à son terme, n'offrait plus depuis long-temps que des résultats inexacts et incohérens. Dans cet état de choses, il était devenu indispensable de procéder à la révision des anciennes évaluations et à l'achèvement de celles qui avaient été ajournées, afin de les mettre en rapport les unes avec les autres. Il n'était pas moins essentiel d'adopter à cet égard un mode assez prompt pour que les travaux effectués en quelque sorte simultanément, d'après les mêmes bases et les mêmes principes, pussent être homogènes sur tous les points; telle est la grande opération qui a été entreprise en 1835, et se trouve très avancée maintenant.

La révision a déjà eu lieu dans vingt-sept quartiers, qui contiennent 15,755 propriétés, ci.. 15,755

Également commencée dans treize autres quartiers, des 8,185 pro-

A reporter.......... 15,755

Report		15,755
priétés qui en dépendent, ci	8,185	
Il en a été révisé	4,040	4,040
Il reste donc à terminer dans ces quartiers la révision de 4,145 propriétés	4,145	19,795
Plus, dans les quatre quartiers non cadastrés où les opérations n'ont pas encore été révisées	1,483	
Ensemble	5,628	
Il reste enfin à expertiser 2,857 propriétés, qui composent les quatre quartiers non cadastrés, et dont les plans, levés à cet effet, viennent d'être achevés, ci	2,857	8,485
Totaux	8,485	28,280

Or, sur 28,280 propriétés que renferme la ville de Paris, il y en a 19,795 dont les évaluations viennent d'être révisées. Des 8,485 restant, 5,628 doivent être soumises à une révision semblable, et 2,857 à des expertises spéciales. Les mesures sont prises pour que ces différentes opérations puissent être entièrement terminées avant la fin de la campagne prochaine ; elles compléteront ainsi l'ensemble des évaluations préparatoires que les contrôleurs auront dû effectuer.

Pendant que ces travaux s'exécutent, la commission centrale de révision, composée de l'inspecteur des contributions, du contrôleur principal et d'un expert, marche également vers le but de sa mission. Cette commission, qui est instituée pour rattacher toutes les évaluations à un principe d'unité, et pour indiquer les bases de proportionnalité susceptibles d'être appliquées d'un quartier à un autre afin de parvenir au nivellement général, a déjà fini son travail dans dix-sept quartiers. Comme ses opérations n'éprouvent aucune interruption, et qu'elles doivent s'étendre successivement à tous les autres quartiers au fur et à mesure qu'ils auront été revisés, je ne doute pas qu'elles ne soient terminées peu de temps après que les contrôleurs auront achevé celles qui les concernent. Alors tous les élémens préparatoires, étant ainsi élaborés et rassemblés, seront soumis aux propriétaires que vous aurez délégués dans chaque quartier, pour en prendre connaissance et fournir les observations qu'ils jugeront nécessaires. Je présume que cette communication pourra avoir lieu au mois de septembre, ou, au plus tard, au mois d'octobre 1837. C'est après que ces premières dispositions auront été accomplies, que le Conseil aura à délibérer sur les détails et l'ensemble de cette opération importante, et devra en arrêter les résultats.

Plus on avance dans ce travail, plus on reconnaît combien il était nécessaire et urgent ; les faits les plus positifs, les comparaisons les mieux établies, les appréciations les plus justes, démontrent jusqu'à la dernière évidence combien les bases de la répartition de la contribution foncière étaient disproportionnées et défectueuses. Il résulte, en effet, des évaluations nouvelles proposées par les contrôleurs et adoptées par la commission de révision, qu'un assez grand nombre de propriétés se trouvent imposées à raison de leur produit total, et même quelquefois au-delà, dans des proportions plus ou moins élevées, tandis que d'autres ne le sont qu'aux trois quarts, aux deux tiers, à la moitié et même au quart de ce produit. Toutes ces disproportions, si opposées au principe qui exige l'égale répartition des charges publiques, si contraires aux règles de la justice distributive, ont été la suite inévitable des nombreux changemens qui ont eu lieu dans les propriétés mêmes comme dans les revenus. Il n'était donc plus possible de les laisser subsister plus long-temps, et le parti qu'on a pris pour y remédier était le plus simple et le meilleur.

Peut-être pense-t-on que les augmentations que pourront éprouver les revenus de certaines propriétés seraient susceptibles d'accroître d'une manière sensible le montant total de la matière imposable; mais il n'en est pas ainsi. Il a été reconnu, d'après les divers rapprochemens qui ont eu lieu, que, le plus souvent, l'élévation des revenus jugés trop faibles se trouvait en grande partie compensée par les diminutions qui doivent être opérées d'un autre côté. Ce résultat, du reste, n'a rien qui puisse surprendre, parce que, de tout temps, à Paris, les revenus imposables ont été portés à leur réalité dans les matrices.

Enfin, comme les évaluations n'ont d'autre but aujourd'hui que de servir de bases à la répartition individuelle, et que la loi ne confère qu'au Conseil le droit de déterminer la quotité des revenus, il sera toujours libre, lorsque les travaux préparatoires lui seront soumis, de faire subir aux évaluations toutes les modifications qui lui paraîtront nécessaires pour établir une juste proportionnalité.

Renouvellement des plans parcellaires et des matrices cadastrales dans les communes rurales.

Occupée des moyens d'assurer la conservation du cadastre, l'admistration supérieure a ordonné l'essai dans plusieurs localités, et notamment dans le département de la Seine, du mode jugé susceptible d'être adopté à cet égard. Ce mode consiste simplement dans le renouvellement des plans parcellaires et la refonte des matrices cadastrales; les revenus doivent être maintenus tels qu'ils ont été fixés originairement par les expertises. Cette double opération a pour objet de remettre les plans en harmonie avec l'état actuel du terrain, et de rétablir dans les matrices l'ordre qui a cessé d'exister par suite des mutations nombreuses dont l'application avait été négligée.

L'expérience qui vient d'être faite de ce système, dans le canton de Courbevoie, a eu le succès le plus complet. Depuis long-temps déjà, dans le département de la Seine où les propriétés sont si morcellées et les changemens si multipliés, les plans parcellaires et les matrices cadastrales n'offrent plus que des renseignemens inexacts, le plus souvent même ces pièces sont hors d'état de servir aux travaux et recherches auxquels elles sont destinées. Il était donc indispensable et urgent de prendre des mesures pour remédier à cet état de choses, car il est du plus grand intérêt pour l'administration, comme pour les autorités locales et les propriétaires eux-mêmes, que les élémens du cadastre puissent offrir les garanties nécessaires.

Ce sont ces considérations qui ont déterminé le Conseil général à adopter les propositions que j'ai eu l'honneur de lui soumettre dans sa dernière session, pour que le travail qui vient d'avoir lieu dans le canton de Courbevoie fût fait également dans celui de Vincennes en 1837, et ensuite dans chacun des autres cantons du département.

En dernière analyse, si, pour les travaux dont je viens de présenter l'exposé, mes soins ont eu quelque succès, je ne dois pas négliger cette occasion de donner à M. le directeur des contributions un témoignage public de la part qu'il y a prise et de l'utile coopération que j'ai reçue de lui. Quand l'administration trouve dans les fonctionnaires qui doivent la seconder cette unité de vues, ce concours de zèle, ce dévoûment désintéressé qui permettent de vaincre tous les obstacles, sa tâche devient plus facile et ses travaux, dont la marche est plus rapide, sont aussi plus utiles.

TABLEAU

E RAPPROCHEMENT DU MOUVEMENT ADMINISTRATIF DES CONTRIBUTIONS DIRECTES DU DÉPARTEMENT DE LA SEINE EN 1833 ET 1835.

ı'est pas sans intérêt de suivre les élémens et les résultats de la répartition de l'impôt dans ses fluctuations d'un exercice à l'autre ; outre ce que ce rapprochement peut offrir de curieux comme point de statistique, il sert à faire connaître la véritable situation de la matière imposable, et procure d'utiles renseignemens sur l'état du commerce comme sur le bien-être des contribuables ; il apprend enfin quelle influence exercent sur la rentrée de l'impôt les lois et réglemens qui le régissent, et quelles modifications il serait nécessaire d'y apporter.

DES ARTICLES DE ROLES SUR LESQUELS IL A ÉTÉ STATUÉ		
ıite ıations ıelles.	Pour cotes admises en non-valeurs.	
1835.	1833.	1835.
7,971	1,765	852
7,092	1,539	323
15,063	3,304	1,175

CONTRIBUTION FONCIÈRE.

EXERCICES.	MONTANT des revenus imposables.	PERTES de revenus par vacances.	DÉGRÈVEMENS PRONONCÉS — EN RÉIMPOSITIONS — Pour décharges et réductions.	Pour vacances.	Pour remises et modérat^ns.	TOTAL.	COTES admises en non-valeurs.
1835	70,233,036	3,200,000	56,955	374,071	18,797	449,823	11,446
1833	68,719,509	5,219,250	47,855	660,220	2,287	710,362	40,908
Augment^on en 1835.	(1) 1,533,727	»	9,100	»	(4) 16,510	»	»
Diminution en 1835.	»	(2) 2,019,250	»	(3) 286,149	»	260,539	29,462

OBSERVATIONS.

(1) Augmentation provenant des constructions nouvelles.

(2) Cette diminution prouve que, malgré l'accroissement des habitations, les besoins de la population ont utilisé une plus grande masse de loyers.

(3) Différence provenant de la diminution des vacances.

(4) Cette somme s'applique à des maisons démolies dont la contribution a dû être portée sur le fonds de non-valeurs.

CONTRIBUTION DES PORTES ET FENÊTRES.

EXERCICES.	NOMBRE D'OUVERTURES. — Portes cochères.	Fenêtres de 1re et 2e classes.	DÉGRÈVEMENS PRONONCÉS — Pour décharges et réductions.	Pour remises et modérations.	TOTAL.	COTES admises en non-valeurs.
1835	22,051	1,685,563	84,494	9,640	94,134	5,017
1833	21,838	1,638,815	157,947	9,835	167,782	13,955
Augment^on en 1835.	213	(5) 46,748	»	»	»	»
Diminution en 1835.	»	»	(6) 73,453	195	73,648	8,938

(5) Constructions nouvelles.

(6) Diminution des vacances.

NOMBRE DES ARTICLES DE ROLES SUR LESQUELS IL A ÉTÉ STATUÉ			
Par suite de réclamations individuelles.		Pour cotes admises en non-valeurs.	
1833.	1835.	1833.	1835.
21,789	15,663	3,304	1,175
6,189	6,158	4,404	1,899
9,483	8,006	5,004	3,335
37,461	29,827	12,712	6,409

CONTRIBUTION PERSONNELLE ET MOBILIÈRE.

EXERCICES.	NOMBRE des TAXES.	VALEURS LOCATIVES.	DÉGRÈVEMENS PRONONCÉS			COTES admises en non-valeurs.
			Pour décharges et réductions.	Pour remises et modérat[ns].	TOTAL.	
1835	132,786	52,279,542	73,197	3,996	77,193	11,880
1833	127,032	45,535,986	91,830	11,719	103,549	48,616
Augmenton en 1835.	5,754	6,743,556 (7)	»	»	»	»
Diminution en 1835.	»	»	17,633	7,723	25,356	36,736

CONTRIBUTION DES PATENTES.

EXERCICES.	VALEURS locatives imposables au droit proportio[el].	NOMBRE des TAXES.	MONTANT des RÔLES.	DÉGRÈVEMENS PRONONCÉS			COTES admises en non-valeurs.
				Pour décharges et réductions.	Pour remises et modérat[ns].	TOTAL.	
1835	39,405,139	63,246	7,202,192	238,807	164,158	402,965	101,724
1833	33,434,651	52,085	6,462,640	202,746	196,123	398,869	152,367
Augmenton en 1835.	5,970,488	11,161	739,552	36,061	»	4,096	»
Diminution en 1835.	»	»	»	»	31,965	»	50,643

OBSERVATION

(7) Augmentation résulta croissement des habita pées.

RÉSUMÉ
DES COTES IRRECOUVR

ANNÉES.	NOMBRE des cotes.
1835	6,409
1833	12,712
Différence en moins sur 1835.	6,303

Cette différence considér preuve la plus évidente tion favorable de l'as recouvrement de l'impô

Nombre des articles de rôles sur lesquels il a été statué en 1835.......	Pour dégrèvemens........................	29,827	41,189
	Pour taxes maintenues........................	4,953	
	Pour cotes irrévocables ou indûment imposées........................	6,409	
Nombre de réclamations individuelles présentées en 1835, pour...........	Surtaxes et modérations	14,962	30,389
	Vacances	15,427	

CHAPITRE VI.

MAIRIES.

J'ai dû étendre aux mairies les soins que je donnais à l'agrandissement et à l'embellissement de l'Hôtel-de-Ville, dont elles sont, sous un certain rapport, les succursales.

J'ai transporté le siége de la mairie et des services municipaux du 1er arr. dans un hôtel situé rue d'Anjou-St-Honoré, dont tout le monde reconnaît la convenance. 1er Arrondissement.

La mairie du 2e arrond. a été, avec tous les services qui en dépendent, établie dans les bâtimens de la rue Grange-Batelière, où les travaux d'appropriation sont dès long-temps terminés. 2e Arrondissement.

L'administration poursuit le projet de fixer la mairie du 3e arrondissement dans une portion des bâtimens des Petits-Pères. Les plans et devis des constructions sont dressés : l'estimation de l'emplacement est soumise à M. le ministre des finances, et le Conseil municipal pourra délibérer sur cette opération aussitôt après la réponse du ministre. 3e Arrondissement.

Depuis longues années on a reconnu la nécessité de placer les services municipaux du 4e arrondissement dans une localité mieux appropriée à cette destination et d'un abord plus facile; mais toutes les recherches ont été infructueuses. On étudie en ce moment un nouveau projet. 4e Arrondissement.

La mairie du 5e arrondissement est pourvue, par un long bail, de locaux suffisans et convenablement placés. 5e Arrondissement.

Selon le vœu des habitans du 6e arrondissemt, l'administration a cherché le moyen de maintenir la mairie de cet arrondissement et d'en réunir les principales dépendances dans les bâtimens qu'elle occupe depuis long-temps. Il a été reconnu qu'on le pourrait à peu de frais, mais qu'il conviendrait, avant tout, d'assurer à la Ville la propriété de ces bâtimens. La demande en a été faite à M. le ministre du commerce, qui a répondu qu'avant de prendre un parti, il avait besoin d'examiner plusieurs questions relatives à l'établissement du Conservatoire des arts et métiers; mais qu'en attendant la mairie pouvait continuer à occuper les localités où elle est établie. 6e Arrondissement.

Les locaux occupés par la mairie du 7e arrondissement ont été assainis et agrandis, en attendant qu'il me soit possible de l'établir dans un endroit moins excentrique. 7e Arrondissement.

Le siége des mairies des 8e et 9e arrondissement est fixé dans des bâtimens appartenant à la Ville. 8e et 9e Arrondissement.

Des locations assurent d'une manière complète le service des mairies des 10e et 11e arrondissemens. 10e et 11e arrondissement.

Le Conseil municipal a voté un échange avec l'état qui rendrait la ville de Paris propriétaire d'un terrain situé place du Panthéon, à l'angle de la rue Soufflot, et d'une maison sise rue des Fossés-Saint-Jacques, no 13, à la charge par elle de construire une façade semblable à celle de l'Ecole de Droit. Au moyen de cette opération, l'administration pourrait établir la mairie du 12e arrondissement sur la place du Panthéon. Des difficultés se sont élevées sur les conditions de l'échange; mais elles ne sont pas insurmontables, et l'administration suit avec persévérance son projet qui a obtenu l'approbation générale. 12e Arrondissement.

CHAPITRE VII.

COMMERCE ET APPROVISIONNEMENT.

1° DOUANE DE PARIS.

Le commerce de Paris prend, d'année en année, un notable accroissement. Comme on le voit par le tableau ci-après, la valeur des exportations de Paris, suivant les déclarations faites à la douane, montait :

En 1829, à . . . . 64,737,731 fr. »

En 1830, à . . . . 64,231,108 fr. »

Et les registres de la douane la portent :

Pour 1835, à . . . . 119,441,522 fr. »

et pour 1836, à . . . . 134,495,449 fr. »

ÉTAT COMPARATIF des Exportations déclarées à la Douane de Paris pendant chacune des années 1828 *à* 1836.

ANNÉES.	NOMBRE DES COLIS.	POIDS DES COLIS.	VALEUR des EXPORTATIONS.	COMPARAISON DES VALEURS AVEC L'ANNÉE PRÉCÉDENTE. Augmentation.	Diminution.	OBSERVATIONS.
1828.	91,066	8,223,670	66,972,467	»	»	La valeur des marchandises déclarées à la douane de Paris est *généralement d'un quart au-dessous de la valeur réelle*; ce qui est sans inconvénient pour les droits de sortie, qui presque toujours se perçoivent au poids.
1829.	94,294	8,662,541	64,737,731	»	1,354,736	
1830.	87,509	8,307,515	64,231,108	»	506,623	
1831.	83,177	8,816,821	66,758,574	2,527,466	»	
1832.	82,911	9,685,348	66,911,055	152,481	»	
1833.	114,126	10,404,160	95,247,581	28,336,526	»	
1834.	118,197	10,080,186	98,315,020	3,067,639	»	
1835.	141,136	12,622,810	119,441,522	21,126,502	»	
1836.	152,651	13,888,059	134,495,449	15,053,927	»	

Ces résultats sont d'autant plus satisfaisans que l'industrie parisienne entre dans ces exportations pour les quatre cinquièmes.

2° ENTREPÔTS DE DOUANE.

Nos deux entrepôts de douane ont éprouvé aussi d'heureux effets de l'activité du commerce. On ne verra pas sans intérêt le mouvement de ces établissemens depuis leur ouverture.

ENTREPOT DES MARAIS.

Mouvement des marchandises depuis le 1er avril jusqu'au 31 décembre 1834.

	ENTRÉES.	SORTIES.	EXISTENCES au 31 décembre 1834
Bois d'ébénisterie et de teinture	2,172,953 50	969,606 50	1,203,347 »
Cacao	214,744 »	118,031 50	96,712 50
Café	2,637,400 »	1,687,249 50	950,150 50
Crins, cornes, fanons, peaux, ivoire	179,946 50	134,026 18	45,920 32
Drogueries et teintures	69,152 25	22,808 50	46,343 75
Gommes et sucs végétaux	167,457 50	110,197 »	57,260 50
Indigo et cochenille	24,761 »	19,799 15	5,961 85
Laine	304,753 »	193,783 30	110,969 70
Métaux et oxides métalliques	126,808 50	72,981 50	53,827 »
Nacre	182,427 »	63,614 50	118,812 50
Nitrates de soude et de potasse	200,218 50	132,984 »	67,234 50
Poivre	384,241 50	210,443 »	173,798 50
Potasse	208,718 50	171,351 50	37,367 »
Riz, sagou, pâtes diverses	43,147 »	24,350 50	18,796 50
Sucre	3,544,196 »	2,716,204 50	827,991 50
Suif	22,675 »	10,535 »	12,140 »
Thé	45,962 11	25,645 36	20,316 75
Tissus divers	18,765 »	6,416 25	12,348 75
Vins, rhum, tafia, etc.	76,980 50	18,694 »	58,286 50
Articles divers	97,415 92	6,476 45	90,939 47
Kos	10,722,723 28	6,714,198 19	4,008,525 09

Payé au trésor pour acquittement de droits de douane pendant les neuf derniers mois de 1834, 3,219,716 fr. 09 c.

ENTREPOT DES MARAIS.

Mouvement des Marchandises dans l'année 1835.

	EXISTENCE au 31 décembre 1834.	ENTRÉES.	SORTIES.	EXISTENCES au 31 décembre 1835.
Bois d'ébénisterie et de teinture	1,203,347 »	3,062,623 »	2,572,053 »	1,690,917 »
Cacao	96,712 50	297,758 »	281,953 50	112,517 »
Café	950,150 50	2,508,012 »	2,385,822 50	1,072,340 »
Crins, cornes, fanons, peaux, ivoire	45,920 32	191,061 50	172,306 17	64,675 65
Drogueries et teintures	46,343 75	202,369 25	189,964 15	58,748 85
Gommes et sucs végétaux	57,260 50	142,723 30	162,124 10	37,859 70
Indigo et cochenille	5,961 85	67,321 50	37,360 55	35,922 80
Laine	110,969 70	1,378,983 50	1,117,052 70	372,900 50
Métaux et oxides métalliques	53,827 »	1,166,599 50	665,762 60	554,663 90
Nacre de perle	118,812 50	145,056 50	145,824 50	118,044 30
Nitrates de soude et de potasse	67,234 50	818,605 »	725,636 50	160,203 »
Poivre	173,798 50	36,765 »	190,208 »	20,355 50
Potasse	37,367 »	238,170 »	236,609 »	38,928 »
Riz, sagou, pâtes diverses	18,796 50	63,770 50	34,987 »	47,580 »
Sucre	827,991 50	8,962,051 50	8,405,226 »	1,384,817 »
Suif	12,140 »	607,320 »	477,387 »	142,073 »
Thé	20,316 75	43,170 50	38,239 50	25,158 »
Tissus divers	12,348 75	53,023 67	58,157 02	7,215 40
Vins, rhum, tafia, etc	58,286 50	97,075 80	49,461 50	105,900 80
Articles divers	90,939 57	539,577 53	442,080 80	208,436 20
Marchandises prohibées	» »	42,274 22	16,431 42	25,842 80
Kilos	4,008,525 09	20,664,311 77	18,384,737 51	6,288,099 60

Payé au trésor pour acquittement des droits de douane, pendant l'année 1835, 7,749,776 francs 70 centimes.

ENTREPOT DES MARAIS.

Mouvement des marchandises pendant l'année 1836.

	EXISTENCES au 31 décembre 1835.	ENTRÉES.	SORTIES.	EXISTENCES au 31 décembre 1836.
Bois d'ébénisterie et de teinture	1,693,917 »	2,652,905 »	2,354,934 50	1,991,887 50
Cacao	112,517 »	223,226 50	240,268 50	94,475 »
Café	1,072,340 »	2,301,033 50	2,478,993 »	894,380 50
Crins, cornes, fanons, peaux	64,675 65	92,836 25	136,370 15	21,141 75
Drogueries et teintures	58,748 85	183,804 35	158,080 59	84,472 61
Gommes et sucs végétaux	37,859 70	151,128 54	127,150 09	61,838 15
Huile	» »	92,255 »	76,125 »	16,130 »
Indigo et cochenillle	35,922 80	23,996 20	29,198 50	30,720 50
Laine	372,900 50	1,226,983 75	1,079,159 50	520,724 75
Métaux et oxides métalliques	564,663 90	3,167,042 21	1,837,836 19	1,883,869 92
Nacre de perle	118,044 50	337,468 40	223,386 40	232,126 50
Nitrates de soude et de potasse	160,203 »	756,303 50	661,118 50	255,388 »
Poivre	20,355 50	140,421 »	111,748 »	49,038 50
Potasse	38,928 »	450,524 »	419,264 »	70,188 »
Riz, sagou, pâtes diverses	47,580 »	47,304 »	65,113 »	29,771 »
Sucre	1,384,817 »	8,534,113 »	9,286,370 50	632,559 50
Suif	142,073 »	404,166 »	520,619 »	25,620 »
Thé	25,158 »	68,929 50	59,093 70	34,993 80
Tissus divers	7,215 40	125,960 55	111,192 67	21,983 28
Vins, rhum, tafia, etc.	105,900 80	69,816 75	66,233 13	109,484 42
Articles divers	208,436 20	892,500 67	897,800 48	203,136 39
Marchandises prohibées	25,842 80	111,726 08	102,892 46	34,676 42
	6,288,099 60	22,054,444 75	21,042,947 86	7,298,606 49

Payé au trésor, pour acquittement des droits de douane, pendant l'année 1836, la somme de fr. 8,177,658 32.

NOTA. Le mois de décembre a été presque sans arrivages, à cause de l'interruption de la navigation. Sans cette circonstance, et si les bateaux en route eussent pu arriver, on aurait à l'entrée environ 24,000 tonnes, et à l'*existence*, plus de 8,000. Du reste, les *existences* ont varié comme il suit :

Fin	décembre 1835	6,288,099 60
—	janvier 1836	6,922,679 »
—	février	6,661,997 60
—	mars	6,560,706 24
—	avril	6,795,760 60
—	mai	7,473,113 63
—	juin	7,996,718 31
Fin	juillet	9,381,868 95
—	août	9,072,856 97
—	septembre	8,014,882 49
—	octobre	7,915,552 74
—	novembre	8,253,501 14
—	décembre	7,298,606 49

ENTREPOT DE L'ILE DES CYGNES.

Mouvement des Marchandises depuis le 1er avril jusqu'au 31 décembre 1834.

	ENTRÉES.		SORTIES.		EXISTENCES au 31 décembre 1834.	
Cafés	863,074	»	529,820	»	333,254	»
Sucres	7,956,137	50	6,687,524	50	1,268,613	»
Cacaos	48,250	»	39,856	50	8,393	50
Potasses et perlasses	289,926	»	101,285	»	188,641	»
Huiles	219,229	»	88,994	»	130,255	»
Nitrate	224,191	»	177,334	50	46,856	50
Soieries	383	»	383	»	»	»
Thés	8,347	»	3,867	»	4,480	»
Fanons	10,969	»	10,969	»	»	»
Cotons	7,132	»	7,132	»	»	»
Poivre	52,247	»	52,247	»	»	»
Citrons	9,907	»	9,907	»	»	»
Soies de porc	416	»	416	»	»	»
Librairie	103	50	103	50	»	»
Aloès	660	»	660	»	»	»
Marbre	149,587	60	149,587	60	»	»
Musc	9	50	9	50	»	»
Séné	678	»	678	»	»	»
Cuivres	115,591	»	115,591	»	»	»
Bois divers	35,076	»	27,255	»	7,821	»
Curcuma	11,876	»	11,876	»	»	»
Succin	138	»	»	»	138	»
Raisins secs	8,493	»	8,493	»	»	»
Plomb	235,030	»	235,030	»	»	»
Peaux diverses	9,075	»	9,075	»	»	»
Lycopode	537	»	266	»	271	»
Jalap	111	50	111	50	»	»
Vins divers	6,525	»	2,227	»	4,298	»
Colle de poisson	406	»	406	»	»	»
Arsenic	312	»	312	»	»	»
Quinquina	2,500	»	»	»	2,500	»
Espèces médicinales	390	»	390	»	»	»
Grenat	55	»	55	»	»	»
Bouchons de liége	5,824	50	2,333	»	3,491	50
Esprits divers	23,321	»	4,610	»	18,711	»
Caoutchouc	2,930	»	»	»	2,930	»
Amandes	766	»	766	»	»	»
Antimoine	9,372	»	»	»	9,372	»
Iris	677	»	»	»	677	»
Porcelaines	89	»	89	»	»	»
Riz	8,024	»	»	»	8,024	»
Tapioka	89	»	89	»	»	»
Fer-blanc	1,142	50	»	»	1,142	50
Laines	736	»	736	»	»	»
Suif	42,089	»	»	«	42,089	»
Objets d'art et mobilier	18,789	»	18,789	»	»	»
Bimblotterie	6	»	6	»	»	»
	10,381,037	60	8,299,299	60	2,081,758	»

Payé au trésor, pour acquittement des droits de douane, pendant les neuf derniers mois de 1834, 3,483,034 fr. 33 c.

ENTREPOT DE L'ILE DES CYGNES.

Mouvement des marchandises pendant l'année 1835.

	EXISTENCES au 31 décembre 1834.	ENTRÉES.	SORTIES.	EXISTENCES au 31 décembre 1835.
Cafés	333,254 »	448,566 »	546,566 »	235,254 »
Sucres	1,268,613 »	12,395,065 »	11,788,569 »	1,875,109 »
Cacaos	8,393 50	51,751 »	24,175 50	35,969 »
Potasse et perlasse	188,641 »	178,146 »	316,947 »	49,840 »
Huile	130,235 »	89,446 30	143,105 30	76,576 »
Nitrate de soude et de potasse	46,856 50	295,749 50	136,823 »	205,783 »
Thés	4,480 »	794 59	5,274 59	» »
Fanons	» »	251 »	251 »	» »
Cotons	» »	7,814 »	7,814 »	» »
Librairie	» »	6 25	6 25	» »
Aloës	» »	945 »	395 »	550 »
Marbre	» »	6,250 »	584 »	5,666 »
Séné	» »	367 »	187 »	180 »
Cuivres	» »	104 »	» »	104 »
Bois divers	7,821 »	615,562 »	368,400 »	254,983 »
Succin	138 »	» »	138 »	» »
Plombs	» »	271,793 »	271,793 »	» »
Lycopode	271 »	» »	271 »	» »
Vins divers	4,298 »	14,729 40	9,898 35	9,129 05
Quinquina	2,300 »	1,748 50	4,048 50	» »
Bouchons de liège	3,491 50	» »	3,491 50	» »
Esprits divers	18,711 »	5,684 »	18,265 »	6,130 »
Caoutchouc	2,930 »	» »	2,930 »	» »
Régule d'antimoine	9,372 »	6,294 »	15,666 »	» »
Iris	677 »	» »	229 »	448 »
Porcelaines	» »	9 70	9 70	» »
Riz	8,024 »	7,926 »	15,950 »	» »
Fer-blanc et fers divers	1,142 50	491,655 »	278,553 50	214,244 »
Suifs	42,089 »	382,758 »	278,742 »	146,105 »
Objets mobiliers et d'art	» »	20,759 75	17,229 75	3,530 »
Nacre de perle	» »	8,782 »	8,782 »	» »
Dents d'éléphant	» »	2,082 »	2,082 »	» »
Nankins	» »	2,593 50	1,973 »	620 50
Divers	» »	17,484 50	14,369 50	3,115 »
	2,081,738 »	15,325,116 99	14,283,519 44	3,123,335 55

Payé au trésor, pour acquittement des droits de douane, pendant l'année 1835, 3,604,330 francs.

ENTREPOT DE L'ILE DES CYGNES.

Mouvement des marchandises pendant l'année 1836.

	EXISTENCES au 31 décembre 1835.	ENTRÉES.	SORTIES.	EXISTENCES au 31 décembre 1836.
Cafés	235,254 »	491,091 75	511,304 25	215,041 50
Sucres	1,875,109 »	8,644,404 50	9,474,338 50	1,065,175 »
Cacaos	55,969 »	1,748 »	33,542 50	4,174 50
Potasses et perlasses	49,840 »	178,896 »	197,074 »	31,662 »
Huiles	76,576 »	273,980 »	245,084 »	105,472 »
Nitrates	205,783 »	376,156 50	379,893 »	202,046 50
Soieries	» »	599 »	599 »	» »
Cotons	» »	3,670 »	3,670 »	» »
Aloës	550 »	» »	356 »	194 »
Marbre	5,666 »	11,095 »	11,962 »	4,799 »
Séné	180 »	» »	180 »	» »
Cuivre	104 »	» »	104 »	» »
Bois divers	254,983 »	50,098 »	136,532 »	168,549 »
Raisins secs	» »	738 »	738 »	» »
Plombs	» »	863,103 »	319,906 »	543,197 »
Vins divers	9,129 05	16,501 »	10,982 »	14,648 05
Quinquina	» »	2,468 »	» »	2,468 »
Espèces médicinales	» »	617 50	26 »	591 50
Esprits divers	6,130 »	249 »	1,861 »	4,518 »
Antimoine	» »	6,416 »	» »	6,416 »
Iris	448 »	» »	448 »	» »
Fer-blanc et divers	214,244 »	800,257 »	718,345 »	296,156 »
Suif	146,105 »	35,515 »	169,799 »	11,821 »
Objets d'arts et mobiliers	3,530 »	4,577 50	8,107 50	» »
Nacre de perle	» »	627 »	627 »	» »
Dents d'éléphant	» »	517 »	517 »	» »
Nankin	620 50	» »	620 50	» »
Divers	3,115 »	27,627 26	24,305 10	6,437 16
Tabacs	» »	17,183 »	» »	17,183 »
	3,123,355 55	11,828,135 01	12,250,921 35	2,700,549 21

Payé au trésor, pour acquittement des droits de douane, pendant l'année 1836, 4,655,720 fr.

Ainsi, du 1er avril au 31 décembre 1834, il était entré aux deux entrepôts, kil. de marchandises.... 21,103,760 88.

Il en était sorti...... 15,013,497 79.

En 1835 il en est entré.......... 35,989,428 79.

Et il en est sorti............. 32,668,256 95.

En 1836, les entrées se sont élevées à............. 33,882,579 76.

Et les sorties à...................... 33,293,869 21.

Et sans l'interruption de la navigation pendant le mois de décembre, ces quantités auraient été dépassées de 3,000,000 kil.

Mais, nonobstant l'importance de ce mouvement, les deux entrepôts sont loin de présenter aux compagnies qui les exploitent les bénéfices qu'elles pouvaient raisonnablement en espérer. Cela tient, d'une part, à la modicité du tarif des droits de magasinage qu'elles sont autorisées à percevoir; d'autre part, aux frais considérables du personnel de la douane dont elles sont grevées par la loi du 25 février 1832. Dans ces circonstances, les concessionnaires ont demandé à être exonérés de la charge de ces frais, et le Conseil municipal a appuyé leur réclamation d'un vœu très favorable.

Greniers de réserve.

Conserver à leur destination naturelle les greniers de réserve, offrir au commerce les facilités qui lui manquent pour de grands approvisionnemens et assurer celui de la capitale; en d'autres termes, établir à Paris un système de réserve qui pût concilier les besoins et le développement du commerce avec la sécurité publique, tel était le problème à la solution duquel l'administration est heureusement parvenue.

Une administration prévoyante ne pouvait perdre de vue l'indispensable nécessité d'assurer pour un long-temps l'approvisionnement de Paris; et s'il était sage d'abandonner le mode de l'ancienne réserve, il eût été imprudent de renoncer à toute espèce de réserve. L'insuffisance de la halle actuelle, comme centre d'approvisionnement, le vœu exprimé par le commerce que les greniers d'abondance, dont la ville de Paris avait toujours joui sans aucun trouble, fussent rendus à leur première destination; tels furent les résultats des enquêtes provoquées par l'administration.

Il fut, d'un autre côté, démontré par des commissions formées dès 1835, que l'on ne pouvait ni abandonner purement et simplement au commerce les greniers d'abondance, ni accepter sans d'importantes modifications les propositions du syndicat de la boulangerie. Ces deux partis offraient de graves inconvéniens. Par suite des considérations développées devant le Conseil municipal, il a adopté un système mixte au moyen duquel le commerce sera satisfait et la réserve des boulangers deviendra réelle de fictive qu'elle était. Il consiste à céder moitié des greniers au commerce des farines, comme annexe de l'ancienne halle, et moitié aux boulangers qui, moyennant une indemnité de un franc par sac, seront tenus d'y transporter les 3/5es de leur dépôt de garantie. Ces 3/5es, qui représentent 36,000 sacs, élèveront la réserve à 48,000 sacs et assureront, pour plus d'un mois, l'approvisionnement de Paris.

Au mois de juillet dernier, une ordonnance royale, consacrant cette délibération, a été rendue. Son exécution entière, qui va avoir lieu très incessamment, a été retardée jusqu'ici par des mesures réglementaires, que M. le préfet de police a été obligé de prendre préalablement et qu'il était juste de concilier avec les réclamations du commerce de la boulangerie, qui rentre dans ses attributions. Tout porte à croire, toutefois, que rien n'empêchera l'exécution d'une mesure que doivent désirer et le commerce et la boulangerie, et qui est intimement liée à l'ordre public et à l'économie politique.

Halle au blé.

L'administration, de concert avec la chambre de commerce, a décidé qu'une partie de la halle au blé serait convertie en bourse pour les céréales.

Cette mesure exigera quelques dispositions nouvelles, telles que le percement de jours dans la coupole, afin d'introduire dans la halle une plus grande masse de lumière indispensable pour la vente sur échantillon.

L'affectation des greniers de réserve à une annexe de la halle actuelle, facilitera les opérations du commerce.

Entrepôt des boissons.

La prospérité de l'entrepôt général des boissons est toujours l'objet de la sollicitude de l'administration.

Dans le cours de l'année 1836, elle a fait disposer de nouveaux celliers qui avaient été demandés particulièrement pour le commerce de détail, et qui, en facilitant ses approvisionnemens, ouvrent aussi aux marchands en gros fixés dans l'entrepôt de nouveaux débouchés. Elle a fait en outre établir un deuxième dépotoir pour les eaux-de-vie, et en même temps elle a fait réduire les droits de mesurage et de manutention perçus pour ce service.

Quatre nouveaux escaliers doubles faciliteront les communications dans l'intérieur; des rampes vont être élargies pour faciliter le service des petits celliers. La démolition des maisons situées à l'angle du quai et de la rue des Fossés-St-Bernard, permettra aussi de terminer la clôture de l'entrepôt et d'établir une nouvelle entrée.

Enfin l'administration a appliqué à l'entrepôt une institution qui a produit les meilleurs résultats dans les abattoirs : c'est la création d'un conservateur spécialement chargé de veiller à tous les intérêts qui s'y rattachent, tant comme propriété communale que comme établissement commercial.

L'administration médite encore de nouvelles améliorations qui seront réalisées dans le cours de cet exercice, et qui, en conservant à cet établissement le caractère d'une propriété monumentale, ménageront en même temps au commerce toutes les facilités et toutes les sûretés qui peuvent l'y attirer et l'y fixer.

J'espère même pouvoir étendre le service de cet établissement en y réunissant l'entrepôt des huiles, placé maintenant dans l'étage souterrain du bâtiment des Bernardins.

Le Conseil municipal ayant reconnu que les produits de l'entrepôt des sels couvraient à peine les frais ordinaires d'entretien et d'exploitation, a exprimé le vœu que cet établissement fût réuni à l'entrepôt de douane de la place des Marais. Entrepôt des sels.

J'ai consulté la chambre de commerce, l'administration des douanes et celle de l'octroi, et suis entré en pourparlers avec le concessionnaire de l'entrepôt des Marais.

Aucune objection ne s'est élevée contre ce projet, aucune difficulté grave ne paraît devoir en entraver l'exécution, et je viens de soumettre des propositions au Conseil municipal.

Depuis que le marché de Sceaux a été restauré, le commerce a provoqué auprès de l'administration de nouvelles améliorations. Il a demandé notamment la construction d'une halle pour la vente des veaux, dont le nombre augmente chaque année d'une manière sensible. Marché de Sceaux.

Les plans de ces nouveaux travaux ont été soumis à l'examen d'une commission qui a indiqué des modifications utiles pour concilier avec toute l'économie possible la satisfaction des besoins du commerce.

J'espère être incessamment à portée de faire délibérer le Conseil municipal sur ce projet.

J'ai fait en outre étudier et je serai bientôt en mesure de communiquer au Conseil municipal une proposition pour l'établissement, près des barrières du nord, d'un marché franc destiné à la vente des veaux, des vaches grasses et des porcs. Halle aux Veaux.

Ce nouveau marché aurait l'avantage de servir avec les mêmes facilités à l'approvisionnement de la banlieue et de la capitale, et d'éviter le passage, à travers la ville de Paris, des veaux et des vaches qui arrivent par les barrières du nord. L'industrie particulière paraît disposée à venir en aide à la Ville pour l'exécution de ce projet, qui n'entraînerait pas, du reste, la suppression du marché des Bernardins. Celui-ci recevrait toujours les arrivages des barrières du sud, et la tendance des approvisionneurs à se rapprocher de Paris lui ménagerait de ce côté des compensations pour les pertes qu'il ferait.

Grâce à une direction vigilante et sage, et au régime actuel du commerce de la boucherie, la caisse de Poissy continue à aider puissamment le commerce sans perte pour la Ville. Caisse de Poissy.

Il n'est pas besoin de rappeler ici l'utilité de cette institution pour l'approvisionnement de Paris. Des propriétaires forains, des herbagers, des commissionnaires se rendent des départemens les plus éloignés aux marchés de Poissy, de Sceaux et de Paris, pour y vendre sans délai des bestiaux qu'ils ne pourraient conserver sans en altérer la qualité. Les bouchers, qui se portent en grand nombre à ces marchés, sont souvent inconnus des approvisionneurs; cependant en quelques heures, sur cent points divers, la marchandise est livrée, le prix en est constaté et avancé par la caisse de Poissy; et celle-ci ne renferme pas ses avances dans les limites des garanties offertes par le cautionnement des bouchers; elle leur tient compte aussi des garanties morales que donnent la probité, l'intelligence, l'ordre et le travail.

CAISSE DE POISSY.

N° 2. EXERCICE 1836.

RELEVÉ GÉNÉRAL *par Espèces, Quantités, Valeurs et Prix moyens, des Bestiaux achetés sur les Marchés de Poissy, Sceaux et Paris, pendant l'année 1836, par les Bouchers de Paris, de la Banlieue, et des Forains.*

ACHATS DIRECTS ET A DESTINATION DE LA BOUCHERIE DE PARIS.

MOIS.	BOEUFS.			VACHES.			VEAUX.			MOUTONS.		
	Nombre.	Valeur.	Prix moyen.	Nombre.	Valeur.	Prix moyen.	Nombre.	Valeur.	Prix moyen.	Nombre.	Valeur.	Prix moyen.
Janvier	5,857	1,964,615 »	[illegible]	1,391	256,134 »	187 15	5,935	583,540 [illegible]	97 43	29,083	883,677 15	29 63
Février	7,046	2,370,013 »	337 64	1,239	245,536 70	198 07	5,151	518,[illegible]	100 22	34,560	954,134 90	30 23
Mars	6,385	2,231,338 30	349 52	1,397	237,[illegible]	[illegible]	5,958	600,536 »	101 06	31,970	931,085 90	29 98
Avril	5,700	2,025,000 »	[illegible]	1,168	324,118 »	271 05	7,096	[illegible]	58 69	27,796	615,262 »	[illegible]
Mai	6,050	2,345,050 »	395 »	1,493	422,378 »	279 11	6,431	611,146 63	95 21	33,271	815,151 75	27 08
Juin	[illegible]	[illegible]	305 90	[illegible]	100,513 »	[illegible]	7,000	621,134 53	89 76	28,855	760,094 35	26 27
Juillet	5,027	[illegible]	155 25	1,711	211,119 »	190 87	7,004	616,591 »	88 22	24,036	700,188 »	[illegible]
Août	5,111	[illegible]	325 40	1,765	338,115 [illegible]	191 [illegible]	6,218	445,505 »	78 29	32,046	895,008 30	26 85
Septembre	6,[illegible]	2,085,[illegible] »	338 41	[illegible]	[illegible]	[illegible]	6,076	525,730 »	[illegible]	31,100	841,454 90	21 38
Octobre	[illegible]	[illegible]	[illegible]	1,638	381,784 [illegible]	201 78	5,468	536,191 80	98 06	35,088	813,813 75	[illegible]
Novembre	5,446	1,881,[illegible]	[illegible]	1,025	275,[illegible]	[illegible]	6,111	407,[illegible]	64 06	30,039	730,857 »	[illegible]
Décembre	6,[illegible]	1,554,097 60	242 15	1,[illegible]	186,654 »	193 28	6,083	608,517 »	87 87	33,347	845,119 10	25 30
	74,[illegible]	24,817,[illegible]	[illegible]	17,11[illegible]	3,125,[illegible]	[illegible]	73,190	8,[illegible]	90 33	377,161	10,108,[illegible] »	26 [illegible]

ACHATS DES BOUCHERS DE LA BANLIEUE.

MOIS.	BOEUFS.			VACHES.			VEAUX.			MOUTONS.		
	Nombre.	Valeur.	Prix moyen.	Nombre.	Valeur.	Prix moyen.	Nombre.	Valeur.	Prix moyen.	Nombre.	Valeur.	Prix moyen.
Janvier	1,118	295,165 »	[illegible]	16	2,[illegible] »	181 [illegible]	1,313	77,021 »	67 92	6,303	154,900 25	27 44
Février	1,030	302,157 50	302 66	9	1,[illegible] 50	[illegible]	1,354	85,[illegible] »	60 41	7,201	186,120 [illegible]	21 01
Mars	1,[illegible]	454,792 50	400 33	13	2,[illegible] »	171 [illegible]	1,304	60,[illegible] »	46 16	7,[illegible]	180,[illegible] »	24 06
Avril	1,[illegible]	421,596 »	[illegible]	14	3,[illegible] »	[illegible]	1,[illegible]	[illegible] 50	63 20	8,[illegible]	190,[illegible] 50	24 [illegible]
Mai	1,394	444,[illegible] »	[illegible]	26	4,[illegible] »	178 [illegible]	2,141	134,[illegible]	61 66	9,702	296,166 [illegible]	24 21
Juin	[illegible]	[illegible] »	210 [illegible]	8	1,[illegible] »	[illegible]	2,489	155,[illegible] 50	63 [illegible]	9,274	201,176 »	21 [illegible]
Juillet	1,[illegible]	400,[illegible] 60	240 61	10	1,[illegible] »	156 [illegible]	2,[illegible]	121,132 »	61 26	9,310	186,[illegible] 25	20 44
Août	1,[illegible]	471,323 »	[illegible]	12	2,[illegible] »	173 [illegible]	3,[illegible]	135,[illegible]	50 87	16,[illegible]	315,[illegible] 25	19 09
Septembre	2,[illegible]	611,052 [illegible]	297 66	25	4,[illegible] »	[illegible]	1,374	87,[illegible] »	63 [illegible]	11,[illegible]	228,571 »	17 [illegible]
Octobre	[illegible]	[illegible] »	[illegible]	11	3,[illegible] »	[illegible]	1,677	101,[illegible] »	60 12	13,101	[illegible],000 25	15 [illegible]
Novembre	1,311	444,643 »	334 64	22	3,[illegible] »	152 04	1,160	69,[illegible] »	[illegible]	10,029	162,[illegible] 25	16 [illegible]
Décembre	1,001	300,390 »	[illegible]	10	3,[illegible] »	113 0[illegible]	1,[illegible]	25,[illegible]	63 [illegible]	7,[illegible]	114,[illegible] »	16 [illegible]
	19,122	5,321,[illegible] »	303 [illegible]	209	33,[illegible] 50	168 16	19,723	1,[illegible] 50	61 15	116,185	2,[illegible] 75	19 [illegible]

ACHATS DES BOUCHERS FORAINS.

MOIS.	BOEUFS.			VACHES.			VEAUX.			MOUTONS.		
	Nombre.	Valeur.	Prix moyen.	Nombre.	Valeur.	Prix moyen.	Nombre.	Valeur.	Prix moyen.	Nombre.	Valeur.	Prix moyen.
Janvier	1,[illegible]	[illegible],862 50	293 02	66	6,277 »	116 28	100	11,[illegible] 50	[illegible]	2,[illegible]	66,[illegible] 50	22 46
Février	1,[illegible]	[illegible]	293 [illegible]	36	6,018 »	132 [illegible]	180	17,[illegible] 50	21 [illegible]	1,862	45,[illegible] 50	24 50
Mars	1,[illegible]	516,[illegible] »	291 27	48	7,[illegible] »	165 10	[illegible]	16,277 50	71 [illegible]	2,[illegible]	[illegible] 25	[illegible]
Avril	1,[illegible]	390,[illegible] »	217 [illegible]	71	9,[illegible] »	131 51	271	20,[illegible] »	73 06	2,111	[illegible] 15	[illegible]
Mai	1,[illegible]	630,[illegible] 50	311 16	71	11,[illegible] »	160 [illegible]	111	[illegible] »	66 [illegible]	1,[illegible]	[illegible] 75	[illegible] 87
Juin	2,148	625,[illegible] 50	302 27	45	6,[illegible] »	[illegible]	400	26,[illegible] »	65 09	[illegible]	132,[illegible] »	20 [illegible]
Juillet	1,[illegible]	361,[illegible] 50	[illegible]	[illegible]	[illegible] »	140 91	301	21,[illegible] »	[illegible]	7,[illegible]	127,[illegible] 50	17 41
Août	2,220	660,[illegible] »	290 61	76	[illegible] »	132 [illegible]	492	29,734 »	61 07	13,[illegible]	214,[illegible] 50	[illegible]
Septembre	2,130	579,[illegible] »	266 [illegible]	[illegible]	7,[illegible] »	131 [illegible]	677	37,[illegible] »	[illegible]	17,[illegible]	291,[illegible] »	[illegible]
Octobre	2,[illegible]	823,[illegible] »	371 [illegible]	52	10,[illegible] »	113 [illegible]	736	45,[illegible] »	61 20	13,[illegible]	156,[illegible] 25	11 [illegible]
Novembre	1,[illegible]	427,[illegible] »	273 [illegible]	55	[illegible] »	108 [illegible]	[illegible]	17,[illegible] »	[illegible]	8,[illegible]	101,[illegible] 75	11 [illegible]
Décembre	1,[illegible]	554,[illegible] 50	257 [illegible]	64	[illegible] »	138 [illegible]	272	18,[illegible] »	62 [illegible]	4,[illegible]	61,[illegible] »	[illegible]
	21,963	6,[illegible] »	301 68	686	97,262 »	141 [illegible]	3,767	246,[illegible] 50	65 [illegible]	81,[illegible]	1,[illegible] 75	12 17

ÉTAT des Arrivages de Bestiaux sur les Marchés d'approvisionnement de Paris, avec indication des diverses provenances, dans le cours de l'année 1836.

PROVINCES.	BŒUFS.	VACHES.	VEAUX.	MOUTONS.	OBSERVATIONS.
Anjou	12,134	42	»	19,302	
Artois	»	»	1,180	22,128	
Berry	6,437	54	»	86,569	
Bourbonnais	4,115	135	»	6,020	
Bourgogne	4,566	296	»	21,412	
Bretagne	1,992	»	»	»	
Champagne	1,379	7	5	45,878	
Flandre	33	»	»	18,900	
Franche-Comté	665	1	»	»	
Guyenne	3,073	6	»	»	
Ile-de-France	702	15,209	79,120	210,019	
Limousin	13,012	489	»	16,687	
Lorraine	»	»	»	580	
Maine	5,583	96	»	»	
Marche	2,684	6	»	»	
Nivernais	1,409	67	»	2,996	
Normandie	51,472	2,818	16,443	44,087	
Orléanais	51	5	13,625	27,292	
Picardie	»	»	»	7,965	
Poitou	10,425	44	»	37,828	
Saintonge et Angoumois	4,802	12	»	559	
Touraine	»	»	»	497	
Pays étrangers	»	»	»	109,866	
TOTAUX	124,534	19,287	110,373	678,585	

Halle aux cuirs.

L'administration a déjà fait connaître les résultats de l'enquête faite par la chambre de commerce sur le mérite des projets de restauration de la halle aux cuirs. Cette enquête, dans laquelle ont été entendus plus de 150 négocians, a paru démontrer que le commerce désire la conservation de la halle dans l'emplacement actuel, mais qu'il en réclame l'agrandissement.

L'administration a mis sous les yeux du Conseil municipal, avec l'avis de la chambre de commerce, toutes les propositions qui ont été présentées en sens divers pour doter la Ville d'un établissement qui réponde aux besoins du commerce et de l'approvisionnement.

Je ferai tous mes efforts pour obtenir une solution prochaine de cette question qui s'agite sans résultat depuis 30 ans.

Halle aux draps.

L'administration ayant disposé du premier étage de la halle aux draps pour l'établissement d'écoles et d'une salle d'asile, des travaux ont été exécutés au rez-de-chaussée de cette halle pour l'approprier au commerce des draps et de la bonneterie.

Marchés de comestibles.

Aucune partie de l'administration municipale n'éprouve un aussi grand besoin d'améliorations que les marchés de comestibles, soit qu'on les envisage comme centres d'approvisionnemens où la marchandise est vendue en gros, soit qu'on les considère seulement comme marchés de détails ou de revente, alimentés en grande partie de denrées extraites des halles d'approvisionnemens. Ces établissemens donnent ouverture, pour la Ville, à des droits de différente nature, et sont assujétis à des régimes également divers. J'ai dû porter mes soins sur la conservation intacte et quelquefois contestée des droits de la Ville, et maintenir cette branche importante des revenus municipaux fondée sur le texte et l'esprit de la législation en vigueur. Mon premier devoir a toujours été et sera toujours, toutes les fois que j'aurai à traiter avec des entreprises particulières, de poser avant tout, les droits de la commune. Espérons qu'avec le temps je pourrai surmonter quelques-unes des difficultés qui se sont élevées. La sagesse des particuliers, l'aide du Conseil municipal et du gouvernement, m'amèneront à cet heureux résultat.

Marché aux huîtres.

La chambre de commerce a reconnu que l'emplacement de la halle aux cuirs et des propriétés communales y attenantes suffirait non seulement pour construire une nouvelle halle aux cuirs, mais encore pour établir un marché aux huîtres, dont la création débarrasserait la rue Montorgueil de l'encombrement causé par le stationnement des voitures de marée.

Marché à la volaille.

Le marché à la volaille a reçu le complément de restauration jugé nécessaire pour la salubrité publique et pour la commodité des marchands. Les resserres et l'abattoir sont terminés, et l'établissement sera incessamment pourvu d'eau en assez grande abondance pour tous les besoins.

L'abattoir doit être livré gratuitement aux marchands, et les resserres louées d'après un tarif modique voté par le Conseil municipal, et approuvé par l'autorité supérieure. Cette location produira un revenu annuel de 7,000 francs environ, qui couvrira les dépenses faites par la Ville.

Halle centrale de l'octroi et Marché de la rue Chauchat.

Je suis informé que M. le ministre de l'intérieur a approuvé le projet d'établir un marché de comestibles dans l'emplacement de la halle centrale de l'octroi. Ce nouvel établissement pourra être définitivement autorisé dès que le gouvernement aura prononcé la suppression de la halle de l'octroi qui doit être remplacée par des hangards placés aux principales barrières. Ces établissemens seront à la fois plus utiles au commerce et moins onéreux pour la Ville. Le commerce demande avec instance la conversion de la halle centrale de l'octroi en un marché, et les habitans du quartier populeux qu'il desservirait l'appellent de tous leurs vœux. J'espère qu'ils pourront bientôt être satisfaits. Cette affaire a subi à plusieurs reprises tous les degrés d'instruction, et l'avantage de la solution demandée est hors de contestation.

Nouveaux marchés établis par l'industrie particulière.

Deux compagnies ont vu de l'intérêt à établir de nouveaux marchés de comestibles, l'un dans le clos de la foire St-Laurent, l'autre dans le quartier de la Madeleine. En élevant les constructions à leurs frais, sur leurs terrains, ces compagnies ont demandé à la Ville de légaliser leurs établissemens, moyennant des concessions qu'elles se sont déclarées prêtes à lui faire, reconnaissant qu'aux communes seules appartient le droit d'établir des marchés publics.

Marché du quartier St-Laurent.

Le Conseil municipal à voté l'acceptation des offres faites à la Ville pour l'établissement du marché St-Laurent; mais des objections ayant été faites par le comité de l'intérieur du conseil d'état sur les bases de ces conventions, l'administration doit s'entendre avec la compagnie sur quelques changemens qu'il devient nécessaire d'y apporter.

J'espère qu'au moyen de ces changemens, le gouvernement n'hésitera pas à autoriser la réalisation d'un traité qui respectera le droit de la commune et ménagera suffisamment ses intérêts.

Marché de la Madeleine.

L'administration espère aussi qu'elle pourra sous peu faire délibérer le Conseil municipal sur un traité définitif avec la société du marché de la Madeleine.

D'après l'exposé que celle-ci a fait à l'administration de l'état de ses charges, il a paru équitable de modifier quelques-unes des conditions du traité préliminaire, et l'arrangement définitif ne peut plus tarder à être conclu.

CHAPITRE VIII.

ÉTABLISSEMENS QUI INTÉRESSENT LA SALUBRITÉ PUBLIQUE.

Abattoirs

Les abattoirs ont reçu d'importantes améliorations : un second parc en fer a été construit à l'abattoir Montmartre; les préparations des têtes et des pieds de veau, qui s'exécutaient dans l'intérieur de la ville, ont été concentrées dans les abattoirs; cinq ateliers ont été établis, et loués à des entrepreneurs moyennant la somme annuelle de 2,600 f. L'administration a conçu encore un autre projet qui, si l'instruction dont il est l'objet ne signale pas d'inconvénient, pourra être réalisé prochainement. Il s'agit d'établir, auprès des vingt-huit fondoirs existans dans les abattoirs, des logemens pour les fondeurs, qui leur permettent de surveiller nuit et jour leur exploitation. Le défaut de surveillance peut avoir de graves inconvéniens. Il en est résulté en 1822 l'incendie d'un fondoir, et le mal eût pu être plus grave. Ces logemens ne doivent pas d'ailleurs être une charge pour la Ville; elle trouverait, dans les loyers qu'on lui offre, une indemnité convenable de la dépense.

L'administration a aussi prescrit des mesures pour augmenter la surveillance des vaches malades qui sont introduites dans les abattoirs, afin de s'assurer complétement de la salubrité de la viande de ces bestiaux avant de les livrer à la consommation.

Enfin l'on s'occupe des moyens de combattre l'invasion de plus en plus menaçante des rats dans les abattoirs, sans compromettre la santé publique.

Voiries.

L'Administration municipale a continué à s'occuper des voiries. On a reconnu que la désinfection des matières dans les fosses d'aisance était impraticable dans la plus grande partie des fosses de Paris, et que dans les lieux même où ce moyen pouvait être employé, il fallait avant tout extraire les eaux vannes qui forment les neuf dixièmes de la totalité des matières. Force a donc été de renoncer à la désinfection sur place.

La désinfection dans les voiries rencontrait le même obstacle : on a pensé qu'il pouvait être levé par l'établissement de puits artésiens absorbans. Un premier essai a répondu à l'attente de l'administration, mais on a été arrêté ensuite par la crainte que les matières, qui sont encore en suspension dans les eaux vannes, ne finissent par obstruer la colonne du puits absorbant.

La science n'ayant pu offrir un moyen de désinfection sûr et facile, le Conseil municipal, pressé par les réclamations les plus vives, n'a pas cru devoir ajourner plus long-temps sa détermination, et il est revenu à l'idée de faire transporter la totalité des matières à Bondy. On s'occupe de l'étude d'un chemin de fer conduisant à cette voirie, et de l'appropriation de la localité à tous les besoins du service. Le ministre des finances a consenti, de son côté, à la cession du terrain de la voirie à la Ville, sur expertise contradictoire.

Le Conseil municipal a voté aussi le déplacement des ateliers d'écarrissage. Clos d'écarrissage.

L'Administration, de concert avec le préfet de police, fait examiner quelques localités qui lui ont été proposées pour la formation d'un abattoir municipal, et sous peu l'on espère pouvoir réaliser le vœu du Conseil avec le concours de l'industrie particulière qui a déjà fait des offres.

CHAPITRE IX.

BIENS COMMUNAUX.

Sommier et plan terrier.

L'administration poursuit la réunion des titres de propriété des immeubles communaux et départementaux, la levée des plans de ces domaines et la rédaction du sommier.

Elle prend en même temps les mesures convenables pour faire cesser les usurpations dont ces domaines ont pu être l'objet.

Déjà un registre sommaire pour chacun des domaines municipal et départemental est terminé; il contient dans son cadre toutes les parties connues de ces domaines, leur nature, leur situation, et pour la plus grande partie leur origine et l'indication des titres principaux, en vertu desquels ils sont possédés, de manière que l'administration peut, dès à présent, s'éclairer au besoin sur sa position.

Le sommier lui-même est commencé et se poursuit au fur et à mesure que l'administration a pu réunir les titres établissant complétement la propriété des immeubles qui doivent y figurer.

Parmi les propriétés communales, il est un grand nombre de murs mitoyens mis à découvert par les démolitions exécutées en voirie et de terrains restés en dedans des alignemens.

Il arrive souvent qu'après un certain laps de temps les traces de mitoyenneté de murs disparaissent, les portions de terrains qui ne sont pas entrées dans le périmètre des rues sont envahies.

Ces anticipations sont l'objet d'un travail important.

97 propriétaires ont déjà reconnu les droits de la Ville et du département; ils ont demandé à conserver les choses dans leur état actuel à titre de tolérance, et l'administration y a consenti toutes les fois que cet état ne présentait pas d'inconvéniens; mais en ce cas même, elle a dû prendre des mesures pour mettre désormais, d'une manière efficace, les droits de la Ville à l'abri de nouvelles usurpations; elle en a trouvé le moyen en accordant ces tolérances, moyennant une redevance annuelle, sous la réserve, en faveur de l'administration, de les révoquer à volonté; 40 propriétaires ont déjà consenti des redevances qui constituent pour la Ville un revenu de 3,345 fr.; les redevances qui seront encore stipulées prochainement peuvent être évaluées à environ 2,000 francs;

55 autres propriétaires ont justifié de leurs droits;

25 ont demandé des délais pour l'examen des droits réciproques, déclarant renoncer à faire valoir la péremption de l'instance introduite contre eux.

Enfin l'administration a demandé les autorisations pour suivre les instances commencées contre 219 autres propriétaires.

LOCATIONS SUR LA VOIE PUBLIQUE.

Droit de stationnement des voitures des approvisionneurs des halles.

Il a été constaté que les auberges et les autres emplacemens particuliers destinés à remiser les voitures d'approvisionnement, ne peuvent en recevoir que 534 sur plus de 1,900, et que le reste stationnait sur la voie publique, notamment dans les rues avoisinant la halle, lesquelles en étaient encombrées. Comme ces voitures ressortent de Paris à 9 heures du matin en été, et à 10 heures en hiver, on a trouvé de l'avantage à les concentrer sur les quais depuis le Pont-Neuf jusqu'à la place de l'Hôtel-de-Ville, sur la place du Châtelet, sur le Pont-au-Change, le Pont-Notre-Dame, et sur une partie du quai du Louvre.

On a reconnu en même temps que les lois ayant mis au rang des recettes communales la location des portions de la voie publique qui ne sont point nécessaires à la circulation, il y avait lieu de soumettre à un droit de location le stationnement des voitures d'approvisionnement sur les lieux y affectés. L'administration, après avoir arrêté un tarif, en a mis en adjudication la perception. Cette adjudication, qui a eu lieu pour onze mois à partir du 1er novembre 1836 jusqu'au 1er octobre 1837, donne à la Ville, pour ce laps de temps, un nouveau revenu de 20,826 fr. 44 c., susceptible encore d'augmentation dans la suite.

Emplacemens distraits temporairement de la voie publique.

Le Conseil municipal a voté également l'application d'un droit annuel de location à tous les emplacemens distraits temporairement de la voie publique par des barrières, des constructions légères, des échoppes et des étalages, soit mobiles, soit fixes. Il n'a fait d'exception que pour les établissemens formés dans le seul intérêt de la sûreté et de la salubrité, ou qui, par leur nature, ne peuvent être exploités que par des indigens, et enfin pour les emplacemens occupés par les laitières.

Le droit de louer ces portions de la voie publique ne paraît pas pouvoir être mis en doute; mais l'exercice de ce droit a soulevé des questions qui ont paru à M. le ministre de l'intérieur mériter un nouvel examen et une nouvelle délibération du Conseil municipal; l'administration les lui a déférées.

ACQUISITIONS.

Acquisition du palais des Thermes.

Il existe à Paris, rue de la Harpe, de précieux restes d'antiquité connus sous le nom de *Palais des Thermes de Julien*. Ce monument, le plus ancien de la capitale, est le seul de construction romaine existant dans cette ville. Il se distingue de tous ceux du même genre par la conservation de certaines parties détruites dans tous les autres, et à son existence se rattachent les plus vieux souvenirs de notre histoire; aussi sa conservation a-t-elle depuis long-temps appelé la sollicitude de l'administration municipale.

Dès 1819, des mesures avaient été prises pour débarrasser les débris de ce monument des constructions modernes qui l'encombraient, et la Ville s'en était assuré la jouissance au moyen d'une redevance emphytéotique de 2,000 francs, qu'elle sert à l'hospice de Charenton, qui en est le propriétaire actuel.

Le Conseil municipal a reconnu qu'il est important pour la Ville de protéger pour toujours cet édifice contre la destruction et l'oubli, et il en a voté d'abord l'acquisition au prix de 40,000 francs. Ensuite le ministre de l'intérieur ayant demandé, dans l'intérêt de l'hospice de Charenton, un prix plus élevé, le Conseil y a encore consenti par une délibération nouvelle, qui est soumise en ce moment à l'approbation du gouvernement.

Mur d'enceinte.

Une partie du mur d'enceinte de Paris, près la barrière du Roule, était restée propriété particulière.

L'Administration en a jugé l'acquisition indispensable dans l'intérêt de l'octroi et même de l'ordre public, et la ville de Paris a été autorisée à la faire moyennant la somme de 1,779 francs.

VENTES.

1° Terrain communal route de Charonne, lieu dit Fontarabie.

Un terrain avait été acquis par l'ancienne administration pour y transporter la voirie du Petit-Charonne; il devait ensuite être employé à un dépôt de marbres pour le cimetière de l'Est : ni l'un ni l'autre de ces projets n'ayant été exécutés, il y a lieu de vendre cet immeuble, qui est estimé 17,500 francs.

L'administration se propose de provoquer incessamment à ce sujet un vote du Conseil municipal.

2° Voirie à boues de Charonne.

Une autre voirie à boues, située sur le territoire de Charonne, a été supprimée par mesure de police en 1832, et l'Administration a également annoncé l'intention de la vendre.

Des réclamations survenues de la part de propriétaires de fonds enclavés dans cette voirie ont exigé un examen qui a fait suspendre la vente ; mais l'administration est désormais en mesure de satisfaire aux justes réclamations de ces propriétaires, et le Conseil municipal sera très prochainement appelé à donner son avis sur l'aliénation de cette propriété communale, qui est estimée 1,353 fr. 19 c., déduction faite de la superficie à céder, à dire d'experts, aux propriétaires des fonds enclavés.

3° Voirie à boues des Vertus.

L'administration municipale a résolu encore la vente d'une ancienne voirie à boues située près la barrière des Vertus ; mais une opération de bornage avec un propriétaire voisin, opération que plusieurs circonstances ont retardée, a mis jusqu'ici obstacle à l'exécution de ce projet. Cet obstacle sera incessamment levé.

La voirie à boues qui a long-temps existé près de la barrière des Fourneaux, ayant été supprimée aussi par mesure de police en 1832, l'administration en arrêta dès lors la vente; depuis elle fut suspendue à raison de l'établissement projeté d'un abattoir à porcs sur ce terrain; mais ce projet ne peut pas se réaliser; en conséquence l'administration remplit les formalités nécessaires pour parvenir à la vente. Le terrain est estimé 10,031 fr. 40 cent. 4° Voirie à boues des Fourneaux.

La Ville est encore propriétaire d'un terrain qui se trouve en dehors du périmètre de la place de la Madeleine et qui n'a reçu aucune destination dans les travaux faits sur ce point. Une ordonnance royale a autorisé la vente de cet immeuble aux enchères publiques, et l'adjudication en aura lieu incessamment, sur la mise à prix de 98,664 francs. 5° Terrain communal rue Tronchet, à l'angle de la place de la Madeleine.

L'administration se propose enfin de vendre un terrain situé rue Saint-Victor, derrière l'entrepôt des vins, qui est devenu inutile, n'ayant pas été compris dans les constructions de cet établissement. Sa valeur est d'environ 400,000 francs. 6° Terrain rue St.-Victor.

CHAPITRE X.

PERCEPTIONS MUNICIPALES.

Octroi. Les produits de l'octroi se sont élevés en 1836 à la somme de 29,593,256 fr. Ils présentent une augmentation de 544,764 fr. sur l'année précédente; et l'augmentation se fût élevée plus haut sans les obstacles apportés aux arrivages par l'intempérie des saisons aux mois de mai et de décembre.

La dispersion des bois qui étaient rassemblés sur les berges des rivières à la fin d'avril, a donné lieu sur cet article du tarif à une diminution de 246,015 fr.

Et le ralentissement forcé des arrivages en décembre a fait éprouver à la perception une perte de 119,367 fr. sur les boissons.

Quelques articles de peu d'importance classés au chapitre des objets divers du tarif, ont subi une dimintion de 1,215 fr.; mais les produits des droits sur les liquides offrent une augmentation de 185,339 fr., causée par un accroissement dans la consommation des huiles.

Les droits sur les comestibles ont donné, sur 1835, une augmentation de 135,778 fr., et l'administration doit d'autant plus s'en féliciter que c'est un signe certain de l'aisance de la population.

Les produits sur les charbons ont dépassé de 71,076 fr. ceux de 1835.

Les fourrages ne présentent qu'une faible augmentation de 13,388 fr. L'état de cette perception est moins prospère qu'il ne devrait l'être. Cela tient à ce que les entreprises qui occupent un grand nombre de chevaux ont fixé le siége de leurs établissemens hors de Paris. Des relevés faits par l'administration portent à 3,000 le nombre des chevaux d'omnibus, fiacres et cabriolets de place qui logent au dehors.

L'activité soutenue des travaux a amélioré de 505,780 fr. les perceptions sur les matériaux et les bois de construction.

OCTROI DE PARIS.

ÉTAT des visites opérées aux Barrières de Paris, sur les Voitures de toute espèce, et sur les Bêtes de somme tant de jour que de nuit, pendant l'exercice 1835.

BARRIÈRES.	NOMBRE DE VISITES FAITES PENDANT LE JOUR. Voitures suspendues, publiques ou particulières.	Charrettes et Voitures de charge de toute espèce entrant dans Paris, chargées.	vides.	Sortant de Paris et rentrant des entrepôts et transits ou en passe-debout.	Bêtes de somme chargées entrant dans Paris.	Totaux des visites pendant le jour.	NOMBRE DE VISITES FAITES PENDANT LA NUIT. Voitures suspendues, publiques ou particulières.	Charrettes et Voitures de charge de toute espèce entrant dans Paris, chargées.	vides.	Sortant de Paris et rentrant des entrepôts et transits ou en passe-debout.	Bêtes de somme chargées entrant dans Paris.	Totaux des visites pendant la nuit.	Totaux généraux des visites tant pendant le jour que pendant la nuit.
Passy	174,942	117,907	30,619	5,654	3,336	270,508	69,863	29,182	14,873	»	1,057	104,976	374,582
Franklin	50,615	15,463	48,315	»	1,313	86,584	»	»	»	»	»	»	85,934
Sainte-Marie	7,276	6,622	7,934	»	1,250	24,152	»	»	»	»	»	»	24,152
Long-Champ	48,089	13,348	7,291	»	4,224	40,556	8,904	7,335	4,815	»	2,434	23,758	63,428
Neuilly	281,869	3,248	1,757	370	10,142	297,363	97,052	6,141	884	»	16,329	115,685	315,036
Roule	45,606	197,635	60,485	4,595	15,148	319,438	15,285	102,720	44,780	»	3,797	164,452	545,942
Courcelles	3,150	5,453	9,085	»	904	15,970	36	»	4	»	833	873	16,843
Monceau	49,421	64,098	55,652	910	8,532	177,913	26,427	28,796	28,065	2	6,683	104,617	288,045
Clichy	130,838	90,944	21,694	586	3,518	255,179	96,270	67,060	10,324	6	8,569	172,083	427,262
Blanche	39,557	22,735	43,466	»	425	106,476	10,035	578	5,737	»	55	16,351	122,327
Montmartre	7,530	4,055	19,264	»	2,016	31,867	4,135	48	317	»	»	14,349	52,433
Martyrs	44,660	38,837	26,358	236	7,217	99,854	34,599	9,750	15,473	»	7,196	44,043	167,769
Rochechouart	31,728	26,490	23,763	6	2,848	104,815	28,118	8,193	9,421	»	3,221	46,953	145,767
Poissonnière	96,245	20,578	26,353	»	351	143,527	34,487	10,831	17,290	»	437	62,635	176,092
Saint-Denis	244,294	287,185	37,064	5,378	9,427	551,029	97,026	144,796	49,886	»	4,827	291,485	835,085
Vertus	3,364	7,226	15,760	»	660	27,010	30	»	»	»	»	30	27,040
Villette	99,632	344,856	35,714	8,739	3,752	492,893	42,930	86,456	12,373	474	2,136	144,369	637,137
Totaux	1,346,964	1,307,617	495,865	27,704	77,374	3,219,817	554,408	610,960	148,962	482	55,836	1,348,298	4,564,815
Pantin	70,368	223,481	45,847	1,822	8,775	337,534	23,834	76,483	12,993	»	48,555	161,862	479,772
Boyauterie	11,504	24,311	16,255	7	487	52,564	4,891	4,162	19,461	»	85	28,584	
Combat	40,362	59,904	22,073	38	720	63,089	5,092	3,389	56,420	»	242	54,919	147,952
Chopinette	3,261	2,119	2,567	»	4,235	8,144	»	»	»	»	»	»	8,144
Belleville	104,470	55,590	33,296	735	24,925	403,921	76,510	11,854	3,872	»	27,141	119,279	510,600
Ramponneau	5,959	4,331	5,849	»	300	14,421	»	»	»	»	»	»	14,421
Couronnes	149	250	497	»	200	1,062	»	»	»	»	»	»	1,062
Ménilmontant	48,528	36,857	23,822	»	4,857	106,961	27,606	8,967	6,244	»	5,293	41,270	149,216
Amandiers	6,481	5,856	5,604	»	256	18,397	»	»	»	»	»	»	18,397
Roquette	54,547	13,819	14,242	»	965	79,633	»	»	»	»	»	»	79,633
Charonne	14,720	27,784	11,112	437	7,087	51,818	5,678	43,397	4,781	»	37,534	94,378	150,244
Montreuil	13,524	22,352	24,136	»	5,570	62,993	8,451	21,763	7,494	»	76,493	113,983	175,986
Vincennes	101,652	107,463	24,139	7,215	5,109	245,788	42,117	86,057	6,386	»	40,985	182,421	431,109
Picpus	1,296	4,205	4,619	»	109	4,758	»	»	135	»	2	435	4,805
Reuilly	4,460	7,178	5,353	»	423	17,393	»	»	»	»	»	»	17,393
Charenton	70,145	83,841	29,766	3,027	7,063	192,305	24,614	31,363	3,824	»	3,558	68,487	251,072
Bercy	10,153	86,198	14,183	»	802	111,338	7,224	7,854	6,106	»	319	21,368	144,866
La Rapée	75,412	41,317	15,333	»	470	132,532	20,597	4,754	4,012	»	95	28,349	150,634
Totaux	609,397	748,941	280,078	7,603	74,835	1,710,654	257,547	261,862	154,750	»	220,257	872,546	2,552,630

Paris, le 15 mars 1836.

BARRIÈRES.	NOMBRE DE VISITES FAITES PENDANT LE JOUR. Voitures suspendues publiques et particulières.	Charrettes et voitures de charge de toute espèce entrant dans Paris, chargées.	vides.	Sortant de Paris et venant des entrepôts et transits ou en passe-debout.	Bêtes de somme chargées entrant dans Paris.	Total des visites pendant le jour.	NOMBRE DES VISITES FAITES PENDANT LA NUIT. Voitures suspendues publiques et particulières.	Charrettes et voitures de charge de toute espèce entrant dans Paris, chargées.	vides.	Sortant de Paris et venant des entrepôts et transits ou en passe-debout.	Bêtes de somme chargées entrant dans Paris.	Total des visites pendant la nuit.	Totaux généraux des visites tant pendant le jour que pendant la nuit.
DIVISION DU SUD. La Gare	21,453	76,307	24,244	3,646	1,330	127,314	4,289	6,465	412	»	267	47,332	126,741
Ivry	5,357	14,202	7,836	»	2,290	29,564	»	»	»	»	»	»	29,764
Italie	55,252	158,864	35,485	3,862	10,130	264,283	26,301	51,742	17,835	»	5,494	101,784	366,079
L'Oursine	5,459	15,225	8,661	6	345	29,706	»	»	»	»	»	»	29,706
La Santé	3,284	40,819	6,950	1,062	39	54,007	2,016	4,028	2,426	»	10	7,525	65,810
Arcueil	5,925	11,871	10,444	»	173	28,413	»	»	»	»	»	»	24,174
Enfer	67,489	113,529	29,414	6,675	3,144	220,601	34,603	101,267	11,257	»	14,543	162,970	385,571
Mont-Parnasse	29,438	23,942	22,940	»	14	75,340	»	»	»	»	»	»	75,340
Maine	54,883	63,857	41,740	915	1,452	160,722	36,615	58,385	15,425	»	1,736	93,113	253,843
Vaugirard	22,449	53,830	13,442	443	1,237	91,375	14,525	30,774	9,559	»	4,902	54,166	145,032
Sèvres	34,456	61,307	31,572	1,157	478	131,864	5,892	32,701	6,395	»	541	36,905	167,995
École Militaire	27,650	42,627	21,507	547	1,001	93,452	16,325	16,912	5,474	»	361	39,292	132,654
Lowendal-Piquet	3,954	5,774	10,645	54	250	40,577	»	»	»	»	»	»	40,577
Grenelle	847	755	636	»	40	2,216	»	»	»	»	»	»	2,216
La Cunette	7,254	12,583	7,372	73	294	27,606	4,135	746	1,289	»	2	5,763	31,560
»	»	»	»	»	»	»	»	»	»	»	»	»	»
»	»	»	»	»	»	»	»	»	»	»	»	»	»
Totaux	260,007	764,685	253,236	26,831	25,700	1,452,520	136,780	268,112	76,409	»	33,036	542,583	1,995,005
RÉCAPITULATION.													
Nord	1,346,944	1,302,617	428,693	24,104	77,350	3,212,617	554,469	610,950	11,962	482	56,486	1,348,298	4,564,815
Est	600,377	748,941	280,078	7,633	74,835	1,710,861	257,547	261,862	154,750	»	220,257	872,546	2,582,030
Sud	263,007	764,685	250,256	26,664	25,700	1,452,326	136,288	288,112	73,407	»	34,036	542,583	1,995,103
Totaux généraux	2,209,198	2,825,063	994,937	55,190	172,315	6,255,824	946,243	1,164,504	246,529	482	316,172	2,745,627	9,009,848
TABLEAU DES MÊMES VISITES PAR MOIS.													
Janvier	122,540	192,318	73,888	4,236	13,464	412,767	45,353	79,229	21,376	400	15,510	161,866	573,843
Février	126,307	183,845	85,129	3,880	10,005	393,278	40,310	72,194	22,891	166	16,524	154,807	545,885
Mars	162,221	214,364	79,086	4,155	11,671	471,429	18,809	86,280	29,224	98	19,029	186,955	628,364
Avril	176,856	244,363	91,216	4,308	40,505	516,297	44,096	77,308	30,646	59	21,787	174,953	736,350
Mai	217,481	236,547	83,805	5,332	11,855	378,360	86,000	87,921	50,245	55	25,865	224,276	719,581
Juin	214,892	232,718	87,644	4,474	41,733	580,353	81,817	119,987	27,584	2	38,075	260,485	872,848
Juillet	233,407	260,715	89,251	2,745	20,132	600,733	100,296	132,450	50,586	»	41,254	287,294	817,844
Août	256,138	252,070	94,172	4,154	18,292	604,446	161,256	128,714	27,917	»	37,435	298,312	903,488
Septembre	211,034	215,950	67,057	4,401	47,711	352,078	89,749	105,019	32,790	6	32,806	261,286	734,964
Octobre	293,920	238,828	82,040	5,415	18,176	562,276	58,175	53,249	34,568	»	30,776	236,845	984,250
Novembre	204,014	232,431	96,162	4,206	43,281	525,687	70,647	40,642	31,027	»	19,995	219,614	745,304
Décembre	192,461	237,467	73,303	4,863	45,592	549,995	63,129	87,680	38,521	»	17,868	227,471	746,604
Totaux	2,209,198	2,825,063	994,937	55,190	172,345	6,255,824	946,243	1,164,504	246,529	482	316,172	2,745,627	9,009,443

ÉTAT sommaire des produits de 1836, comparés avec ceux de 1835.

HAPITRES.	PRINCIPAUX ARTICLES par CHAPITRE.	PRODUITS DE 1836		PRODUITS DE 1835		RÉSULTAT PAR CHAPITRE.	
		Par articles principaux.	Par chapitre.	Par articles principaux.	Par chapitre.	Augmentation.	Diminution.
ONS	Vins........................	10,722,729	11,804,750	10,834,009	11,924,097	»	119,367
	Alcools et liqueurs	1,002,176		1,015,075			
	Cidre........................	79,825		74,923			
DES	Huiles d'olive..................	306,091	2,955,579	194,808	2,770,240	185,339	»
	Idem de toute autre espèce......	1,977,792		1,898,480			
	Bières, vinaigres, essences, raisins.	671,696		676,952			
STIBLES	....	»	5,194,622		5,058,844	135,778	»
USTIBLES........	Bois dur et blanc et fagots	2,584,596	4,738,060	2,830,611	4,913,599	»	174,939
	Charbon de bois (poussier compris).	1,466,680		1,414,356			
	Charbon de terre...............	687,584		668,632			
RAGES...........	....	»	1,357,332	»	1,343,944	13,388	»
ÉRIAUX..........	....	»	1,495,669	»	1,207,527	288,142	»
DE CONSTRUCTION	....	»	1,518,012	»	1,300,374	217,638	»
TS DIVERS........	....	»	528,052	»	529,867	»	1,215
	TOTAUX.........	»	29,593,256	»	29,048,492	840,285	295,521

RESULTAT.

Produits de 1836..................	29,593,256
— de 1835..................	29,048,492
AUGMENTATION........	544,764

Caisse de Poissy. Les produits de la caisse de Poissy se sont élevés en 1836 à 1,321,425 fr. 21 c. C'est 6,866 fr. 15 c. de plus qu'en 1835; mais en remontant aux années antérieures, l'amélioration devient plus sensible :

En 1829 les produits ont été de.	1,235,253 f. 85 c.
1830	1,232,249 03
1831	1,114,304 62
1832	1,176,834 73
1833	1,227,828 08
1834	1,290,062 84

Abattoirs. Les produits des abattoirs suivent nécessairement le sort des droits de caisse de Poissy et d'octroi sur les bestiaux.

Ils présentent, depuis 1829, la progression suivante :

1829.	983,540 f. » c.
1830.	980,526 »
1831.	893,666 »
1832.	949,280 »
1833.	981,679 »
1834.	1,041,477 »
1835.	1,056,525 »
1836.	1,074,630 »

TABLEAU DE LA CONSOMMATION DES VIANDES A PARIS,

Pendant les 14 années écoulées du 1er janvier 1823 au 31 décembre 1836.

ANNÉES.	NOMBRE DE BESTIAUX. BOEUFS.	VACHES.	VEAUX.	MOUTONS.	PORCS.	VIANDE PRODUITE PAR LES BESTIAUX AMENÉS SUR PIED. BOEUFS (à 308 kil.)	VACHES (à 230 kil.)	VEAUX (à 65 kil.)	MOUTONS (à 22 kil.)	TOTAL.	VIANDES dépecées apportées du dehors.	TOTAL de la CONSOMMATION en VIANDE de BOUCHERIE.	PORCS, CHARCUTERIE ET AUTRES COMESTIBLES PROVENANT TANT DES BESTIAUX ABATTUS A L'INTÉRIEUR QUE HORS PARIS. VIANDE produite par les porcs portés colonne 6 (à 75 kil.)	CHARCUTERIE déclarée AUX ENTRÉES.	ABATS ET ISSUES DE BOEUFS, VACHES, VEAUX ET MOUTONS, vendus pour la table. Déclarés aux entrées de Paris et soumis au droit.	Produits d'après les poids moyens par les bestiaux abattus dans Paris, non imposés.	TOTAL.	TOTAL GÉNÉRAL. RÉUNION des colonnes 13 et 18.	PATÉS, viandes confites, truffes, poisson mariné et homards, imposés depuis le 9 avril 1832.	OBSERVATIONS.
1	2	3	4	5	6	7	8	9	10	11	12	13	14	15	16	17 (a)	18	19	20	21
						kilog.	kilog.	kilog.	kilog.	kilog.	kilog.	kilog.	kilog.	kilog.	kilog.	kilog.	kilog.	kilog.	kilog.	
1823	76,059	10,402	74,096	363,055	89,562	24,719,175	2,592,460	4,816,940	7,987,240	39,915,085	1,410,000	41,325,085	6,717,150	590,788	609,474	2,469,636	10,386,048	51,721,133	»	
1824	79,649	10,945	76,611	385,807	89,112	25,835,985	2,517,330	4,992,715	8,443,734	44,830,744	1,600,000	52,539,744	6,683,400	698,500	714,069	2,585,950	10,683,009	54,122,753	»	
1825	82,866	12,807	79,548	425,135	92,884	26,934,450	2,945,040	5,170,020	8,352,970	44,400,550	2,300,000	46,600,050	6,941,325	591,575	781,051	2,760,504	11,084,839	57,685,202	»	
1826	81,460	13,244	74,430	403,583	90,830	26,474,500	3,046,120	4,837,950	8,878,826	43,237,396	2,210,000	45,447,303	6,812,250	707,297	803,070	2,640,292	10,961,918	56,412,314	»	
1827	76,250	14,130	67,190	370,954	88,471	24,774,735	3,254,500	4,307,350	8,293,988	40,080,593	2,381,000	43,060,505	6,635,325	650,049	831,437	2,462,445	10,585,550	53,658,149	»	
1828	71,589	13,893	63,865	366,229	85,123	25,193,150	3,195,850	4,138,925	8,037,038	38,590,263	2,674,000	41,264,263	6,234,375	609,191	887,044	2,341,693	10,072,302	51,336,565	»	
1829	69,136	13,796	63,414	362,600	84,119	22,450,200	3,173,080	4,121,715	7,077,200	37,744,195	3,200,000	40,044,195	6,083,925	653,063	991,140	2,239,021	9,988,049	50,920,244	»	
1830	67,978	15,641	69,844	338,450	89,841	22,092,840	3,597,630	4,539,860	7,446,032	37,676,472	2,030,000	40,296,472	5,738,075	690,196	943,070	2,320,072	10,592,013	50,808,185	»	
1831	61,070	14,389	63,807	288,205	76,740	20,042,750	3,300,570	4,096,355	6,340,466	33,779,041	2,929,000	36,708,041	5,755,000	626,836	867,703	2,053,409	9,203,448	55,911,489	»	
1832	68,408	15,290	60,237	306,327	67,241	22,232,000	3,516,700	3,015,405	6,730,194	33,483,899	3,118,000	39,521,899	5,043,075	492,820	941,595	2,135,850	8,616,320	48,138,225	56,400	
1833	69,974	13,077	66,049	334,054	81,331	22,741,530	3,605,710	4,351,085	7,296,382	37,995,267	2,630,000	40,625,267	6,115,050	559,780	1,010,219	2,280,395	9,965,444	50,590,711	181,118	
1834	72,474	14,175	70,759	364,499	84,506	23,554,050	3,800,250	4,568,035	8,016,098	39,429,333	2,555,000	41,984,333	6,409,450	643,491	1,082,873	2,426,407	10,558,281	52,519,614	234,070 1/2	
1835	71,634	16,449	75,947	364,875	86,901	23,281,050	3,780,970	5,806,535	8,027,290	40,895,825	2,351,190	42,247,015	6,347,800	783,025	1,107,942	2,418,044	10,827,700	53,075,724	242,466	
1836	72,330	17,442	77,383	378,476	91,929	23,507,250	4,011,650	5,042,895	8,326,472	40,888,217	2,265,777	43,154,054	6,804,675	825,050	1,226,180	2,585,225	11,591,740	55,085,794	240,773	

(a) Le poids moyen de la partie des issues, provenant des bestiaux abattus à l'intérieur et vendus comme aliments, est calculé d'après les bases suivantes :

Boeuf...... 9 kilog.
Vache..... 6
Veau...... 1
Mouton.... 1 1/2

TABLEAU du produit des Abattoirs, de 1835 à 1836.

Tableau N° 1er.

ANNÉES.	DROITS d'ABATTAGE.	DROITS de FONTE DE SUIF.	DROITS de PRÉPARATION DES TRIPÉES.	TOTAL.	OBSERVATIONS.
1825.	919,751	195,591	45,916	1,159,258	Les produits du droit d'abattage et de celui des tripées suivent nécessairement le sort des droits d'octroi sur les bestiaux, puisqu'ils se perçoivent sur les mêmes quantités. Il ne peut y avoir lieu, par conséquent, à aucune observation dans cet état sur les causes d'augmentation ou de diminution. Il en serait à-peu-près de même du droit de fonte des suifs si la fonte ne comprenait que les suifs provenant des bestiaux amenés aux abattoirs ; mais il vient aussi aux fondoirs des suifs en branche tirés du dehors. Or ces arrivages sont variables, et peut-être, comme document statistique, est-il bon de connaître quelle en est l'importance. Les renseignemens que l'octroi peut offrir pour les six dernières années se trouvent au tableau n° 2 ci-après.
1826.	892,209	188,397	43,428	1,124,034	
1827.	836,619	178,476	39,832	1,054,927	
1828.	794,190	175,638	37,330	1,007,158	
1829.	778,122	170,631	34,787	983,540	
1830.	779,348	164,086	37,092	980,526	
1831.	697,411	161,945	34,312	893,666	
1832.	753,245	166,370	37,665	949,280	
1833.	782,291	159,726	39,662	981,679	
1834.	815,226	185,105	41,146	1,041,477	
1835.	825,891	188,177	41,457	1,056,525	
1836.	848,152	182,558	43,920	1,074,630	

Tableau N° 2.

ANNÉES. 1	NET des quantités de SUIF FONDU dans les abattoirs. 2	ADDITION de 25 °/₀ pour le déchet évalué à 20 °/₀ du brut. 3	TOTAL BRUT ou suifs en branches. 4	QUANTITÉS DE SUIF BRUT produites par les animaux abattus d'après la moyenne de chaque espèce d'animal. 5	QUANTITÉS DE SUIF BRUT qui ont dû être amenés de l'extérieur aux abattoirs. 6	QUANTITÉS DE SUIF BRUT TOTAL ÉGAL à la colonne 4. 7	OBSERVATIONS.
1831.	5,398,000	1,349,500	6,747,500	4,810,000	(a) 1,937,500	6,747,500	(a) Les suifs en branches n'étant pas soumis au droit d'octroi, l'entrée dans Paris n'exige aucune formalité, en sorte que le poids réel n'en est point constaté ; c'est uniquement d'après la connaissance que l'on a du produit moyen des bestiaux conduits aux abattoirs et du déchet de fabrication, que l'on évalue les quantités venues du dehors, mais cette donnée doit approcher de très près de la réalité.
1832.	5,545,000	1,386,250	6,931,250	5,250,000	1,681,250	6,931,250	
1833.	5,324,000	1,331,000	6,655,000	5,423,000	1,232,000	6,655,000	
1834.	6,170,000	1,542,500	7,712,500	5,643,000	2,069,500	7,712,500	
1835.	6,272,000	1,568,000	7,840,000	5,661,000	2,179,000	7,840,000	
1836.	6,085,000	1,521,250	7,606,250	5,771,000	1,835,250	7,606,250	

Halles et marchés.

Les droits de remise et de location dans les halles et marchés, sans compter les marchés régis par les hospices, ont produit en 1835..... 1,723,651 fr. 47 c.
et en 1836.................................... 1,867,328 12

Augmentation pour 1836................	143,676 fr.	65 c.

Les marchés régis par les hospices présentent:

Pour 1835, un produit de..........................	284,062	21
Pour 1836....................................	288,038	93
Augmentation en 1836................	3,976 fr.	72 c.

Il n'a été apporté, dans le cours de 1836, que deux changemens aux perceptions des halles et marchés.

Le marché aux vaches grasses, situé près de la halle aux veaux, et qui est en quelque sorte le complément de cette halle, ayant pris successivement un grand accroissement, il a paru convenable d'établir, sur les vaches exposées en vente dans ce marché, un droit de location de place égal à celui qui est perçu dans les autres marchés. Le produit de ce droit est évalué à 4,000 fr. par année.

Malgré la concurrence de deux nouveaux marchés aux fleurs établis récemment, l'un près de la Madeleine, l'autre sur le boulevart du Temple, le marché du quai Desaix (le seul où l'on vende des arbustes et arrachis) a conservé son importance, qui tend encore à augmenter.

L'administration a cru le moment opportun pour réviser le tarif des places occupées par les jardiniers-fleuristes et le mettre en rapport avec les avantages que leur offre ce marché; elle a aussi jugé à propos de prélever une rétribution sur la vente des arbustes et arrachis qui a lieu sur le quai de la Cité, et qui forme une annexe du marché principal. Ces mesures, qui ont obtenu l'approbation de l'autorité supérieure, amélioreront le produit annuel des marchés de 14,000 fr. environ.

Poids public.

Les diverses branches du service du poids public qui avaient produit en 1835.................................. 161,488 fr. 66 c.

Ont produit en 1836.................................. 200,993 28

Cependant, comme nous l'avons déjà fait remarquer l'année dernière, il faut considérer dans ce service, moins l'intérêt fiscal que la garantie offerte au commerce et aux consommateurs. Malgré cet avantage de l'institution qui fait des droits de poids public plutôt le prix d'un service rendu qu'une véritable taxe, un carrier a contesté devant les tribunaux la légalité du droit de mesurage des pierres; mais le tribunal de première instance a fait justice de cette prétention.

CHAPITRE XI.

CIMETIÈRES DE PARIS.

POLICE INTÉRIEURE. — REPRISE DES TERRAINS CONCÉDÉS TEMPORAIREMENT. — PAVAGE DES CHEMINS.

L'administration des cimetières de la ville de Paris a reçu des améliorations sensibles depuis 1830. Des modifications indispensables ont été et seront apportées dans leur régime. Il y avait beaucoup à faire sous le rapport de la décence, du bon ordre et de l'économie; les efforts de l'administration n'ont pas été sans succès, les réglemens sont observés et il a été mis un terme aux empiétemens et usurpations de terrains. Des mesures de répression contre les délits qui se commettent ont été proposées; plusieurs ont fixé l'attention de mes prédécesseurs et la mienne, et ont été l'objet de nombreux arrêtés.

La construction des caveaux au-dessus du sol a été prohibée, et des formalités ont été tracées pour faire usage de ceux précédemment construits. Les frais d'exhumation à la charge des familles sont aujourd'hui réduits à une somme modique, favorable aux intérêts du pauvre. J'ai distrait, dans un but d'ordre et de surveillance, le travail du fossoyage, dans chaque cimetière, des attributions des concierges. Dans le cimetière de l'Est j'ai créé une nouvelle place de portier pour la garde de l'entrée principale de cet établissement.

Une opération des plus importantes était à faire; je veux parler de la reprise des terrains accordés temporairement.

Le rapport de 1834 faisait connaître que la reprise de ces terrains dans les trois cimetières alors en activité serait bientôt mise à exécution; je puis annoncer aujourd'hui que cette grande opération, depuis long-temps ordonnée, suspendue d'abord par les événemens politiques, et ensuite par l'épidémie dont la capitale a eu à déplorer les ravages, est commencée dans deux cimetières et le sera sous peu dans le troisième. Son exécution présentait les plus graves difficultés; elle ne pouvait être entreprise qu'après s'être assuré à l'avance que chacune de ces nombreuses concessions pouvait être reprise sans donner lieu à des réclamations fondées de la part des familles; et pour acquérir cette assurance il a été nécessaire de comparer sur place, à partir de l'organisation des cimetières jusqu'à la fin de 1835, chaque concession avec les annotations des registres des cimetières qui leur étaient relatives, et avec celles des registres tenus particulièrement par les bureaux : puis de dresser, au moyen des résultats de cette comparaison, des états indiquant séparément les concessions renouvelées et les concessions converties à titre perpétuel, afin qu'un signe distinctif apposé à chacune d'elles fît reconnaître aux ouvriers celles qui devaient être conservées, et que l'absence de ce signe leur indiquât celles qui devenaient disponibles.

Cette opération difficile et délicate a été confiée à l'inspecteur des cimetières et a exigé de lui plusieurs mois de présence sur les lieux. Le résultat digne d'éloges qu'il a obtenu est dû, il faut le dire, à ses recherches persévérantes et laborieuses.

A partir de 1835, époque à laquelle la comparaison a été terminée, une vérification, revenant périodiquement tous les quinze jours, a été organisée pour dispenser à l'avenir d'un semblable pointage.

Au cimetière du *Nord* la reprise est en activité depuis le 21 avril 1836, elle s'arrêtera à l'année 1828 exclusivement, et porte sur 1,800 concessions dont 942 sont déjà occupées de nouveau.

Au cimetière du *Sud*, créé seulement depuis 1824, la reprise vient d'être commencée; elle s'arrêtera au 31 décembre 1828, et porte sur 3,186 concessions.

Enfin au cimetière de l'*Est* cette même opération est en voie d'exécution; elle comprendra les années 1804 à 1821 inclusivement, et portera sur 8,810 concessions.

J'ai porté égalemement mes soins sur la comptabilité des agens des cimetières. Je me suis efforcé d'atteindre tous les abus et d'établir les réformes nécessaires pour mettre de l'unité dans le service.

Dans la vue d'obtenir à l'égard des délits, des dégâts et des vols qui se commettent souvent dans les cimetières, une répression plus active et plus instantanée, et d'inspirer par-là à ceux qui pourraient se rendre coupables de ces méfaits une crainte salutaire, les gardiens de ces établissemens, jusques ici simples surveillans, ont été assermentés comme gardes particuliers, et ont acquis de cette manière les droits que les lois accordent aux gardes champêtres et forestiers. Cette mesure préservatrice devenait chaque jour d'autant plus nécessaire, que le nombre des concessions, soit temporaires, soit perpétuelles, va croissant d'année en année, et que le nombre des sépultures perpétuelles, ainsi que vous le reconnaîtrez par le tableau ci-après, avait, à la fin de 1835, atteint le chiffre de 15,014.

CIMETIÈRE DE L'EST.

ANNÉES.	NOMBRE DE SÉPULTURES Perpétuelles.	NOMBRE DE SÉPULTURES Conditionnelles.	SUPERFICIES EN MÈTRES. Perpétuelles.	SUPERFICIES EN MÈTRES. Conditionnelles.
1804—5	3	»	29 »	» »
1806	5	»	25 59	» »
1807	9	»	36 25	» »
1808	12	»	59 »	» »
1809	16	»	70 75	» »
1810	41	»	194 »	» »
1811	30	»	107 »	» »
1812	69	»	225 50	» »
1813	121	»	336 50	» »
1814	101	»	293 01	» »
1815	123	»	409 »	» »
1816	155	»	538 »	» »
1817	252	»	868 »	» »
1818	272	»	1,001 75	» »
1819	364	»	1,186 17	» »
1820	447	»	1,415 57	» »
1821	570	»	1,981 35	» »
1822	646	»	2,007 »	» »
1823	675	»	1,946 47	» »
1824	703	»	2,041 80	» »
1825	768	»	2,180 83	» »
1826	857	»	2,396 67	» »
1827	785	»	2,104 98	» »
1828	858	»	2,209 69	» »
1829	719	»	2,268 73	» »
1830	552	95	1,576 96	192 »
1831	372	140	778 70	298 »
1832	667	145	1,417 98	328 »
1833	359	114	807 59	221 »
1834	336	74	688 58	154 »
1835	372	117	852 72	244 »
Totaux..	11,259	685	40,035 80	1,437 »

CIMETIÈRE DU NORD.

ANNÉES.	NOMBRE DE SÉPULTURES Perpétuelles.	NOMBRE DE SÉPULTURES Conditionnelles.	SUPERFICIES EN MÈTRES. Perpétuelles.	SUPERFICIES EN MÈTRES. Conditionnelles.
27 sept. 1825	12	»	39 »	» »
1826	80	»	246 85	» »
1827	73	»	218 69	» »
1828	118	»	274 50	» »
1829	167	»	427 20	» »
1830	141	23	363 »	44 »
1831	58	39	127 75	76 »
1832	137	81	272 25	161 »
1833	139	71	308 «	139 »
1834	124	48	244 92	94 »
1835	212	127	416 20	251 »
Totaux..	1,261	389	2,938 36	765 »

CIMETIÈRE DU SUD.

ANNÉES.	NOMBRE DE SÉPULTURES Perpétuelles.	NOMBRE DE SÉPULTURES Conditionnelles.	SUPERFICIES EN MÈTRES. Perpétuelles.	SUPERFICIES EN MÈTRES. Conditionnelles.
24 juillet 1824	12	»	31 »	» »
1825	59	»	154 71	» »
1826	59	»	167 »	» »
1827	80	»	211 »	» »
1828	108	»	280 »	» »
1829	146	»	357 »	» »
1830	129	16	318 »	32 »
1831	67	28	138 »	54 »
1832	147	65	360 60	128 »
1833	100	50	210 »	96 »
1834	93	46	191 »	92 »
1835	133	82	269 »	162 »
Totaux..	1,133	287	2,687 31	564 »

	CIMETIÈRES.	NOMBRE DE SÉPULTURES Perpétuelles.	NOMBRE DE SÉPULTURES Conditionnelles.	SUPERFICIES EN MÈTRES. Perpétuelles.	SUPERFICIES EN MÈTRES. Conditionnelles.	TOTAL GÉNÉRAL. Sépultures.	TOTAL GÉNÉRAL. Superficies.
RÉCAPITULATION......	EST..................	11,259	685	40,035 80	1,437 »	11,944	41,492 80
	NORD................	1,261	389	2,938 36	765 »	1,650	3,703 36
	SUD..................	1,133	287	2,687 31	564 »	1,420	3,251 31
	Totaux.......	13,653	1361	45,681 47	2,766 »	15,014	48,447 47

Il y aura à examiner si la somme allouée chaque année pour les travaux neufs ou d'entretien est en proportion avec les besoins d'une part, et les recettes qu'ils produisent. Il peut paraître étonnant qu'il ne soit accordé que vingt mille francs par an pour entretenir des établissemens aussi considérables.

L'insuffisance des moyens nécessaires se fait surtout sentir dans les réparations partielles entreprises annuellement pour la mise en viabilité des chemins intérieurs des cimetières. Cette réparation pour être complète demanderait des ressources plus considérables. Les constructions des monumens funéraires dans les cimetières de Paris, la nature glaiseuse du sol de la plupart d'entre eux, le passage de voitures chargées de matériaux, sont des causes permanentes de dégradation. Désirant toutefois arriver au meilleur résultat possible, et éclairée par l'expérience de plusieurs années, l'administration a jugé nécessaire d'adopter un système général d'amélioration de la circulation dans ces divers établissemens, consistant : 1° dans le pavage en pavés de rebut sur massif en maçonnerie des principales voies ; 2° dans l'établissement d'un beton recouvert en cailloutage avec bordure et pavé pour les chemins d'une importance secondaire.

Cette amélioration, à laquelle le Conseil municipal a consacré un premier fonds de 50,000 francs, et dont la réalisation complète entraînera un délai de plusieurs années, a déjà reçu un commencement d'exécution en 1836; 600 mètres environ des principaux chemins du cimetière de l'Est ont été pavés dans le courant de 1836, et des dispositions sont prises pour imprimer en 1837 la plus grande activité à ces travaux.

Je ne finirai pas sans dire quelques mots sur un sujet de la plus haute importance. Les trois cimetières sont remplis. Il n'y reste plus de terrain inoccupé, et le service des inhumations ne peut s'y faire désormais qu'au moyen de la reprise des anciennes fosses temporaires. Cette ressource est-elle suffisante pour parer aux prévisions de l'avenir? La quantité de fosses nécessaires pour chaque mois a été double pendant l'année 1836 de ce qu'elle était en 1830 et 1831. Le nombre augmente chaque jour, et il est difficile de prévoir où cette progression s'arrêtera. Il en résulte que la reprise des terrains ne peut pas alimenter le service des inhumations pendant une période de cinq années, terme assigné par la loi pour la durée de chaque fosse. Cette observation acquiert chaque jour plus d'importance, et je me réserve de la traiter plus tard avec toute l'attention qu'elle mérite.

CHAPITRE XII.

ADMINISTRATION DES COMMUNES RURALES.

Les communes rurales du département ont eu elles-mêmes une large part dans l'amélioration de tous les services publics.

Églises.

Les églises des communes de Fontenay-aux-Roses et de Bourg-la-Reine ont été reconstruites, et il a été pourvu à la restauration des églises de huit autres communes : Belleville, Charonne, Clichy, Passy, Charenton-Saint-Maurice, Chevilly, Maisons-Alfort et Saint-Mandé. Les secours accordés pour ces travaux, soit par le ministère des cultes, soit sur les produits de l'octroi de banlieue et des amendes de police municipale, se sont élevés à 67,050 fr.

Cimetières.

Les cimetières de Bagnolet et de Champigny, qui étaient situés au centre de ces villages, ont été transférés à l'extérieur. Les cimetières de cinq autres communes, Colombes, Courbevoie, La Cour-Neuve, Montrouge et Passy, ont été agrandis. 20,700 fr. ont été prélevés sur les produits de l'octroi de banlieue ou des amendes de police municipale, pour aider les communes qui n'ont pu faire face à cette dépense avec leurs ressources.

Acquisitions ou constructions de maisons communes.

Seize communes, Clichy, Epinay, La Villette, l'Ile St-Denis, Montmartre, Neuilly, Noisy, Pantin, Passy, Antony, Choisy, Le Plessis-Piquet, Maisons-Alfort, Orly, Vanvres et Vaugirard, ont été pourvues de maisons communes.

Acquisitions ou constructions de maisons d'école.

Vingt-quatre communes ont été dotées de maisons d'école au moyen, soit d'acquisitions, soit de constructions qui sont achevées ou en cours d'exécution; ces communes sont : Aubervilliers, Belleville, Boulogne, Clichy, Colombes, Courbevoie, Epinay, La Villette, l'Ile St-Denis, Montmartre, Pantin, Pierrefitte, Puteaux, Antony, Brie-sur-Marne, Chatenay, Choisy, Fontenay-aux-Roses, Grenelle, Le Plessis-Piquet, Maisons-Alfort, Orly, Vanvres et Vaugirard.

Construction de corps-de-garde.

Il a été pourvu à la construction de corps-de-garde dans dix-neuf communes, savoir : Clichy, Colombes, Dugny, Epinay, La Villette, l'Ile-St-Denis, Montmartre, Neuilly, Pantin, Passy, Antony, Bonneuil, Brie-sur-Marne, Choisy, Le Plessis-Piquet, Maisons-Alfort, Orly, Vanvres et Vaugirard.

Outre les sacrifices que les localités se sont imposés pour l'établissement des 16 maisons communes, des 24 maisons d'école et des 19 corps-de-garde, l'administration a fourni sur les produits de l'octroi de banlieue et des amendes de police correctionnelle, une somme de 189,738 fr. 40 c. répartie sur plusieurs exercices.

Création de marchés.

Deux communes, celles des Batignolles-Monceaux et de Nanterre, ont obtenu l'autorisation d'établir sur leur territoire des marchés de comestibles. L'administration instruit en ce moment les demandes de plusieurs autres communes relatives à la création d'établissemens du même genre.

Pavage, assainissement.

Des travaux de pavage et d'assainissement ont été entrepris, ou ils sont sur le point de l'être, dans 32 communes, savoir : Aubervilliers, Bagnolet, Batignolles-Monceaux, Belleville, Bobigny, Bondy, Charonne, Drancy, Dugny, La Chapelle, Montmartre, Noisy-le-Sec, Passy, Saint-Denis, Stains, Villetaneuse, Arcueil, Bonneuil, Bercy, Chatenay, Chevilly, Choisy, Fontenay-sous-Bois, Gentilly, Grenelle, Ivry, Montreuil, Montrouge, St-Mandé, Sceaux, Vanvres et Vaugirard.

Il a été imputé pour ces travaux, sur l'octroi de banlieue et sur les amendes de police correctionnelle, la somme de 97,875 francs.

Eaux.

Des traités ont été conclus avec des compagnies particulières pour la vente et la distribution des eaux dans l'intérieur de huit communes, savoir : les Batignolles, Belleville, Charonne, Montmartre, Fontenay-sous-Bois, Nogent, St-Mandé et Vincennes. Des projets semblables pour plusieurs autres localités sont en ce moment en instruction. Une fontaine publique, pour la création de laquelle il a été accordé, sur l'octroi de banlieue, un secours de 12,000 fr., a été établie à Villejuif. Enfin un puits artésien a été creusé à Saint-Denis.

Formation de places publiques.

Des terrains ont été achetés pour former des places publiques dans trois communes, celles des Batignolles-Monceaux, de Belleville et de La Villette.

Chemins communaux.

Il a été pourvu, au moyen de prestations, à la réparation et à l'entretien des chemins de seize communes, celles de Boulogne, Clichy, Courbevoie, Nanterre, Pierrefite, Antony, Bagneux, Chatillon, Clamart, Fontenay-aux-Roses, Fontenay-sous-Bois, l'Hay, Le Plessis-Piquet, Montreuil, Rosny et Vincennes. Des travaux plus importans encore vont être entrepris sur tous les points du département.

Pompes à incendie.

Des pompes à incendie ont été acquises par les communes de Montmartre et de Romainville.

CHAPITRE XIII.

DOMAINE DE L'ÉTAT.

Le domaine de l'état est partagé en deux grandes divisions, comprenant : l'une, les immeubles et effets mobiliers affectés à des services publics de l'état; l'autre, les immeubles et effets mobiliers dégagés de toute affectation d'utilité publique.

Les objets faisant partie de la première division sont inaliénables tant qu'ils demeurent attachés à un service public.

Les objets de la deuxième division sont, au contraire, aliénables et régis comme tels par l'administration des domaines. La conservation des biens-fonds appartient en premier ordre au préfet, et en ordre supérieur à M. le ministre des finances. Le préfet est seul chargé de défendre l'état dans les instances judiciaires ou administratives qui se rapportent à cette nature de biens.

Il ne sera question ici que des objets aliénables.

L'état est tout à la fois une personne politique et une personne civile. Comme personne civile (et je ne dois l'envisager en ce moment que sous cet unique point de vue), il a droit de posséder, d'acquérir à titre gratuit ou onéreux, de vendre, d'échanger; en un mot, il est capable de tous les actes de la vie civile en rapport avec sa propre nature, pourvu qu'il se conforme aux régles spéciales tracées par la loi.

L'état représentant l'unité nationale ou l'intérêt général, il s'ensuit que tous les biens vacans et sans maître, et que ceux des personnes décédées sans héritiers connus ou dont les successions sont abandonnées, appartiennent au domaine de l'état.

L'antique droit du premier occupant a fait place dans les temps modernes au droit de tous, dont l'exercice est plus moral en même temps qu'il est plus rationnel.

La dévolution prononcée à cet égard au profit de l'état, par le Code civil aussi bien que par les lois domaniales, embrasse trois catégories de biens : les épaves, les successions irrégulières ou recueillies par l'état à titre de deshérence, et les successions vacantes.

Il y a une différence marquée entre ces trois sortes de biens :

Les *épaves* sont des objets abandonnés sur la voie publique ou ailleurs, que l'état est dans la nécessité d'appréhender pour le maintien de l'ordre et de la police, sans considérer s'il doit lui en advenir perte ou profit.

Les successions en deshérence se composent de droits d'hérédité, qui, n'étant réclamés ni par les héritiers légitimes, ni par les successeurs irréguliers appelés par la loi avant l'état, sont recueillis par ce dernier, qui conserve pourtant la faculté de s'en abstenir, parce que nul n'est tenu d'accepter la succession qui lui est échue.

Les successions vacantes sont réputées telles, lorsqu'en raison du défaut absolu d'actif ou de son insuffisance pour couvrir les dettes, elles ne sont réclamées par personne, pas même par l'état. Dans ce cas, un curateur judiciaire est nommé à la succession pour répondre aux demandes des créanciers. Ce curateur administre sous la surveillance du receveur des domaines du lieu de l'ouverture de la succession. Les produits de celle-ci sont versés, s'il en existe, dans la caisse des consignations, et au bout de 30 ans ils passent dans la caisse du domaine comme étant devenus sa propriété par l'effet de la prescription trentenaire.

D'après les explications que l'on vient de donner à l'égard des biens domaniaux susceptibles d'aliénation, il est aisé de voir que ces biens pris en masse peuvent être classés en biens immeubles et en biens meubles.

Immobilier. Le principe fondamental qui dirige les diverses autorités chargées de la régie ou de la conservation des domaines de l'état aliénables, est de réaliser, autant que possible, la vente de ces domaines pour alimenter le trésor.

Cette vente s'opère sous deux formes spéciales, ou par adjudication publique, ou sur estimation contradictoire.

La vente, ou pour mieux dire la cession faite sur estimation contradictoire, constitue une exception à la règle générale, qui exige la voie des enchères comme plus productive pour l'état. Cette exception n'a lieu qu'en faveur des communes et des départemens, et lorsqu'il s'agit de l'exécution d'un projet d'utilité publique, communale ou départementale. Elle exclut la concurrence en considération du but d'utilité publique du projet.

Il existe un troisième mode d'aliénation, c'est celui de l'échange. Le contexte de l'acte d'échange ne varie pas dans ses conditions substantielles, soit que ce mode de transmission soit employé entre le département des finances, de qui dépendent tous les domaines de l'état disponibles, et un autre département ministériel ayant à pourvoir à un service public, soit que l'échange vienne à s'accomplir entre des particuliers et l'état. Dans un cas comme dans l'autre, l'acte d'échange est soumis aux mêmes règles.

L'intérêt du trésor veut qu'en attendant la vente des propriétés du domaine de l'état, ces propriétés soient mises en valeur par des baux. Ceux-ci sont adjugés aux enchères publiques, à l'instar des ventes passées aux particuliers, à moins qu'il ne soit question d'un terrain enclavé dans un bien patrimonial ou contigu à ce dernier; auquel cas, le bail est consenti par exception sur estimation rigoureuse au propriétaire limitrophe, en vertu d'une autorisation spéciale du ministre.

Tous ces actes de vente, de cession d'échange et de bail, sont formulés administrativement. Je ne dois pas omettre de mentionner ici une amélioration notable que j'ai obtenue cette année touchant la forme des actes de cession consentis par l'état à la ville de Paris ou au département. Le préfet de la Seine, par une position qui lui est particulière, étant tout à la fois le représentant de l'état, de la Ville et du département, il arrive souvent que dans les contrats à faire entre le domaine de l'état et la Ville, ou le département, le préfet se trouve obligé de stipuler tour-à-tour pour l'intérêt domanial et l'intérêt municipal, ou bien pour le premier de ces intérêts et l'intérêt départemental, lorsque ces deux intérêts sont en présence. Mes prédécesseurs usèrent d'abord du pouvoir multiple déposé en leurs mains par les lois administratives, et stipulèrent seuls dans l'acte de cession pour les deux intérêts opposés qu'ils représentaient. Plus tard, afin de sauver ce qu'il y avait d'outré dans la fiction qui les faisait agir pour des intérêts adverses, au même instant, ils prirent le parti de stipuler privativement pour le domaine, et de déléguer leur autorité de maire central de Paris, ou de préfet du département, à un membre du Conseil municipal, en cas de concours de la Ville, et à un conseiller de préfecture, en cas de concours du département. Cette façon de procéder était un progrès vers le droit commun, mais la fiction subsistait toujours, quoique moins choquante.

En 1835, à l'occasion d'une nouvelle forme donnée par M. le ministre des finances à un contrat de cession de l'espèce, je soumis au ministre des observations tendant à faire régulariser d'une manière complète la forme de ces actes, et mes observations ont amené une décision du 17 mars 1836, d'après laquelle la cession devra être passée en la forme des contrats administratifs et consentie par le directeur des domaines, au nom et comme délégué du ministre des finances et acceptée par le préfet au nom, soit du département, soit de la Ville. Le ministre des finances étant préposé, ainsi que je l'ai dit, en ordre supérieur à la conservation des domaines de l'Etat, il a nécessairement qualité à ce titre pour stipuler comme cédant dans un acte de la nature de celui dont il s'agit, soit directement, soit par délégation.

Les propriétés du domaine, aliénables dans le département de la Seine, sont au nombre de trente-neuf, dont trente-six situées à Paris et le surplus dans les communes rurales. La majeure partie des immeubles de cette catégorie existant à Paris sont réservés à la Ville pour des services municipaux ou pour des travaux d'utilité publique. Le ministère de la guerre en a réclamé plusieurs pour le service du casernement.

Je ferais conscience, en parlant de la réserve de ces terrains, de ne pas exprimer ici ma gratitude, comme premier administrateur de la ville de Paris, envers l'honorable chef de l'administration des domaines, pour la bienveillante facilité qu'il apporte dans ses rapports avec moi toutes les fois qu'il s'agit de seconder par des concessions de terrains le développement des améliorations qui peuvent intéresser le bien-être des habitans de la capitale. J'aime à dire également que le ministère des finances est animé du même esprit.

L'année qui finit a été marquée par la publication d'un travail du plus haut intérêt; je veux parler du tableau général des propriétés de l'état, affectées à des services publics ou aliénables. Ce magnifique inventaire, dressé par l'administration des domaines, témoigne non seulement de l'ordre apporté par le gouvernement dans la gestion de la fortune publique, mais aussi de sa loyauté.

J'ai concouru à rassembler les élémens de cet immense travail pour le département de la Seine. Ce département renferme de nombreux terrains ou bâtimens domaniaux susceptibles d'aliénation, et possède en outre cent soixante-douze édifices et emplacemens affectés à des services publics ou monumens d'art entretenus par le gouvernement.

La conservation des propriétés de l'état donne lieu à de nombreux procès. J'en prépare l'instruction et la défense, soit concurremment avec l'avoué et l'avocat de chaque service ministériel, soit seul. Dans ce dernier cas, la défense réside tout entière dans le mémoire que j'adresse au procureur du roi ou au procureur-général. Le ministère de la guerre notamment ne constitue avoué et avocat que lorsqu'il y a dissidence entre lui et le ministère public, avocat naturel de l'état, sur l'issue probable du procès à intenter ou à soutenir.

Mobilier.

Dans une ville telle que Paris on comprend aisément que la variété et le nombre des épaves doivent être considérables. Les objets périssables ou non périssables délaissés sur les ports, berges, arrivages, places, marchés, voies publiques, ainsi que sur les eaux de la Seine, les objets saisis soit pour contravention aux réglemens de police, soit sur des prévenus de crimes ou de délits, ceux trouvés sur les personnes mortes subitement dans les places et autres lieux publics, ou décédées dans les hôpitaux après y avoir été placées par mesure de police, lorsqu'ils n'ont été revendiqués par aucun héritier légitime et que l'état a recueilli par droit de deshérence les successions d'où dépendent ces mêmes objets; ceux confisqués en vertu des art. 470 et 481 du Code pénal, les objets déposés dans les greffes des cours et tribunaux, dans les établissemens de roulage et de messageries, dans les coches, etc.; tous ces objets sont recueillis par les agens de la force publique et transportés, suivant leur nature et leur volume, dans les fourrières ou à la préfecture de police.

Ceux qui sont susceptibles de dépérissement sont vendus ou par les soins de la préfecture de police, qui compte du produit de la recette avec l'administration des domaines, ou par celle-ci quand la vente peut être ajournée sans inconvénient.

A l'égard des objets non périssables, ils ne sont mis en vente qu'après l'expiration des délais accordés par les lois de la matière, aux propriétaires ou à leurs héritiers légitimes pour les revendiquer. C'est l'administration des domaines qui effectue la vente de ces sortes d'objets, excepté dans certains cas prévus par les réglemens.

Indépendamment du dépôt établi à la préfecture de police où l'on apporte les objets précieux, armes, etc., recueillis à titre d'épaves, il existe deux fourrières, l'une, rue Guénégaud, qui reçoit les voitures et les animaux, et l'autre, rue des Bernardins, dans laquelle on dépose les matériaux et objets d'un gros volume.

Les frais de transport, de garde et de nourriture dans les fourrières, ainsi que les frais de vente qui se rattachent aux objets sortis, soit de ces établissemens, soit des autres lieux de dépôt, sont liquidés par le préfet de la Seine.

Cet administrateur est également chargé de la liquidation des frais de sequestre apposé sur les biens des condamnés par contumace et des créances actives et passives dépendantes de ce sequestre; il en prononce la main-levée quand il y a lieu.

Il appartient au préfet d'accorder main-levée des inscriptions hypothécaires prises sur les biens des comptables et débiteurs des deniers publics, de mettre en location le droit de pêche sur les cantonnemens de la Seine et de la Marne situés dans l'étendue du département de la Seine, et de liquider les frais de prise de possession et de vente des objets mobiliers, registres et papiers devenus inutiles au service des divers ministères et de toutes les administrations publiques; des chevaux réformés dans les divers régimens tenant garnison dans le département, et des effets militaires de toute nature reconnus hors de service.

Le mobilier de l'état a donné lieu cette année à cinquante ventes dont le produit est de . . . . 188,596 fr. 50 c.

Le travail occasionné à mon administration par les successions dévolues à l'état n'est pas moins important que varié. Le préfet devant autoriser les paiemens en premier ordre sur l'actif de ces successions, il se trouve chargé par cela même de liquider les dépenses, charges et dettes de chacune d'elles, et de prononcer sur les demandes en remise d'hérédité formées par les héritiers légitimes ou autres appelés par la loi avant l'état; enfin, il concourt dans la limite de son autorité à l'administration des biens.

Les successions vacantes sont placées en dehors de l'action du préfet, puisque l'administration en est confiée à un curateur judiciaire et qu'il doit s'écouler un intervalle de trente ans pour que le domaine ait le droit de se saisir de l'actif de ces successions. Je n'aurai donc point à m'en occuper.

Le domaine de l'état possède des archives considérables et du plus grand prix. En effet, ces archives embrassent les minutes des procès-verbaux d'estimation et d'adjudication de tous les biens nationaux provenant des anciennes corporations religieuses et autres établissemens publics, ainsi que des émigrés et condamnés révolutionnairement; les listes de ceux-ci, les arrêtés contenant radiation de ces listes, les certificats d'amnistie; enfin, toutes les pièces et documens qui se rattachent à l'exécution des lois d'émigration et de confiscation. Ces archives sont consultées par beaucoup de familles à qui l'on délivre fréquemment des copies ou expéditions en forme des actes qu'elles renferment.

Dans le système d'économie publique qui nous régit depuis près de cinquante ans, le pouvoir administratif étant en possession de se mouvoir dans une sphère in- Conflits.

dépendante et qui lui est propre, il fallait établir une autorité qui en défendît l'accès contre les empiétemens de l'autorité judiciaire. C'est au préfet que ce soin a été remis par la législation. Sentinelle vigilante, il doit signaler aux tribunaux de l'ordre judiciaire les questions qui ressortissent à la juridiction administrative et revendiquer ces questions, soit en proposant l'exception déclinatoire, soit, au besoin, en élevant le conflit.

La mesure du conflit arrête instantanément l'exercice du droit de juridiction dans les mains de l'autorité judiciaire, jusqu'à ce que la légitimité de cette mesure ait été apppréciée par le roi en conseil-d'état, comme administrateur suprême.

Le but et l'effet du conflit démontrent son importance. On peut dire qu'il est le bouclier de l'administration, et qu'à cet égard le préfet remplit un ministère de la plus haute utilité; car ce ministère s'applique, non seulement à l'administration communale et départementale, mais encore à l'état, au domaine, au trésor et à la liste civile.

TITRE 3.

TRAVAUX PUBLICS.

CHAPITRE I.

PONTS-ET-CHAUSSÉES.

Les opérations et les travaux qui sont régis sous la direction et dans le système de l'administration des ponts-et-chaussées, s'appliquent à toute l'étendue du département. On a vu, en effet, dans les précédens rapports, que cette branche d'administration embrasse le service des routes royales et départementales, des chemins de fer, et des autres grandes voies de communication; celui des ponts, des ouvrages de navigation, des quais et ports, et des travaux d'assainissement d'un intérêt départemental.

1°. — Routes Royales.

En 1836, les travaux ordinaires des routes royales traversant le département de la Seine ont donné lieu, pour la partie de ces routes situées à l'extérieur de la capitale, à une dépense de 323,000 fr.

Indépendamment de ces dépenses, dont le chiffre est à peu près le même chaque année, l'administration a consacré quelques fonds à des ouvrages d'amélioration. Ainsi, l'élargissement des chaussées de plusieurs routes a été continué, différens passages difficiles et même dangereux ont été rectifiés; et l'on peut citer parmi ces derniers ouvrages l'abaissement du sol et l'amélioration des pentes de la route royale n° 20, dans la traverse du village du Bourg-la-Reine, où cette route franchit une côte rapide.

On citera encore des travaux considérables qui ont été exécutés sur la route n° 34, au territoire de la commune de Nogent-sur-Marne, travaux qui ont amené le remplacement d'une mauvaise chaussée de blocage par une chaussée en partie pavée, et en partie établie suivant le système de Mac-Adam. L'administration attache à ces convertissemens d'anciennes chaussées l'importance qu'ils méritent dans l'intérêt de la circulation, et elle continuera d'y employer le plus de fonds possible.

Enfin des travaux assez considérables ont été exécutés sur la route royale n° 13 (avenue de Neuilly), pour niveler et régler les abords de l'arc de triomphe de l'Étoile. Les dispositions faites sur ce point satisfont à toutes les exigences du goût, et sont en parfaite harmonie avec l'aspect grandiose du monument. La dépense de cette opération s'est élevée à plus de 75,000 fr.

L'administration ne porte pas seulement sa sollicitude sur les dispositions qui peuvent favoriser la circulation des voitures sur les routes; elle songe aussi à améliorer les parties de ces voies publiques destinées au passage des piétons. Son intention est de faire établir, partout où les localités le permettront, des trottoirs surélevés qui borderont, autant que possible, la ligne de plantation. Un trottoir de ce genre règne déjà dans le département de Seine-et-Oise, sur la route de Versailles. Il va être continué dans le département de la Seine.

2°. — Ponts de Paris.

Les ponts de Paris, qui sont, ainsi que les routes royales, à la charge de l'état, exigent pour la plupart des réparations importantes. Le Pont-Neuf surtout présentait de graves dégradations; sa restauration, entreprise en 1835, a été continuée en 1836. Quoique dans le cours de cette dernière année les crues successives et imprévues de la rivière aient interrompu les travaux à diverses reprises, ils ont été poussés cependant avec beaucoup d'activité, et la réparation des piles de la partie de ce pont située sur le grand bras de la Seine est aujourd'hui fort avancée; cette réparation sera terminée en 1837. Celle des voûtes sera entreprise immédiatement, et comme elle n'est point assujétie aux événemens résultant de la hauteur plus ou moins grande des eaux, elle pourra être exécutée presque totalement l'année prochaine, si des fonds suffisans y sont affectés ainsi qu'on l'espère.

L'administration projette aussi pour 1837 des travaux qui ont pour objet l'amélioration des rampes du Pont-Royal et de ses abords. Ce pont, qui établit la communication d'une grande partie du faubourg St-Germain avec le quartier St-Honoré, et qui en outre se trouve placé vis-à-vis l'entrée du chateau et du jardin des Tuileries, ne présente pas les dimensions qu'exigent les besoins de la circulation. Il est moins large que la plupart des autres anciens ponts de Paris, ses pentes et celles de ses abords sont très rapides, enfin les trottoirs en sont fort élevés et ne se raccordent avec les quais voisins qu'à l'aide de plusieurs marches : aussi le Pont-Royal est presque constamment encombré de voitures et de piétons, et la circulation n'y est pas sans danger.

Les travaux projetés feraient cesser tous ces inconvéniens; ils consistent principalement dans l'abaissement de la partie supérieure du pont, au moyen d'une opération qui permettra de diminuer la hauteur des maçonneries sans compromettre la solidité de la construction. On pourra raccorder ainsi d'une manière plus favorable les rampes et les trottoirs de ce pont avec les voies publiques qui s'y rattachent. Quant à la largeur des trottoirs, elle sera augmentée aux dépens des parapets actuels, qui seront supprimés et remplacés par une balustrade en fer légèrement en saillie sur la rivière et d'un style riche et monumental.

Cette amélioration est d'un grand intérêt. On ne négligera rien pour la réaliser.

Le nombre des ponts de Paris sera encore augmenté dans le cours de l'année prochaine. Une ordonnance royale, rendue en 1836, a autorisé la construction de deux passerelles qui seront établies pour le passage des piétons, à la pointe orientale de l'île Saint-Louis, l'une allant du quai des Célestins au quai de Béthune, et l'autre du quai de Béthune au quai Saint-Bernard.

L'adjudication de cette entreprise a été prononcée il y a plusieurs mois, moyennant la concession, pendant vingt ans, d'un péage fixé à raison de cinq centimes pour le passage d'une personne sur les deux passerelles.

Les travaux qui avaient été commencés dernièrement ont été interrompus par la mauvaise saison; mais le concessionnaire est disposé à les pousser avec une grande activité dès qu'il sera possible de les reprendre.

3°. — Quais de Paris.

Les travaux d'achèvement des quais de Paris, dont la direction générale des ponts-et-chaussés et l'administration municipale s'occupent avec tant de persévérance depuis quelques années, ont reçu encore un nouveau développement dans la campagne de 1836.

Quai de la Grève.

La construction du quai et du port de la Grève touche à son terme. Les ouvrages qui restent à faire aujourd'hui consistent en remblais et pavages; ils seront achevés dans les premiers mois de 1837; ils auraient pu l'être en 1836, mais les chantiers ayant été plusieurs fois inondés pendant les dernières crues des eaux de la Seine, l'exécution des travaux a éprouvé des retards inévitables.

Ces inondations, si déplorables d'ailleurs, ont démontré l'extrême utilité de ces importans travaux.

Quai de l'Ecole.

Les travaux d'élargissement et de redressement du quai de l'Ecole, qu'on avait tenté de commencer vers la fin de la campagne de 1835, ont été entrepris en 1836, dès que la baisse des eaux de la Seine l'a permis. L'activité qu'on y a apportée a été telle qu'on a pu les terminer dans une seule campagne. On achève en ce moment le pavage du terrain qui a été ajouté à la voie publique. Les trottoirs et le parapet ne sont cependant pas posés; leur construction a été arrêtée par les gelées, mais elle sera reprise prochainement, et le public jouira de cette importante amélioration en 1837.

Pour compléter l'opération, il reste encore à continuer le redressement du mur de quai jusqu'à l'abreuvoir situé en face de la rue des Poulies. Les travaux qui viennent d'être exécutés sur la première partie du quai font sentir la nécessité de cette continuation. L'administration s'en occupe; déjà elle a pris quelques mesures préparatoires dont elle a lieu d'attendre un prochain effet.

Quai et port St-Paul.

Les travaux de reconstruction du quai et du port St.-Paul, pour lesquels un premier crédit a été voté sur les fonds de l'exercice 1836, ont été exécutés sur un assez grand développement. Le danger que présentait le quai, à cause de la déclivité du sol, a en grande partie cessé; mais il reste encore d'importans ouvrages à exécuter, notamment la construction d'un mur de bas-port, et le redressement d'une partie de l'ancien mur de quai faisant suite au mur nouvellement établi.

Des dispositions ont été faites pour obtenir de nouveaux crédits applicables aux dépenses de cette seconde partie des travaux, et tout fait espérer qu'ils pourront être entrepris et peut-être terminés dans le courant de l'année 1837.

La suppression de l'abreuvoir Saint-Paul sera la conséquence de la construction du mur de bas-port. C'est une amélioration bien désirable et qui appelle toute la sollicitude de l'administration. Cet abreuvoir, placé sur une partie de la berge qui présente une très forte pente, est bordé de bas-fonds où les chevaux sont entraînés par un courant rapide; aussi il y arrive de fréquens et de déplorables accidens, malgré toutes les précautions que l'on peut prendre.

L'abreuvoir Saint-Paul a en outre l'inconvénient d'être infecté par les eaux d'un égoût qui débouche dans le bras du Mail, de sorte que sa suppression est réclamée dans l'intérêt de la sûreté publique et de la salubrité. On pense qu'il pourra être avantageusement remplacé par un abreuvoir qui serait établi un peu au-dessus de la naissance du bras du Mail, et qui desservirait également bien le quartier Saint-Paul et le faubourg Saint-Antoine. Sur ce point la rivière offre un fond solide et bien nivelé, et les eaux sont d'une grande pureté. Ainsi le nouvel emplacement remplira toutes les conditions qu'on doit rechercher pour ces sortes d'établissemens. On étudie en ce moment le projet des travaux à faire, et il y a lieu de croire qu'il pourra être exécuté l'année prochaine.

Quai et port St-Bernard.

Jusqu'en 1836, l'administration avait porté toutes ses ressources sur les quais de la rive droite; mais elle a voulu s'occuper, dans cette dernière année, des quais de la rive gauche; et à cet effet, un crédit a été ouvert au budget municipal pour l'amélioration du quai St-Bernard et la réfection du port du même nom. Cette dernière partie de l'opération présente beaucoup d'interêt pour la ville de Paris, le port St-Bernard étant un annexe essentiel de l'entrepôt général des vins. La seule dépense à faire pour cet objet est estimée 330,000 fr.

Quoique le projet de ce grand travail n'ait pu être terminé qu'au milieu de l'année, on était parvenu cependant à en commencer l'exécution; mais on a été forcé de la suspendre par suite de la crue extraordinaire des eaux de la Seine survenue au mois de septembre.

Elle sera reprise à l'ouverture de la campagne prochaine en ce qui concerne le bas-port, et recevra immédiatement une grande activité.

Les résultats des dispositions qui vont être réalisés pour le port annexe de l'entrepôt des vins seront d'une grande importance. Ce port est aujourd'hui divisé en deux parties, au milieu desquelles se trouve enclavé le port particulier de l'entreprise des coches; sa déclivité vers la rivière est trop forte et donne lieu à des accidens; enfin les bateaux ne peuvent pas en approcher sans danger d'avaries, et leur déchargement ne s'opère qu'avec difficulté.

Tous ces inconvéniens graves, qui donnaient lieu depuis long-temps à des plaintes de la part des négocians qui fréquentent l'entrepôt des vins, vont cesser. Le port des coches sera transporté au-dessus du port annexe dans un emplacement qui lui sera entièrement particulier. Le port annexe règnera ainsi sans aucune interruption sur le développement de l'entrepôt, il sera notablement agrandi, son sol sera redressé, et des débarcadères seront pratiqués de distance en distance pour l'approche et le déchargement des bateaux.

Quant aux ouvrages qui s'appliquent au quai St-Bernard proprement dit, ils consistent dans la construction d'un mur de quai et dans le nivellement et le redressement de la chaussée. Quelques difficultés s'étaient élevées au sujet de l'alignement de l'entrepôt des vins et du jardin du Muséum d'histoire naturelle; mais ces difficultés viennent d'être levées, et tout fait espérer qu'un crédit sera ouvert en 1837 sur les fonds de l'état, comme sur ceux de la Ville, pour commencer également cette partie de l'opération dans la campagne prochaine.

La dépense spéciale au quai est évaluée à 600,000 fr., ce qui porte la dépense générale de la totalité des travaux à 840,000 fr.

Quai Montebello.

Enfin des travaux, d'un plus haut intérêt peut-être encore que ceux du quai St-Bernard, pourront être exécutés dans un assez court délai : nous sommes parvenus à entamer une grande amélioration signalée depuis long-temps à l'administration par l'opinion publique, et qui consiste dans la suppression de plusieurs bâtimens dépendant de l'Hôtel-Dieu, et obstruant la rivière. Le pont au Doubles, ainsi que les abords de la cathédrale, vers le quai de l'Archevêché, sont déblayés; bientôt toute une travée du bâtiment qui s'étend du pont aux Doubles au Petit-Pont, sera démolie, et sur son emplacement sera établie la dernière partie des quais de la rive gauche, qui reste encore à ouvrir.

Ainsi, c'est aux efforts de l'administration actuelle, c'est à sa sollicitude constante pour tout ce qui porte un caractère d'utilité et de grandeur, qu'on devra l'achèvement complet de ces beaux ouvrages que l'Empire et la restauration avaient laissés imparfaits.

4°. — Chemins de Fer.

L'instruction à laquelle il avait été procédé en 1835 dans le département de la

Seine sur les projets de plusieurs grandes lignes de chemins de fer, a dû être en partie renouvelée en 1836, par suite de la présentation de nouveaux projets pour les mêmes directions : de sorte que l'administration ne s'est pas trouvée en mesure de préparer pour cet objet tous les projets de loi qui devaient être soumis aux chambres dans le cours de leur dernière session.

La seule loi qui ait pu être rendue sur cette matière est celle qui autorise l'établissement de deux chemins de fer entre Paris et Versailles, l'un placé en partant de la capitale sur la rive droite de la Seine, et l'autre sur la rive gauche. Pour l'exécution de cette loi, l'administration a recueilli et a soumis aux Conseils municipaux des deux villes intéressées tous les projets qui leur ont été présentés avant l'expiration du délai fixé à cet effet. Le Conseil municipal de Versailles en a déjà délibéré. Le Conseil municipal de Paris est encore saisi de l'affaire; mais il y a lieu de croire que sa délibération sera prise dans l'une de ses plus prochaines séances, et que le gouvernement pourra se prononcer définitivement dans un court délai sur le choix des projets à exécuter.

On est donc fondé à penser que l'année 1837 verra commencer pour les villes de Paris et de Versailles les travaux d'un ou même de deux chemins de fer, suivant l'événement de l'adjudication à passer, et qui ne peut éprouver de longs retards.

Quant aux grandes lignes de Paris à la mer par Rouen, le Hâvre et Dieppe, de Paris à Lille, de Paris à Orléans et à Tours, l'instruction de leurs projets est définitivement complète aujourd'hui, et il n'est pas douteux que des lois ne soient présentées aux chambres à ce sujet dans le cours de la session qui vient de s'ouvrir.

Indépendamment de ces projets de lignes d'un grand développement, l'administration a reçu en 1836 un projet de chemin de fer de Paris à Poissy par embranchement sur le chemin de Paris à Saint-Germain; ce projet a subi avec avantage l'enquête et toutes les autres formalités de l'instruction préalable que prescrit la loi de 1833 sur l'expropriation pour cause d'utilité publique. On peut donc espérer que la concession en sera prononcée en 1837, et que les travaux pourront être entrepris dans la même campagne.

Bien que les résultats qui ont été obtenus jusqu'à ce jour, en ce qui concerne ces différens projets de chemins de fer, n'aient encore rien d'apparent pour le public, ils sont cependant fort importans, car les formalités que la loi de 1833 rend obligatoires, en matière de grands travaux, sont nombreuses et donnent lieu à une instruction minutieuse. On doit donc se féliciter d'avoir terminé cette instruction pour les lignes principales de nos chemins de fer. L'administration du département de la Seine a contribué pour une part importante dans tous les travaux préparatoires qui ont amené ce résultat.

On ne terminera pas cet article sans faire mention du chemin de fer de Saint-

Germain. Quoiqu'il ne soit point exécuté pour le compte du gouvernement, l'administration n'y apporte pas moins son concours, soit en examinant les projets de détail, soit en exerçant le droit de surveillance qu'elle a dû se réserver dans l'intérêt général.

Il est juste de dire que tous les ouvrages dépendant de ce chemin sont établis avec un grand soin, sur de belles proportions, et qu'ils présentent toutes les garanties de solidité qu'on peut désirer. Mais les calculs de la compagnie, qui espérait achever tous ses travaux dans l'année 1836, ne se sont pas réalisés. L'expérience de la construction des chemins de fer en France n'était pas encore assez avancée pour qu'on pût mesurer exactement la durée des travaux du chemin de Saint-Germain. Toutefois il est possible d'espérer aujourd'hui que ce chemin pourra être mis en activité vers le milieu de l'année prochaine.

5° — Routes départementales.

Les travaux qui intéressent les communications, et qui sont à la charge du département, ont reçu également une notable activité.

Outre les sommes considérables dépensées pour l'entretien et les grosses réparations des routes départementales, des crédits spéciaux ont été affectés à des ouvrages extraordinaires entièrement neufs ou d'amélioration.

L'opération du redressement et du pavage de la route départementale N° 65, entre Gentilly et Arcueil, commencée en 1835, a été achevée et complétée en 1836 par l'élargissement de cette route, dans la traverse de Gentilly, où des murs anciennement construits formaient sur la voie publique une saillie de plusieurs mètres et rendaient le passage des voitures difficile et périlleux.

La route départementale N° 74 offrait, entre Montrouge et Vanves, une lacune dont le pavage a été commencé en 1836, et sera terminé l'année prochaine. L'achèvement de cette route établira une voie de communication qui manquait et qui était depuis long-temps désirée entre plusieurs communes importantes du centre et des extrémités de l'arrondissement de Sceaux. Il aura aussi pour résultat l'assainissement du grand Montrouge où les eaux ménagères et pluviales restaient stagnantes dans les fossés des routes et chemins qui traversent cette commune. La dépense à faire est estimée en totalité 70,000 fr.

D'autres travaux d'amélioration moins considérables ont été exécutés dans diverses localités; leur dépense totale s'est élevée à 137,500 f.

Ces travaux consistent principalement :

1° Dans la réfection et l'élargissement du pavage de la route départementale N° 13, à Saint-Ouen;

2° Dans une opération de même nature, sur une partie de la route départementale N° 14, à Clichy;

3° Dans l'élargissement de la route départementale N° 42, à la sortie du pont de Saint-Maur;

4° En divers pavages exécutés sur la route N° 26 à Belleville, sur la route N° 43 à Fontenay-sous-Bois, et sur la route N° 77 à Villemonble, pour supprimer de mauvaises chaussées d'empierrement;

5° Dans la reconstruction d'un pont établi sur la rivière de Bièvre, à Gentilly, et qui dépend de la route départementale N° 65;

6° Enfin dans la modification des pentes d'une partie de la route départementale N° 75, à La Villette, modification qui assure l'écoulement des eaux de cette route et qui a permis de supprimer un puisard vers lequel ces eaux se rendaient, mais qui était insuffisant pour les absorber.

On voit que l'administration a étendu l'emploi des ressources disponibles à toutes les localités du département; son intention, en divisant ainsi les travaux, a été d'améliorer le plus grand nombre de points possible et de pourvoir surtout aux ouvrages qui intéressaient en même temps et la viabilité de nos voies départementales, et la salubrité de plusieurs des communes que traversent ces routes.

En effet, en établissant dans ces communes des pavages neufs, on a remplacé par de bonnes chaussées, avec caniveaux et pentes régulières, d'anciens empierremens mal nivelés, dépourvus de ruisseaux, et sur lesquels les eaux pluviales et ménagères restaient stagnantes pendant une grande partie de l'année.

On a déjà eu occasion de faire remarquer, dans les précédens rapports, combien ces assainissemens sont nécessaires dans un grand nombre de localités; mais on n'y pourvoit pas toujours à l'aide de travaux aussi peu dispendieux que ceux dont il vient d'être fait mention; ainsi l'assainissement de Vaugirard et Grenelle, de Villejuif, de Bercy, de Vincennes, de La Chapelle, de Saint-Denis, de Clichy, etc., n'a pu être obtenu que par l'établissement d'aqueducs et de rigoles d'un grand développement, pour lesquels il a été dépensé une somme qui s'est élevée à plus de 1,500,000 fr. Des travaux de même nature sont réclamés encore sur plusieurs autres points : ceux dont le Conseil général a pu voter l'exécution pour l'année 1837 intéressent les communes de La Villette, d'Auteuil et de Neuilly.

Le Conseil a, en outre, voté au budget départemental de 1837 des fonds applicables à des travaux importans, et parmi lesquels on citera ici la réparation du pont de Saint-Cloud sur la route départementale N° 1, et l'élargissement de la route départementale N° 42, à l'entrée du pont de Saint-Maur.

6°. — Chemins de ceinture du Département, ou Chemins vicinaux de grande communication.

Suivant le vœu qu'en avait exprimé le Conseil général dans sa session de 1835, les ingénieurs des ponts-et-chaussées ont étudié le plan de plusieurs chemins de ceinture du département et l'ont produit à l'administration, avec une estimation de la dépense à faire pour l'exécution de ce projet, dépense qui s'élève, par aperçu, à plus de 2,3000,000 fr.

Les divers chemins dont ce plan offre le tracé forment plusieurs lignes transversales de circulation, qui s'étendent sur tout le territoire du département, et qui se rattachent à toutes les routes de rayon, de manière à établir presque directement la communication des communes, soit entre elles, soit avec les chefs-lieux d'arrondissement, soit enfin avec les départemens voisins.

Aucun projet ne pouvait être conçu plus heureusement pour le département de la Seine, qui possède un grand nombre de routes royales et départementales, dirigées du centre vers la circonférence, mais qui manque encore d'une partie des chemins nécessaires pour relier ces routes et former un système complet de voies de circulation dans tous les sens. Le Conseil général a reconnu tout ce qu'un tel projet offrait d'avantages pour le service des communes et pour le département, et il a admis les propositions qui lui ont été faites pour en assurer l'exécution.

A cet effet, les chemins de ceinture ont été considérés comme devant être classés parmi les chemins vicinaux de grande communication, dont la dernière loi sur les chemins vicinaux autorise la création; et en vertu de la même loi, une sur-imposition spéciale de trois centimes additionnels aux contributions directes a été votée pour subvenir, en grande partie, aux dépenses de ces importans travaux.

D'un autre côté, des mesures ont été prises pour appeler les communes intéressées à contribuer aux mêmes dépenses, dans les proportions des ressources dont elles peuvent disposer; et si, comme cela n'est pas douteux, elles unissent leurs efforts à ceux du département, l'exécution des travaux pourra commencer en 1837. La somme qu'on y emploiera dès cette première année peut être évaluée à environ 600,000 fr., dont 500,000 fr. proviendront de la sur-imposition.

Il résulte donc des dispositions faites en 1836, pour l'opération dont il s'agit, que l'administration a préparé, et l'on peut dire, assuré les moyens d'exécuter en cinq ou six ans, pour environ 2,500,000 fr. de travaux, et de créer un système de chemins qui formeront plusieurs grandes lignes de circulation échelonnées depuis la capitale jusqu'à la lisière du département, et qui ouvriront sur tous les points une nouvelle source de prospérité.

Le développement total de ces chemins sera de 51,000 mètres, ou près de 13 lieues.

CHAPITRE II.

GRANDE - VOIRIE.

Dans mon rapport sur les travaux de 1835, en signalant l'accroissement de valeur de la propriété foncière, j'indiquais les conséquences favorables que l'administration devait en attendre. Mes prévisions à cet égard se sont accomplies. La spéculation et l'industrie se sont portées avec activité, pendant l'année qui vient de s'écouler, sur l'amélioration de cette propriété dans la capitale; des maisons importantes, mais mal distribuées, ont été démolies et reconstruites à l'alignement; une rue nouvelle a été ouverte, et sur ses deux côtés, dans presque toute leur longueur, s'élèvent déjà des constructions élégantes; enfin les permissions de bâtir, délivrées dans le cours de l'année, constatent la construction ou la reconstruction à l'alignement de 4,462 mètres de bâtiment, et de 3471 mètres de murs de clôture; en estimant au plus bas possible la moyenne de ces constructions, on a pour résultat une somme d'environ 8,000,000 fr., employée à ces travaux par les propriétaires eux-mêmes.

Je ne compte point dans ce chiffre la dépense des travaux d'entretien ou de réparation des bâtimens existans, ni la construction des bâtimens en dehors de la voie publique. Je ne pourrais que très difficilement l'évaluer. Toutefois ces travaux ayant donné lieu à 1800 permissions ou déclarations, on peut, sans crainte d'exagération, supposer que la dépense qu'ils ont entraînée excède encore un million.

Les grands travaux que l'administration prépare pour l'année 1837 appelleront nécessairement de grandes opérations particulières, et les résultats que l'on espère seront encore plus remarquables.

Ancien tribunal de commerce.

J'annonçais dans le même rapport la démolition des bâtimens de l'ancien tribunal de commerce et l'ouverture, sur ce terrain, d'une rue nouvelle communiquant de la rue du Cloître-St-Merry à celle du Renard. Cette rue a en effet été ouverte, et les habitans de ce quartier, où la circulation est si embarrassée, s'en sont emparés comme d'un bienfait; toutefois, cette opération laissait à désirer, en ce que la rue nouvelle n'était point en prolongement de la partie de la rue du Cloître, qui débouche sur la rue St-Martin; pour la placer dans cette direction, il fallait traverser une propriété particulière; les tentatives qu'on avait faites jusqu'alors pour y parvenir étaient restées sans résultat. Depuis, j'ai été plus heureux; un traité d'échange nous assure cette importante amélioration, en même temps qu'il met à notre disposition un terrain convenable pour établir sur ce point une salle d'asile ou une école qui manque encore dans ce quartier. Ce traité recevra son exécution dans le cours de l'année 1837.

J'ai poursuivi, en me renfermant dans les limites des ressources du budget de la Ville, l'achèvement de la place de la Madeleine ; les bâtimens du marché d'Aguesseau, qui avançaient sur l'alignement de cette place, sont démolis, et la même opération va avoir lieu pour la maison voisine dont la saillie nuit encore à la circulation du public, et à l'aspect du beau perystile de l'église. Place de la Madeleine.

De longs et difficultueux procès que, jusqu'à présent, il a fallu suivre devant tous les degrés de juridiction, ont encore empêché l'administration de se mettre en possession des bâtimens dont l'emplacement est nécessaire à la formation du boulevart Malesherbes. J'espère que l'année dans laquelle nous allons entrer ne s'écoulera pas sans que cette affaire soit complétement terminée. Boulevart Malesherbes.

Le plan adopté pour l'ouverture d'une nouvelle rue aux abords de la place Ste-Opportune, l'élargissement de la rue de la Tabletterie, d'une partie de la rue des Lavandières-Ste-Opportune, et de la rue de l'Arche-Pépin, a reçu son exécution par la démolition de douze maisons. Pour compléter l'exécution du projet d'ensemble sur ce point, il ne reste plus que trois maisons à démolir : deux situées rue de l'Aiguillerie, et la troisième située sur le quai de la Mégisserie, au débouché de la rue de l'Arche-Pépin. N'ayant pu traiter à l'amiable avec les propriétaires de ces maisons, j'en ai requis l'expropriation qui a été prononcée par un jugement du 13 décembre. Abords Ste-Opportune.

Une autre amélioration, dont les avantages ne seront pas moins appréciés, c'est l'élargissement de la rue Lacuée, dans le huitième arrondissement. Tous les propriétaires des maisons atteintes par l'alignement ont traité avec l'administration, et, au printemps prochain, une rue de 15 mètres de largeur aura remplacé la ruelle étroite et dangereuse qui communiquait du pont d'Austerlitz à la rue de Bercy. Rue Lacuée.

Mais ce qui surtout doit prouver toute la sollicitude de l'administration actuelle pour les vieux quartiers de Paris et pour les opérations qu'une haute utilité recommande, c'est l'élargissement des rues St-Pierre-aux-Bœufs et du Chevet-Saint-Landry ; c'est l'élargissement de la rue de la Cité et l'ouverture projetée d'une rue nouvelle en prolongement de la rue de la Barillerie, dans l'axe du Palais-de-Justice. Ces opérations, dont le résultat sera de doter le quartier de la Cité des avantages dont il a été privé jusqu'aujourd'hui, sont en cours d'exécution. Assainissement du quartier de la Cité.

Pendant l'année qui vient de s'écouler, sept maisons, situées sur le côté droit de la rue de la Cité, ont été démolies et reculées à l'alignement ; une huitième maison est acquise sur le même côté, et sur le côté opposé, cinq maisons, dont une partie sera nécessaire à l'agrandissement du bâtiment d'administration des hospices, seront, Elargissement de la rue de la Cité.

je l'espère, acquises et démolies en 1837, et donneront à la voie publique un élargissement de 6 mètres sur une étendue de façade de 24 mètres.

Elargissement des rues St-Pierre-aux-Bœufs et du Chevet-St-Landry.

J'ai confié à un entrepreneur habile l'exécution du plan d'élargissement des rues du Chevet Saint-Landry et Saint-Pierre-aux-Bœufs, et je crois pouvoir donner l'assurance que ce plan sera exécuté complétement dans le cours du premier semestre de l'année prochaine.

Rue en prolongement de la rue de la Vieille-Draperie.

Je désire que les ressources du budget me mettent dans la possibilité de commencer bientôt les travaux d'ouverture de la nouvelle rue dans l'axe du Palais-de-Justice, mais je crains que les grandes opérations dont l'administration s'occupe en ce moment ne nous forcent à ajourner ce beau et utile projet.

Rues Turgot, de Madame, de Trévise. Elargissement partiel.

La rue Turgot est ouverte, la rue Madame est prolongée jusqu'à la rue Mézières, la nouvelle rue de Trévise, ouverte par des propriétaires dans le quartier Poissonnière, sera bientôt livrée à la circulation; les maisons situées rue St-Germain-l'Auxerrois, rue des Prêtres-St-Séverin, rue Brise-Miche, place St-Michel, place de Vannes et rue Geoffroy-Lasnier, acquises pour l'élargissement de la voie publique, sont démolies; les traités faits pour l'élargissement d'une partie de la rue Joquelet, pour la suppression des arcades de Bellechasse, l'élargissement d'une partie des rues Fléchier, des Champs-Elysées, du Four-St-Germain, de la rue Neuve-St-Augustin et de la rue St-Jacques, sont exécutés. Ainsi, presque sur tous les points de la capitale, l'action administrative de la voirie a porté des améliorations importantes et dont l'utilité a été toujours généralement comprise par les habitans de notre grande cité.

Elargissement de la rue des Poirées-St-Jacques.

Je devrais avoir à annoncer aussi l'exécution du projet d'élargissement de la rue des Poirées-St-Jacques; et, en effet, ces travaux seraient achevés sans un incident qui est venu les retarder. Un des propriétaires avec lesquels l'administration devait traiter est décédé, laissant des mineurs, au moment de réaliser son engagement; c'est ainsi que souvent, par des causes indépendantes de sa volonté et de ses efforts, l'administration est arrêtée dans sa marche.

Les difficultés nées de cet incident ont heureusement été applanies, et dans le courant du mois d'avril prochain, les démolitions des maisons dont vous avez voté l'acquisition seront commencées.

En attendant, les travaux du prolongement de cette rue jusqu'à la place de la Sorbonne ont été adjugés et s'avancent rapidement.

Hôtel-de-Ville et ses abords.

Au nombre des grandes opérations qui signaleront l'année dans laquelle nous allons entrer, se place au premier rang, soit à cause de son importance, soit parce qu'elle sera en effet exécutée la première, celle relative à l'agrandissement de l'Hôtel-de-Ville et à l'amélioration de ses abords. Toutes les formalités préliminaires ayant été remplies conformément aux dispositions de la loi du 7 juillet 1833, j'ai procédé à l'exécution de ce projet. Un jugement, en date du 10 décembre, a déclaré expropriées, pour cause d'utilité publique, trente-quatre maisons atteintes par ce plan. Je vais notifier à ces propriétaires les sommes que l'administration leur offre pour indemnités de leur dépossession, et soit qu'ils acceptent ces offres, soit qu'il faille recourir à l'autorité du jury, j'espère que dans les premiers mois de cette année les travaux pourront commencer.

Rues du Dauphin et du Renard.

Je remplis aussi en ce moment les formalités pour mettre l'administration en possession des maisons nécessaires à l'élargissement d'une partie des rues du Dauphin et du Renard-Saint-Sauveur. Ces opérations seront probablement terminées vers la même époque.

Rue Croix-des-Petits-Champs.

En même temps que je poursuis l'exécution de ces projets adoptés, je prépare l'exécution d'autres projets pour l'élargissement d'une partie de la rue Croix-des-Petits-Champs, l'amélioration des abords de l'Hôtel-Dieu et du Palais-de-Justice, et la formation des abords de la nouvelle Force.

J'attends d'un moment à l'autre l'ordonnance royale approbative du plan de la rue Croix-des-Petits-Champs. L'importance de l'opération dont il s'agit ici est connue. La rue Croix-des-Petits-Champs, placée au centre d'activité de Paris, ne suffit plus depuis long-temps aux besoins de la circulation qui s'y presse. L'administration devait satisfaire à ces besoins. L'année prochaine elle aura rempli ses obligations à cet égard.

Abords de l'Hôtel-Dieu.

L'exécution du plan des abords de l'Hôtel-Dieu promet des résultats non moins importans; l'élargissement de la rue de la Bûcherie, aujourd'hui si étroite et si fréquentée, l'élargissement d'une partie de la rue Saint-Jacques aux approches du pont Saint-Michel, et enfin la création d'un nouveau quai en continuation du quai de la Bûcherie, telles sont les améliorations qui résulteront de ces travaux. Je n'espère pas les réaliser totalement dans le cours de l'année 1837, à cause des longues formalités qu'ils entraîneront; je ne négligerai rien pour en abréger les délais.

Rue de Londres.

D'autres projets non moins importans, non moins utiles, ont occupé encore l'administration et préparent des résultats aux exercices suivans; j'espère que je parviendrai à supprimer ces deux saillies si nuisibles à la circulation, qui existent dans la rue de Londres. Cette rue a cessé d'appartenir à la spéculation; c'est aujourd'hui une grande route qui deviendra de jour en jour plus fréquentée, et si l'intérêt privé doit encore être appelé à concourir à la dépense qu'exige l'amélioration de cette grande voie publique, de son côté, la Ville, dans l'intérêt général, ne peut y rester étrangère. L'administration aurait toutefois échappé à cette obligation si, lors de la formation du nouveau quartier Rivoli, elle n'eût autorisé l'ouverture de la rue de Londres que sous la condition de suppression de ces saillies; cette conséquence d'une autorisation, peut-être trop légèrement accordée, sera pour l'avenir une leçon dont je saurai profiter.

Rue Jocquelet.

L'élargissement opéré cette année d'une partie de la rue Jocquelet, fait sentir le besoin d'une opération plus complète, dont je vous entretiendrai plus tard.

Rue en prolongement de la rue de Paradis.

J'ai déjà présenté au Conseil municipal un avant-projet pour l'ouverture d'une rue communiquant de la rue du Chaume, en face la rue de Paradis, à la Pointe Saint-Eustache. Il n'existe dans cette direction aucune communication qui satisfasse aux besoins publics; on ne peut se rendre du quartier du Marais aux halles qu'en parcourant des rues étroites, sinueuses, changeant à chaque instant de direction et toujours embarrassées; la grande rue projetée offrirait une voie large, commode et directe à une circulation très active. Tous mes efforts tendront à exécuter ce grand et utile projet dans le plus court délai possible.

Rues Neuve-St-Nicolas-St-Martin et rue Neuve-St-Jean.

Je désirerais aussi pouvoir bientôt achever l'élargissement commencé sur plusieurs points des rues Saint-Nicolas-Saint-Martin et Neuve-Saint-Jean; des circonstances nouvelles semblent devoir favoriser cette opération, et j'aurai, j'espère, l'occasion d'en entretenir cette année le Conseil municipal.

Projets divers, concours des propriétaires.

D'autres projets, que je ne puis encore indiquer, et qui tendent à l'amélioration d'un des quartiers les plus peuplés du 6e arrondissement, feront sans doute aussi prochainement l'objet de mes propositions. Il y a là beaucoup de bien à faire dans l'intérêt public; je ne doute donc pas du concours du Conseil.

L'intérêt particulier reconnaît de plus en plus chaque année qu'il doit concourir aux améliorations dont il est appelé à profiter. Les propriétaires des quartiers du 4e arondissement, où l'administration vient de faire de si utiles opérations, ceux dont le percement de la rue Racine a amélioré les immeubles, ont contribué à la dépense de ces travaux dans des proportions convenables; une somme importante est encore en ce moment offerte à la Ville pour qu'elle exécute deux projets d'utilité publique dont un a déjà reçu l'assentiment du Conseil. Ces efforts méritent d'être encouragés; ils nous mettront à portée de satisfaire plus de besoins publics, sans trop charger le budget communal.

Achèvement de la place du Panthéon.

L'achèvement de la place du Panthéon, l'ouverture de la rue Cardinal-le-Moine dans l'axe du pont de la Tournelle, le prolongement de la rue d'Ulm, la formation du boulevart Mazas, ont soulevé des discussions assez graves entre la Ville et l'Etat. Les intentions bienveillantes de M. le ministre de l'intérieur applaniront sans doute quelques-unes des difficultés de ces opérations; mais il s'y rattache des questions domaniales que le zèle des défenseurs des intérêts du trésor rend plus difficiles à résoudre; le Conseil municipal a sous les yeux le projet que je lui propose d'adopter pour donner une issue à la rue d'Ulm, sans toucher aux dépendances du Val-de-Grâce. Quant à l'ouverture de la rue du Cardinal-le-Moine, si nécessaire comme débouché d'un pont très fréquenté et comme continuation d'une grande communication, je ne pourrai en entretenir le Conseil que si le domaine renonce à des prétentions que j'ai dû combattre dans l'intérêt de la Ville, et qu'il ne me paraît pas pouvoir soutenir.

Prolongement de la rue d'Ulm.

Rue du Cardinal-Le-Moine.

Aucune question domaniale ne se présente dans l'affaire du boulevart Mazas; il m'avait semblé toutefois que l'état aurait pu concourir à la formation de ce boulevart considéré comme grande route; mais ce que l'administration devait attendre plus sûrement, c'est le concours des propriétaires dont la création de ce boulevart vivifierait les immenses terrains aujourd'hui cultivés en marais. Le jour où ces propriétaires comprendront leurs véritables intérêts, ce boulevart, soit qu'on le maintienne tel qu'il est projeté, soit qu'on le réduise aux proportions d'une grande rue, s'exécutera presque sans frais pour la Ville. Quant à présent, je me borne à poursuivre devant le Conseil d'état la réformation des dispositions de l'ordonnance du 15 mars 1814, qui vous ont paru contraires aux principes généraux et aux intérêts de la Ville.

Boulevart Mazas.

C'est aussi en considérant comme grande route la rue Louis-Philippe, que mon prédécesseur avait demandé au gouvernement son concours pour exécuter ce grand projet. Cette proposition est restée jusqu'à présent sans résultat; en attendant, l'acquisition que la Ville a faite de la tour Saint-Jacques-la-Boucherie, les dispositions qu'elle projette sur ce point et l'exécution de l'alignement de cette rue sur une des façades de l'Hôtel-de-Ville, établiront comme des jalons auxquels viendront peut-être se rattacher d'autres opérations partielles qui, un jour, encore éloigné sans doute, ne laissera plus que peu de choses à faire pour compléter l'ensemble de ce projet.

Rue Louis-Philippe.

Les avenues des Invalides et de l'Ecole-Militaire ont dû aussi occuper mon administration; ces avenues ne furent créées dans le principe, et alors que les hôtels des Invalides et de l'Ecole-Militaire étaient encore en dehors de l'enceinte de Paris, que pour ajouter à la splendeur de ces monumens; depuis elles ont été enfermées dans Paris, plusieurs d'entre elles forment les abords des nouvelles barrières ouvertes à leur extrémité. Elles sont ainsi devenues en fait, pour la plupart, des voies publiques communales, mais en droit, elles étaient restées propriété de l'état. Cette situation des choses présentait, dans l'intérêt de la Ville, des inconvéniens que venait encore aggraver la nécessité de travaux considérables à faire pour assainir ces avenues et les mettre en bon état de viabilité. J'espère que nous sommes arrivés au

Avenues des Invalides.

terme des difficultés qui devaient naître de cet état de choses; je viens de mettre sous les yeux de M. le ministre de l'intérieur la délibération par laquelle le Conseil municipal a adopté mes dernières propositions à ce sujet, et j'en attends une décision qui sans doute conciliera tous les intérêts qui se rattachent à cette affaire.

Nouvelles inscriptions des noms de rues.

Ces grandes opérations de voirie ne m'ont pas fait perdre de vue d'autres améliorations que réclame la voie publique; partout les rues manquent d'inscriptions indicatives de leurs noms, et l'habitant de Paris, comme l'étranger, s'en étonne et souffre de ce fâcheux état de choses, né d'un procès avec le fournisseur de ces inscriptions. Heureusement ces difficultés sont levées et j'ai pu, cette année, adjuger la nouvelle fourniture d'inscriptions en zinc peint et verni. Je n'espère pas que ces nouvelles inscriptions présenteront toute la durée désirable; mais à l'exception de la lave émaillée qui est trop coûteuse, de la porcelaine qui est trop fragile, aucun des procédés proposés à l'administration n'a offert des conditions meilleures. Le champ est ouvert à l'industrie; 12,000 tableaux d'inscription seront encore nécessaires en outre de l'adjudication qui vient d'être faite. J'examinerai avec soin les modèles qui me seront proposés. Cette fourniture, qui peut s'étendre aux autres villes du royaume, embarrassées comme Paris pour le choix des inscriptions, offre à l'industrie assez d'intérêt pour encourager ses efforts.

Hauteur des Maisons.

Il est une autre amélioration que des nécessités plus graves réclament impérieusement, et sur laquelle tout le monde est d'accord quand il s'agit de l'intérêt général et que chacun repousse quand il s'agit de son application à un intérêt privé: je veux parler de la hauteur excessive des maisons dans Paris.

Cette hauteur des maisons a été réglée, pour la capitale, proportionnellement à la largeur des rues, par des lettres-patentes du 25 août 1784; mais les proportions qui ont été adoptées à cette époque dépassent évidemment celles qu'exigeaient les besoins de la salubrité publique; ces hauteurs, fixées à 54, 45 et 36 pieds par les lettres-patentes, avaient été traduites par 18, 15 et 12 mètres, d'où résultaient encore sur la hauteur réglée par la loi des excédans de 0,50-040 et 0,30c. J'ai proposé de réformer ces abus, et M. le ministre de l'intérieur a adopté cette mesure qui reçoit aujourd'hui son exécution. En même temps, j'ai soumis au ministre, en me renfermant dans le texte de la loi, quelques autres dispositions réglementaires sur la forme des combles et la construction des lucarnes, deux causes d'abus plus graves encore; jusqu'à présent aucune décision n'a été prise à ce sujet.

Mais ce n'est pas dans l'exécution littérale de la loi de 1784 que nous pourrons trouver une amélioration vraiment utile; c'est dans une loi nouvelle qui réduirait la hauteur des façades sur rue à des proportions plus en rapport avec les besoins de la salubrité publique.

Plan d'alignement des rues de Paris.

Le réglement définitif des alignemens des rues de Paris a constamment occupé mon administration pendant le cours de l'année ; les longues formalités, les difficultés, les discussions qui entourent ce travail et se renouvellent souvent plusieurs fois à l'occasion de chaque plan de rue, ne permettent pas d'obtenir de résultats aussi vite que le réclament les intérêts du public et ceux de l'administration.

Paris compte 1663 voies publiques, toutes sont étudiées sous le rapport des alignemens, mais toutes ne sont pas encore arrivées au même degré d'instruction. Cette année je n'ai pu faire approuver définitivement que 57 voies publiques; ce qui porte à 658 le nombre des plans approuvés par ordonnance royale; j'attends du ministère des ordonnances pour 21 autres plans, et vous avez à délibérer en ce moment sur l'alignement proposé de 139 rues ou places. Je compte que l'année dans laquelle nous entrons produira, sous ce rapport, des résultats plus satisfaisans, qui seront la conséquence nécessaire du travail qui est aujourd'hui préparé.

Pour donner une idée du travail matériel qu'exige la mise en état de ces plans pour être étudiés ou ordonnancés, j'ai fait faire le relevé de ce travail pendant l'année 1836.

Les levées et copies de plans, les tracés d'alignement et les récolemens, calculés en mètres linéaires, s'élèvent à........................ 304,047^{m}.

Les levées et copies de superficies des plans d'ensemble s'élèvent, en mètres superficiels, à........................ 645,267^{m}.

Indépendamment des écritures considérables qu'exige ce service, des recherches et des autres travaux de régularisation, dont il serait inutile et surtout trop long de donner ici le détail, tous ces travaux, y compris une somme de 4,800 fr. employée en traitemens fixes, n'ont coûté à la Ville, dans l'année 1836, que 28,788 fr.

Il est du reste facile d'apprécier l'énormité de ce travail et de tous ceux qui ont rapport à la surveillance administrative de Paris, lorsqu'on se rappelle que les voies publiques de cette grande capitale présentent ensemble une longueur de près de 120 lieues, ce qui établit cette surveillance et ces travaux, pour les deux côtés de ces voies publiques, sur une longueur développée de 240 lieues.

Je ne terminerai pas cette partie de mon exposé sans réunir ici quelques renseignemens qui sans doute fixeront votre attention. Résultats généraux.

Le nombre total des permissions de voirie, délivrées depuis le 1er janvier jusqu'au 20 décembre, a été de 2,120.

Les alignemens exécutés ensuite de ces permissions présentent un développement linéaire de........................ 7,933^{m}.

Le terrain livré à la voie publique, en exécution de ces alignemens, contient en superficie........................ 2,913^{m} 93^{c}.

J'ai statué par 147 arrêtés de refus sur des demandes de travaux que les lois de voirie ne permettaient pas d'autoriser; 155 procès-verbaux, dont 122 approuvés par l'administration, ont constaté des contraventions qui ont été déférées au conseil de préfecture, et suivis de décisions, soit judiciaires, soit administratives; 82 décisions de ce conseil ont reçu leur exécution; 22 ont été déférées au conseil d'état.

Ces pourvois au conseil d'état donnent lieu, dans mon administration, a un travail long et difficultueux. Les mémoires qui les motivent me sont communiqués pour fournir les observations de l'administration en réponse aux moyens invoqués par les contrevenans. Souvent de graves questions de principes y sont en discussion, et c'est des arrêts qui statuent sur ces pourvois que se forme la jurisprudence en matière de voierie.

Sur les 22 pourvois communiqués cette année à l'administration, elle a fourni ses réponses à 18, et il sera répondu sous peu de jours aux quatre autres plus récens.

L'application des réglemens de voirie donne lieu encore à un autre recours, qui s'exerce contre mes arrêtés de refus d'autorisation, devant le ministre de l'intérieur; la correspondance avec le ministre, à ce sujet, n'est ni moins longue ni moins difficile que celle avec le garde-des-sceaux à l'occasion des pourvois: 35 recours de cette nature, et au sujet desquels j'ai fourni mes réponses et mes observations, ont été exercés pendant l'année 1836.

J'ai presque entièrement terminé la liquidation de l'arriéré en matière de voirie; les liquidations faites, pour indemnité de terrains retranchés, sont au nombre de 359: pour chacune de ces affaires, dont plusieurs remontaient à dix et douze années et plus, il a fallu reconnaître les quantités de terrain livrées, l'époque de l'abandon de ces terrains, en régler le prix, examiner les titres des propriétaires, faire les actes, remplir les formalités hypothécaires. On connaît les difficultés qui entourent ces sortes d'opérations, il sera donc facile d'apprécier le travail qu'elles ont exigé.

Indépendamment de cet arriéré, il a fallu liquider les exercices nouveaux; 106 autres liquidations ont été faites, un plus grand nombre subissent en ce moment les nombreux degrés d'instruction qu'elles doivent parcourir; enfin vous avez été déjà mis à portée de régler la plus grande partie des indemnités qui se rapportent à l'exercice 1836: encore une année d'efforts, et tout l'arriéré antérieur à 1831 sera complétement liquidé. Quant aux années subséquentes, le paiement des indemnités n'éprouvera de retard que celles qui naissent de ces sortes d'affaires, et bientôt chaque exercice verra la liquidation complète des indemnités dues pour l'année à laquelle elles se rapportent.

Dans le cours de l'année qui vient de s'écouler, les acquisitions faites par l'administration pour l'élargissement et l'amélioration de la voie publique ont procuré la démolition de 25 maisons, dont trois ont été acquises aux enchères par suite de licitation, 16 à l'amiable et 6 en exécution de la loi du 7 juillet 1833; les premières, d'une superficie totale de 280 m. 84 c., ont coûté 99,700 fr.; les secondes, acquises à l'amiable, présentent une superficie de 1,752 m. 80 c.; elles ont été payées 569,000 fr.; enfin les troisièmes, d'ensemble 1078 m. 27 c., ont été réglées par le jury à 558,000 fr.

Ces efforts que fait l'administration pour hâter par des acquisitions ou des traités particuliers l'exécution des alignemens dans Paris, ont produit depuis quatre ans de beaux et d'utiles résultats; pendant cette période de temps, 64 opérations de cette nature ont été faites et ont eu pour résultat la réunion de 11,116 m. 74 c. de terrain, près de 4 arpens à la voie publique, indépendamment du terrain dont elle s'est accrue par l'exécution des alignemens ordonnancés, et dont la quantité s'élève à plus de 15,000 mètres, ou près de 5 arpens.

Tels sont les résultats du service de la grande voirie. Dans les commissions qui les préparent, et dont plusieurs membres du Conseil municipal ont bien voulu faire partie, ainsi que le directeur des contributions et l'avoué de la Ville, comme au Conseil où on les discute avec tant de soins, le Conseil a pu juger du zèle et du désintéressement avec lesquels, dans ces matières délicates, les intérêts de la Ville sont défendus.

Chemins vicinaux, loi du 21 mai.

J'ai eu à m'occuper cette année de l'application au département de la Seine de la loi du 21 mai 1836, sur les chemins vicinaux; j'ai rendu compte des mesures que j'ai prises pour la création des chemins de grande communication. Les autres mesures que j'ai arrêtées ont eu pour objet le nouveau classement, d'après la loi, des chemins vicinaux ordinaires et la création des ressources nouvelles affectées à la réparation et à l'entretien de ces chemins: ce n'est que dans le cours de l'année prochaine que nous obtiendrons des résultats de ces dispositions préparatoires, et j'espère que ces résultats seront satisfaisans. Cette loi pourvoit à des besoins généralement sentis, et je ne doute pas que chacun ne s'empresse de concourir, en ce qui le concerne, à son exécution.

En attendant, je poursuis le travail relatif à l'organisation du service de la voirie dans les communes et à l'approbation des alignemens de leurs rues; ces alignemens sont étudiés dans quinze communes et approuvés ou sur le point de l'être dans sept autres

Les alignemens de trois communes, qui doivent être approuvés par le roi à cause de leur importance, sont soumis à l'examen de M. le ministre de l'intérieur, indépendamment des plans et des alignemens que j'ai été dans la nécessité d'approuver partiellement pour répondre à des besoins urgens.

J'avais espéré pouvoir établir dans ces communes la perception des droits de voirie, perception qui eût créé une ressource utile pour faire face aux dépenses que nécessite ce service, et me fondant sur une disposition de la loi de finances de 1832, j'avais engagé les Conseils municipaux à voter pour l'établissement de ces droits, des tarifs que j'ai soumis ensuite à M. le ministre de l'intérieur; mais le conseil d'état a pensé qu'il y avait lieu d'ajourner l'application de cette mesure. J'en reproduirai incessamment la proposition.

Carrières. Les exploitations de carrières, dans quelques communes du département de la Seine, ont donné des inquiétudes aux habitans de ces communes; l'inexpérience et quelquefois la cupidité des exploitans ont, sur plusieurs points, justifié ces craintes, qu'on a ensuite exagérées; d'un autre côté, des propriétaires ont acheté des terrains fouillés par des exploitans avec connaissance de cet état de choses et obligation d'en supporter les conséquences; puis ensuite ils se sont plaints de ce que leurs propriétés étaient excavées, et ont réclamé de l'administation des mesures pour améliorer leur position; j'ai fait tout ce que j'ai pu jusqu'à présent pour réprimer les anticipations, les prévenir et remédier à tous les inconvéniens qui m'étaient signalés; mais l'administration est souvent impuissante pour faire tout le bien qu'on doit attendre d'elle. Pour arriver à ce résultat, je fais préparer, par une commission qui s'en occupe avec zèle et persévérance, un nouveau réglement sur les exploitations des carrières dans le département de la Seine; 54 articles sont déjà rédigés. J'espère que, dans les premiers mois de l'année prochaine, ce projet pourra être terminé et soumis à l'examen du conseil général des mines.

Ces exploitations, qui sont épuisées dans quelques communes, qui dans plusieurs autres touchent à leur terme, ont présenté un grand intérêt. Il résulte des renseignemens recueillis sur ces travaux en 1829, qu'alors il y avait en activité 1,388 carrières, produisant annuellement une valeur de 9,883,660 fr. Ces exploitations occupaient 4,000 ouvriers.

En perdant de leur importance, ces travaux sont devenus plus difficiles à surveiller; de petites exploitations ont remplacé les grandes dans plusieurs communes, le nombre des carrières à surveiller est devenu plus considérable, et les exploitans ont présenté moins de garantie.

La consolidation des anciennes carrières sous Paris se poursuit régulièrement chaque année; ces travaux immenses, destinés à soutenir cette partie de la capitale qui n'est fondée que sur des vides, sont encore loin d'être complets. Sous les voies publiques, c'est l'administration qui pourvoit à ses frais à la consolidation du sol; elle soutient encore les ciels de ces anciennes carrières sous les propriétés privées, quand les dégradations sont faciles à réparer; mais lorsqu'elles présentent de l'importance, les propriétaires du sol sont prévenus et invités à faire les travaux qu'exige la consolidation de leur propriété.

Malheureusement la surveillance la plus soutenue ne peut prévenir tous les accidens qui peuvent résulter de l'existence de ces vastes souterrains; il y a peu de temps, on s'aperçut d'un éboulement récent; aussitôt l'un des chefs d'atelier se rendit dans la maison de la rue Duguay-Trouin qui correspondait au fontis qu'on venait de remarquer, et c'est en voulant aller prendre une échelle dont on avait besoin pour franchir un mur au-delà duquel on supposait que l'excavation devait se produire, qu'une malheureuse domestique mit le pied sur le terrain excavé, et fut entraînée dans l'éboulement. Peu d'instans après, les ouvriers des carrières, bravant tous les dangers de ces travaux, avaient retrouvé cette malheureuse femme, mais elle était sans vie.

On avait tout fait pour prévenir ce malheur, qu'une fatale circonstance accomplit.

La crue extraordinaire des eaux dans le mois de décembre a éveillé quelques inquiétudes dans ces quartiers, où le bruit s'est répandu que les carrières étaient inondées. J'ai pris des renseignemens sur ce fait, et j'ai acquis la conviction qu'aucun danger n'était à redouter; les eaux n'avaient point gagné les Catacombes, ainsi que plusieurs journaux l'avaient annoncé, mais elles avaient pénétré, ainsi que cela a lieu tous les ans, dans les carrières situées au-dessous des rues Saint-Dominique-d'Enfer, Sainte-Catherine, de Corneille, de Tournon et Cassette.

Il existe dans les carrières deux étiages, l'un sous les dépendances de l'hôpital du Midi, l'autre sous le carrefour de l'Observatoire; le zéro de chacun de ces étiages est au même niveau que le zéro du pont de la Tournelle.

Le 16 décembre, à une heure, l'eau au premier étiage était à 3 m. 58 c., et au second à 3 m. 53 c.

Au même moment, l'étiage du pont de la Tournelle marquait 6 m. 40 c. au-dessus de zéro, c'est-à-dire 2 m. 82 c. au-dessus de l'étiage des carrières.

Cette différence s'explique par la difficulté avec laquelle les eaux y pénètrent; depuis elles ont continué à y arriver pendant le même temps que les eaux s'abaissaient; ainsi au 23 décembre les étiages des carrières marquaient 3 m. 95 c., et 3 m. 86 c. au-dessus de zéro, et l'étiage du pont de la Tournelle 3 m. 85 c.; aujourd'hui sans doute ces eaux, bien qu'elles n'aient plus augmenté, sont plus élevées dans les carrières d'où elles se retirent plus difficilement qu'elles ne le sont à l'échelle du pont de la Tournelle. On pense que les galeries inondées ne seront praticables qu'au mois d'avril prochain.

Du reste, le séjour des eaux dans ces carrières ne produit aucune dégradation nuisible à la sûreté publique.

CHAPITRE III.

EAUX DE PARIS. — PAVÉ. — TROTTOIRS. — PLANTATIONS. — ÉGOUTS.

1° Eaux de Paris.

Distribution nouvelle d'eaux de Seine.

Le projet d'une nouvelle distribution d'eau de Seine dans tous les quartiers de Paris par le moyen d'une compagnie, a fait l'objet d'une délibération du Conseil municipal en date du 22 avril 1836, et d'un projet de traité annexé à cette délibération. Communiqué à l'administration des ponts-et-chaussées, ce projet a donné lieu à quelques observations qui sont soumises à un nouvel examen du conseil municipal.

Conduite du Louvre.

En attendant le résultat de ce projet, l'administration municipale a continué la distribution des eaux de l'Ourcq, en ordonnant l'établissement de nouvelles conduites. Ainsi on a continué en 1836 la grosse conduite, dite conduite du Louvre, qui part de l'aqueduc de Ceinture par la galerie des Martyrs, suit cette galerie dans toute sa longueur, puis l'égout Montmartre jusqu'à la rue du Jour, d'où elle sera prolongée dans la terre jusqu'à la rue Saint-Germain-l'Auxerrois. Cette conduite a 0 mètre 30 cent. de diamètre, et 2420 mètres de longueur sur laquelle 200 mètres restent à poser.

Conduite Poissonnière et Hauteville.

Il existe déjà dans la rue du Faubourg-Poissonnière jusqu'au boulevart, une conduite de 0 mètre 32 cent. Cette conduite, à son origine, sur une longueur de 200 mètres, ne communiquait à l'aqueduc de Ceinture que par un branchement secondaire de 0 mètre 16 cent.; on a prolongé cette année la conduite de 32 centimètres jusqu'à l'aqueduc, avec le même diamètre, et on s'est servi du branchement de 16 centimètres pour l'alimentation du quartier Hauteville.

La conduite Poissonnière proprement dite est destinée à conduire les eaux de l'Ourcq dans le faubourg Saint-Germain. Elle doit suivre les rues Poissonnière et Montorgueil dans l'égout disposé pour la recevoir; elle traversera le Pont-Neuf, et se terminera aux bassins de la rue Racine. J'espère pouvoir en faire commencer le prolongement en 1837.

Conduite Laffitte et Gaillon.

Pour opérer le lavage des rues comprises entre la rue de Richelieu et la rue de la Paix, une conduite de 0 mètre 30 cent. doit être posée dans la galerie des Martyrs et dirigée par la rue Laffitte, le boulevart, les rues de la Michodière et Gaillon, jusqu'à la rue Neuve-des-Petits-Champs, d'où elle se divisera en branchemens secondaires pour les quartiers voisins.

Enfin l'assainissement des rues Rochechouart, Montholon, Bleue, Cadet et Bellefond, réclame un branchement spécial qui suivra cette première rue. Conduite Rochechouart.

Ces diverses conduites sont destinées à compléter l'établissement des bornes-fontaines pour le lavage de toutes les rues comprises entre la rue Saint-Denis, la place Vendôme et la Chaussée-d'Antin. Ces quartiers reçoivent déjà sur quelques points les eaux de l'Ourcq par les conduites posées précédemment, et connues sous le nom de conduites des Innocens, du Carrousel et de l'Ecole de Médecine. Le tableau suivant indique le nombre des bornes-fontaines qui sont déjà ou qui vont être alimentées par ces conduites.

DÉSIGNATION DES CONDUITES.	NOMBRE DE BORNES			TOTAL à alimenter.	OBSERVATIONS.
	établies.	à établir.	à supprimer		
Conduite de l'École de Médecine.......	11	3	»	14	
— des Innocens...............	46	21	15	52	
— Poissonnière...............	9	3	»	12	Deux bornes au sommet de la rue Poissonnière serviront de ventouse à la conduite, lorsqu'elle sera établie.
— Hauteville.................	1	38	»	39	
— Rochechouart.............	2	9	1	10	
— du Louvre.................	4	97	»	101	
— du Carrousel...............	38	46	5	79	
— Lafitte-Gaillon.............	1	95	»	96	La borne était alimentée par la conduite du Carrousel.
Totaux......	112	312	21	403	

Les adjudications des travaux nécessaires, soit à la fourniture des fontes, soit à l'établissement des conduites et bornes-fontaines à poser, ont été passées à la fin de 1835 et au commencement de 1836; mais quelques retards, occasionnés par les moyens d'arrivage, dans la fourniture des fontes, en ont pareillement causés dans l'exécution de ces travaux, qui seront repris avec activité au printemps prochain, et terminés dans la campagne.

Indépendamment de ces travaux, l'administration projette, pour 1837, de commencer la pose des grosses conduites qui doivent distribuer les eaux de l'Ourcq dans les quartiers du nord-ouest, au-delà de la place Vendôme et de la Chaussée-d'Antin. Projets pour 1837.

Trois grosses conduites principales sont destinées à cette distribution :

1° La conduite de Clichy sera posée dans la galerie qui vient d'être construite à ce dessein dans la rue de ce nom : elle aura 0 mètr. 40 cent. de diamètre, et 624 mètr. de longueur, à partir de la prison de la Dette, où elle arrive déjà. Conduite de Clichy.

Conduite de la Madeleine.

Au bas de la rue de Clichy, cette grosse conduite se divisera en deux conduites secondaires, dont l'une, d'un diamètre de 0 mètr. 25 cent., sera dirigée par les rues St-Lazare, Ste-Croix, St-Nicolas, de la Ferme et Tronchet, jusqu'à la place de la Madeleine, dont elle prendra le nom. L'autre, sous le nom de conduite de la place Vendôme, aura un diamètre de 0 mètr. 35 cent., et suivra les rues St-Lazare et de la Chaussée-d'Antin, le boulevart des Capucines et la rue de la Paix.

Conduite de la place Vendôme.

Conduite de la place de la Concorde.

2° La conduite de la place de la Concorde, destinée à l'alimentation des faubourgs St-Honoré et du Roule, et à celle des fontaines monumentales projetées sur cette place et dans les Champs-Elysées, aura 0 mètr. 50 cent. de diamètre, et 2,215 mètr. de longueur. Elle partira de l'extrémité de l'aqueduc de Ceinture, près de la barrière Monceaux, où la Ville va faire établir un réservoir destiné à un approvisionnement d'eau sur ce point élevé, au niveau du bassin de la Villette. La conduite sera posée dans une galerie déjà en partie construite pour la recevoir; elle alimentera, en passant, l'abattoir du Roule, dans lequel la Ville a dépensé jusqu'ici, chaque année, environ 5,000 fr. pour y assurer le service des eaux.

Réservoir de Monceaux.

Conduite du Roule.

3° Une autre conduite de 0 mètr. 25 cent. de diamètre, sur une longueur de 1350 mètr., sera établie dans la même galerie jusqu'à la rue de la Pépinière, qu'elle suivra pour aller par divers branchemens alimenter les quartiers extrêmes du faubourg du Roule et la grande rue de Chaillot.

Ces trois grosses conduites et un grand nombre de branchemens secondaires qui en seront dérivés, alimenteront 174 bornes-fontaines à établir sur les points de ces quartiers où les eaux de l'Ourcq peuvent monter.

Pour éviter les retards que la fourniture des fontes apporte ordinairement dans ces travaux, le Préfet a mis ces fournitures en adjudication le 19 novembre dernier. Le poids total des fontes à fournir est de près de 2,000,000 de kilogrammes : la mise à prix était fixée pour les tuyaux à 30 fr. le cent de kilogrammes, pour les châssis et tampons de regard à 32 fr.. et pour les bornes-fontaines, à 36. fr.

Les précédentes adjudications avaient été faites à des prix inférieurs; cependant aucune soumission n'a été présentée. Les maîtres de forges ont déclaré qu'un renchérissement des bois avait amené le même mouvement de hausse sur les fontes. Il sera incessamment procédé à une nouvelle adjudication.

Conduite du faubourg St-Antoine.

Enfin j'espère commencer en 1837 la distribution des eaux de l'Ourcq dans le faubourg Saint-Antoine.

Deux systèmes ont été proposés pour cette distribution : l'un, au moyen d'une galerie qui amènerait les eaux sur la place du Trône, au niveau du bassin de la Villette ; l'autre, au moyen d'une grosse conduite de 40 centimètres, qui serait posée en terre et suivrait la direction de la rue Saint-Maur; et d'une conduite de 0 mètr. 25 cent. qui serait établie dans l'égout du canal Saint-Martin, jusqu'à la place de la Bastille. Cette conduite, qui recevrait un branchement de communication avec celle de 0 mèt. 40 cent., serait prolongée, par le pont du Jardin-du-Roi, jusques dans la vallée de Bièvre, et servirait chaque semaine à renouveler les eaux de cette rivière.

Ce second système de conduite doit être préféré, puisque la dépense sera beaucoup moins considérable que la construction d'une galerie, et le résultat aussi satisfaisant.

Le nombre total des bornes-fontaines qui seront nécessaires au lavage complet des rues de Paris sera d'environ 1,500. Voici l'état de celles qui sont déjà établies :

Avant 1830.	200
1830.	31
1831.	35
1832.	64
1833.	45
1834.	25
1835.	156
1836.	60
TOTAL. . . .	616

Distribution d'eau sur le plateau de l'Estrapade.

Les eaux de l'aqueduc d'Arcueil sont les seules qui puissent, par leur hauteur, atteindre les quartiers élevés des 11e et 12e arrondissemens ; mais leur volume insuffisant, consacré d'ailleurs à de nombreux services qu'elles ne peuvent satisfaire, laisse en souffrance l'alimentation de ces quartiers. Au temps de l'étiage, c'est-à-dire pendant les chaleurs de l'été, où l'on a le plus besoin d'eau, la baisse considérable du produit de l'aqueduc, qui est descendu dans ces dernières années à moins de 10 pouces, au lieu d'environ 50 qu'il devrait fournir, laisse la population dans une pénurie d'autant plus grande, que la plupart des puits tarissent à cette époque.

L'administration municipale a reconnu l'indispensable nécessité d'établir une distribution spéciale pour ces quartiers. Deux moyens sont présentés pour y faire monter les eaux de la Seine : on a proposé, soit d'établir à la pompe marchande du quai de la Tournelle une machine à vapeur qui alimenterait cet établissement et ferait en outre monter les eaux dans des réservoirs à construire sur l'estrapade, soit d'établir, dans la seconde arche de la pompe Notre-Dame, une turbine et un système de pompes qui rempliraient le même but. J'ai demandé sur le choix du moyen l'avis d'une commission de savans et d'ingénieurs; j'ai pareillement porté pour cet objet un crédit dans mes propositions du budget, et j'espère pouvoir commencer cette opération utile en 1837.

Assainissement de la prise d'eau à la Villette.

La prise des eaux de l'Ourcq distribuée dans Paris, est située à l'extrémité aval du bassin de La Villette, près de la barrière de ce nom.

Dans cette position, il arrive que le dépôt des marchandises sur le port, le séjour des bateaux sur le bassin, et le mouvement général du commerce, amènent des immondices de diverse nature qui peuvent altérer la pureté des eaux.

Pour remédier à cet inconvénient, je me propose d'étudier en 1837 le moyen de reporter la prise d'eau en amont du bassin.

A cette occasion il conviendra d'étudier pareillement et d'établir en même temps le système de la mesure de ces eaux, conformément aux conditions du traité de concession des canaux. D'après ce traité, la Ville doit prendre 4,000 pouces d'eau; mais il arrive au temps d'étiage que le canal de l'Ourcq ne fournit pas tout le volume nécessaire à cette distribution et à la navigation des canaux de Saint-Denis et Saint-Martin. Il y a en conséquence à établir un régime d'eau dont je fais étudier les bases.

Fontaines monumentales.

L'intention de l'empereur, en ordonnant la dérivation de la rivière d'Ourcq, n'était pas seulement de pourvoir aux besoins matériels de la population parisienne; il eut encore pour but d'embellir la ville de fontaines monumentales et d'en accroître ainsi la splendeur et la prospérité. C'est en suivant ces grandes pensées que l'administration projette des fontaines de cette espèce dans les Champs-Elysées et sur la place de la Concorde.

Fontaines de la Bourse.

J'ai pareillement proposé au Conseil municipal l'établissement de deux fontaines sur les côtés de la Bourse, comme un complément indispensable à l'harmonie architecturale de ces promenades si fréquentées.

Fontaine de la Place Richelieu.

La fontaine monumentale de la place Richelieu est en cours d'exécution. La maçonnerie est à peu près terminée, et les travaux d'art s'exécutent dans les ateliers des artistes. M. Klagmann est chargé de l'œuvre de sculpture, M. Calla de la fonte des statues et des vasques qui doivent décorer cette fontaine, et M. Novion de la marbrerie.

L'eau qui doit alimenter toutes ces fontaines ne sera pas entièrement perdue pour le lavage des ruisseaux. Après avoir animé les jets et les nappes de ces monumens, elle servira à l'écoulement des bornes-fontaines du voisinage, en sorte qu'elle aura un double effet utile.

Produits des eaux de Paris.

Les eaux de Paris sont en premier lieu consacrées aux services publics des fontaines et des autres établissemens de la capitale; mais lorsque l'administration municipale a assuré ces services, elle accorde à titre d'abonnement annuel aux habitans de Paris qui le désirent, l'usage particulier de ces eaux dans les propriétés privées. Elle perçoit en outre le produit de la vente de l'eau aux fontaines marchandes, où viennent puiser les porteurs d'eau à tonneau.

Voici l'état général des produits des eaux de Paris, depuis 1830.

ANNÉES.	PRODUITS.		
	Fontaines marchandes.	Abonnemens.	TOTAL.
1830	411,656 »	161,986 »	573,642 »
1831	354,067 »	168,848 »	522,915 »
1832	385,445 »	177,379 »	562,824 »
1833	388,813 »	204,299 »	593,111 »
1834	430,255 »	227,041 »	657,296 »
1835	442,382 »	261,457 »	703,839 »
1836	423,830 »	278,796 »	702,626 »

Aqueduc d'Arcueil.

L'aqueduc d'Arcueil, cette importante dépendance du service des eaux de Paris, était tombé depuis long-temps dans un tel état de dégradation qu'il était menacé d'une ruine complète. Dans les parties souterraines, le caniveau présentait des ruptures considérables et multipliées; il était engravelé dans toute sa longueur; les banquettes étaient disjointes, les piédroits et la voûte sillonnés de lézardes profondes, de sorte que d'une part les eaux de l'aqueduc allaient se perdre dans les carrières et les catacombes, où elles formaient de vastes mares, tandis que d'un autre côté les eaux pluviales et les eaux ménagères des terres et des villages riverains s'infiltraient au travers des parois, et se mêlaient aux eaux de l'aqueduc. Sur toute cette ligne, et principalement au côteau de Cachan, les fondations étaient profondément excavées, l'acqueduc entier avait tassé sur de grandes longueurs, au point qu'on avait dû étayer la voûte, et que l'écroulement en était imminent. Le pont-aqueduc à Arcueil était dans le même état de dégradation; il était hérissé de plantes parasites et d'arbustes dont les racines avaient pénétré dans les joints des maçonneries; les quatre éperons latéraux de l'arche principale étaient sur le point de tomber sous l'effort de cette végétation. Des constructions particulières adossées à ce monument, des plantations, des espaliers établis le long des murs, devaient encore être signalés comme une cause perpétuelle de ruine.

Il fallait nécessairement de grands travaux pour remédier à un semblable état de choses. Ils ont été entrepris par l'administration, poursuivis avec persévérance et activité. Nous allons exposer les résultats obtenus, et ceux qui restent à obtenir.

Dans la partie entre Paris et Arcueil, on a refait tous les joints, réparé les banquettes, dégravelé le caniveau sur une longueur de 6,200 mètres, repris les ruptures avec du ciment romain, opéré les relancis de moëllons, et réparé les lézardes

des piédroits et de la voûte, réparé ou reconstruit tous les regards, ouvert de nouvelles cheminées fermées de dalles neuves scellées avec soin. Dans la rue des Catacombes, où les eaux de Montrouge s'écoulaient et pénétraient dans l'aqueduc, on a couvert la voûte d'une chappe imperméable, et construit un ruisseau pavé avec mortier hydraulique. Enfin, sur toute cette ligne, on a complété et rectifié le bornage à la surface du sol, et arraché autant que possible les arbres dont les racines pénétraient dans les construetions

Sur toute l'étendue du pont-aqueduc, les arbustes et plantes parasites ont été arrachés avec précaution; les joints refaits en mortier hydraulique; les dalles de la cimaise remplacées en partie et régularisées par un dérasement général; les fondations reprises en sous-œuvre; les deux angles et corniches de l'extrémité amont, les quatre éperons de l'arche principale, les voussoirs de cette arche reconstruits à neuf; enfin quatre portes ont été ouvertes dans les côtés du pont-acqueduc; deux lignes de rails ont été posées sur la cimaise, et des galets ont été ajustés au-dessous d'un grand échaffaud mobile qui servira à l'entretien journalier de cette partie du monument.

Au côteau de Cachan, les excavations sous fondations étaient si profondes, qu'on a dû y établir un massif de maçonnerie de moëllons et chaux hydraulique de deux mètres d'épaisseur. Les réparations des joints, du caniveau, etc., ont été pareillement exécutées; le regard de Cachan, dit la fontaine Pesée, a été reconstruit à neuf et le bornage extérieur continué jusqu'à Lhay. Le radier de l'aqueduc de Paray, au-delà de Rungis, a été dégravelé et convenablement nivelé.

Voici maintenant les travaux qui restent à exécuter:

La réparation du château-d'eau de l'Observatoire; celle du regard du Bon-Pasteur, n° 26; celle des regards 22, 10 et 9; celle des voûtes de l'aqueduc dans la traversée d'Arcueil, et dans une partie du pont-aqueduc; celle d'une partie du radier et de la couverture du même pont; celle des banquettes, des voûtes, des piédroits de l'aqueduc de Paray, du grand carré de Rungis, du puits et du regard de la Pirouette; le dégravellement du caniveau de Cachan à Fresnes. Il y a encore des excavations à combler, des lézardes à reprendre, des fondations à visiter et réparer dans les parties comprises entre les regards 11 et 6, etc.; les pierrées par lesquelles l'eau arrive à l'aqueduc d'Arcueil ont besoin d'être remaniées, et les bâtimens situés à Rungis et appartenant à la ville de Paris demandent des réparations considérables. Il est en outre nécessaire de s'occuper de la continuation du bornage extérieur de l'aqueduc arrêté à Lhay; de celle du plan cadastral; du jaugeage du produit des pierrées et puits, et du nivellement général de l'aqueduc.

La conservation de l'aqueduc d'Arcueil est d'une grande importance pour la capitale. Ses eaux alimentent en effet les quartiers les plus élevés, où celles des machines hydrauliques, ni celles de l'Ourcq, ne peuvent parvenir, et qui se trouveraient ainsi privés de cette indispensable ressource. Mais aujourd'hui, grâce aux mesures qui ont été prises par l'administration, non-seulement la conservation en est assurée, mais même l'amélioration en est inévitable.

Les travaux les plus importans et les plus urgens sont faits, mais tout n'est pas terminé. Trois années seront encore probablement nécessaires pour remettre l'aqueduc en bon état et lui rendre la totalité des eaux qu'il peut amener dans la capitale. Le montant de la dépense totale ne peut être exactement déterminé, puisqu'il s'agit en partie de travaux présumés sous des fondations souterraines, mais les ingénieurs du service des eaux croient pouvoir l'évaluer, d'après l'expérience des années précédentes, à 20,000 fr. par exercice.

Bassins de la rue Racine.

La construction de réservoirs pour l'aménagement des eaux de l'Ourcq dans la rue Racine a été commencée en 1836, et les fondations sont à peu près terminées. Ces réservoirs, au nombre de trois, contiendront près de 6,000 mètres cubes d'eau; ils seront alimentés par la conduite de l'Ecole de Médecine, déjà posée, et par la conduite Poissonnière, qui ne l'est qu'en partie, et qui est destinée à porter les eaux dans le faubourg St-Germain.

Le terrain sur lequel sont placés les réservoirs Racine se trouvait anciennement contre l'enceinte de la ville bâtie par Philippe-Auguste, et renfermait des fossés profonds, anciennement comblés. Il présente en effet, dans quelques parties, des masses considérables de remblais sur lesquelles il n'a pas été possible de poser les fondations. On a été obligé d'en descendre l'assiette de 12 à 14 mètres sur quelques points.

Dans l'établissement de ces bassins, l'administration municipale fait l'essai d'un nouveau mode de construction qui consiste dans l'emploi du beton pour toutes les parties de ces réservoirs. Ainsi, les piliers de fondation qui soutiendront toute la construction, les voûtes sur lesquelles les réservoirs seront appuyés, et qui serviront de magasins, les murs latéraux et le fonds, seront coulés comme d'une seule pièce en beton hydraulique.

L'architecture d'un semblable établissement ne peut avoir qu'une ordonnance simple et peu monumentale. D'un autre côté, le service auquel il est destiné est peu propre à donner de la vie à cette rue qu'il frapperait au contraire de solitude. Ces considérations m'ont porté à retrancher des terrains que la Ville possède sur ce point, une bordure de 6 mètres sur la rue, pour la vendre et y laisser construire des maisons privées en avant des réservoirs. Ceux-ci n'y auront qu'une entrée vers le milieu, et un petit bâtiment pour le fontainier.

Ces réservoirs seront continués avec activité à la campagne prochaine, et j'espère qu'ils seront terminés en 1837.

Puits Artésiens.

L'administration municipale, dans le dessein de faire percer le banc de craie qui se trouve au-dessous du sol de Paris, afin d'atteindre les nappes d'eau jaillissantes qui existent en d'autres localités dans ce gisement, a fait entreprendre un puits artésien de grande dimension à l'abattoir Grenelle. Ce puits, commencé sur un diamètre de 0 mètr. 55 cent., est déjà parvenu à la profondeur de 380 mètr., où le diamètre est de 0 mètr. 16 cent. La sonde se trouve encore dans la craie.

Quel que soit le résultat de cette tentative, il ne peut manquer d'intéresser les géologues sous le rapport de la science; les industriels, en les éclairant sur les chances de succès d'une semblable tentative, et l'administration, sur les moyens de fournir de l'eau à plusieurs localités excentriques où n'arrivent pas les conduites de la Ville.

La réussite de la tentative amenerait un autre résultat prévu par les savans, et qui consisterait dans la température élevée de l'eau d'un semblable puits. Cette eau pourrait être immédiatement employée à l'usage des bains chauds.

2° Pavé de Paris.

L'amélioration du pavé de Paris a été, pendant le cours de cette année, l'objet de travaux assidus et considérables. Ces travaux ont dû nécessairement se diviser en trois classes : les améliorations et les modifications apportées dans les pavages existans; l'exécution de pavages entièrement neufs; enfin, les essais tentés pour l'introduction et l'épreuve de nouveaux systèmes, soit d'établissement de ruisseaux, soit même de pavage préférables aux anciens.

Chaussée bombées.

Les améliorations et modifications apportées dans les pavages existans peuvent, en quelque sorte, être regardées comme la conséquence de la construction de nombreux branchemens d'égout qui, facilitant l'écoulement souterrain des eaux dans chaque localité, a permis en effet de remanier les chaussées d'un grand nombre de rues pour en régulariser les pentes, en assurer l'assainissement et y faciliter la circulation. C'est dans ce but que l'on a établi des chaussées bombées avec rectification du nivellement, suppression des cassis et construction de ruisseaux en pavés taillés dans le rues de Charonne, Saint-Paul, des Jardins, Sainte-Croix-de-la-Bretonnerie, Vieille-du-Temple, du Chemin-Vert, des Marais, de Saintonge, Saint-Maur, de l'Echiquier, Coquenard, Hauteville, Montholon, du Faubourg-Poissonnière, de Paradis, Laffitte, Olivier, Saint-Georges, Bourdaloue, de la Victoire, Joubert, Sainte-Croix, Saint-Nicolas, de la Pépinière, des Saussayes, de la Ville-l'Evêque, d'Astorg, Duras, Faub.-Saint-Honoré, des Champs-Elysées, de Miroménil, Basse-du-Rempart, Rameau, Lully, de la Michodière, Neuve-Saint-Roch, Ventadour, Saint-Florentin,

Saint-Honoré, Neuve-des-Petits-Champs, des Fossés-Montmartre, Croix-des-Petits-Champs, du Bouloy, de Valois, de Montpensier, Traversière, Villedot, des Jeûneurs, Saint-Victor, place Maubert, Galande, du Marché-des-Carmes, des Noyers, de la Montagne-Ste-Geneviève, de l'Ancienne-Comédie, Sainte-Marguerite, Saint-Dominique, du Bac, de l'Ecole-de-Médecine, de Bellechassse, de l'Université, de Bourgogne, etc.

Ce convertissement des rues en chaussées bombées présente de si favorables résultats pour la circulation des voitures et la propreté de la voie publique, que l'administration n'hésitera pas à l'étendre partout où la disposition des lieux le rendra possible. Il est facile de voir, au reste, par l'énumération précédente, que ce système a été appliqué principalemement cette année dans les croisemens de rues et carrefours les plus fréquentés ou les moins favorables jusqu'ici à l'écoulement des eaux. Ainsi, par exemple, la place Maubert et les rues adjacentes, si exposées à de fréquentes inondations dans les temps d'orage; les carrefours des rues Saint-Lazare et des Martyrs, des rues Neuve-Ste-Croix et Saint-Nicolas, des rues Saint-Honoré, Saint-Florentin, Richepanse et Duphot, etc., etc.

Plusieurs voies publiques précédemment établies en chaussées bombées, mais dont les pentes étaient peu favorables à la circulation, ou qui se trouvaient en mauvais état d'entretien, ont également donné lieu à des travaux considérables. Il faut placer dans cette catégorie les chaussées des boulevarts Montmartre et des Italiens, dont le nivellement a été modifié, le pavé relevé à bout et les ruisseaux construits en pavés taillés; les chaussées du boulevart et du faubourg Saint-Martin; celles du faubourg Saint-Antoine; des rues Saint-Denis, du Four, de Cluny, des Deux-Portes; celles des quais des Grands-Augustins, de Conti, Malaquais, de Béthune, d'Orléans et d'Orsay; celles du boulevart extérieur de l'Oursine, etc.

Indépendamment de ces grands travaux entrepris sur des portions étendues de la voie publique, l'administration a veillé avec soin au bon état de viabilité de la surface entière du pavé de Paris, que tant de causes incessantes de détérioration tendent à compromettre, causes qui vont toujours en croissant par suite de l'augmentation si rapide de la circulation, de la construction des nouveaux égouts, de la pose de conduites d'eau, de gaz, etc. Aussi pendant tout le cours de la campagne a-t-il été exécuté de nombreux travaux de repiquages, de raccordemens, de réfections de pavé sur tranchées d'égout, sur conduites de gaz, etc.

Pavages neufs.

La seconde partie des travaux aussi importante que la première, celle des pavages neufs, a été aussi féconde en résultats. Plusieurs rues qui, jusqu'à ce jour, étaient restées en terrain naturel, d'autres, récemment percées, ont été entièrement pavées dans le nouveau système tant aux frais de la ville de Paris qu'à ceux des propriétaires riverains. On doit citer dans cette catégorie le pavage des rues Castex, de la Foire-St-Laurent, Neuve-Bichat, des Grésillons, de Hambourg, de Laval, Dupleix, Neuve-Madame, Neuve-des-Poirées, Neuve-Racine, etc. La ville de Paris a supporté une partie de la dépense de ces pavages dont les frais sont, d'après les réglemens, à la charge des riverains, mais elle l'a fait à divers titres, suivant les diverses localités, tantôt, comme dans la rue Neuve-Racine, en qualité de propriétaire des terrains riverains; tantôt, comme dans la rue Neuve-Madame, par suite des conditions d'acquisition des terrains sur laquelle la rue a été ouverte; tantôt, comme dans la rue Laval, à cause de l'aqueduc de ceinture qui passe dessous.

D'autres travaux neufs ont été exécutés aux frais seuls de la ville de Paris. Ce sont : le pavage de la chaussée du boulevart extérieur, entre les barrières du Trône et de Charenton, celui des caniveaux des boulevarts extérieurs du nord, pour mettre en service l'égout qui doit décharger la ville de l'écoulement des eaux de l'extérieur; le pavage du boulevart du Combat, celui des abords de l'Arc de Triomphe de l'Etoile, etc.

D'autres pavages neufs, soit aux frais des riverains, soit aux frais de la Ville, ont été préparés et seront exécutés, tout porte à le croire, dans le courant de la campagne prochaine. Ce sont ceux de la nouvelle rue de Trévise, de la rue des Quenouilles et des Fuseaux, de la rue Turgot, de l'avenue Trudaine, etc.

En résumé, la superficie totale des pavages neufs, exécutés cette année, a été de 26,000 mètres ; celle des relevés à bout et convertissement des chaussées fendues en chaussées bombées, de 175,000 mètres, sur une longueur de rue de 22,000 mètres.

Nouveaux systèmes de pavage.

En continuant d'après les anciens systèmes de construction ces utiles travaux qui améliorent considérablement la viabilité des rues, l'administration a songé au moyen de perfectionner les procédés actuellement employés, et d'y substituer des procédés, soit plus économiques, soit préférables pour la facilité de la circulation, soit plus durables comme entretien. C'est dans cette dernière vue que l'on a exécuté le pavage d'une partie du boulevart Montmartre avec des pavés de nouvelle forme, qui ont 0 mètr. 23 cent. sur deux dimensions, et 0 mètr. 16 cent. sur l'autre.

L'administration se propose de tenter l'essai d'un nouveau système de pavage sans sable superposé. Ce système consistera à couler dans les joints des pavés une composition bitumineuse, analogue à celle que l'on a récemment employée pour la construction de trottoirs. L'essai d'une chaussée pour les voitures en cette matière, appliquée sur un fort massif de beton, sera pareillement tentée au printemps prochain. Les points de la voie publique désignée pour ces essais sont le quai de l'Horloge, le quai de Billy, et l'accottement nord de l'avenue de Neuilly.

Ruisseaux.

Une autre partie bien importante du pavage des rues, sous le double rapport de la dégradation et de la salubrité, celui des ruisseaux, a aussi vivement attiré l'attention de l'administration. Elle voudrait parvenir à les faire disparaître de la surface de la voie publique, et depuis long-temps les ingénieurs cherchent les moyens de les placer sous les trottoirs.

De graves inconvéniens, soit sous le rapport de la dépense, soit sous celui du nettoiement de ces ruisseaux, rendent le problême difficile à résoudre. Cependant l'administration insiste pour que des essais, suivant différens systèmes, soient tentés dans quelques rues, afin de prendre à ce sujet les mesures dont l'expérience pourra faire reconnaître l'utilité. La nouvelle rue de Trévise est déjà désignée pour recevoir une de ces applications.

De tous les projets qui ont été présentés pour cette amélioration, celui d'un léger encorbellement de la bordure des trottoirs, qui recouvrirait le ruisseau, paraît le moins difficile à réaliser. Dans ce système, l'entrée des portes cochères serait établie à la hauteur du sommet des chaussées, et n'interromprait plus, par les dépressions que le système actuel exige, le plan régulier des trottoirs.

3° Trottoirs et Dallages.

Cette partie importante du service de la circulation publique a également pris cette année quelque développement, et subi d'importantes modifications. Trottoirs.

Voici l'état général des trottoirs et dallages exécutés dans les rues et sur les boulevarts de Paris.

EXERCICES.	NOMBRE d'arrêtés d'autorisations	Longueurs en mètres.	DALLAGES sur les boulevarts.
1822		267	
1823		290	
1824		208	1,748m
1825		1,247	
1826		2,237	
1827		2,481	
1828	3,907	4,109	771
1829		12,178	680
1830		8,742	649
1831		9,761	625
1832		11,100	472
1833		11,564	1,268
1834	748	13,033	760
1835	928	11,100	764
1836	1,060	13,000	726
	6,643	101,317	8,463

Afin d'opérer la réunion des trottoirs construits au-devant de certaines façades de maisons, tandis que les autres en restaient dépourvues, et d'accélérer le complément de lignes continues de trottoirs sur chaque rive des rues fréquentées, l'administration a pris le parti d'adresser des invitations pressantes aux propriétaires retardataires, surtout dans les rues dont le pavage a été relevé à bout avec convertissement de la chaussée creuse en chaussée bombée. Cette mesure a généralement produit un bon effet ; au nombre des voies publiques pour lesquelles elle a été employée, il faut citer : la place Maubert, la rue Saint-Paul, la rue des Marais, la rue Saint-Victor, la rue Planche-Mibray, celles des Arcis, des Vieux-Augustins, Ventadour, Chauchat, de Seine, du Colombier, Jacob, Sainte-Croix-de-la-Bretonnerie, des Francs-Bourgeois, du Bac, Lepelletier, de l'Université, etc.

En résumé, la longueur totale des trottoirs exécutés dans le courant de cette année est de 13,000 mètres environ.

Le granit et la lave d'Auvergne avaient été jusqu'ici les seuls matériaux admis dans la construction des trottoirs ; mais un essai heureux, tenté l'année dernière sur le Pont Royal, a fait penser à l'administration qu'elle pouvait employer avec succès à cet usage le bitume d'asphalte et même le bitume provenant de la distillation de la houille pour la fabrication du gaz hydrogène. De grands travaux de dallages ont été exécutés avec ces matières sur les contr'allées des boulevarts des Italiens et Montmartre ; quelques trottoirs ont été également confectionnés avec ces bitumes sur quelques points de la voie publique, aux frais des particuliers, et l'année prochaine ils seront autorisés sous certaines conditions, concurremment avec le granit, dans toutes les rues de Paris. La prompte détérioration de la lave d'Auvergne, et les différences de dureté des différentes couches, qui amènent nécessairement une usure inégale dans les dalles juxta-posées, et détruisent par conséquent la planimétrie nécessaire à ce genre de travail, ont conduit l'administration à en décider la suppression, et à en défendre à l'avenir l'emploi dans cette partie des travaux publics.

4° Plantations.

Les plantations, ce puissant moyen d'embellissement et d'assainissement pour la ville de Paris, ont été poursuivies avec activité pendant les saisons favorables à ce genre de travaux, dans l'année 1836. Les places Mazas et Richelieu ont été plantées. Il en est de même du quai Morland et du quai de la Grève ; les travaux ont été commencés, et bientôt tous les quais de la rive droite de la Seine présenteront ainsi une ligne non interrompue de plantations. De plus, des projets ont été étudiés, approuvés, et vont être mis incessamment en cours d'exécution sur le boulevart Contrescarpe, la place de la Roquette, la place des Grésillons. On étudie en ce moment de nouveaux projets qui consistent à porter cet embellissement sur le quai des Tuileries et sur la rive gauche de la Seine.

Pour garantir ces plantations du choc des voitures, l'administration a fait établir au lieu des bornes employées jusqu'à ce jour, qui gênaient la circulation publique en occupant un terrain précieux, et ne remplissaient même pas convenablement le but proposé, une ligne non interrompue de bordures en granit, soutenant les terres en forme de trottoir sur-élevé. Ce système de bordures a été ainsi appliqué sur une grande étendue, dans les places Mazas et Richelieu, sur les boulevarts Montmartre et des Italiens, etc., etc.

Sur d'autres points de la voie publique, où la circulation est moins active et par conséquent les causes de détérioration des bordures moins nombreuses, l'administration a songé, pour raison d'économie, à remplacer les bordures en granit par des bordures en grès taillé, qui atteindront parfaitement le même but. C'est dans ce système que seront établies les bordures de la place des Grésillons et du boulevart Contrescarpe.

Bancs sur la voie publique.

Partout où l'administration a fait ces améliorations, elle a cru devoir, pour ajouter à l'agrément de ces promenades, y placer des bancs en pierre, vivement sollicités par la classe nombreuse des promeneurs qui les fréquentent. C'est ainsi que des bancs ont été ordonnés et posés sur toute la ligne des quais de la Mégisserie, de Gèvres et Pelletier, sur le terre-plein du Pont-Neuf, sur les boulevarts Montmartre, des Italiens, Bourdon, sur la place Richelieu, etc.

5° Éclairage au Gaz.

Les compagnies d'éclairage, récemment autorisées dans les quartiers excentriques, se sont mises en mesure de satisfaire aux besoins du public. Ainsi, au commencement de l'année prochaine, les faubourgs du Temple, St-Martin et St-Denis; les quartiers du faubourg St-Jacques et St-Marceau, ceux de l'Ecole de Médecine et de l'Odéon; les quartiers St-Antoine et du faubourg de même nom, recevront le gaz des usines de Belleville et de la barrière d'Italie.

L'administration a dû examiner la question de concurrence pour l'éclairage au gaz. Tout en admettant le principe de la concurrence, elle s'est cependant réservé d'en déterminer les applications dans l'intérêt de la circulation des rues, de la conservation du pavé, dans celui des conduites d'eau, des égouts, des plantations, et enfin dans l'intérêt des consommateurs. Ce dernier intérêt, d'accord avec celui de l'éclairage public, exige impérieusement que les compagnies d'éclairage soient soumises à un réglement d'administration et de police, qui ne laisse pas les consommateurs soumis à l'arbitraire de ces compagnies, et qui impose à celles-ci certaines conditions que l'éclairage actuel laisse à désirer.

Les deux préfets s'occupent, chacun en ce qui le concerne, de fixer ces conditions réglementaires.

6° ÉGOUTS.

Voici l'état des égouts entrepris en 1836; sur les 11,122 mètres de leur développement total, 9,400 mètres sont entièrement terminés.

DÉSIGNATION DES ÉGOUTS.	LONGUEUR.	ENTRÉES d'eau.	REGARDS.	ÉVALUATION de la dépense.
Portion de l'égout du faubourg St-Honoré, formant le débouché en Seine des galeries et branchemens destinés à l'assainissement des quartiers nord-ouest de Paris	477 »	»	8	67,000 »
Quai Malaquais, rues de Seine et de Tournon	1,257 »	17	22	165,000 »
Rues des Saints-Pères, de l'Université, Jacob, du Colombier, du Bac, de Sèvres	856 »	36	14	125,000 »
Rue Saint-Honoré, depuis la rue Saint-Florentin jusqu'à la rue Neuve-du-Luxembourg. Rue Neuve-sainte-Croix, depuis les rues Thiroux et Saint-Nicolas, jusqu'à la rue Saint-Lazare.	423 »	15	7	50,000 »
Rue des Champs-Élysées, rues des faubourgs Saint-Honoré et du Roule, entre celles des Champs-Élysées et du Colysée	1,294 »	23	21	170,000 »
1° Rue du Faubourg-du-Roule à l'Ouest de l'égoût de ceinture. 2° Rue Miromesnil, entre les rues Verte (grande) et de la Pépinière. 3° Rue de la Villevêque, entre les rues Roquepine et de la Pépinière. 4° Rue d'Astorg, entre les rues Roquepine et de la Pépinière.	611 »	16	10	75,000 »
Galerie rue de Clichy	519 »	»	10	77,000 »
Galerie rue de Miromesnil	1,754 60	»	34	290,000 »
1° Place de la Concorde; 2° avenue en face de la rue des Champs-Élysées séparant la place de la Concorde des Champs-Élysées; 3° grande avenue des Champs-Élysées, depuis la place de la Concorde jusqu'au rond-point avant la barrière de l'Étoile	1,243 »	31	21	175,000 »
Rues de Bellièvre et de la Gare projetées	547 »	2	»	50,500 »
Rues Laffitte, Fléchier et Coquenard	436 »	8	6	60,000 »
Quai d'Orsay, place du Carrousel, quai des Tuileries, carrefour des rues Traversière et Richelieu, rue Neuve-Saint-Georges, rue et place de l'École de Médecine, rue Croix-des-Petits-Champs, rue du Faubourg-Poissonnière et Vieille-Rue-du-Temple	570 50	35	8	76,000 »
Place Maubert et rues adjacentes, prolongement de l'égout de la rue des Noyers	940 50	29	19	131,000 »
Abords de l'église Saint-Paul	44 50	5	»	8,000 »
Rue du Chemin-Vert	42 »	6	2	9,500 »
Quai des Grands-Augustins	33 40	3	1	6,500 »
Rue du Faubourg-St-Denis, depuis la rue de l'Échiquier, jusqu'à la rue de la Fidélité	176 »	2	3	25,000 »
Totaux	11,122 90	228	186	1,560,500 »

ÉTAT RÉCAPITULATIF DES ÉGOUTS CONSTRUITS DEPUIS 1830.

EXERCICES.	DÉVELOPPEMENT des égouts.	DÉPENSES.
1830	m. 1,988	429,336 »
1831	289	28,571 »
1832 1833	14,755	2,146,298 »
1834	5,028	911,541 »
1835	7,927	1,057,500 »
1836	11,122	1,560,000 »
Totaux..	41,109	6,133,246 »

La longueur des anciens égouts est d'environ 40,000 mètres, dont la dépense peut être évaluée à raison de 300 francs le mètre, à la somme de 12,000,000 de francs; en sorte que la longueur totale des égouts de Paris est d'environ 81,000 mètres, et représente au moins une dépense de 18,000,000.

Tous ces travaux continuent d'avoir pour but non-seulement l'absorption des eaux pluviales et ménagères, mais encore l'amélioration de pentes et de la disposition des chaussées et des ruisseaux des rues dans l'intérêt de la circulation et dans celui du lavage ultérieur des voies publiques par les bornes-fontaines. Indépendamment de ces objets principaux, un grand nombre d'égouts servent, en outre, au placement des conduites principales de distribution des eaux de l'Ourcq et sont disposés en conséquence.

Les deux galeries de Clichy et de Miromesnil mentionnées dans l'état ci-dessus doivent notamment servir à placer les grosses conduites destinées à la distribution des eaux de l'Ourcq dans les quartiers du nord-ouest au-delà des rues de la Paix et de la Chaussée-d'Antin.

Les avantages considérables qui résultent de ces travaux pour les propriétaires et pour les habitans de Paris sont généralement appréciés. Cependant la gêne que leur exécution a momentanément apportée dans la circulation a excité de vives plaintes contre l'administration municipale et contre les agens chargés de cette exécution.

Ces plaintes portent sur la lenteur avec laquelle les travaux auraient été faits, et sur l'inopportunité de leur exécution pendant l'arrière-saison.

Il est facile d'établir que les inconvéniens dont on s'est plaint ont été produits par des causes qu'il n'était pas au pouvoir des ingénieurs de prévenir ni de combattre.

On a en effet construit pendant la campagne de 1836, dans divers quartiers de Paris, plus de 200 bouches sous trottoirs, ou grilles dans les caniveaux pour pertes d'eau, et 9,400 mètr. de longueur de galeries, dont une portion a été disposée pour recevoir les conduites de distribution des eaux dans Paris.

Les mesures étaient prises pour que tous ces ouvrages fussent terminés à la fin d'octobre, ou au 15 novembre au plus tard ; mais des circonstances extraordinaires et très défavorables aux travaux ont dérangé ces prévisions.

Égout rue de Seine.

Ainsi, dans la rue de Seine, où les travaux ont commencé le 1er août, ils ont été retardés d'abord pendant huit jours par la crue de la rivière au mois d'octobre, et ensuite par 58 journées pluvieuses pendant le cours du travail. Qu'on ajoute à ces obstacles que, dans la rue de Seine, il ne s'agissait pas seulement de construire un égout neuf, mais encore de démolir sur une longueur de 180 mètres un ancien égout qui n'avait qu'un mètre de hauteur sous clé, et dont le radier n'était pas assez bas pour être prolongé dans les quartiers voisins. Il a été nécessaire d'assurer un écoulement provisoire aux eaux pendant ces travaux difficiles, en sorte que la tranchée a été ouverte sur toute la largeur de la rue dans la partie inférieure. Il est résulté de ces difficultés que les travaux n'ont pu être terminés qu'au commencement de décembre.

Égout des Champs-Elysées et du Faub.-St-Honoré.

Quant à l'égout qui suit la place de la Concorde, la rue des Champs-Elysées, et celle du Faubourg-St-Honoré jusqu'à la rue de Duras (1), son exécution a présenté des difficultés dont on n'a pas encore eu d'exemple dans ces sortes de travaux.

Cet égout n'a pas seulement pour destination l'assainissement des rues et carrefours qu'il traverse, mais il a été établi à une grande profondeur pour qu'il pût communiquer avec l'égout de Ceinture, suppléer à l'insuffisance de ce dernier égout, qui ne peut débiter toutes les eaux qu'il reçoit, et enfin préserver des inondations, pendant les orages d'été, tous les points bas qu'on rencontre au nord du boulevart, depuis la rue de Lancry jusqu'à Chaillot.

Le célèbre Perronnet, qui a construit l'égout de la place de la Concorde et celui de la rue des Champs-Elysées, avait reculé devant la difficulté de placer ces égouts profondément dans le sol, à cause de la nature des sables fluides qu'on y rencontre, et de la difficulté de fonder des maçonneries dans un pareil terrain. Il était impossible, en conséquence, de se borner à prolonger ces égouts ; leur peu de profondeur à l'origine n'aurait pas permis d'y rattacher l'assainissement des points bas du faubourg, ni surtout d'y amener une décharge du grand égout. De là la nécessité d'abaisser le radier de l'égout de la rue des Champs-Elysées, et de le faire déboucher en Seine.

(1) Au-delà de la rue de Duras, jusqu'à celle du Colysée, un atelier a exécuté 714 mètres de longueur d'égout en 85 jours, ce qui fait 8 m. 40 c. par jour.

Les travaux ont été commencés dans les premiers jours d'avril; mais comme, pendant tout le courant du mois, les eaux de la Seine se sont constamment tenues à une hauteur au-dessus du zéro du pont de la Concorde de 4 mètres à 2 mètr. 50 cent., on a entamé le baissement du radier de l'ancien égout de la rue des Champs-Élysées.

On était parvenu à construire 25 mètres de ce baissement de radier d'une hauteur de 1 mètr. 35 cent., en surmontant toutes les difficultés que présentaient les épuisemens d'une couche d'eau de 2 mètres d'épaisseur, les déblais à faire dans un banc de sable fin qui remplissait les fouilles à mesure qu'elles étaient faites, et la nécessité de soutenir l'ancien égoût qui restait suspendu sur un semblable sol. C'est dans ces circonstances que les fêtes du mois de mai ont forcé de couvrir les puits de service afin de rétablir la circulation dans la rue des Champs-Élysées, et que la crue extraordinaire des eaux de la Seine jusqu'à 6 mètr. 50 cent. au-dessus du o du pont de la Concorde, est venue ensuite empêcher de reprendre les travaux avant le 17 mai. Les ateliers ont été établis sur la place de la Concorde, et le 12 juillet ils étaient arrivés à l'extrémité sud de la rue des Champs-Élysées.

Il fallut à cette époque reprendre le baissement du radier de l'égout de cette rue, et bien que la Seine fût basse, on s'est encore trouvé dans une nappe d'eau qui pénètre le banc de sable et d'argile verts atteint par la fouille. Il ne fut plus possible de faire baisser ces eaux, même en y employant quatre fortes pompes d'épuisement, ni d'arrêter les éboulemens de sable, ni de soutenir l'ancien égout qui, en tombant dans la tranchée, compromettait la vie des ouvriers.

Les ingénieurs du service municipal furent donc forcés de renoncer à baisser le radier de cet égoût, et de démolir entièrement cette construction pour la remplacer par un égout neuf.

L'obligation de combler les tranchées pour rétablir la circulation pendant les fêtes de juillet, interrompit de nouveau le travail.

A la fin de septembre on n'avait encore construit que 110 mètres de longueur d'égout. La crue d'eau du mois d'octobre força d'interrompre de nouveau les travaux.

L'administration regardait comme d'une grande utilité de mettre, avant l'hiver, en communication l'égout de la rue des Champs-Élysées avec celui de la rue du Faubourg Saint-Honoré. Il restait au commencement de novembre 290 mètres de longueur à construire pour obtenir cet effet. Deux ateliers travaillant en sens contraire pouvaient achever cette construction pour la fin de novembre au plus tard; mais des difficultés nouvelles se présentèrent.

Indépendamment des éboulemens continuels qui comblaient les tranchées, des obstacles à vaincre pour asseoir des maçonneries sur un sol mouvant recouvert d'eau, on rencontra dans la tranchée trois grosses conduites, deux de gaz et celle des eaux de Chaillot, qui augmentèrent la gêne du service déjà si pénible par l'absence de débouchés latéraux dans la rue du Faubourg-Saint-Honoré, du côté du sud, entre la place Beauveau et la rue des Champs-Élysées. Un désastre imprévu aggrava ces circonstances : le 18 novembre, à cinq heures du matin, la grosse conduite de Chaillot détermina un éboulement qui la rompit, et elle inonda les fouilles. Huit jours furent perdus à réparer cette avarie.

A peine était-on sorti de cet accident, qu'une troisième et plus forte crue des eaux de la Seine envahit les tranchées. On lutta d'abord contre cette inondation au moyen de batardeaux, et les deux ateliers continuèrent leur travail. Mais le 6 décembre les eaux firent latéralement du côté de la rue des Champs-Elysées et par les caves d'une maison en construction, une nouvelle irruption qui fit désespérer de terminer les lacunes qui existaient pour mettre en communication les deux parties de l'égout. On fut obligé de combler les tranchées et de remettre cet achèvement au printemps prochain.

Ces détails feront facilement reconnaître qu'avec les difficultés ordinaires du travail des égouts, il s'est présenté sur ce point une série d'obstacles de toute nature, qu'il était impossible aux ingénieurs et à l'administration municipale de prévoir ni d'éviter, et qui absolvent la direction de ces travaux des reproches qui ont été exprimés sur le retard de leur exécution.

Le zèle avec lequel les ingénieurs ont lutté contre ces difficultés et ces obstacles, mérite au contraire la reconnaissance de la population éclairée de ces quartiers.

Plans et Nivellement des Égouts.

De 1805 à 1812, une reconnaissance des anciens égouts de la ville de Paris avait été faite ; mais ce travail, qui se compose d'une simple nomenclature accompagnée de notes statistiques, ne présente aucun plan, aucune coupe, ni aucun nivellement.

Lorsque l'administration municipale voulut compléter le système très défectueux de ces anciens égouts, elle reconnut bientôt la nécessité d'en faire relever le plan et le nivellement. Un grand nombre de ces galeries passent sous des propriétés privées, et quelques maisons possèdent des embranchemens pour des services particuliers d'écoulement d'eau ; il en résulte des actions réciproques de servitudes actives et passives qui exigent pour l'administration la connaissance exacte de l'état des lieux. D'un autre côté, les travaux d'art à faire dans ces égouts, la nécessité d'y rattacher les nouvelles constructions et d'en combiner l'ensemble pour parvenir au meilleur système d'assainissement de la Ville avec un minimum de dépense, exigeaient aussi la levée de leurs plan, coupe et nivellement.

Cette opération, qui a commencé en 1833, précède depuis, dans chaque quartier, la rédaction des projets qui s'y rattachent. Après l'exécution, on complète le travail en y ajoutant toutes les nouvelles galeries construites et tous les changemens apportés aux anciennes. Ainsi, en 1836, après avoir relevé les plans et nivellemens qui se rattachent à l'assainissement des quartiers du nord-ouest et du sud, on a définitivement fixé ceux des quartiers du nord-est où les lignes principales d'égout sont maintenant complètes.

Ces plans sont dressés à l'échelle de ceux de la grande voirie ($\frac{1}{144}$); ils indiquent la position des égouts par rapport aux alignemens arrêtés; ils donnent les cotes de hauteur des entrées d'eau, des trappes et des radiers; toutes les coupes nécessaires à l'intelligence du plan, soit pour la section transversale du corps de l'égout, soit pour le profil longitudinal et transversal des entrées d'eau, des regards et des autres détails d'art, sont tracées et cotées sur la même feuille.

Ce travail, qui témoignera de la sollicitude de l'administration municipale pour l'assainissement de Paris, sera déposé aux Archives de la Ville. Une copie en restera à la disposition des ingénieurs.

7° Nivellement de Paris.

Une opération plus générale, à laquelle se rattache celle que nous venons d'indiquer, a été terminée en 1836 : il s'agit du nivellement de 500 repères aux armes de la Ville, fixés dans Paris sur les monumens ou autres constructions d'un caractère durable. Le nivellement de ces repères vient d'être achevé et vérifié par des opérations qui se servent mutuellement de contrôle et qui attestent l'exactitude des résultats.

Je vais publier ces résultats et les prescrire aux ingénieurs et aux architectes des différens services de la ville de Paris, comme base légale de toutes les opérations de nivellement qui seront nécessaires dans ces services. Jusqu'ici ces opérations, toujours faites isolément et ne se rattachant à aucun point fixe, ne laissaient après elles aucun moyen de s'en rendre compte. Un grand nombre d'anciens projets de travaux exécutés ne sont plus intelligibles sous le rapport des nivellemens, parce que les cotes n'en ont été rattachées à aucun point fixe invariablement déterminé. En plusieurs circonstances, l'administration et les particuliers n'ont pu retrouver les indications de cette espèce, qu'ils avaient intérêt de connaître. La grande opération du nivellement des repères et leur fixation, comme base de tous les autres nivellemens des travaux publics ou privés, évitera ces inconvéniens pour l'avenir.

Pente des rues.

A cette opération se rattache la pensée d'une mesure importante sur le relief de certaines rues qui ont actuellement trop ou trop peu de pente dans quelques parties. Ne pourrait-on point arrêter un plan normal des pentes de ces rues et le prescrire aux propriétaires des maisons riveraines lors de la reconstruction de ces maisons, comme on prescrit l'alignement? Cette question soulève de graves difficultés; mais son importance mérite de fixer l'attention de l'administration municipale. Sa solution donnerait le moyen d'obtenir avec le temps des améliorations de nivellement qu'il ne serait pas possible de réaliser immédiatement.

CHAPITRE IV.

ARCHITECTURE ET BEAUX-ARTS.

Hotel-de-Ville.

Dans le compte-rendu de 1835, j'ai fait connaître les dispositions qui avaient été prises pour la restauration de la façade principale de l'Hôtel-de-Ville; cette restauration, qui est complétement terminée, a dépassé l'attente de l'administration et des artistes. Ses résultats sont une conquête de plus pour les arts; car, au moyen de l'heureuse application qu'on y a faite des cimens combinés de Pouilly et de Molême, la réparation et la reproduction des sculptures gothiques les plus délicates pourront désormais être faites à peu de frais et sans laisser la moindre trace de dégradation. Je vais maintenant indiquer avec quelques détails les dispositions du projet d'agrandissement et d'isolement de cet édifice.

L'Hôtel-de-Ville, ce berceau de nos franchises municipales, et où tant d'événemens mémorables se sont accomplis, fut construit, il y a environ trois siècles, pour des besoins municipaux beaucoup moins compliqués qu'ils ne le sont aujourd'hui; il était donc loin depuis long-temps de satisfaire aux nécessités créées par nos nouvelles institutions. Devenu de plus un centre d'action pour tous les intérêts généraux et particuliers qui, à Paris surtout, viennent maintenant se grouper autour de l'administration départementale et municipale, cet édifice laissait ainsi beaucoup à désirer sous le rapport de son étendue, de ses dispositions intérieures et de ses abords; inconvéniens graves auxquels il importait de mettre un terme dans l'intérêt du service et des administrés.

De là la nécessité de son agrandissement.

Cet agrandissement était encore réclamé par d'autres améliorations non moins désirables. Ainsi, éclairée par les importans résultats obtenus dans l'intérêt du service et de l'économie, par la réunion dans un même établissement de toutes les administrations qui dépendent du ministère des finances, l'administration municipale a cru devoir, par les mêmes motifs, préparer la centralisation à l'Hôtel-de-Ville des diverses administrations secondaires placées sous l'autorité du préfet de la Seine, savoir : la régie de l'octroi, la commission de répartition des contributions directes, la caisse de Poissy et le bureau central du poids public; administrations qui sont pour la Ville l'occasion d'une dépense annuelle de location représentant un capital de plus de 2,000,000 fr.

Prévoyant que ces améliorations, limitées aujourd'hui aux administrations qui viennent d'être indiquées, pourraient recevoir plus tard de l'extension, un étage tout entier sera réservé dans les nouvelles localités de l'Hôtel-de-Ville pour faire face aux besoins de l'avenir.

L'expérience démontrait chaque jour l'insuffisance des salles affectées aux séances du Conseil général du département, ainsi que du Conseil municipal de Paris et de leurs commissions, du conseil d'administration des hospices, du conseil du Mont-de-Piété, du comité central d'instruction primaire et des divers autres conseils ou comités, ainsi qu'aux nombreuses sociétés littéraires, scientifiques, auxquelles l'administration municipale est dans l'usage, de temps immémorial, de donner asile à l'Hôtel-de-Ville.

Depuis long-temps aussi on avait reconnu la nécessité d'agrandir la bibliothèque de la Ville, qui compte déjà près de 50,000 volumes.

Cette bibliothèque, l'une des plus suivies de Paris, tend chaque jour à s'augmenter. Les archives de l'administration et de l'état civil ont aussi un besoin pressant d'agrandissement.

Les fêtes municipales, *dites de l'Hôtel-de-Ville*, réclamaient également des localités spéciales et dignes de leur objet. Jusqu'ici l'insuffisance des localités affectées aux fêtes avait nécessité l'établissement de constructions provisoires fort dispendieuses et qui avaient de plus l'inconvénient grave d'interrompre le travail des bureaux.

On est surpris des sommes énormes que la ville de Paris a dépensées de cette manière dans diverses circonstances solennelles ; ainsi, le détail suivant est assez curieux pour être cité :

Sacre de l'empereur.........	1,745,646 fr.
Mariage de Marie-Louise.....	2,670,932
Naissance du roi de Rome....	600,000
Baptême du duc de Bordeaux..	668,000
Fêtes du Trocadéro..........	800,000
Sacre de Charles X..........	1,164,097
Total..........	7,648,675 fr.

Les dépenses de construction provisoire figurent pour plus de la moitié dans le chiffre total.

Il était donc indispensable de prévenir désormais une dépense en pure perte, en coordonnant dans le projet d'agrandissement de l'Hôtel-de-Ville les dispositions qui concernaient cette spécialité avec les appartemens de réception du Préfet.

Ces solennités étant d'ailleurs presque toujours honorées de la présence des souverains, il convenait de construire un appartement où le roi et sa suite pussent se retirer au besoin.

D'un autre côté, le percement de la rue Louis-Philippe devant entraîner la démolition des bâtimens occupés en ce moment par le Préfet de la Seine, il y avait aussi nécessité de préparer, dans le nouvel Hôtel-de-Ville, une habitation à ce magistrat.

Enfin le grand poste de la garde nationale réclamait des améliorations devenues chaque jour plus urgentes, et qu'il était impossible de réaliser dans le local actuel.

Telles sont les vues générales qui ont dû présider aux études des deux architectectes à qui la rédaction du projet d'agrandissement de l'Hôtel-de-Ville a été confiée.

On leur avait, en outre, imposé l'obligation formelle de respecter religieusement cet édifice d'une si haute importance sous le rapport des arts et de l'histoire.

Le projet de MM. Godde et Lesueur, rédigé d'après le programme de l'administration, et adopté par le Conseil municipal le 25 mars 1836, a été appprouvé depuis par le Conseil des bâtimens civils et le ministre de l'intérieur.

Ces architectes, en s'inspirant du beau style de la renaissance, se sont montrés dignes dans cette œuvre de la mission délicate qui leur avait été confiée, en sorte que les nouvelles constructions projetées seront non-seulement en parfaite harmonie avec les anciennes, mais rempliront de la manière la plus complète les données du programme de l'administration, sans imposer aucun sacrifice aux constructions actuelles qui sont conservées dans toute leur intégrité.

Suivant ce projet, les nouvelles constructions consisteront dans deux ailes ajoutées à droite et à gauche de la façade actuelle; l'une allant à la rencontre de la rue projetée *Louis-Philippe*, avec laquelle, par une circonstance heureuse, elle se trouve d'équerre; l'autre aile, en tout pareille à la première, s'étendra vers le quai. Deux façades latérales à angle droit avec la façade principale sont construites; l'une sur cette rue projetée, et l'autre sur le quai. Elles sont liées ensemble par la façade postérieure à l'est, laquelle complète le parallélogramme, et formera le périmètre du nouvel Hôtel-de-Ville. La façade du quai est précédée d'une terrasse en hémycicle principalement destinée à l'isoler de la voie publique.

La sculpture et la peinture concourront puissamment à compléter la décoration de ce monument. Il a été décidé que les niches pratiquées à la hauteur du premier étage de la principale façade recevraient des statues en pierre, et que ces statues représenteraient les hommes qui par leurs services et leur illustration ont le mieux mérité cette distinction municipale. Un sentiment de convenance et de goût éclairé a voulu qu'un bas-relief en bronze, représentant Henri IV, à qui est dû l'achèvement de l'Hôtel-de-Ville, remplaçât le bas-relief en plâtre qui existe aujourd'hui au-dessus de la porte d'entrée de ce monument. Le système de décoration de l'Hôtel-de-Ville sera complet si, comme il y a lieu de l'espérer, le conseil municipal adopte le projet de faire décorer les salles destinées aux grandes réceptions par des peintures où sera reproduite l'histoire de l'Hôtel-de-Ville, et celle des principaux faits qui s'y sont passés.

De cette manière l'Hôtel-de-Ville de Paris deviendra un monument complet, unique en Europe, et dont Paris et la France devront justement s'énorgueillir.

L'exécution du projet sera entreprise dans les premiers mois de 1837. Sa dépense, sans y comprendre les acquisitions qui doivent avoir pour objet l'agrandissement et l'isolement de l'Hôtel-de-Ville, ainsi que la formation de ses abords, est évaluée 5,716,000 francs.

D'après les dispositions prises par l'administration, les travaux pourront être complétement achevés en quatre années.

Tour Saint-Jacques-la-Boucherie.

L'administration municipale, dont la sollicitude embrasse tout ce qui peut contribuer à la splendeur de la capitale, vient, dans l'intérêt des arts, de faire l'acquisition de la tour Saint-Jacques-la-Boucherie.

Cette tour, d'une parfaite conservation, et l'un de nos monumens du moyen-âge le plus remarquable, est destinée à contribuer un jour à l'embellissement d'un quartier jusqu'ici fort encombré, et auquel les percemens projetés par l'administration donneront d'ici à quelques années un nouvel aspect.

Édifices Religieux.

Nouvelle Eglise N.-D.-de-Lorette.

L'impulsion donnée aux travaux de construction de la nouvelle église de Notre-Dame-de-Lorette, a permis de faire des dispositons pour la consacrer au culte cette année. Il est néanmoins à regretter, dans l'intérêt de l'art, que les besoins impérieux du culte paroissial et l'état complet de dégradation de l'ancienne église aient exigé que cette prise de possession précédât l'époque où l'achèvement des quatre chapelles d'angle et de la coupole du sanctuaire permît de juger l'effet d'ensemble de la décoration du monument.

Forcée de sacrifier, dans cette circonstance, l'intérêt de l'art à des considérations d'un ordre supérieur, l'administration a pris toutefois les mesures nécessaires pour que ces travaux pussent être poursuivis avec toute l'activité possible, sans entraver l'exercice du culte et sans porter atteinte à sa dignité.

Quoi qu'il en soit, si quelques parties de la peinture décorative laissent un peu plus d'harmonie à désirer, ce monument a obtenu le suffrage de tous les hommes de goût, et l'administration municipale aura toujours l'honneur d'avoir, la première, remis en crédit ce système de décoration monumentale qui, en mariant étroitement tous les arts, les fait concourir à un résultat plus satisfaisant et leur assure une plus longue durée. Le succès qu'a mérité ce système donne à espérer que l'exécution d'un projet d'ensemble ayant pour objet la décoration complète et successive de plusieurs édifices communaux, trouvera l'appui et le concours du Conseil municipal.

En livrant à l'exercice du culte un monument que la main de l'ouvrier vient à peine de quitter, le préfet ne pouvait manquer d'exiger qu'il ne fût pas exposé à des causes de mutilation qui déparent et dégradent toutes nos églises, celles des clous et de l'action du marteau, qui servent à placer les tentures pour les cérémonies, et surtout pour les cérémonies funèbres; le préfet avait demandé qu'on étudiât les moyens de poser ces tentures sans employer ni les clous, ni les échelles dont les mouvemens brisent les parties les plus délicates des sculptures de colonnes; et quelque difficile que parût ce problême, on est fondé à croire qu'il est résolu : un essai, tenté par l'entreprise des pompes funèbres, à Notre-Dame-de-Lorette, deux jours après l'ouverture de cet édifice, paraît avoir complétement réussi; et s'il atteint suffisamment le but, le préfet se propose d'en demander l'application à toutes les églises de Paris.

2° Église St-Vincent-de-Paul.

Les travaux de grosses constructions de l'église Saint-Vincent-de-Paul touchent à leur terme. La grande nef de cet édifice vient d'être couverte. Il en sera de même incessamment des bas-côtés. Ainsi rien ne s'opposera à ce qu'on entreprenne, dès l'ouverture de la campagne de 1837, le ravalement général, ainsi que l'ameublement et la décoration intérieure du monument. La dépense de 1836 a été d'environ 400,000 francs.

3° Églises St-Merry et St-Nicolas-des-Champs.

Les procédés employés pour la restauration de la façade de l'Hôtel-de-Ville viennent de recevoir une nouvelle application, non moins heureuse, dans la restauration des façades des églises Saint-Merry et de Saint-Nicolas-des-Champs.

Ces utiles travaux, dont la dépense n'excédera pas en tout 30,000 fr., seront complétement achevés au commencement de 1837.

4° Église St-Paul.

La restauration intérieure de l'église Saint-Paul, ainsi que l'exécution des peintures en grisailles qui décorent le dôme de cette église, viennent d'être terminées; 14,000 fr. environ ont été consacrés à cette amélioration.

5° Église St.-Nicolas-du-Chardonnet.

L'église Saint-Nicolas-du-Chardonnet, d'une architecture remarquable et qui renferme des sculptures fort estimées, est restée jusqu'ici inachevée du côté de la rue Saint-Victor, où devrait se trouver son entrée principale.

L'administration ayant pris la résolution d'achever tous les édifices commencés, a fait étudier le projet d'une façade qui manque à cette église. La dépense des travaux est évaluée à 180,000 francs.

6° Église des Blancs-Manteaux.

Les nombreux pensionnats qui se sont établis sur la paroisse des Blancs-Manteaux rendent nécessaire l'établissement, dans cette église, d'une salle de catéchisme. Tout porte à croire que ces travaux, évalués à 40,000 francs environ, pourront être entrepris en 1837.

Une salle de catéchisme est également jugée nécessaire à l'église Notre-Dame-de-Bonne-Nouvelle, dont la paroisse compte une population de plus de 30,000 ames, et qui, à raison de sa position topographique, reçoit en outre une partie de la population des paroisses environnantes.

7° Église N.-D.-de Bonne-Nouvelle.

Cette amélioration donnera lieu à une dépense d'environ 25,000 francs.

La fabrique de la paroisse Saint-Denis-du-Saint-Sacrement, qui a déjà contribué pour une somme de 10,000 francs à la dépense d'agrandissement et d'isolement de l'église, a offert récemment une somme de 6,000 francs pour concourir à la restauration d'un petit bâtiment situé rue Saint-Claude, et qui fait partie des dépendances de cet édifice. En faisant cette nouvelle offre, la fabrique a eu pour but l'établissement de deux salles de catéchisme dans cette paroisse, où il existe un très grand nombre de pensionnats des deux sexes, et de pourvoir, en outre, au logement du curé dans les étages supérieurs de ce bâtiment.

8° Église et presbytère St-Denis-du-St-Sacrement.

D'après le projet qui vient d'être présenté, les travaux à faire pour cette amélioration n'exigeront en totalité qu'une dépense de 14,254 francs.

Des propositions viennent d'être faites au Conseil municipal pour l'adoption de ce projet, dont l'exécution doit compléter les besoins de l'église, et utiliser un bâtiment qui, par sa situation, ne peut être ni vendu, ni occupé par des personnes étrangères au culte paroissial.

Palais-de-Justice.

En votant, dans sa session de 1835, l'agrandissement et l'isolement du Palais-de-Justice sur des bases plus larges que celles qui avaient été posées précédemment, le Conseil général du département avait demandé que le nouveau projet répondît à tous les besoins actuels, et embrassât ceux de l'avenir.

Le projet adopté par le Conseil général, le 18 août 1836, a été rédigé d'après ces vues ; il comprend dans son périmètre un vaste îlot, en forme de parallélogramme, limité à l'est par la rue de la Barillerie, où l'architecte a conservé l'entrée principale du palais, au nord par le quai de l'Horloge, et à l'ouest et au sud par deux rues nouvelles, l'une parallèle à la rue du Harlay et qui joint le quai de l'Horloge à celui des Orfèvres, l'autre qui s'étend de cette dernière rue à celle de la Barillerie, parallèlement au quai des Orfèvres.

Le nouveau projet se divise en deux parties distinctes : l'une a pour objet l'agrandissement de la cour de cassation et de la préfecture de police, subordonnée toutefois au déplacement préalable de la cour des comptes et du dépôt de la préfecture de police. Cette partie du projet ne pourra recevoir son exécution qu'à une époque plus ou moins éloignée.

La seconde partie, destinée à satisfaire immédiatement aux besoins pressans de l'administration de la justice, est celle qui concerne spécialement les améliorations réclamées par le tribunal de première instance et la cour royale.

Avant d'entrer dans l'examen de cette seconde partie du projet, nous allons indiquer sommairement le programme concerté par les magistrats.

Le tribunal de première instance, divisé en deux parties distinctes, *le civil et le correctionnel*, a demandé : 1° que les chambres civiles, actuellement au nombre de six, fussent, ainsi qu'une chambre pour les criées, groupées autour de la grande salle, dite des Pas-Perdus.

2° Que les deux chambres correctionnelles occupassent une localité séparée des chambres civiles, et qu'elles fussent en communication immédiate avec les cabinets des juges d'instruction, ainsi que le dépôt des prévenus qui sont amenés chaque jour au palais des diverses prisons, pour être interrogés par ces magistrats.

La cour royale a demandé deux nouvelles salles d'audience avec leurs dépendances pour le service des assises, réservant les salles qui ont actuellement cette destination pour le service de la chambre des mises en accusation et celle des appels de police correctionnelle. La cour royale aurait encore désiré, dans l'intérieur des localités occupées par les chambres civiles, des améliorations dont le besoin se fait sentir de plus en plus chaque jour ; mais elles ne pourront être entreprises qu'après l'achèvement des nouvelles salles d'assises.

Enfin le programme comprenait encore le déplacement du tribunal de police municipale et du dépôt central des archives de l'état-civil, dont les localités actuelles sont aussi incommodes qu'insuffisantes pour le service.

D'après la premier partie de l'avant-projet rédigé par M. Huyot, architecte, membre de l'Institut, et adopté par le Conseil général du département, la section civile de première instance, les six chambres de cette section et leurs dépendances sont placées entre la grande salle et le quai de l'Horloge. Les première et cinquième chambres actuelles sont conservées au rez-de-chaussée de la salle des Pas-Perdus. Une troisième salle d'audience sera également construite dans ce rez-de-chaussée. Les trois autres chambres seront placées au-dessus de celle-ci. Un vestibule et un large escalier à deux rampes, qui serviront de communication à ces diverses localités, seront éclairés par une cour qui contribuera à leur assainissement.

Le greffe civil, placé dans l'étage supérieur du même bâtiment, y sera établi d'une manière à la fois vaste et commode. Les audiences des criées, qui se sont tenues jusqu'ici dans la salle de la première chambre, auront aussi une localité spéciale, qui pourra dans tous les temps, et surtout à l'approche des vacances, époque à laquelle les ventes d'immeubles sont le plus nombreuses, donner accès à la foule considérable qui s'y porte, et permettre aux officiers ministériels de communiquer facilement avec leurs cliens. La nouvelle salle d'audience des criées sera formée, au moyen de la réunion en une seule, des chambres actuellement occupées par les deuxième et troisième chambres du tribunal de première instance. Mise de cette manière en communication avec la salle des Pas-Perdus, elle répondra à tous les besoins de sa spécialité.

Ainsi se trouvera complétée la section civile du tribunal de première instance et de ses dépendances.

La section correctionnelle sera établie tant sur la rue de la Barillerie, dont les bâtimens seront élargis, que dans un bâtiment à construire dans la cour de la Sainte-Chapelle. L'architecture des façades des nouvelles constructions sur la même cour sera mise en harmonie avec celle du monument de Saint-Louis.

Dans le 1er étage du bâtiment actuel de la rue de la Barillerie, et qui avant 1789 dépendait du Palais-de-Justice, sera placé le procureur du roi avec son parquet; des cabinets y seront disposés pour 18 juges d'instruction avec des dépendances appropriées au service de ces magistrats. Le rez-de-chaussée du même bâtiment sera occupé par le tribunal de police municipale. Le dépôt central des archives de l'état-civil sera transféré au 2e étage de ce bâtiment.

Dans le bâtiment projeté cour de la Sainte-Chapelle, seront établies, au 1er étage, les deux salles d'audience de la police correctionnelle; au rez-de-chaussée du même bâtiment l'architecte a placé le dépôt des prévenus appelés à l'instruction, ainsi que le logement du concierge de ce dépôt. Ce dépôt, précédé d'un vestibule pour l'entrée des prisonniers, sera distribué en diverses salles pour les prévenus des deux sexes et les enfans. Des communications faciles et hors de la présence du public seront établies entre ce dépôt, les salles d'audience, et les cabinets des juges d'instruction. Dans l'étage supérieur du même bâtiment, on a placé les greffes et les archives de la police correctionnelle.

Enfin une galerie à jour aboutissant au pallier supérieur de l'escalier de la Sainte-Chapelle, établira une communication directe entre le palais et les bâtimens affectés à la police correctionnelle.

Telles sont les dispositions principales qui concernent les deux sections du tribunal de première instance.

La partie du projet qui concerne les améliorations réclamées par la cour royale, et dont l'exécution doit être immédiate, consiste dans la construction de deux salles d'audience pour le service de la cour d'assises. Ces salles seront en communication avec les autres parties de la cour royale et la prison de la conciergerie. Des dépendances commodes pour les magistrats, les jurés et les témoins satisferont aux convenances du service. De plus, une façade construite sur la cour du Harlay donnera, au moyen d'un péristyle et d'un bel escalier, accès à cette partie toute spéciale de la cour royale.

Ainsi se trouveront séparées et placées dans des localités tout-à-fait distinctes, la section civile et la section criminelle de cette cour.

Au moyen de ces améliorations, on ne verra plus se reproduire ce spectacle affligeant pour l'administration de la justice, d'une chambre des appels de police correctionnelle, empêchée de siéger faute d'une salle d'audience, la sienne étant envahie par une section des assises.

La dépense totale de la seconde partie du projet est évaluée à la somme de 4,126,817 fr.

Les travaux pourront être commencés en 1837 et achevés en trois années.

Bourse et Tribunal de Commerce.

Afin de compléter la décoration de l'intérieur de la Bourse, des fonds ont été votés pour l'exécution des bustes de Colbert et de l'Hospital, afin de témoigner de la reconnaissance de la Ville pour les deux grands hommes, à l'un desquels est due la création des juridictions commerciales, et à l'autre l'édit de 1673, qui fut, jusqu'à la promulgation du Code, la seule loi commerciale de la France.

Un buste du roi, exécuté en marbre français, selon le vœu du Conseil municipal, va remplacer le buste en plâtre qui ne décorait qu'incomplétement la salle d'audience du tribunal de commerce et prouver que, dans les grandes comme dans les petites occasions, les magistrats municipaux de Paris sont toujours empressés de donner des marques du respect et de l'affection qui les animent pour le prince si plein de sagesse, de prudence et de résolution, à qui Paris doit, comme la France entière, l'ordre et la prospérité.

Restauration générale et classification des Prisons.

1° Prison pour Dettes.

Nous avons fait connaître précédemment les dispositions qui avaient été prises pour l'augmentation des localités qui, à la prison pour Dettes, sont affectées à la détention. Les quarante cellules qui avaient été projetées à cet effet dans l'étage supérieur du grand bâtiment, sont terminées et en partie occupées. Ces nouvelles localités qui sont, comme les anciennes, chauffées à la vapeur, ne laissent rien à désirer sous le rapport de la sûreté et de la salubrité.

2° Nouvelle Maison de Jeunes Détenus.

Cette prison, qui, dans l'origine, était destinée à servir de maison d'arrêt pour les femmes, est occupée depuis plusieurs mois par les jeunes garçons au-dessous de seize ans, prévenus ou condamnés, ainsi que par ceux qui sont détenus par forme de correction paternelle.

Ces enfans sont répartis, à raison de leur position respective, dans des quartiers complétement distincts; en sorte qu'il n'existe aucune espèce de communication entre les détenus des diverses catégories, soit dans les ateliers, soit au préau, où ils prennent leurs récréations, soit au parloir, au réfectoire, soit enfin à la chapelle. De plus, chaque enfant est placé la nuit dans une cellule dont les dimensions répondent à toutes les conditions de salubrité désirables.

La forme panoptique qui a été adoptée pour cette prison se prête complétement à l'isolement des différentes divisions de détenus, et en rend la surveillance aussi prompte que facile, au moyen du bâtiment central où les rayons de l'hexagone viennent aboutir, et d'où la vue du directeur peut en un instant plonger dans tous les préaux.

Un puits artésien, creusé dans le chemin de ronde, à environ cent mètres de profondeur, donne des eaux aussi abondantes que salubres, et qui, au besoin, pourraient alimenter cette prison et le nouveau dépôt de condamnés qui lui est contigu. Une roue à aube, qui sert à enlever les eaux du puits, peut en même temps être employée comme moyen de correction.

En visitant la maison des jeunes détenus, où l'ordre le plus parfait règne dans les ateliers, toute idée de prison disparaît; l'observateur n'y voit qu'une vaste manufacture, dont les produits variés doivent assurer dans l'avenir des moyens d'existence honorables aux jeunes condamnés libérés. Ainsi se prépare, à la maison des jeunes détenus, l'amélioration morale dont l'œuvre est continuée, avec tant de succès, par le zèle éclairé de la Société du Patronage, à qui ces enfans sont confiés à leur sortie de la prison.

Les enfans malades sont placés dans une infirmerie, qui a également son préau particulier, et tous les accessoires qui constituent l'hôpital le plus complet.

Le nombre des cellules de la nouvelle maison des jeunes détenus est de cinq cent soixante-huit, réparties dans les trois étages de cette vaste maison.

3° Dépôt des condamnés.

Ce dépôt, qui est destiné à remplacer celui de Bicêtre, vient d'être mis à la disposition de la préfecture de police. Son occupation va permettre de livrer à l'administration des hospices l'ancienne prison de Bicêtre, et de réaliser ainsi les projets conçus depuis long-temps pour l'agrandissement des hospices de la vieillesse et des aliénés, dans lesquels cette prison se trouve enclavée. Ainsi se trouvera accompli le vœu formé depuis si long-temps pour que l'asile de la vieillesse et du malheur ne fût plus confondu dans l'opinion avec la répression des crimes commis contre la société.

Le nouveau dépôt de condamnés ne devant contenir que des détenus frappés par la loi d'une peine afflictive et souvent infamante, aucune classification n'était nécessaire dans cette prison. Aussi a-t-on adopté pour son plan la forme la plus simple.

Le nouveau dépôt, renfermé dans une double enceinte, se compose d'un bâtiment carré à quatre étages, au centre duquel est un vaste préau, et dont le rez-de-chaussée est occupé sur deux de ses faces par des ateliers et des promenoirs couverts. Ce bâtiment est spécialement affecté à l'administration et aux détenus valides.

Quoique les condamnés soient destinés à subir leurs peines dans les bagnes, on a cru néanmoins devoir les faire coucher séparément dans des cellules dont le nombre est d'environ trois cents. Indépendamment de ces cellules, des dortoirs communs avaient été disposés pour recevoir la population flottante de cette prison, laquelle se compose des condamnés des départemens voisins, qui sont amenés à Paris pour être, peu de jours après, dirigés sur les bagnes de Brest ou de Toulon; mais la nouvelle ordonnance royale relative au mode de transport des condamnés permettra de donner plus tard une autre destination à ces localités.

Les malades sont traités dans une infirmerie placée à la suite du bâtiment principal, et séparée de ce bâtiment par la chapelle.

Cette prison, dans laquelle, à raison de sa destination, l'architecte, M. Gau, a su habilement concilier la sûreté et la salubrité, a été construite en moins de deux années, et n'a donné lieu cependant qu'à une dépense de 1,245,400 fr.

4° Prison de St-Lazare.

Nous avons indiqué, dans le compte-rendu de 1835, les améliorations qui avaient été entreprises dans cette prison, pour l'agrandissement de la nouvelle infirmerie occupée par les filles publiques. Ces travaux sont achevés. Il en est de même du magasin supplémentaire dont la construction complète une partie essentielle du service central des prisons de la Seine, et a permis de rendre la chapelle à sa destination.

5° Nouvelle Maison d'arrêt en remplacement de celle de la Force.

Dans le compte-rendu de 1835, nous avons fait connaître les dispositions qui avaient été prises par l'administration pour la construction, dans le quartier de l'Hôpital général, d'une maison d'arrêt, en remplacement de celle de la Force.

D'après le projet récemment adopté par le Conseil général du département, qui est soumis à l'approbation ministérielle, la nouvelle prison, formant un vaste îlot et renfermée dans une double enceinte, aura son entrée sur la place circulaire de l'hôpital de la Salpêtrière; elle se composera :

1° D'un bâtiment pour l'administration ;

2° De deux autres bâtimens séparés par une seconde cour, dont l'un servira d'infirmerie, et l'autre formera le quartier des vieillards ; 3° de six autres divisions disposées parallèlement entre elles et perpendiculairement à une rue spacieuse, sur laquelle chacune a son entrée, et destinées spécialement aux adolescens de toutes les catégories, aux prévenus de rixes et accidens, d'escroquerie, de vols simples, de vols qualifiés et autres crimes justiciables des cours d'assises. La sixième division, désignée sous le titre de *bâtiment réservé*, doit servir à la détention des prévenus de délits ou de crimes politiques.

Les corps de bâtiment réservés aux détenus valides sont simples en profondeur et élevés d'un rez-de-chaussée et de trois étages : les trois étages des six divisions et du quartier des vieillards, sont divisés chacun en un seul rang de cellules, dont le nombre total s'élève à 1,000. Le rez-de-chaussée de chaque division est composé d'un guichet, d'un réfectoire, d'un préau couvert, d'un chauffoir et d'un atelier où les détenus auront la faculté de travailler.

Des lieux de secret et de punition sont pratiqués dans les combles, ainsi que des dortoirs pour une population flottante, en sorte que la maison peut contenir, en cas de besoin, environ 1,300 détenus, dont 200 dans l'infirmerie. Chaque quartier ou division a son préau pourvu d'une fontaine.

Toutes les dispositions ont été prises pour que la prison ne laisse rien à désirer sous le rapport de la salubrité et de la sûreté.

Ce projet, dont la rédaction a été confiée à deux architectes, MM. Lecointe et Gilbert aîné, présente une dépense de 3,608,130 fr.

Si, comme on l'espère, les constructions de la nouvelle maison d'arrêt sont entreprises en 1837, elles pourront être achevées à la fin de 1839.

École primaire supérieure.

Une classe nombreuse de la population réclamait depuis longs-temps un établissement d'instruction publique, intermédiaire entre l'enseignement des colléges royaux et celui des écoles élémentaires, et dans lequel les jeunes gens qui se destinent au commerce et à l'industrie pussent recevoir un complément d'éducation spéciale, indispensable dans la carrière qu'ils devaient parcourir.

C'est pour satisfaire à ce besoin que la loi du 22 juin 1833 a prescrit la création, dans les grandes villes, d'établissemens désignés sous le nom d'*Écoles primaires supérieures*.

L'administration vient de faire étudier, dans ce but et sur des bases posées par le comité central d'instruction, un projet d'école primaire supérieure à établir sur un emplacement situé rue Neuve-St-Laurent, et dont l'exécution pourra être entreprise dès 1837.

L'école supérieure de Paris, destinée à recevoir 300 élèves externes, se composera d'une vaste classe, de deux amphithéâtres pour l'enseignement des sciences exactes, d'une salle de dessin et d'un laboratoire de chimie.

Les élèves auront pour leurs récréations un préau couvert et un préau découvert.

Une gymnastique, construite sur une grande échelle, complétera l'établissement de la nouvelle école.

La dépense des travaux est évaluée à environ 160,000 fr.

Casernement de la Gendarmerie départementale.

Depuis plusieurs années, la portion de la compagnie de gendarmerie de la Seine en résidence à Paris, est répartie entre les casernes des rues des Francs-Bourgeois et de St-Germain-des-Prés.

L'insuffisance et l'insalubrité d'une partie des localités qui sont affectées à ce casernement étaient, depuis plusieurs années, l'objet de la sollicitude de l'administration, qui avait, en outre, reconnu que la séparation en deux parties des gendarmes en résidence à Paris nuisait à la discipline et compromettait le service des escortes et des cours d'assises.

Dans le but de remédier à ces divers inconvéniens, l'administration a conçu le projet d'agrandir et de disposer la caserne de la rue des Francs-Bourgeois de manière à pouvoir, tout en satisfaisant à toutes les conditions de salubrité et de convenances du service, centraliser sur ce point toutes les brigades de Paris.

Le projet présenté pour parvenir à ce résultat consiste dans quelques modifications au bâtiment donnant sur la rue des Francs-Bourgeois, l'établissement d'une écurie pour 45 chevaux au rez-de-chaussée du bâtiment dit du Réservoir, dont trois étages seront distribués en chambrées pour les gendarmes et des gens de service ; dans l'exécution de quelques changemens dans la partie du bâtiment qui restera affectée au logement des officiers et à des services généraux, ainsi qu'au dépôt des archives de la compagnie ; et enfin, dans une construction à élever sur la cour du manége, au-dessus du bâtiment en aile, actuellement occupé par une partie des écuries.

Ce projet, approuvé par le Conseil général, recevra probablement un commencement d'exécution en 1837, et tout porte à croire que les travaux relatifs à cette importante amélioration, dont la dépense est évaluée à 137,000 fr., pourront être complétement terminés en 1838.

Corps-de-garde.

Indépendamment des travaux d'amélioration exécutés en 1836 dans les corps-de-garde de sûreté, de nouveaux postes ont été établis sur divers points où le besoin s'en est fait sentir.

De plus, les travaux que l'administration fait exécuter en ce moment sur la rive droite de la Seine, entre les ponts d'Arcole et de Grammont, pour la continuation des quais et la construction d'un bas-port, ont nécessité la démolition des corps-de-garde des ports au Blé et de Saint-Paul. Le rétablissement de ces postes étant indispensable, l'administration a saisi cette occasion pour construire, au centre du port au Blé, entre les deux escaliers formant rampe adossée au mur du quai, un bâtiment disposé de manière à recevoir à la fois un corps-de-garde pour quinze hommes, un bureau d'inspecteur de la navigation, un magasin pour les agrès et le matériel de la marine, enfin, des latrines publiques dont l'établissement était reconnu urgent dans l'intérêt de la décence et de la salubrité publiques.

Un second bâtiment, dont la disposition et la destination sont, en tous points, analogues à celles du bâtiment dont il vient d'être question, s'élève, en ce moment aussi, sur le quai Saint-Paul, non loin de l'emplacement qu'occupait l'ancien corps-de-garde.

Enfin un nouveau corps-de-garde, destiné à remplacer le poste de sûreté du port au Plâtre, va être construit sur la place Mazas, pour la surveillance du quai et du port. Cette petite construction, de même que celles des ports au Blé et Saint-Paul, est destinée à former décoration avec les quais et les plantations sur lesquels on les a établies. Il en sera de même désormais toutes les fois que les nécessités du service public exigeront l'établissement de corps-de-garde ou de bureaux d'inspection sur les quais ou sur les ports de Paris.

La construction de ces trois bâtimens donnera lieu à une dépense d'environ 95,000 francs.

Une construction du même genre, et qui importait à la sûreté d'un des quartiers de Paris les plus isolés, vient d'être achevée : c'est le corps-de-garde établi à l'angle du quai d'Orsay et du Champ-de-Mars, dans un bâtiment du dépôt des marbres du gouvernement.

Un poste non moins essentiel, à cause du voisinage du canal Saint-Martin, vient d'être établi à l'angle du faubourg du Temple et du quai Valmy, en remplacement d'un corps-de-garde insalubre qui existait sur la rive opposée du canal.

Enfin, le poste de l'entrepôt général des vins, construit à l'angle du quai et de la rue des Fossés-Saint-Bernard, dans le double but de surveiller l'entrepôt et le port annexe, contribuera en outre à la sûreté du quartier.

Promenades Publiques.

Dans le compte rendu de 1835, nous avons fait connaître le programme des embellissemens de la place de la Concorde et des Champs-Elysées. 1° { Pce. de la Concorde. — Champs-Élysées.

Le projet adopté par le Conseil municipal a reçu, cette année, un commencement d'exécution.

D'après les dispositions prises par l'administration, tous les travaux d'embellissemens de la place, moins ceux du plateau central, qui doit être occupé par deux fontaines monumentales, devaient être achevés en 1836 ; mais la difficulté d'extraction et d'arrivage des granits destinés à former les bordures des trottoirs et des compartimens, une saison constamment pluvieuse, et la nécessité de subordonner les travaux de la place à ceux qui ont eu pour objet l'érection de l'obélisque ; ces motifs réunis ont été un obstacle à l'exécution des travaux entrepris par la Ville. Toutefois, malgré ces difficultés, on est parvenu, en 1836, à construire les ponts jetés sur les fossés des Tuileries et qui répètent les passages correspondans du Cours-la-Reine et de l'avenue Gabrielle ; à restaurer les fossés et leurs balustres, à établir les piédestaux des colonnes rostrales qui doivent concourir à l'éclairage de la place ; à l'achèvement des pavillons destinés à servir de piédestaux aux huit statues assises qui ont été votées par le Conseil municipal, et qui sont en cours d'exécution.

Les colonnes rostrales ainsi que les candélabres bornes-fontaines, qui doivent être exécutés en fonte, seront amenés des fonderies au printemps prochain. D'ici à cette époque se complétera aussi l'approvisionnement des granits dont l'arrivage a été retardé jusqu'ici par les crues successives de la Seine, et qui, depuis plusieurs mois, suspendent la navigation du fleuve.

Il y a donc lieu de croire que rien ne s'opposera plus à ce que les travaux d'embellissemens de la place ne soient achevés dans les premiers mois de 1837. Il y a même lieu d'espérer que les fontaines projetées, tant sur la place qu'aux Champs-Elysées, pourront être entreprises dans le courant de la même année.

Quant aux Champs-Elysées, les études des constructions qui doivent en former la décoration sont achevées. Elles vont être, ainsi que les traités qui doivent régler la jouissance de ces établissemens, soumises à l'approbation du Conseil municipal.

2° Place Royale.

Le grille de la Place Royale, établie il y a près de deux siècles, est parvenue à un tel état de dégradation, qu'une reconstruction est devenue indispensable.

Suivant le projet qui vient d'être adopté par l'administration, la nouvelle grille de la Place Royale, dont les dispositions sont à peu près les mêmes que celles précédemment adoptées pour la grille d'enceinte de la Bourse, sera construite sur les fondations de l'ancienne grille. Seulement on a pratiqué des pans coupés avec porte d'entrée aux quatre angles de la nouvelle grille, pour faciliter la circulation autour de la place et préserver, autant que possible, cette grille du choc des voitures dans leur mouvement de rotation.

Quatre candélabres seront établis sur chacune des faces pour éclairer au gaz les rues et les galeries latérales, dont l'obscurité a été jusqu'ici l'objet de nombreuses réclamations dans l'intérêt de la sûreté et de la salubrité publiques.

Enfin la grille sera entourée d'un large trottoir en bitume.

Des dispositions ont été prises pour l'exécution immédiate de ces divers travaux, dont la dépense s'élèvera à environ 82,000 fr.

Barrières et Enceinte de Paris.

D'importantes améliorations ont été exécutées cette année aux barrières de Paris.

Un crédit de 78,687 fr. a été alloué pour la construction d'un bureau d'octroi à la barrière Franklin, de grilles en fer aux barrières Mont-Parnasse, des Trois-Couronnes et de Pantin, et d'un mur de soutènement destiné à empêcher la fraude entre le pont de Bercy et la barrière de la Gare.

Ces travaux, qui intéressent à la fois la perception et l'embellissement de la Ville, seront continués l'année prochaine aux barrières des Amandiers, de Vaugirard, de Montmartre, Blanche et de la Motte-Piquet.

Un projet montant à 176,478 fr., approuvé par le Conseil municipal et par le ministre, et ayant pour objet la construction d'un pavillon d'octroi à la barrière de la Gare, sera également exécuté en 1837.

Ce pavillon doit, avec la grille déjà faite, compléter cette entrée de Paris, devenue très importante depuis l'ouverture de la nouvelle route qui longe la rive gauche de la Seine, et la construction d'un pont sur ce fleuve vis-à-vis de la gare de Charenton.

Enfin l'administration fait étudier en ce moment le projet d'achèvement de l'enceinte entre les barrières de Franklin et de Passy.

Ces travaux seront probablement entrepris dans le courant de 1837.

Les dépenses autorisées en 1836, pour le service des travaux d'architecture exécutés à Paris au compte du département et de la Ville, peuvent être résumées ainsi qu'il suit :

	TRAVAUX			TOTAL.
	NEUFS.	DE GROSSES RÉPARATIONS.	D'ENTRETIEN.	
	fr. c.	fr. c.	fr. c.	fr. c.
Département	136,546 »	20,437 »	146,200 »	303,183 »
Ville de Paris	1,972,039 »	239,410 »	397,975 »	2,609,424 »
TOTAL GÉNÉRAL	2,108,585 »	259,847 »	544,175 »	2,912,607 »

Ces crédits ont été appliqués à la construction ou à la conservation de 439 établissemens.

Les dépenses autorisées en 1836 pour les travaux d'art exécutés à Paris au compte du département et de la Ville, se montent à la somme de 81,937 fr.

Ils comprennent, pour la sculpture :

16 Statues pour la décoration de la façade de l'Hôtel-de-Ville.
1 Bas-relief représentant Henri IV, en bronze, pour la façade du même édifice.
8 Statues pour la place de la Concorde, représentant Lyon, Marseille, Bordeaux, Rouen, Nantes, Lille, Strasbourg, Brest.
1 Bas-relief pour l'église Saint-Gervais.
3 Bustes pour le palais de la Bourse.
1 Baptistaire pour Notre-Dame-de-Lorette.
2 Bénitiers pour la même église.
1 Statue de saint Maurice à Saint-Sulpice. } *restaurations.*
2 Statues de saint Charles et de Lebrun à St-Nicolas-du-Chardonnet. } *restaurations.*

35 sculptures.

Pour la peinture :

1 Grand tableau pour Saint-Etienne-du-Mont.
1 Tableau de Madone pour la même église.
1 Tableau de saint Hyacinthe pour Notre-Dame. } *restaurations.*
3 Tableaux à Saint-Vincent de Paul. } *restaurations.*
1 Chapelle de saint Charles à Saint-Nicolas-du-Chardonnet. } *restaurations.*
1 Portrait de saint Charles. } *restaurations.*
6 Copies de tableaux de grands maîtres pour la banlieue.

49 Sujets.

TITRE 4e.

INSTRUCTION PUBLIQUE.

ASILES, ÉCOLES ÉLÉMENTAIRES, ÉCOLES NORMALES, ETC.

Création de nouveaux établissemens d'asiles et d'écoles, progrès dans l'enseignement, amélioration du sort des maîtres, encouragemens donnés aux élèves, protection de l'administration municipale étendue à toutes les institutions utiles, enfin nombre croissant des enfans qui viennent chercher le bienfait de l'instruction, tels sont les résultats favorables que j'ai à développer.

§ 1er. — Asiles.

Un nouvel ordre de choses va commencer pour les salles d'asile. Ces établissemens, considérés comme écoles destinées à la première enfance, sont placés sous la surveillance et la direction de comités locaux et d'un comité central.

Fondées et entretenues jusqu'à ce jour en majeure partie avec des deniers communaux, elles se trouvaient déjà, suivant le principe posé dans la loi du 28 juin 1833, rangées parmi les établissemens primaires publics.

Le Conseil municipal, dans ses votes sur le budget de la Ville pour 1837, a voté le crédit nécessaire pour subvenir en totalité à l'entretien de ces établissemens, dont la gestion économique est désormais confiée à l'administration municipale.

Par cette mesure l'institution est consolidée, et le bienfait en est à toujours assuré à la population.

Au moment où les comités et l'administration chargés de continuer, d'étendre, d'améliorer l'œuvre commencée, vont s'occuper de ce soin, il convient de constater le bien qui a déjà été fait ou préparé; c'est une justice due aux dames du comité des asiles et à l'administration des hospices.

En décembre 1834, les asiles en activité étaient au nombre de.	15	contenant environ	2,800 enfans.
Depuis il en a été ouvert.	5	id.	850
Etablissemens actuellement en activité.	20	id.	3,650
Établissemens disposés et qui n'attendent plus que leur mobilier.	4	id.	800

Dès aujourd'hui tous les arrondissemens possèdent un asile; plusieurs en ont deux, quelques-uns trois.

§ 2. – Écoles Primaires Élémentaires.

La situation des écoles, quant au nombre, a peu varié depuis 1834. Soit en raison de ce que les besoins n'ont pas exigé davantage, soit à cause de la difficulté de se procurer des localités dans quelques quartiers resserrés. Aussi l'administration a-t-elle reporté toute son attention et sa sollicitude sur les améliorations que pouvaient réclamer le régime particulier de chacun des établissemens existant et leur direction générale.

Ces améliorations faites vont ressortir sous les titres propres à chaque nature d'établissement.

Toutes les améliorations annoncées en 1834 et 1835 sont effectuées ou vont l'être. 1° Écoles mutuelles.

Les deux grandes écoles pour filles et garçons sur les terrains de Sainte-Elisabeth ont été construites et mises en activité.

L'école des filles donne.	374	»	places.
Celle des garçons.	»	350	
Les deux grandes écoles de la rue du Bac sont également construites : on dispose leur mobilier en ce moment.			
En attendant, l'école des filles a été ouverte avec un mobilier provisoire.			
Elle a 132 élèves présentes et en recevra. . . .	250	»	
L'école des garçons recevra le même nombre. . .	»	250	
Les deux écoles de la rue des Grès sont en activité.			
Celle des filles donne.	360	»	
Celle des garçons.	»	360	
Trois écoles nouvelles pour les jeunes filles ont été créées.			
Deux sont en activité.			
L'une quai d'Anjou.	101	»	
L'autre rue de Montreuil.	225	»	
La troisième, à Chaillot, n'attend plus que son mobilier pour.	250	»	
De telle sorte que les créations annoncées en 1834 ou les créations non prévues à cette époque donnent en places nouvelles :			
Pour les filles.	1,560	»	
Pour les garçons.	»	970	
Total.	2,530 places nouvelles.		

Les deux écoles spéciales israélites et les deux écoles pour le culte de la confession d'Augsbourg sont maintenant au nombre des écoles communales et entrenues comme elles.

L'enseignement du chant a lieu dans toutes les écoles. Des réunions périodiques sous le titre d'Orphéon, appellent les élèves pour s'y exercer à l'exécution musicale.

Les classes particulières aux moniteurs et monitrices pour perfectionner leur enseignement sont en activité.

L'enseignement donné aux autres élèves pendant la durée de ces classes et dans le préau entraînait plusieurs dépenses nouvelles.

Il fallait établir des moyens de chauffage dans les préaux. Ces travaux vont s'exécuter.

Le nouvel enseignement aux moniteurs et celui que les élèves reçoivent au préau exigeait une fourniture première en livres assez considérable; il y a été pourvu.

Des dispositions sont faites pour placer dans toutes les écoles de nouveaux appareils ou intrumens en addition à ceux qu'elles possèdent déjà, tels que des collections de solides de géométrie en grande dimension, de mesures de capacité pour les solides et les liquides, de poids métriques, des niveaux d'eau, des équerres de maçon, etc.

Une mesure des plus utiles est sur le point de recevoir son exécution : c'est celle qui a créé trois places d'instituteurs suppléans, et trois places d'institutrices suppléantes auprès des écoles mutuelles.

Au moyen de cette création, le service n'éprouvera aucune interruption en cas de vacance par suite de congé, ou de maladie ou toute autre cause, et l'administration aura la certitude que les suppléans seront toujours en état de bien remplir leur office.

2° Classes mutuelles d'adultes.

L'enseignement dans ces écoles n'était pas complètement satisfaisant. Cela provenait de ce que la méthode mutuelle ne pouvait pas y être mise complètement en pratique. Il y sera porté remède en réunissant, partout où cela pourra se faire, les élèves et les maîtres de plusieurs classes dans un même local.

3° Ouvroirs auprès des écoles mutuelles de jeunes filles.

Des dispositions sont faites pour établir les localités des deux premiers ouvroirs auprès de deux écoles de jeunes filles, rue des Grès et rue du Pont-de-Lodi.

Le comité central d'instruction primaire a été saisi par l'administration de la question de savoir quelle organisation il convient de donner à ces établissemens, et dans quelles limites doit se renfermer leur enseignement

4° Écoles simultanées.

Ce n'est qu'à compter du 1er janvier 1837 que la direction économique des écoles simultanées, précédemment défrayées par l'administration des hospices et les bureaux de bienfaisance, sera reprise par l'administration municipale. Ces écoles sont au nombre de soixante-huit.

La première année ne pourra être pour elle qu'une année d'observations et d'études. En satisfaisant aux besoins tels qu'ils existent, elle recherchera les besoins nouveaux. Mais elle ne peut rien prévoir à cet égard, si ce n'est que, dès le principe, elle aura sans doute à ramener à l'uniformité, autant que cela pourra se faire, le mode d'allocations de quelques natures de dépenses.

Bien qu'elle ne soit pas encore saisie de la direction de ces établissemens, elle s'est cependant déjà occupée d'une amélioration qu'exige l'un d'eux.

L'école de l'impasse Montorgueil renferme un grand nombre d'enfans entassés dans un local placé à un étage élevé, étroit, malsain, mal disposé.

L'administration espère qu'au 1er avril prochain cette école pourra être transférée dans un local convenable.

Une école utile, établie depuis quelques années rue de Reuilly, sur le huitième arrondissement, et dirigée par deux instituteurs, ne recevait d'autre encouragement que la concession du local de leur classe. A compter du 1er janvier 1837, les deux frères qui la dirigent jouiront chacun d'un traitement de 750 fr.

5° Classes d'adultes simultanées.

Indépendamment des écoles simultanées consacrées à l'instruction des enfans dans les divers arrondissemens de Paris, les frères des congrégations enseignantes donnent leurs soins à cette partie intéressante de la population, composée principalement de jeunes ouvriers qui réclament les bienfaits d'une éducation primaire, ou le complément de connaissances nécessaires à leurs professions.

Les classes dites d'adultes, ouvertes à cet effet au nombre de sept, sont, depuis le 1er janvier 1836, entretenues directement par la Ville, et contiennent 1,270 élèves. Ils sont l'objet, aussi bien que les enfans admis aux écoles, d'une sollicitude toute bienveillante de la part des frères qui en ont la direction.

6° Ouvroirs auprès des écoles simultanées.

Suivant le compte-rendu de 1834, le nombre des ouvroirs entretenus à cette époque par l'administration des hospices était de vingt-neuf, contenant 1,595 enfans; la plupart de ces ouvroirs forment partie intégrante des écoles primaires simultanées dont la direction appartient à l'administration municipale à partir du 1er janvier 1837; c'est seulement à partir de cette époque qu'elle aura à s'occuper de ces établissemens.

§ 3. — Écoles Primaires Supérieures.

La loi sur l'instruction primaire exige que chaque commune ait au moins une école primaire supérieure.

Le terrain sur lequel un premier établissement de ce genre sera élevé à Paris est désigné. Il a été choisi au centre des quartiers les plus peuplés et les plus industriels.

On s'occupe du soin de dresser les plans, d'après les besoins indiqués par un programme qu'a rédigé le comité central d'instruction primaire, et qui a reçu l'approbation de M. le ministre de l'instruction publique.

L'établissement recevra 300 élèves.

L'enseignement qu'il donnera comprendra toutes les connaissances nécessaires pour entrer avec avantage, soit dans la carrière commerciale, soit dans la carrière industrielle.

§ 4. — Enseignement Normal Primaire.

1° École normale primaire de Versailles.

Douze bourses d'élèves-maîtres sont offertes dans l'école normale de Versailles aux élèves des écoles primaires communales. Ces bourses sont une fondation départementale. Toutefois, comme cette fondation profite à la ville de Paris, et rentre dans le système général d'organisation de son enseignement primaire, on croit devoir parler ici d'une institution qui doit accroître le nombre des bons instituteurs.

La fondation a été mise en activité le 1er octobre dernier, par la voie du concours entre les moniteurs et anciens moniteurs de toutes les écoles communales du département.

Six premières places étaient à donner, cinq ont été obtenues par des élèves des écoles de la ville de Paris.

La sixième par un élève de l'école communale de la ville de Saint-Denis.

Six autres places seront mises au concours pour le 1er octobre 1837, et de même dans chacune des années suivantes; de telle sorte que le cours d'enseignement étant de deux années, chaque année il se sera formé six maîtres qui pourront offrir leurs services à la ville de Paris et aux autres communes du département.

2° Cours normal pour l'enseignement du mécanisme de la méthode mutuelle.

Les deux établissemens que la Ville a fondés en 1815, sous le titre d'écoles normales pour l'enseignement du mécanisme de la méthode mutuelle, l'une pour les hommes, l'autre pour les femmes, ont rendu de grands services à l'instruction primaire, jusqu'à l'époque encore très rapprochée où des écoles normales publiques ont été instituées.

Après la création de ces écoles, ils pouvaient dans leur spécialité être encore infiniment utiles. Mais ils ne devaient pas retenir un titre qui les fît confondre avec les écoles créées par la loi. L'administration a obtenu la faculté de les conserver comme simples cours, et sous la condition que leurs directeur et directrice seraient tenus de se pourvoir d'une autorisation universitaire.

§ 5. — Cours libres et gratuits d'Instrution Primaire.

On sait avec quel zèle une association philantropique, l'association des anciens élèves de l'école polytechnique, se livre à l'instruction des classes ouvrières.

Jusqu'en 1835 l'administration n'avait pu seconder le dévoûment des professeurs qu'en leur offrant quelques localités pour la tenue des cours.

En 1836 elle a mis à leur disposition une première subvention destinée à l'achat d'instrumens, de modèles et autres objets nécessaires à l'enseignement. Cette subvention sera continuée et doublée en 1837.

Écoles gratuites pour le dessin et pour le modelage.

Indépendamment de la subvention que la Ville paie à l'école royale de dessin de la rue de l'École-de-Médecine, et qui lui donne le droit de faire délivrer gratuitement à cent élèves toutes les fournitures qu'exigent leurs études, papiers, crayons, étuis de mathématiques, etc., elle alloue des subventions à trois autres écoles.

Deux écoles dirigées par M. Charles, l'une faubourg Saint-Antoine, l'autre rue Saint-Avoie, contenant de 7 à 800 élèves.

La troisième, par M. Dupuis, cour des Petites-Ecuries.

Celle-ci offrait 240 places, tandis que les demandes d'admission s'élevaient à plus du double.

L'administration a fourni à M. Dupuis le moyen d'ajouter à sa classe un autre local plus étendu, et de le meubler de tout ce qui est nécessaire à l'enseignement.

Elle a en outre élevé suffisamment la subvention déjà allouée à l'établissement pour couvrir les dépenses annuelles qu'entraîne l'addition de la nouvelle classe.

Cet établissement reçoit maintenant 460 à 480 élèves.

§ 6. Bourses dans les Écoles Royales d'Arts et Métiers.

Sept bourses entièrement gratuites ont été fondées en 1835 dans les écoles des arts et métiers de Châlons, comme encouragement et récompense en faveur des élèves des écoles primaires communales de la ville de Paris.

Huit nouvelles bourses ont été fondées en 1836 et mises au concours avec deux bourses de la fondation de 1835.

Sur ces dix bourses, quatre ont été obtenues par des élèves des écoles simultanées, les six autres par des élèves des écoles mutuelles.

Les dix élèves à chacun desquels un trousseau a été donné aux frais de la Ville, sont entrés à l'école de Châlons au renouvellement de l'année scolaire.

Des fonds sont préparés pour créer sept nouvelles bourses et les mettre au concours de 1837.

§ 7. Instruction Secondaire des Femmes.

L'ordonnance royale du 23 juin 1836 sur l'organisation de l'instruction primaire des femmes a replacé de fait sous le régime qu'elle établit, les maisons de degrés inférieurs comprises dans la disposition du réglement particulier du 21 décembre 1821, donné aux maisons d'éducation de jeunes filles dans le département. L'administration a saisi cette occasion pour proposer à l'autorité une organisation de l'enseignement secondaire des femmes, comprenant les établissemens désignés aujourd'hui sous le titre de pensions et d'institutions.

Elle attend une décision; il est à désirer que cette réorganisation soit très promptement arrêtée, car elle seule peut donner les moyens de remédier à la perturbation que des causes de force majeure ont portée dans cette partie d'administration qui touche de si près à l'intérêt des familles.

§ 8. Instruction Primaire dans les Communes Rurales.

La loi du 28 juin 1833 oblige le département à venir au secours des communes qui ne peuvent pas subvenir à leurs dépenses d'instruction primaire, c'est-à-dire aux dépenses qui ont pour objet le logement de l'instituteur et son traitement réduit au minimum.

Indépendamment des fonds applicables à cette destination, le budget de l'instruction primaire du département de la Seine a donné à l'administration le moyen d'aider les communes à améliorer leurs établissemens primaires.

Ainsi, des subventions départementales leur ont été allouées :

Pour procurer des livres d'étude aux élèves indigens ;

Pour concourir aux distributions de prix; pour aider à l'entretien des classes d'adultes et des salles d'asile existantes ;

Des encouragemens personnels ont été accordés aux instituteurs et institutrices les plus méritans.

L'administration a pourvu aux frais de séjour dans l'école normale primaire de ceux des instituteurs qui ont accepté l'offre d'aller y perfectionner leur instruction aux conférences que cet établissement ouvre annuellement en faveur des instituteurs en exercice ; elle a mis au concours des bourses d'élèves-maîtres fondées dans la même école au profit des élèves des écoles primaires communales du département.

Le budget de 1837 lui permettra en outre de concourir à la dépense de premier établissement de nouvelles classes d'adultes et de nouvelles salles d'asile dans les communes où l'utilité de ces institutions se fera sentir.

Mais l'un des objets les plus importans dont l'administration ait eu à s'occuper était le soin de pourvoir à l'accomplissement de la disposition de l'ordonnance royale du 16 juin 1833, qui veut que les communes prennent les mesures nécessaires pour se procurer dans l'espace de six années des maisons d'école qui soient leur propriété.

Cette opération présentait des difficultés : les communes rurales de la Seine sont en général peu aisées ; elles ne pourvoient à leurs dépenses ordinaires qu'au moyen d'impositions ; elles sont presque constamment grevées pour dépenses extraordinaires de sur-impositions réparties sur plusieurs années, et dont il faut attendre l'entier recouvrement avant d'ouvrir une autre sur-imposition. Comme première condition, et sauf le cas d'impossibilité absolue, les communes doivent cependant faire un premier sacrifice, voter une partie de la dépense pour obtenir le concours du département et celui de l'état.

Une autre cause devait contribuer à ralentir l'opération, même à l'égard des communes qui se trouvaient en mesure de faire ce premier sacrifice.

Il fallait qu'elles pussent déterminer la dépense qu'elles auraient à faire, ce qui pouvait différer, selon la facilité qu'elles trouveraient d'acquérir une maison bâtie, ou la nécessité qu'il y aurait pour elles d'en construire une et de se procurer d'abord le terrain nécessaire.

Toutefois de grands résultats ont déjà été obtenus.

Le nombre des communes rurales de la Seine est de............		80
En 1833 il n'y en avait que .... qui eussent la possession ou la jouissance de bâtimens d'écoles.	18	56
Depuis cette époque.................................. ont été mises en mesure d'acquérir ou de construire, de telle sorte qu'il	38	
n'en reste plus que.. à pourvoir.		24

Le tableau page 148 offre le résumé des opérations faites pour réunir les fonds provenant de diverses sources, qui ont fourni aux communes la somme nécessaire pour se donner la propriété d'une maison d'école et consolider ainsi en faveur de leur population le bienfait de l'instruction primaire.

J'ai cru ne pas devoir présenter des tableaux déjà publiés l'année dernière, et qui annonçaient des créations qui ont en effet eu lieu dans le courant de 1836. L'avenir prévu s'est réalisé. Toutefois, je résume les établissemens d'instruction publique actuellement en activité à Paris.

		ÉTABLISSEMENS.	ENFANS.
Instruction primaire gratuite............	Asiles............................	24	4,500
	Écoles primaires (y compris celles qui sortent de l'Administration des Hospices)..	120	25,036
	Classes d'adultes....................	26	1,948
		170	31,484
Ouvroirs auprès des écoles simultanées................................		29	1,595
Instruction secondaire. Colléges....................................		7	4,932
		206	38,011
Banlieue (Écoles primaires publiques et privées)........................		267	12,218
	Totaux...........	473	50,229

Opérations pour acquisitions d'Écoles communales rurales.

NOMS des COMMUNES.	PRIX d'acquisition ou de construction des maisons d'écoles.	FONDS AFFECTÉS A CES DÉPENSES					OBSERVATIONS
		VOTÉS par les communes.	SUBVENTIONS ACCORDÉES SUR les fonds de l'état.	le budget départemental ou de l'instruction primaire.	fonds d'octroi de banlieue et d'amendes.	TOTAUX.	
Antony	17,700 »	9,500 »	1,500 »	2,000 »	4,700 »	17,700 »	
Asnières	10,284 »	1,700 »	(1)	(1)	(1)	1,700 »	(1) En cours d'instructio
Aubervilliers	11,700 »	» »	1,500 »	1,500 »	8,700 »	11,700 »	
Belleville	63,700 »	53,700 »	» »	» »	10,000 »	63,700 »	
Boulogne	9,246 »	6,246 »	1,500 »	1,500 »	» »	9,246 »	
Brie-sur-Marne	3,673 95	» »	1,200 »	1,200 »	1,274 »	3,674 »	
Champigny	13,628 48	5,000 »	1,500 »	2,000 »	(2)	8,500 »	(2) En cours d'instructio
Chevilly	1,738 »	384 »	(3)	(3)	(3)	384 »	(3) En cours d'instructio
Choisy	4,741 »	541 »	1,200 »	3,000 »	» »	4,741 «	
Clichy	30,700 »	20,000 »	1,500 »	2,500 »	6,000 »	30,000 »	
Colombes	10,564 »	» »	1,500 »	1,500 »	7,500 »	10,500 »	
Courbevoie	10,335 »	3,300 »	2,000 »	1,792 »	3,200 »	10,292 »	
Créteil	15,715 55	7,000 »	(4)	(4)	(4)	7,000 »	(4) En cours d'instructio
Drancy	11,960 »	4,000 »	1,200 »	2,700 »	(5)	7,900 »	(5) En cours d'instructio
Epinay	21,860 »	12,000 »	2,000 »	2,696 53	6,064 40	22,860 93	
Fontenay-aux-Roses	10,000 »	» »	1,500 »	3,000 »	5,500 »	10,000 »	
Fontenay-sous-Bois	22,100 »	11,000 »	(6)	(6)	(6)	11,000 »	(6) En instruction.
Grenelle	14,800 »	6,000 »	1,000 »	3,000 »	4,800 »	14,800 »	
La Courneuve	8,750 »	3,150 »	1,200 »	(7)	(7)	4,350 »	(7) En instruction.
La Villette	39,000 »	24,000 »	» »	» »	15,000 »	39,000 »	
Le Bourget	15,750 »	» »	1,500 »	3,250 »	11,000 »	15,750 »	
Le Plessis-Piquet	8,300 »	800 »	1,000 »	2,000 »	4,500 »	8,300 »	
L'Ile Saint-Denis	7,997 50	» »	1,500 »	1,808 29	4,700 »	8,008 29	
Maisons-Alfort	11,969 »	5,469 »	» »	» »	6,500 »	11,969 »	
Montmartre	90,000 »	60,000 »	4,000 »	4,000 »	20,000 »	88,000 »	
Montreuil	13,596 »	9,596 »	2,000 »	2,000 »	» »	13,596 »	
Nogent-sur-Marne	15,140 »	6,000 »	1,500 »	2,000 »	(8)	9,500 »	(8) En instruction.
Orly	14,700 »	3,000 »	1,500 »	2,700 »	7,500 »	14,700 »	
Pantin	19,800 »	8,000 »	1,500 »	2,300 »	6,000 »	17,800 »	
Pierrefitte	11,897 »	2,897 »	2,000 »	2,000 »	5,000 »	11,897 »	
Rungis	8,054 »	» »	1,000 »	2,000 »	5,054 »	8,054 »	
Saint-Maur	12,552 »	5,800 »	1,500 »	1,500 »	(9)	8,800 »	(9) En instruction.
Sceaux	11,000 »	» »	2,000 »	2,000 »	7,000 »	11,000 »	
Stains	6,850 »	1,300 »	1,200 »	450 »	3,900 »	6,850 »	
Thiais	13,702 »	7,000 »	1,500 »	1,500 »	3,700 »	13,700 »	
Vanvres	11,600 »	» »	3,000 »	2,000 »	6,600 »	11,600 »	
Villemombie	366 25	» »	» »	366 25	» »	366 25	Pour simples réparations.
Vincennes	1,826 »	1,800 »	» »	» »	» »	1,800 »	
Vitry	10,400 »	3,400 »	» »	» »	7,000 »	10,400 »	
	617,695 73	282,583 »	47,000 »	60,363 07	171,192 40	571,138 47	

TITRE 5.

HOSPICES, HOPITAUX.

CHAPITRE 1er.

COMPTABILITÉ GÉNÉRALE.

Dans le rapport de l'année dernière, j'ai rapidement résumé les faits particuliers à l'administration des hospices et les améliorations accomplies pendant l'année 1835. Cet administration vient de publier le compte détaillé de ses opérations pendant l'exercice 1835. Ce compte n'avait pas encore été rédigé d'une manière aussi satisfaisante. On y trouve, sur la population, sur les revenus, sur les propriétés, sur les dépenses des hôpitaux, hospices, secours à domicile et Enfans-Trouvés, des renseignemens remplis d'intérêt et généralement peu connus. Ces documens, dignes de la plus grande attention, font connaître toute l'importance de cette vaste administration, ses ressources, ses besoins et l'emploi des fonds mis à sa disposition par le Conseil municipal. J'en résumerai les principaux documens.

Avant de parler des faits propres à l'exercice 1836, je crois convenable de rappeler quelle était la situation financière des années antérieures à 1836, au moment de la clôture de l'exercice 1835.

Situation des exercices clos.

Les recettes constatées par le compte de 1835 sur les fonds généraux, étaient de	13,643,331 04
Les dépenses constatées de	12,327,628 72
D'où est résulté un excédant de recette ou boni, de . . .	1,315,702 32

Les capitaux de diverses origines restant à placer à la même époque par l'administration des hospices, s'élevaient à la somme de 1,176,689 fr. 39 cent.

Les dépôts restant à employer ou à rembourser s'élevaient, suivant le compte de 1835, à 1,807,624 fr. 69 c., dont 1,530,198 fr. 14 c. restaient à employer.

Ces divers reliquats sont venus accroître les ressources de l'exercice 1836, et comme ils vont reparaître dans la situation de ce dernier exercice, j'ajourne à ce moment les explications sur l'affectation qu'ils ont déjà reçue, ou la destination qu'il serait à propos de leur donner.

Exercice 1836.
Recettes.

Les prévisions du budget de 1836, admises par le ministre de l'intérieur, conformément aux propositions du Conseil municipal, s'élevaient à 12,572,901 f. 88 c., savoir :

Revenus immobiliers, loyers, fermages, coupes de bois . .	744,288	»
Intérêts de capitaux	711,120	88
Rentes sur l'état et sur particuliers	977,540	»
Impôt sur les spectacles.	660,000	»
Mont-de-Piété	172,000	»
Frais de séjour dans divers établissemens	381,000	»
Produits de divers établissemens	605,500	»
Dons et legs, concessions dans les cimetières	82,000	»
Recettes diverses.	12,000	»
Marchés.	599,515	»
Revenus particuliers à diverses fondations	372,918	»
Total des revenus propres aux hospices.	5,317,881	88
Recettes diverses extraordinaires.	1,262,000	»
	6,579,881	88
Subventions { municipale { pour le service ordin^re^. 5,295,020 ; pour grands travaux.. 298,000 } ; départementale. Enfans-Trouvés... 400,000 }	5,993,020	»
	12,572,901	88
En ajoutant au budget primitif les restes actifs laissés par l'exercice 1835, et diverses recettes additionnelles montant ensemble à	1,709,486	09
Le chiffre des ressources à la disposition de l'administration, pour le service de l'exercice 1836, s'est élevé à	14,282,387	97

Il est permis d'espérer que le chiffre des prévisions de 1836 sera dépassé de près de 200,000 fr., par suite de bonifications sur les spectacles, le Mont-de-Piété, les intérêts de fonds, etc.

Si l'on réunit au chiffre des fonds généraux :

1° Les capitaux de diverses origines à recouvrer en 1836, portés pour mémoire au budget.	400,000	»
2° Les dépôts divers, évalués à	400,000	»
3° Les capitaux qui restaient à employer sur les exercices clos.	1,176,689	39
4° Les dépôts qui restaient également à employer sur les exercices clos.	1,808,673	86
Les opérations de l'administration des hospices auront embrassé, en 1836, un chiffre de.	18,067,751	22

Dépenses.

Je vais exposer en peu de mots la destination donnée à ces ressources par les budgets primitifs et supplémentaires.

Les besoins du service ordinaire avaient été évalués par le budget primitif et admis par le ministre à la somme de........................ 11,004,941 88

Cette somme se composait ainsi :

Frais généraux d'administration, personnel, etc.	1,210,960	»
Rentes et pensions........................	130,197	»
Réparations de bâtimens	528,450	»
Nourriture et traitem. des malades et indigens.	3,706,436	»
Matériel, linge, etc......................	1,582,400	»
Enfans placés à la campagne, mois de nour., etc.	1,467,000	»
Secours à domicile........................	1,654,571	»
Dépenses diverses	250,335	»
Marchés...................................	376,515	»
Fonds de réserve pour dépenses imprévues.....	98,077	88
Total	11,004,941	88

L'accroissement du nombre des malades traités en 1836, joint à une hausse considérable du prix des principales denrées et objets de consommation, ont nécessité l'ouverture de crédits supplémentaires pour le service ordinaire, jusqu'à concurrence de la somme de 352,240 fr. 35 c. Les excédans les plus remarquables ont porté sur le chapitre viande, pour 80,000 fr.; les comestibles divers pour 75,200 fr.; le chauffage 45,000 fr.; le matériel 71,950 fr., etc., etc.,

Ces crédits supplémentaires ont été prélevés sur les restes actifs laissés par 1835.................................. 352,240 35

Total du service ordinaire 11,357,182 23

Les dépenses extraordinaires avaient été prévues au budget de 1836, pour 1,560,000 fr., ainsi composées :

Amélioration du domaine....................		26,000 »		
Amortissement et intérêts de l'emprunt d'un million..................................		225,000 »		
		251,000 »		
GRANDS TRAVAUX :				
Constructions nouvelles à Necker ..	80,000 »			
idem à Beaujon.....	100,000 »			
Divers établissemens.............	94,000 »	924,000 »	1,560,000 »	
Construct. de l'hospice Brézin......	600,000 »			
idem au chef-lieu........	50,000 »			
Solde du prix d'acquisition de la prison de Bicêtre.		285,000 »		

A reporter........ 12,917,182 23

Report........	12,917,182 23
Diverses allocations supplémentaires ont eu lieu postérieurement.	
1° Opérations domaniales.............................	192,552 22
2° Grands travaux, parmi lesquels on remarque les travaux aux Enfans-Trouvés, à l'Hôtel-Dieu, à l'Oursine, et au chef-lieu de l'administration	676,412 »
3° Restes passifs des exercices clos......................	347,318 93
Total des crédits sur les fonds généraux.....	14,133,465 38
En ajoutant au chiffre des fonds généraux les capitaux et les dépôts de diverses origines dont l'emploi ou la restitution était à faire en 1836, sommés comme à la recette à................	3,785,363 25
On trouve que les crédits ouverts à l'exercice 1836 pour le service de cet exercice, et la liquidation des restes passifs de 1835, se sont élevés à..	17,918,828 63
Le conseil des hospices, dans la crainte d'engager l'administration par l'emploi d'une somme plus forte que l'actif réel, a laissé sans emploi, sur les restes à recouvrer des exercices clos, une somme de 148,922 francs 59 centimes...................	148,922 59
En ajoutant cette somme aux crédits ouverts, on obtient une somme égale aux ressources prévues ci-dessus pour..........	18,067,751 22

Il ressort de cette situation que la somme consacrée aux grands travaux par l'administration des hospices en 1836 dépasse deux millions.

Remploi des capitaux.

Le Conseil municipal sera bientôt appelé à déterminer le meilleur mode de remploi de capitaux provenant de la vente des biens immeubles et de ceux à provenir de l'amortissement successif de la dette de la ville de Paris envers les hospices ; il aura à examiner si le placement en rentes sur l'état, sous la condition d'un prélèvement annuel pour former un fonds de garantie contre la dépréciation des valeurs ou la diminution du taux de l'intérêt, ne serait pas préférable, sous le rapport de la quotité des revenus et en raison de la facilité du recouvrement, au placement en biens fonds grevés nécessairement de frais d'administration, de non-valeurs, d'impositions et de réparations.

Les capitaux réalisés, qui s'élèvent en ce moment à 901,139 f. 91 c., et ne rapportent que 3 pour cent, ne seraient-ils pas utilement employés à l'amortissement, tant de la dette des hospices envers le Mont-de-Piété, que de leur dette constituée qui s'élève encore à 28,000 fr. de rente ?

Améliorations diverses. Écritures.

Les écritures de la comptabilité des hospices, généralement compliquées, ont été simplifiées sous plusieurs rapports; la rédaction des comptes et des budgets a été notablement améliorée.

Devançant les instructions ministérielles qui viennent de paraître, l'administration des hospices avait, dès l'année 1834, , adopté un réglement sur la comptabilité en matière, cette partie si importante, si essentielle de la comptabilité administrative des établissemens hospitaliers. Comptabilité en matière.

La révision du régime alimentaire, base fondamentale de la comptabilité des vivres, touche à son terme. C'est une immense, difficile et délicate question que celle qui a pour intérêt le bien-être d'une population journalière de 15,000 individus dont l'influence sur le chiffre de la dépense est si grande, qu'une faible amélioration dans le régime de cinq centimes par jour et par individu occasionnerait une augmentation de dépenses de près de 300,000 fr. par année. Régime alimentaire.

Une autre branche de la comptabilité en matière, la comptabilité des pharmacies, a été réglementée. Comptabilité des pharmacies.

Depuis long-temps, cette comptabilité manquait d'unité et n'était soumise à aucune espèce de contrôle; la préparation des prescriptions médicamenteuses et autres était faite dans chaque hôpital ou hospice d'après des bases particulières à chaque établissement. La tenue des cahiers de visite, base de la médication et de l'alimentation des malades, était surtout fort négligée par les élèves en médecine.

Un arrêté réglementaire du 4 mai 1836 a apporté dans ce service la régularité et la précision que réclamait son importance; les comptes seront soumis désormais à la vérification de la comptabilité générale.

Un formulaire magistral à l'usage des hôpitaux et hospices de Paris a été rédigé par une commission nommée par le conseil des hospices et prise dans le service de santé. Ce travail aura pour résultat de donner plus de régularité et d'harmonie au service des pharmacies; de faciliter la bonne tenue de la comptabilité, la rédaction et la vérification des comptes. Dans les cas les plus ordinaires et les plus fréquens, le formulaire économisera au médecin un temps précieux, en lui évitant la peine de détailler la composition de chacune des préparations pharmaceutiques qu'il jugera à propos de prescrire. Formulaire magistral.

Les dispositions de lois, ordonnances et réglemens relatifs aux cautionnemens ont été réunies sous le titre et la forme d'instruction réglementaire dans le but d'indiquer aux divers agens ou comptables assujétis à un cautionnement les obligations qu'ils ont à remplir pour les réaliser, les justifications qu'ils ont à produire pour en obtenir la remise, et de régler à cet égard les attributions et la participation des différentes divisions administratives et du receveur de l'administration. Instructions réglementaires sur le service des cautionnemens.

CHAPITRE II.

ADMINISTRATION DU DOMAINE DES HOSPICES.

J'ai fait tous mes efforts afin d'aider l'administration des hospices à continuer l'exécution des mesures ayant pour but l'amélioration et la simplification de la gestion du domaine des hospices.

Voici quels ont été les principaux résultats :

VENTES D'IMMEUBLES.

Les ventes réalisées à l'époque du premier compte que j'ai eu l'honneur de vous soumettre montaient à 1,367,512 fr. 08 c., ci. . . . . 1,367,512 f. 08 c.

Celles qui ont été effectuées depuis peuvent être ainsi récapitulées :

RÉCAPITULATION.	MONTANT des estimations.	MONTANT des ventes.	
CHAP. 1er. — *Domaine des hospices.*			
1re SECTION. — Biens dans Paris	947,031 60	984,530 60	
2e SECTION. — Biens hors Paris	149,959 23	179,371 72	
	1,096,990 83	1,163,902 32	
CHAP. 2. — *Biens provenant de la succession Brézin.*			
1re SECTION. — Biens dans Paris	404,476 »	456,176 »	
2e SECTION. — Biens hors Paris	39,912 »	42,500 »	
	444,388 »	498,676 »	
CHAP. 3. — *Biens provenant de la fondation Lambrecths*	185,524 »	390,275 »	
RÉCAPITULATION GÉNÉRALE.			
CHAP. 1er	1,096,990 83	1,163,902 32	
CHAP. 2	444,388 »	498,676 »	
CHAP. 3	185,524 »	390,275 »	
	1,726,902 83	2,052,853 32	ci. 2,052,853 32
		TOTAL GÉNÉRAL	3,420,625 40

L'administration des hospices se prépare à vendre ainsi successivement, à mesure que l'expiration des baux et les circonstances le permettront, les propriétés dont la conservation serait plus onéreuse que profitable.

Acquisitions.

Diverses acquisitions ont eu lieu : la première, dans la vue de réunir au *marché d'Aval* un terrain qui occupe une partie de sa façade, et de faire cesser une concurrence nuisible à ce marché; la seconde, pour compléter le périmètre de l'*hôpital Cochin*, assurer à cet établissement la conservation de jours qui n'existaient qu'à titre de tolérance, et faire cesser un voisinage qui n'était pas sans inconvénient pour les malades; et la troisième, pour compléter l'acquisition des terrains occupés par le nouveau chemin de ronde qui longe le promenoir extérieur de l'*hospice de la Vieillesse* (hommes). Enfin une maison, rue de *l'Oursine*, affectée précédemment à l'établissement de refuge, a été acquise moyennant 305,050 fr., pour servir d'hôpital aux femmes atteintes de la maladie vénérienne.

Échanges.

Six échanges, dans les propriétés rurales, ont eu pour résultat, soit de procurer aux hospices une plus-value notable, soit de prévenir ou de terminer des procès avec les échangistes, soit de substituer à des terres éloignées d'autres terres à la convenance des fermes des hospices, soit de remplacer des bâtimens d'un entretien coûteux par des terres labourables.

Enfin, l'un de ces échanges conclu avec la ville de Corbeil, a rendu aux hospices la libre disposition du rez-de-chaussée de la halle de l'Hôpital-Général, qui est devenue ainsi dans sa totalité un magasin à blé dont la vente pourra être faite sans entraves à l'expiration du bail actuel. L'avantage que l'administration des hospices a obtenu de ces échanges présente les résultats suivans :

Les biens cédés par les hospices ont été estimés	15,732 fr. 53 c.
Les biens cédés aux hospices	21,966 fr. 27 c.
Différence en faveur des hospices	6,233 fr. 74 c.

Revenus. — Propriétés dans Paris.

Quoique l'administration ait vendu, depuis 1834, un certain nombre de propriétés urbaines; quoique quelques autres propriétés aient été réunies à des hospices; le revenu de l'administration en loyers est resté à peu près le même. En 1835, le montant des loyers des propriétés situées dans Paris s'est élevé à 369,402 fr. 41 c.

Les diminutions ont été compensées principalement :

1° Par l'augmentation obtenue généralement sur le prix des baux renouvelés depuis 1834.

Au nombre de ces augmentations il faut citer celle de 13,544 fr. 50 c. réalisée sur le prix du bail de la maison rue du Faubourg-Montmartre, n. 18, lequel a été porté en 1835, de 25,853 fr. à 39,397 fr. 50 c.;

2° Par la création de boutiques dans la propriété boulevart Saint-Denis. Ces boutiques ont ajouté aux revenus de l'administration une somme annuelle de 20,494 francs;

3° Par la mise en valeur depuis le dernier compte de terrains qui, précédemment loués pour la culture, ont été amodiés comme terrains propres à bâtir ou à former des chantiers. De cette manière le produit de ces terrains a été porté de 17 fr. 34 c. à 1,173 fr. 76 c.;

4° Par la rentrée dans le domaine des hospices de propriétés louées par des baux emphytéotiques ou à vie qui ont pris fin depuis 1834;

5° Par le transport aux recettes réelles d'une somme annuelle de 4,000 francs, prélevée sur le loyer de la maison rue Saint-Denis, n. 311 et 313, et qui figurait en 1834 aux recettes d'ordre.

Propriétés rurales.

Les revenus en argent des propriétés hors Paris s'élevaient à la fin de 1835, à 62,741 fr. 42 cent.

Les revenus en grains appréciables en argent, à (hectolitres de blé) 16,765. 70.

La superficie totale des bois était, au 31 décembre 1835, de 1006 hectares 6 ares 48 centiares.

La situation de 1836, non encore arrêtée en chiffre, a dû peu varier.

Baux de dix-huit ans.

L'administration des hospices sollicitait l'autorisation de louer par baux de dix-huit ans plusieurs de ses fermes, lorsqu'une loi du 25 mai 1835 est venue faciliter et encourager ce mode de location, non moins favorable aux établissemens propriétaires qu'à l'agriculture.

En vertu de cette loi, dix fermes ont été louées de cette manière, pour la plupart à des prix supérieurs aux baux précédens, et à la charge par les fermiers, soit de convertir des terres en prairies, soit d'exécuter des travaux de marnage, de défrichement et de plantation.

Baux a long terme.

Deux terrains extra-muros, qui ne produisaient précédemment qu'un revenu de 28 fr. 12 c., ont été loués par baux de 40 ans comme emplacemens propres à bâtir, moyennant 374 fr. 92 c., et en outre à la charge par les preneurs de laisser aux hospices, sans indemnité, toutes les constructions qu'ils auront faites pendant le cours de leur jouissance; et un terrain vacant depuis nombre d'années (rue du Mont-Parnasse) a été loué 309 francs. Ainsi les baux à longs termes faits depuis 1834 s'élèvent en loyer annuel à 683 fr. 92 c.; ce qui présente sur l'état antérieur une bonification de 655 fr. 80 c.

Plantation de Bois et d'Arbres épars.

Bois : Dans l'hiver de 1835, le conseil général des hospices a fait continuer la plantation en bois taillis de la ferme du Pré du But et du Mony, aux Essarts.

Arbres épars : Les ventes faites depuis 1827, époque à laquelle le code forestier a rendu aux établissemens publics la gestion de leurs arbres épars, ont démontré que les arbres épars sur les terres des hospices offraient des produits suffisans pour parer aux grosses réparations des corps de ferme. L'administration des hospices, pénétrée de l'utilité de perpétuer une ressource aussi importante, a fait planter, en 1835, 1,560 arbres sur les fermes de Bouillancy, des Corbins et de Brie-Comte-Robert, soit pour remplacer les arbres vendus dans les années précédentes, soit pour compléter les plantations déjà existantes.

Remboursement de Rentes actives et passives.

Rentes actives.

Cinq rentes actives, s'élevant ensemble à 1,262 fr. 83 c., ont été remboursées aux hospices par les débiteurs, depuis la fin de l'année 1834.

L'administration, pénétrée de l'avantage de débarrasser sa comptabilité de parties de rentes d'une très faible importance (il en est qui ne dépassent pas 59 centimes), et dont la perception est difficile, a demandé au gouvernement, par sa délibération du 7 décembre 1836, l'autorisation d'admettre les débiteurs de celles de ces rentes qui n'excèdent pas 100 francs, à en faire le remboursement avec déduction d'un cinquième sur le capital.

Rentes passives.

Malgré ses efforts pour amener les propriétaires de rentes dues par l'administration à en accepter le remboursement, à raison de vingt fois la somme nette payée par année et sans égard au taux de constitution originaire, l'administration n'a pu arriver, depuis la fin de l'année 1834, à rembourser sur cette base que cinq rentes s'élevant ensemble à 1,002 fr. 90 c. Deux autres rentes, s'élevant à 1,443 fr. 97 c., ont été remboursées d'après le taux légal, en sorte que le montant total des rentes passives amorties s'élève à 2,446 fr. 87 c.

Fondations, Dons et Legs.

Les fondations, dons et legs faits en faveur des pauvres, et dont l'acceptation a été autorisée depuis le 19 novembre 1834 jusqu'au 15 décembre 1836, s'élèvent à la somme de 279,701 fr. 68 c. en capital, et à 1,889 fr. en rentes.

Sur ces sommes 31,811 fr. 66 c. de capital et 400 fr. de rentes sont applicables à des fondations de lits dans les hospices.

Les dons et legs pour l'acceptation desquels des autorisations ont été demandées et n'ont pas encore été obtenues, s'élèvent à 15,000 fr.

Travaux extraordinaires exécutés dans le domaine des Hospices, depuis le mois de décembre 1834 *jusqu'en décembre* 1836.

Pavages de rues et Constructions d'Égouts.

1° L'administration des hospices avait obtenu au budget de 1836 un crédit de 20,000 fr. pour l'ouverture et le pavage d'une rue de quinze mètres de largeur, partant de la rue Bichat, longeant les murs de l'hôpital et aboutissant sur l'avenue de l'hôpital Saint-Louis.

Cette rue est actuellement entièrement pavée et livrée à la circulation;

2° L'administration des hospices a pourvu, de concert avec la Ville, aux frais de construction d'un égout couvert destiné à desservir la rue principale ouverte dans le clos de la Gare.

Cet égout est maintenant achevé et permettra de paver la rue au printemps.

Chef-lieu de l'Administration.

Il avait été alloué au budget de 1836 un crédit de 25,000 fr. pour approprier les étages supérieurs du chef-lieu de l'administration au dépôt des archives, qui se trouvait dans le bâtiment au coin de la rue Saint-Pierre-aux-Bœufs.

Les travaux ont été exécutés, les archives transportées, et le bâtiment qu'elles occupaient sera démoli incessamment pour élargir la voie publique sur ce point.

Trottoirs dans les Marchés.

Pendant le courant de l'année 1836, l'administration a pourvu, au moyen d'un crédit de 18,000 fr., à l'exécution de trottoirs autour de différens marchés de l'administration.

Ce sont les marchés des Prouvaires et aux Poissons, la halle au Beurre et le marché Saint-Honoré.

L'occasion a été saisie, dans ce dernier marché, pour faire concurremment un essai des deux nouveaux procédés de construction de trottoirs : le bitume de gaz et l'asphalte de Seyssel.

Pose de Gouttières.

Au moyen des crédits extraordinaires alloués au budget de 1836, l'administration des hospices a fait garnir de gouttières toutes les propriétés dépendant de son domaine, afin de satisfaire aux ordonnances de police.

Biens appartenant à diverses fondations.

Fondation Brézin	Propriétés dans Paris	2,688 f.	» c.
	Hors Paris	21,889	40
		24,577	40
Fondation Lambrechts		*Néant.*	
Fondation Boulard		39	96

CHAPITRE III.

POPULATION. — STATISTIQUE. — FAITS GÉNÉRAUX.

Ainsi, la comptabilité et l'administration des domaines des hospices présentent des résultats satisfaisans. Avant de parler des améliorations de détails qui ont signalé l'année qui finit, il importe de faire connaître le mouvement de la population et quelques faits généraux.

Les établissemens qui dépendent de l'administration des hospices sont au nombre de vingt-sept, qui se divisent naturellement en hôpitaux généraux et spéciaux et hospices; sept *hôpitaux généraux*, savoir : la Pitié, Beaujon, l'Hôtel-Dieu, la Charité, Cochin, Necker, Saint-Antoine. Sept *hôpitaux spéciaux :* les Enfans malades, la maison royale de Santé, la Clinique, Saint-Louis, la maison d'Accouchement, l'hospice du Midi, l'Oursine. Dix hospices : Vieillesse (hommes) Bicêtre, Vieillesse (femmes) la Salpêtrière, Incurables (hommes), Incurables (femmes), Ménages (dortoir), Ménages (préau), Larochefoucault, Orphelins, Enfans-Trouvés et Sainte-Périne. Trois fondations : Saint-Michel (Boulard), la Reconnaissance (Brezin), et Devillas.

Population.

En comparant le mouvement de la population des hôpitaux et hospices pendant l'année 1835 avec l'année 1834, on remarquait qu'en 1835 on avait traité dans les hôpitaux . . . . 70,452 malades.

Entretenu dans les hospices. 12,447

Ce qui donnait un total de. . . . . 82,899 individus secourus.

Ce résultat était supérieur de 3,931 au chiffre de 1834.

La progression de l'augmentation est encore bien plus sensible de 1835 à 1836.

Pendant cette dernière année, on a traité dans les hôpitaux. . 81,996 malades.

— — dans les hospices. . 13,820

Total. 95,816

Ce qui fait une différence de 12,917 individus.

Sur ces 95,000 individus, il en est sorti après guérison. . . 71,694

Il en est décédé. 9,034

Total. 80,728

Par conséquent, il restait au 1er janvier 1837 dans les hospices et hôpitaux. 15,088

Total égal. 95,816

On peut attribuer cette augmentation considérable dans le mouvement de la population des hôpitaux : 1° à l'accroissement de la population générale à Paris; 2° à une trop grande facilité dans les admissions; 3° aux excellens soins dont les malades sont l'objet, et qui ont peut-être décidé beaucoup d'invidus à se faire traiter dans les hôpitaux; 4° à la manière plus rapide dont les malades ont été traités; 5° à l'ouverture et à l'agrandissement de divers établissemens hospitaliers; 6° enfin, à l'appât offert par les secours de la fondation Monthyon (un franc à chaque convalescent). Nous parlerons ultérieurement de cette cause justement signalée de l'affluence croissante des malades, en traitant la fondation elle-même.

Les tableaux suivans donneront une idée exacte et complète du mouvement de la population, et permettront de comparer les divers hospices et hôpitaux; la différence des sexes donnera également lieu à des résultats intéressans.

La fixation définitive des résultats de 1836 exigeant encore plusieurs mois, les tableaux qui vont suivre ne s'appliqueront qu'à 1835. Ils devront nécessairement varier pour 1836, d'après le chiffre plus élevé de la population dans les hôpitaux et des consommations de toute espèce.

Faits généraux.

Les principales denrées, telles que la viande, la farine, le vin, les comestibles, le linge, les médicamens, etc., présentent toutes d'assez notables augmentations; mais elles sont justifiées par l'ouverture de nouveaux établissemens, par l'accroissement des lits de malades et par le prix plus élevé des denrées pendant l'année.

Le personnel du service a été également plus considérable; en 1834, il était de 2,422 individus; en 1835, il a été de 2,525. En 1834, il avait entraîné le paiement d'une somme de 973,389 fr. Cette nature de dépense s'est élevée, en 1835, à 1,014,048 fr., ce qui fait une différence en plus de 41,396 fr. 71 c.

Les frais de bureau se sont élevés à 86,786 fr. 09 c.

L'habillement et le coucher, pour le service général des hospices et hôpitaux, à 635,871 fr. 88 c.

Les frais de buanderie générale, à 150,565 fr. 72 c.

Les meubles, ustensiles, ouvriers, à 195,542 fr. 12 c.

Les objets de pansement, à 42,924 fr. 56 c.

La droguerie, à 371,692 fr. 62 c.; dont 70,469 fr. 62 c. pour sangsues, 107,413 fr. pour sirops, et 27,471 pour eaux minérales.

Le combustible a coûté 520,644 fr. 19 c., dont 408,730 fr. 18 c. pour chauffage, 110,527 fr. pour éclairage, et le reste en frais divers.

La cave générale des hospices et hôpitaux a coûté 517,937 fr. 15 c.; la boulangerie, 718,903 fr. 28 c.; la viande, 1,028,755 fr. 76 c.

Consommation des principales denrées par quantité.

Pain blanc.	1,915,789. 57	kilog
Pain moyen.	1,431,696. 80	Id.
Vin de valides.	980,349. 44	litres.
Vin de malades	433,566. 35	Id.
Viande.	1,276,899. 01	kilog.
Légumes frais.	522,276. 17	Id.
Légumes secs.	51,212. 35	Id.
OEufs.	925,874	nombre.
Pommes de terre.	303,879. 12	kilog.

Les bornes de ce rapport commandent de ne pas étendre davantage ces citations, et, pour de plus amples détails, on ne peut que renvoyer à l'excellent mémoire publié par l'administration des hospices au mois de septembre dernier.

(1835.) Prix moyen de la Journée des Hospices, par nature de Dépense.

NATURE DES DÉPENSES.	VIEILLESSE. Hommes.	VIEILLESSE. Femmes.	INCURABLES. Hommes.	INCURABLES. Femmes.	MÉNAGES. Dortoirs.	MÉNAGES. Préau.	La Rochefoucauld.	Orphelins.	Enfants-Trouvés.	Sainte-Périne.	PRIX moyen de la journée.	Saint-Michel.	La reconnaissance.	Devillas.	PRIX moyen de la journée.	OBSERVATIONS.
	F. C. D.	F. C. D.	F. C. D.	F. C. D.	F. C. D.	F. C. D.	F. C. D.	F. C. D.	F. C. D.	F. C. D.	F. C. D.	F. C. D.	F. C. D.	F. C. D.	F. C. D.	
Bâtiments (Entretien des).																
Réparations	» 04 30	» 02 57	» 06 75	» 06 03	» 06 26	» 06 26	» 13 57	» 11 02	» 13 22	» 13 29	» 04 54	» 23 67	» » 25	» 20 71	» 04 53	
Contributions	» » 02	» » 04	» » »	» » »	» » 01	» » 04	» » 70	»	»	» » 01	» » 04	» 04 47	» 01 14	» 04 58	» » 05	
Administration.																
Appointements, Gages et Salaires	» 07 16	» 05 59	» 07 71	» 08 25	» 06 30	» 06 30	» 10 90	» 15 82	» 18 84	» 13 89	» 07 43	1 16 87	» 09 65	» 28 70	» 07 61	
Frais de Bureau	» » 06	» » 03	» » 10	» » 08	» » 13	» » 13	» » 14	» » 19	» » 95	» » 21	» » 08	» » 06	» » 38	» 02 25	» » 09	
Nourriture.																
Pain	» 13 30	» 12 91	» 15 15	» 11 92	» 14 86	» 14 96	» 15 86	» 18 03	» 22 01	» 13 77	» 14 16	» 12 80	» 16 78	» 18 09	» 14 19	
Vin	» 06 11	» 07 62	» 14 35	» 11 15	» 17 35	» » »	» 12 »	» 07 04	» 14 03	» 51 23	» 08 23	» 16 84	» 15 54	» 20 30	» 08 34	
Viande	» 16 01	» 16 29	» 18 67	» 18 28	» 22 08	» 05 09	» 16 95	» 15 10	» 25 22	» 34 21	» 16 38	» 42 15	» 13 58	» 23 27	» 16 38	
Comestibles divers	» 12 35	» 07 09	» 12 47	» 13 18	» 17 34	» » »	» 14 20	» 10 86	» 18 47	» 30 61	» 10 22	» 34 27	» 12 06	» 16 82	» 10 27	
Traitement des Malades.																
Médicaments	» 01 30	» 01 44	» » 09	» » 70	» » 79	» » 70	» 01 61	» 01 77	» 08 84	» 02 34	» 01 41	»	» 01 26	»	» 01 41	
Bandages, Objets de pansement, etc.	» » 00	» » 02	» » 16	» » 03	» » 03	» » 03	» » 16	» » 77	» » 27	» » 05	» » 08	» 03 26	» » 25	» » 09	» » 08	
Chauffage et Éclairage.																
Combustibles	» 04 39	» 03 45	» 06 47	» 06 58	» 12 96	» 12 98	» 09 80	» 11 19	» 29 31	» 09 49	» 05 34	» 28 76	» 06 28	» 22 38	» 05 42	
Mobilier (Entretien du).																
Habillement et Coucher	» 09 79	» 05 79	» 06 53	» 05 78	» 04 99	» » »	» 06 42	» 14 75	» 15 53	» 03 03	» 06 99	» 16 39	» 03 04	» 03 16	» 06 94	
Meubles et Ustensiles	» 02 19	» 01 45	» 03 05	» 02 68	» 03 79	» » »	» 04 26	» 03 57	» 06 42	» 03 48	» 02 07	» 07 42	» 02 58	» 11 05	» 02 10	
Buanderie	» » 91	» » 66	» 01 37	» 01 51	» 02 59	» » »	» 01 85	» 02 61	» 03 50	» 01 13	» 01 01	» 07 12	» 06 02	» 02 60	» 01 03	
Dépenses communes à tous les Chapitres.																
Frais d'Écurie	» » 10	» » 32	» » 37	» » 73	» » »	» » »	»	» 03 30	» 09 70	»	» » 09	»	» » 31	»	» » 68	
Frais de Culte	» » 02	» » 02	» » 11	» » 09	» » 09	» » 09	» » 20	» » 38	»	» » 45	» » 05	» 05 20	» » 04	»	» » 07	
Dépenses diverses	» 01 21	» » 30	» » 34	» » 41	» » 65	» » 65	» 01 27	» » 94	» » 39	» 02 38	» » 67	» 13 47	» 04 35	» 01 72	» » 73	
Portion dans les Dépenses d'Administration générale	» 04 55	» 04 93	» 01 95	» 04 95	» 04 93	» 04 93	» 05 03	» 04 03	» 04 93	» 04 93	» 04 93	»	»	»	» 04 86	
Dépenses particulières à quelques établissements.																
Pensions représentatives	» » 40	» » 30	» » 44	» » 57	» » 64	» » 61	»	»	»	»	» » 44	»	»	»	» » 45	
Mois de Nourrice	» » »	» » »	» » »	» » »	» » »	» » »	»	»	» 03 41	»	» » 08	»	»	»	» » 07	
Préau des ménages (Secours en argent)	» » »	» » »	» » »	» » »	» » »	» 29 42	»	»	»	»	» 01 16	»	»	»	» 01 11	
	» 87 37	» 74 55	1 00 56	» 95 40	1 15 70	» 83 12	1 43 12	1 49 30	2 29 20	1 69 30	» 86 47	3 37 44	» 97 28	1 78 73	» 86 63	
RÉCAPITULATION.																
Bâtiments (Entretien des)	» 04 32	» 02 61	» 06 75	» 06 03	» 06 27	» 06 27	» 14 57	» 11 02	» 13 22	» 13 30	» 04 58	» 28 34	» 01 39	» 25 59	» 04 39	
Administration	» 07 22	» 05 62	» 07 81	» 08 33	» 06 43	» 06 43	» 11 04	» 16 01	» 19 79	» 14 10	» 07 51	1 17 93	» 10 03	» 30 95	» 07 70	
Nourriture	» 49 78	» 44 91	» 60 62	» 56 03	» 71 78	» 50 03	» 57 81	» 70 65	» 79 73	1 11 82	» 40 49	1 03 06	» 87 96	» 78 48	» 49 58	
Traitement des Malades	» 04 39	» 01 46	» » 85	» » 73	» » 81	» » 81	» 01 77	» 02 54	» 09 11	» 02 54	» 01 49	» 03 26	» 01 51	» » 09	» 01 49	
Chauffage et Éclairage	» 04 39	» 03 45	» 06 47	» 06 38	» 12 96	» 12 98	» 09 80	» 11 19	» 29 31	» 09 49	» 05 34	» 28 76	» 06 28	» 22 38	» 05 42	
Mobilier (Entretien du)	» 12 93	» 07 90	» 11 47	» 09 77	» 11 47	» » »	» 12 33	» 19 93	» 25 31	» 10 69	» 10 04	» 31 73	» 12 64	» 19 74	» 10 12	
Dépenses communes à tous les Chapitres	» 06 63	» 05 77	» 06 43	» 06 46	» 05 65	» 05 65	» 06 40	» 09 56	» 15 02	» 07 76	» 06 34	» 21 43	» 05 70	» 01 72	» 05 34	
Dépenses particulières à quelques Établissements	» » 40	» » 30	» » 44	» » 57	» » 61	» 30 03	»	» » »	» 05 41	» » »	» 01 08	» » »	» » »	» » »	» 01 64	
	» 87 37	» 74 55	1 00 56	» 95 40	1 15 70	» 83 12	1 43 12	1 49 30	2 29 20	1 69 30	» 86 47	3 37 44	» 97 28	1 78 73	» 86 63	

(1835.) Prix moyen de la Journée des Hôpitaux, par nature de Dépense.

NATURE DES DÉPENSES.	Hôtel-Dieu.	Saint-Louis.	Midi.	Pitié.	Charité.	St-Antoine.	Necker.	Cochin.
	fr. c. d.	fr. c. d.	fr. c. d.	fr. c. d.	fr. c. d.	fr. c. d.	fr. c. d.	fr. c. d.
Bâtiments (Entretien des).								
Réparations	» 09 97	» 14 12	» 05 74	» 10 47	» 05 88	» 09 16	» 10 20	» 13 58
Contributions	» » 01	» » »	» » »	» » »	» » »	» » »	» » »	» » »
Administration.								
Appointements, Gages et Salaires	» 23 78	» 24 87	» 19 83	» 10 39	» 25 97	» 22 18	» 47 15	» 24 94
Frais de bureau	» » 14	» » 17	» » 23	» » 12	» » 22	» » 21	» » 31	» » 40
Nourriture.								
Pain	» 11 72	» 15 59	» 12 68	» 11 93	» 09 97	» 10 40	» 11 78	» 12 75
Vin	» 14 89	» 17 85	» 05 69	» 12 81	» 11 70	» 11 97	» 13 89	» 18 81
Viande	» 25 86	» 29 51	» 20 76	» 22 22	» 22 06	» 22 85	» 24 69	» 33 57
Comestibles divers	» 13 78	» 14 27	» 16 38	» 09 16	» 14 04	» 14 90	» 21 13	» 16 32
Traitement des malades.								
Médicaments	» 18 34	» 27 07	» 25 27	» 16 92	» 16 12	» 18 »	» 23 44	» 22 87
Bandages, Objets de pansement, etc.	» 01 13	» 04 48	» » 58	» » 41	» 01 55	» » 30	» 04 96	» 04 04
Chauffage et éclairage.								
Combustibles	» 13 10	» 23 30	» 12 17	» 09 04	» 13 64	» 11 84	» 22 73	» 13 81
Mobilier (Entretien du).								
Habillement et Coucher	» 11 40	» 14 01	» 07 21	» 08 10	» 18 23	» 14 91	» 12 08	» 11 40
Meubles et Ustensiles	» 07 10	» 07 57	» 04 12	» 03 61	» 07 18	» 03 68	» 03 61	» 06 90
Buanderie	» 04 56	» 02 04	» 04 75	» 02 48	» 11 09	» 04 09	» 04 80	» 04 04
Dépenses communes à tous les chapitres.								
Frais d'Écurie	» » »	» 02 30	» » »	» » 36	» » 81	» » »	» » »	» » »
Frais de Culte	» » 06	» » 09	» » 19	» » 17	» » 06	» » 47	» » 31	» » 19
Dépenses diverses	» » 53	» » 45	» » 73	» » 90	» » 78	» » 72	» 01 03	» 02 60
Portion dans les Dépenses d'Administration générale	» 01 93	» 04 93	» 04 93	» 01 93	» 04 93	» 04 93	» 04 95	» 04 93
Dépenses particulières à quelques établissements.								
Mois de nourrice	» » »	» » »	» » »	» » »	» » »	» » »	» » »	» » »
Récapitulation.	1 02 77	2 00 50	1 50 89	1 34 73	1 60 42	1 53 37	1 78 23	1 89 47
Bâtiments (Entretien des)	» 9 98	» 14 12	» 05 74	» 10 47	» 05 88	» 09 10	» 10 20	» 13 58
Administration	» 23 92	» 25 04	» 20 06	» 19 44	» 26 19	» 22 39	» 47 44	» 25 34
Nourriture	» 66 25	» 77 93	» 58 71	» 56 12	» 57 85	» 60 18	» 73 68	» 79 48
Traitement des malades	» 19 67	» 28 33	» 26 25	» 17 33	» 17 47	» 18 30	» 28 40	» 28 91
Chauffage et Éclairage	» 13 16	» 23 30	» 12 17	» 09 04	» 13 64	» 11 84	» 22 73	» 13 81
Mobilier (Entretien du)	» 27 23	» 25 62	» 16 41	» 16 10	» 36 60	» 22 68	» 22 49	» 23 27
Dépenses communes à tous les chapitres	» 3 54	» 7 77	» 05 85	» 06 46	» 06 58	» 05 82	» 06 39	» 07 73
Dépenses particulières à quelques établissements	» » »	» » »	» » »	» » »	» » »	» » »	» » »	» » »
	1 62 77	2 00 50	1 50 89	1 34 73	1 66 42	1 33 37	1 78 23	1 89 47

NATURE DES DÉPENSES.	Beaujon.	Enfants-Malades.	Accouchement.	Cliniques.	Prix moyen de la journée.	Maison royale de Santé.	Prix moyen de la journée.	Observations.
	fr. c. d.	fr. c. d.	fr. c. d.	fr. c. d.	fr. c. d.	fr. c. d.	fr. c. d.	
Bâtiments (Entretien des).								
Réparations	» 11 62	» 06 77	» 06 30	» 06 22	» 09 38	» 33 30	» 09 79	
Contributions	» » 03	» » »	» » »	» » »	» » »	» » 04	» » 01	
Administration.								
Appointements, Gages et Salaires	» 16 73	» 19 56	» 25 64	» 38 33	» 22 80	» 74 88	» 23 66	
Frais de bureau	» » 21	» » 21	» » 31	» » 51	» » 20	» » 73	» » 21	
Nourriture.								
Pain	» 10 40	» 12 06	» 15 95	» 13 06	» 12 70	» 19 58	» 12 82	
Vin	» 13 56	» 07 61	» 14 14	» 18 28	» 13 09	» 30 28	» 13 38	
Viande	» 24 71	» 17 52	» 28 09	» 29 68	» 24 59	» 71 02	» 25 47	
Comestibles divers	» 14 35	» 05 40	» 20 19	» 17 74	» 13 76	» 42 72	» 14 25	
Traitement des malades.								
Médicaments	» 19 79	» 09 18	» 06 60	» 40 83	» 18 34	» 50 28	» 19 07	
Bandages, Objets de pansement, etc.	» » 87	» » 39	» » 11	» 09 37	» 01 41	» 04 25	» 01 16	
Chauffage et éclairage.								
Combustibles	» 13 46	» 09 64	» 21 49	» 31 60	» 15 61	» 31 61	» 16 21	
Mobilier (Entretien du).								
Habillement et Coucher	» 12 89	» 09 72	» 14 95	» 07 37	» 11 09	» 41 04	» 12 47	
Meubles et Ustensiles	» 06 21	» 02 33	» 03 49	» 01 07	» 05 74	» 09 33	» 05 80	
Buanderie	» 03 77	» 07 48	» 12 16	» 13 20	» 06 35	» 17 79	» 06 52	
Dépenses communes à tous les chapitres.								
Frais d'Écurie	» » »	» 02 63	» » »	» » »	» » 75	» » »	» » 72	
Frais de Culte	» » 25	» » 08	» » 24	» » »	» » 12	» » 09	» » 14	
Dépenses diverses	» 01 36	» » 35	» 03 77	» 01 62	» 01 05	» 02 80	» 01 08	
Portion dans les Dépenses d'Administration générale	» 04 93	» 04 93	» 04 93	» 04 93	» 04 93	» 04 95	» 01 95	
Dépenses particulières à quelques établissements.								
Mois de nourrice	» » »	» » »	» » 48	» » »	» » 04	» » »	» » 01	
Récapitulation.	1 34 93	1 13 53	1 80 45	2 37 20	1 62 82	1 53 97	1 67 70	
Bâtiments (Entretien des)	» 11 65	» 06 77	» 06 30	» 06 22	» 09 39	» 33 34	» 09 80	
Administration	» 16 94	» 19 77	» 25 95	» 38 84	» 23 »	» 75 11	» 23 87	
Nourriture	» 63 »	» 42 29	» 78 97	» 78 76	» 64 24	1 63 41	» 65 92	
Traitement des malades	» 20 40	» 09 57	» 06 71	» 50 20	» 19 65	» 54 53	» 20 23	
Chauffage et Éclairage	» 13 46	» 09 64	» 21 49	» 31 60	» 15 61	» 31 61	» 16 21	
Mobilier (Entretien du)	» 22 87	» 19 33	» 30 60	» 25 31	» 23 06	» 68 60	» 24 79	
Dépenses communes à tous les chapitres	» 06 33	» 07 09	» 09 94	» 06 53	» 06 83	» 07 78	» 06 84	
Dépenses particulières à quelques établissements	» » »	» » »	» » 48	» » »	» » 04	» » »	» » 01	
	1 34 93	1 13 53	1 80 45	2 37 20	1 62 82	1 53 97	1 67 70	

PRIX moyen de la Journée, et Dépense moyenne de chaque individu et de chaque lit.

ÉTABLISSEMENTS.		DÉPENSE par Établissement.	JOURNÉES.	PRIX MOYEN de la Journée.	DURÉE moyenne du séjour.	DÉPENSE moyenne du traitement de chaque malade.	NOMBRE moyen des lits occupés pendant l'année.	DÉPENSE moyenne de chaque lit.	MAXIMUM des lits occupés pendant l'année. NOMBRE.	MAXIMUM des lits occupés pendant l'année. ÉPOQUES.	MINIMUM des lits occupés pendant l'année. NOMBRE.	MINIMUM des lits occupés pendant l'année. ÉPOQUES.
		fr. c.	journées.	fr. c. d.	jours.	fr. c.	lits.	fr. c.	lits.		lits.	
HÔPITAUX	Hôtel-Dieu	554,711 93	340,778	1 63 77	40,57	54 85	934	593 91	1,025	30 janv. 2 mars.	811	28 octobre.
	Saint-Louis	523,082 83	261,141	2 00 30	36,77	73 72	716	731 22	761	7 juin.	610	2 novembre.
	Midi	201,916 23	144,352	1 39 89	39,39	54 98	395	509 69	426	15 avril, 1 et 2 déc.	331	3 janvier.
	Pitié	264,803 55	196,304	1 34 75	26,04	35 09	538	492 20	578	31 décembre.	482	11 novembre.
	Charité	236,300 78	143,488	1 60 42	18,85	31 37	392	607 91	444	12 septembre.	350	6 juillet.
	Saint-Antoine	149,725 91	97,623	1 53 37	27,98	42 94	268	556 43	293	13 février	259	1 septembre.
	Necker	87,293 50	48,970	1 78 23	20,63	36 77	134	651 44	151	1 février.	108	5 octobre.
	Cochin	70,446 56	37,222	1 89 47	17,24	32 50	102	690 56	117	10, 11 février.	86	15 septembre.
	Beaujon	119,990 48	77,427	1 54 95	27,57	42 71	212	565 85	250	10 janvier.	181	19 mai, 2 juin.
	Enfants-Malades	167,774 04	145,231	1 15 53	46,43	53 29	398	421 84	437	12 mars.	348	8 novembre.
	Accouchement (*)	220,677 68	125,611	1 80 45	47,44	50 87	341	658 95	397	17 décembre.	251	29 juin.
	Clinique	93,571 06	40,207	2 37 20	22,03	52 25	110	867 01	143	13 août.	42	2 et 3 janvier.
		2,700,034 98	1,658,226	1 62 83	25,67	41 79	4,543	594 55				
	Maison royale de Santé	128,183 93	28,242	4 53 87	23,03	104 53	77	664 72	98	6 mai.	61	16 août.
		2,828,215 92	1,686,468	1 67 70	25,45	42 44	4,620	612 17	5,053	février.	4,480	octobre.
HOSPICES	Vieillesse. Hommes	874,068 45	1,001,006	» 87 37	» »	» »	2,743	318 67	2,856	31 décembre.	2,501	28 juillet.
	Vieillesse. Femmes	1,203,083 47	1,684,643	» 71 35	» »	» »	4,615	261 42	4,660	14 novembre.	4,569	15 janvier.
	Incurables. Hommes	163,447 31	161,512	1 00 56	» »	» »	451	366 84	464	du 13 au 24 octob.	437	29, 30 janvier.
	Incurables. Femmes	180,511 01	189,707	» 95 10	» »	» »	519	347 81	544	31 décembre.	490	11 juillet.
	Ménages. Dortoirs	115,294 50	98,647	1 15 70	» »	» »	275	422 32	273	14 et 12 mars.	259	10, 11 mai, 3 août.
	Ménages. Préau	116,235 80	139,834	» 83 12	» »	» »	383	303 48	396	4, 5, 7 mars, 7 avr.	349	du 28 au 30 sept.
	La Rochefoucauld	84,788 58	74,923	1 13 12	» »	» »	205	413 45	209	du 28 juin au 2 juil.	200	3, 4, 25, 26, 27 fév.
	Orphelins	107,528 83	90,126	1 19 30	» »	» »	247	435 33	260	25, 26 février.	217	11, 13, 15, 16, 26, 29 et 30 août.
	Enfants-Trouvés	113,107 38	50,220	2 25 20	» »	» »	158	834 11	201	2 avril.	87	23 novembre.
	Sainte-Périne	95,512 81	56,536	1 69 50	» »	» »	154	620 21	162	du 22 au 24 octobre, du 11 au 20 novem.	147	8, 9 mai.
		3,060,145 44	3,550,926	» 86 17	» »	» »	9,728	314 57				
FONDATIONS	Saint-Michel	14,103 04	4,189	3 37 44	» »	» »	12	1,175 42	12	janvier, août, sept.	11	février, mars, avril, mai, juin, juillet, novemb., décem.
	Reconnaissance	41,933 28	42,384	» 97 28	» »	» »	116	353 46	134	18 décembre.	77	5 janvier.
	Devillas	5,040 83	3,363	1 48 73	» »	» »	9	667 87	20	du 24 au 31 décem.	4	du 27 au 31 juillet.
		61,349 15	49,927	1 22 87	» »	» »	437	447 80	10,357	octobre.	10,149	janvier.
RÉSUMÉ	Hôpitaux	2,828,215 92	1,686,468	1 67 70	25,45	42 44	4,620	612 17	»	»	»	»
	Hospices	3,060,145 14	3,550,926	» 86 17	» »	» »	9,728	314 57	»	»	»	»
	Fondations	61,349 15	49,927	1 22 87	» »	» »	437	447 80	»	»	»	»
		5,949,710 21	5,287,321	1 12 62	25,45	42 44	14,485	410 75	»	»	»	»

OBSERVATIONS.

PRIX MOYENS.	HÔPITAUX. fr. c. d.	HOSPICES. fr. c. d.	TOTAUX. fr. c. d.
Prix moyen des Maisons hospitalières	1 62 82	» 86 17	1 10 57
Prix moyen de la Maison de Santé	4 53 87	» » »	4 53 87
Prix moyen des Hospices fondés	» » »	1 22 87	1 22 87
	1 67 70	» 86 68	1 12 62

(*) Pour établir les prix de journées, on a ajouté à la Maison d'Accouchement les journées des Élèves Sages-Femmes, qui s'élèvent à 32,161.

Administration générale des Hôpitaux, Hospices civils et Secours à domicile de la ville de Paris.

MOUVEMENT DE POPULATION DES HOPITAUX ET HOSPICES CIVILS DE PARIS

Pendant l'année 1836.

ÉTABLISSEMENTS.		Nombre des individus — Existants le 1er Janvier. Hommes.	Femmes.	TOTAL.	Nombre des individus — Admis pendant l'année. Hommes.	Femmes.	TOTAL.	Total des individus existants le 1er Janvier et admis pendant l'année. Hommes.	Femmes.	TOTAL.
Hôpitaux	Hôtel-Dieu	327	404	304	10,603	6,654	17,259	11,192	7,058	18,250
	Notre-Dame-de-Pitié	344	244	588	5,043	3,033	8,096	3,387	3,294	8,681
	Beaujon	129	88	217	1,973	1,007	2,986	2,102	1,095	3,197
	Charité	245	177	422	4,868	2,824	7,692	5,083	3,061	8,114
	Saint-Antoine	132	141	273	2,230	1,370	3,606	2,362	1,514	3,873
	Necker	64	63	129	1,065	1,183	2,246	1,127	1,248	2,375
	Cochin	45	56	101	1,041	1,044	2,085	1,086	1,100	2,186
	Saint-Louis	445	282	697	4,364	2,738	7,302	5,109	2,980	8,089
	Midi	305	187	392	3,402	137	3,239	3,307	344	3,651
	Enfants-Malades	182	187	369	1,607	1,508	3,115	1,788	1,695	3,484
	Accouchement	11	380	385	1,337	4,304	5,658	1,271	4,676	5,944
	Maison royale de Santé	70	23	85	869	384	1,253	939	407	1,346
	Enfans-Trouvés (1)	107	153	262	2,935	6,436	9,381	3,042	6,581	9,643
	Cliniques	47	77	124	832	988	1,840	896	1,063	1,964
	Lourcine	»	»	»	46	1,136	1,262	46	1,136	1,282
		2,586	2,422	5,008	42,145	34,843	76,988	44,731	37,265	81,996
Hospices	Vieillesse (Hommes)	2,930	»	2,936	1,008	»	1,008	3,944	»	3,944
	Vieillesse (Femmes)	»	4,786	4,786	»	1,637	1,637	»	6,443	6,443
	Incurables — Hommes	481	»	481	73	»	73	554	»	554
	Incurables — Femmes	»	562	562	»	54	54	»	615	615
	Ménages	244	404	648	63	58	121	307	462	769
	La Rochefoucauld	103	105	208	27	20	47	130	125	255
	Orphelins (2)	136	115	259	304	284	585	440	397	837
	Sainte-Périne	83	79	155	26	20	46	109	90	199
	Reconnaissance	137	»	137	11	»	11	139	»	148
	Devillas	14	13	29	2	1	3	16	16	32
	Saint-Michel à Saint-Mandé	42	»	42	4	»	4	46	»	46
		4,152	6,038	10,214	1,518	2,088	3,606	5,674	8,146	13,820
		2,586	2,422	5,008	42,145	34,843	76,988	44,731	37,265	81,996
TOTAUX		6,748	8,460	15,222	43,663	36,931	80,594	50,465	45,411	95,816

ÉTABLISSEMENTS.		Nombre des individus — Sortis pendant l'année. Hommes.	Femmes.	TOTAL.	Nombre des individus — Décédés pendant l'année. Hommes.	Femmes.	TOTAL.	Total des Sorties et des Décès. Hommes.	Femmes.	TOTAL.	Nombre des individus restants le 31 Décembre 1836. Hommes.	Femmes.	TOTAL.	Totaux par nature d'Établissement.
Hôpitaux	Hôtel-Dieu	9,634	5,837	15,481	1,033	844	1,814	10,637	6,668	17,325	535	399	923	4,760
	Notre-Dame-de-Pitié	4,689	2,793	7,482	379	284	663	5,069	3,076	8,145	318	318	336	
	Beaujon	1,775	862	2,633	210	140	350	1,985	1,002	2,983	119	93	212	
	Charité	4,391	2,642	7,033	196	272	382	4,511	2,911	7,795	222	147	389	
	Saint-Antoine	2,001	1,227	3,228	228	158	386	2,239	1,385	3,614	133	126	259	
	Necker	931	1,069	2,011	112	129	241	1,065	1,193	2,232	61	36	123	
	Cochin	940	961	1,907	94	90	184	1,040	1,051	2,091	46	49	93	
	Saint-Louis	4,469	2,633	7,102	214	123	339	4,683	2,758	7,441	426	222	648	
	Midi	3,003	340	3,343	15	4	17	3,018	344	3,362	289	»	289	
	Enfants-Malades	1,351	1,204	2,555	262	298	560	1,303	1,502	3,095	196	193	389	
	Accouchement	1,221	4,253	5,486	37	69	126	1,258	4,321	5,582	13	346	359	
	Maison royale de Santé	795	326	1,110	61	64	155	851	390	1,271	55	47	72	
	Enfans-Trouvés (1)	2,257	5,861	8,118	729	591	1,320	2,986	6,152	9,138	70	199	265	
	Cliniques	765	924	1,687	85	84	169	848	1,008	1,856	34	57	108	
	Lourcine	37	990	1,027	7	47	24	44	1,007	1,051	2	149	151	
		38,232	31,914	70,166	3,914	3,156	7,070	42,166	35,070	77,236	2,565	2,195	4,760	
Hospices	Vieillesse (Hommes)	384	»	384	621	»	621	1,005	»	1,005	2,939	»	2,939	10,328
	Vieillesse (Femmes)	»	546	546	»	1,020	1,020	»	1,566	1,566	»	4,877	4,877	
	Incurables — Hommes	5	»	5	66	»	66	71	»	71	483	»	483	
	Incurables — Femmes	»	7	7	»	64	64	»	71	71	»	542	542	
	Ménages	3	3	6	44	41	82	47	44	91	260	418	678	
	La Rochefoucauld	3	1	4	21	20	41	24	21	45	106	104	210	
	Orphelins (2)	301	262	563	17	13	30	318	275	593	122	122	244	
	Sainte-Périne	10	2	12	9	8	17	19	10	29	90	80	170	
	Reconnaissance	1	»	1	12	»	12	13	»	13	145	»	145	
	Devillas	»	»	»	1	3	4	1	3	4	15	13	28	
	Saint-Michel à Saint-Mandé	»	»	»	4	»	4	4	»	4	42	»	42	
		707	821	1,528	765	1,160	1,924	1,300	1,990	3,290	4,472	6,156	10,328	
		38,232	34,914	70,166	3,914	3,156	7,070	42,166	33,070	77,236	2,363	2,195	4,760	
TOTAUX		38,939	32,735	71,694	4,700	4,325	9,034	43,668	37,060	80,728	6,737	6,351	15,088	

OBSERVATIONS.

(1) Enfants-Trouvés. Ces chiffres ne s'appliquent qu'au mouvement de Paris. Celui des enfants placés à la campagne n'est pas encore connu.

(2) Orphelins. Même observation que ci-dessus.

Certifié par le secrétaire général de l'Administration des Hospices civils de Paris.

EXPLICATIONS.

Signé THUNOT.

EXERCICE 1836.

Population des Hôpitaux et Hospices.

Explications des différences de chiffres entre les existants au 1er Janvier 1836, d'après le Mouvement établi par le Secrétariat-général des Hospices et les restants au 31 Décembre 1835, d'après le compte imprimé de cet exercice publié par la Comptabilité générale des Hospices.

ÉTABLISSEMENTS.	EXISTANTS au 1er janvier 1836, d'après le mouvement du Secrétariat.	RESTANTS au 31 décembre 1835, d'après le compte publié pour 1835.	DIFFÉRENCES en moins d'après le compte de 1835, sur le mouvement au Secrétariat.	CAUSES DES DIFFÉRENCES.
HÔPITAUX.				
Maison d'accouchement.	383	286	97	Le Bureau de la Comptabilité retranche du mouvement : 92 Élèves sages-femmes qu'il considère comme ne faisant pas partie de la population indigente puisqu'elles sont pensionnaires. 5 Nourrices sédentaires qu'elle considère comme gens de service. — 97. Les personnes ci-dessus ont toujours figuré au mouvement du Secrétariat, d'après les renseignements donnés par le Directeur de la Maison dont le mouvement particulier ne faisait pas de distinction.
Cliniques	124	122	2	Deux nourrices sédentaires qui sont considérées comme gens de service.
HOSPICES.				
Vieillesse, hommes	2,936	2,858	78	Absents par congés.
Vieillesse, femmes	4,786	4,570	216	Id.
Incurables, hommes	481	455	26	Id.
Incurables, femmes	562	546	16	Id.
Ménages	648	633	15	Id.
Sainte-Périne	153	152	1	Id.
Reconnaissance	147	107	40	Id.
Devillas	29	25	4	Id.

Les différences ci-contre proviennent des absences par congés que la Comptabilité défalque du mouvement, tandis que le Secrétariat compte tous les individus qui ont droit à un lit dans les hospices et ne défalque que les sorties définitives et les décès.
Le Secrétariat en agit ainsi d'après les mouvements particuliers qui lui sont adressés par les Directeurs des hospices et qui ne mentionnent pas les congés.

MORTALITÉ.

Hôpitaux généraux.

1834.

	1 sur
Beaujon	7 46
Saint-Antoine	8 73
Hôtel-Dieu	10 47
Necker	10 63
Charité	10 66
Cochin	11 04
Pitié	12 72
Hôpitaux spéciaux.	
Clinique	5 33
Enfans-Malades	6 18
Maison de Santé	7 79
Saint-Louis	16 24
Accouchement	37 24
Vénériens	57 38
Mortalité moyenne	11 71

Hôpitaux généraux.

1835.

	1 sur
Saint-Antoine	8 26
Beaujon	8 28
Necker	8 50
Hôtel-Dieu	9 61
Charité	10 95
Pitié	11 38
Cochin	12 35
Hôpitaux spéciaux.	
Enfans-Malades	5 22
Maison de Santé	6 28
Clinique	9 86
Saint-Louis	17 88
Accouchement	34 99
Vénériens	107 76
Mortalité moyenne	11 05

DURÉE DE SÉJOUR.

Hôpitaux généraux.

	Jours.
Hôtel-Dieu	19 93
Cochin	20 01
Charité	22 47
Necker	22 66
Pitié	23 20
Saint-Antoine	26 32
Beaujon	29 81
Hôpitaux spéciaux.	
Accouchement	16 85
Maison de Santé	25 08
Saint-Louis	37 41
Vénériens	41 69
Enfans-Malades	48 81
Durée moyenne	26 36

Hôpitaux généraux.

	Jours.
Cochin	17 21
Charité	18 85
Hôtel-Dieu	19 57
Necker	20 63
Pitié	26 04
Beaujon	27 57
Saint-Antoine	27 98
Hôpitaux spéciaux.	
Accouchement	17 11
Clinique	22 03
Maison de Santé	23 0
Saint-Louis	36 77
Vénériens	39 39
Enfans-Malades	46 13
Durée moyenne	25 13

CHAPITRE IV.

AMÉLIORATIONS

Effectuées dans les divers Hôpitaux et Hospices pendant 1836.

Rien n'a été négligé, ainsi qu'il est facile de s'en convaincre, pour perfectionner la comptabilité, allier l'économie à l'humanité et multiplier, dans les diverses branches de l'administration proprement dite, les opérations sages et fructueuses. La conséquence de tous ces efforts était d'opérer dans les divers établissemens des améliorations nombreuses. Il ne sera pas inutile de détailler toutes celles qui ont eu lieu pendant l'année qui vient de s'écouler.

§ 1er. — Hôpitaux généraux.

1° Hôtel-Dieu.

La position de l'Hôtel-Dieu, son importance, ont toujours excité à un haut degré la sollicitude de l'administration; des travaux majeurs dans différentes salles, des constructions de conduites d'eaux, de réservoirs de fourneaux, d'appareils de chauffage et de bains, ont eu lieu successivement depuis 1833. Le déblaiement du *Pont-aux-Doubles*, l'agrandissement de la place de l'Archevêché, l'isolement de l'Hôtel-Dieu de ce côté, ont été unanimement approuvés; mais il a fallu approprier d'autres locaux pour remplacer ceux dont on avait été privé, par la démolition des bâtimens situés sur la rue de l'Archevêché. Le bâtiment Saint-Charles, le bâtiment Sainte-Marthe, dans lesquels des dispositions nouvelles furent pratiquées, un pavillon neuf, permirent de suppléer à ce qui allait manquer. En 1836, la construction du prolongement du bâtiment de la cuisine a permis qu'on y plaçât 40 lits pour atténuer d'autant la perte de 100 lits occasionnée par la coupure des bâtimens Saint-Charles et Saint-Côme. Les salles Saint-Côme et Sainte-Marthe ont été réparées entièrement; des parquets ont été placés sous les lits de ces deux salles. La terrasse Sainte-Marthe, aujourd'hui entièrement libre, permet aux malades de circuler facilement. De nouvelles dispositions ont été prises pour la cuisine dont une partie avait été comprise dans les démolitions du Pont-aux-Doubles. Chacune des parties du grand service offre maintenant un ensemble parfait où l'ordre et l'économie sont fidèlement observés. Toutes les dépenses ci-dessus ont été payées sur les fonds ordinaires, et les travaux exécutés par voie d'adjudication.

2° La Pitié.

De 1833 à 1835, de nouvelles salles de malades avaient été construites pour la clinique médicale, la pharmacie et la chambre de travail restaurées, les eaux distribuées par un mode nouveau, et 24 lits mis à la disposition des malades. Pour assainir et aérer ce vaste hôpital, on a démoli une partie du bâtiment Notre-Dame, dont le rez-de-chaussée seul a été conservé, ainsi que la portion de l'église appelée grande-nef faisant jonction avec l'aile droite de l'hôpital. La restauration intérieure de l'église a été entreprise.

L'établissement d'une nouvelle buanderie a nécessité la construction d'un second réservoir destiné à recevoir le trop-plein du premier pendant les jours d'abondance.

D'autres améliorations de détail ont eu lieu. En 1836, la galerie qui lie les deux pavillons entre la deuxième et la troisième cour a été achevée; un nouveau pavillon renfermant 20 lits a été construit et destiné aux femmes en couches ainsi qu'aux personnes affectées de maladies d'yeux.

3° Beaujon.

On a poursuivi dans cette maison l'utile opération du parquetage sous les lits. Les localités étant fort restreintes, les sœurs de Sainte-Marthe furent obligées, lors de leur installation, d'habiter la maison Fleury, dont l'administration venait de faire l'acquisition afin d'étendre la propriété de l'hôpital sur le terrain à gauche qui le cernait; mais cette maison, dont l'acquisition a été très avantageuse, à cause de son prix, est arrivée à un point de délâbrement qui ne permet plus de la conserver, l'espace qu'elle occupe étant d'ailleurs devenu nécessaire aux constructions qui s'élèvent actuellement. Ces deux circonstances ont exigé le déplacement de la communauté, qui a pu s'effectuer par la mise en possession de la propriété Cossonneau, léguée aux hospices par le testament de M. Beaujon. L'installation de la communauté a exigé quelques frais qui se sont élevés à 4,600 fr.

Le Conseil municipal ayant exprimé que le nombre des lits de l'Hôtel-Dieu fût diminué, et celui des hôpitaux excentriques proportionnellement augmenté, il a alloué à cet effet divers crédits au budget de 1836 : 100,000 fr. ont été destinés à l'hôpital Beaujon pour une augmentation de 200 lits.

Les travaux ont été adjugés moyennant 129,370 fr.; ils ont été interrompus à cause de la mauvaise saison, et vont être repris incessamment.

4° La Charité.

Des travaux sagement combinés avaient permis, dès 1834, d'établir vingt-quatre lits nouveaux. Le déplacement des bains qui, par leur position au rez-de-chaussée, causaient des infiltrations très-nuisibles, était impérieusement ordonné. Ces bains, furent, en 1835 et 1836, transportés dans le local occupé par l'amphithéâtre de dissection, devenu inutile depuis la concentration des travaux anatomiques à Clamart. Ces bains sont placés près de la porte d'entrée, ce qui est un avantage précieux pour le bon ordre, en empêchant les personnes qui ont affaire aux salles de traitement externes de pénétrer dans l'hôpital. De nouvelles distributions pour le service des bains ont été renvoyées à l'étude d'un architecte. Pendant le courant de 1835, la salle Sainte-Marthe, dont le séjour était dangereux pour les malades, a été surélevée et réunit à présent les conditions de salubrité nécessaires. En 1836, un chantier et des magasins spéciaux ont été construits pour recevoir les divers matériaux de l'établissement, qui jusques-là étaient déposés en plein air et se détérioraient.

5° Cochin. Une maison attenante à l'hôpital Cochin a été acquise et réunie à cet établissement pour y former le dortoir des religieuses, qui était placé dans un comble de peu de hauteur. Ce logement de gens sains au-dessus de malades a été de tous temps jugé nuisible. Cet état de choses va bientôt cesser; les travaux à faire pour cet utile changement sont en activité. Cet établissement est un des hôpitaux excentriques dont l'agrandissement a été demandé dans l'intérêt des besoins croissans du quartier; et pour réduire le nombre des malades de l'Hôtel-Dieu, 100,000 fr. seront consacrés à cette amélioration. Les plans sont dressés, et ce développement si désirable s'effectuera sous peu de temps.

Le service des eaux éprouvait dans cette maison de fréquentes interruptions qui nécessitaient la suspension des bains. Les réparations urgentes faites, en 1835, à la conduite d'eau d'Arcueil n'ayant pas suffi, il a fallu, pour assurer le service, creuser des puits et établir des pompes. Cet état de choses, causé par l'amoindrissement succesif des sources d'Arcueil, ne cessera que lorsque les eaux de la Seine pourront être amenées sur le plateau de la montagne Sainte-Geneviève.

6° Necker. Les projets relatifs à l'agrandissement de l'hôpital Necker, dans le système adopté pour la réduction des lits de l'Hôtel-Dieu, sont en ce moment soumis à l'autorité supérieure. Ils ont pour objet d'augmenter de 160 lits ceux de cet hôpital. Les travaux auraient été exécutés en 1836, au budget duquel 80,000 fr. sont portés à cet effet, si des modifications nécessaires n'avaient élevé le chiffre de la dépense à 183,811 fr. Des recherches faites dans les carrières ont prouvé que les terrains sur lesquels les constructions doivent être faites ne sont nullement excavés.

7° Saint-Antoine. Cette maison a vu dès 1834 le service de la pharmacie se compléter, une chapelle se construire; le changement de la buanderie n'a pas encore pu s'opérer, à cause de l'insuffisance de la somme de 8,000f. allouée à cet effet en 1835 et reportée à 1836. Un devis a été dressé de nouveau : la dépense s'élèvera à 40,000 fr., et l'hôpital ne pourra être en possession de cet utile service que lorsque les fonds nécessaires auront été votés.

La menuiserie de la pharmacie est aujourd'hui exécutée. Des tables couvertes d'étain, de grands pots de même matière et une verrerie considérable, complètent ce service important.

Cet hôpital manquait de linge. Il était nécessaire de remédier à une détresse aussi nuisible au bien-être des malades. 8,000 fr. ont été accordés en 1835. Cette somme a suffi pour procurer aux malades les objets qui leur manquaient jusques-là.

En outre, des travaux de plomberie fort importans ont été faits pour assurer la distribution des eaux.

§ 2. — Hôpitaux spéciaux.

1° Hôpital Saint-Louis. Le plus important des établissemens de ce genre est sans contredit l'*hôpital Saint-Louis*. J'ai déjà eu l'honneur d'exposer comment on avait cherché, dans les années précédentes, à étendre les services qu'il est à même de rendre. D'abord des ouvrages de peinture ont satisfait à des nécessités d'assainissement impérieuses. Le traitement des maladies de la peau est puissamment secondé à l'hôpital Saint-Louis par les consultations et la distribution des bains. C'était le service des bains qu'il fallait compléter et organiser. Le transport des *bains internes* sur un autre point de l'hôpital a été effectué en 1835, et les malades y sont admis depuis la belle saison de 1836. Cet utile changement a permis de réparer l'ancien local que les progrès de l'humidité et les infiltrations de l'égout général qui passe dessous avaient fait fléchir sur plusieurs points. Les malades ne sont plus confondus maintenant avec ceux qui fréquentent les bains externes. Ils peuvent prendre leurs bains à l'heure fixée par les docteurs, ce qui n'était pas praticable auparavant, à cause de l'affluence du public.

Ce service se trouve à l'entrée de l'hôpital, à gauche sur la cour principale. Il contient 50 baignoires qui servent alternativement aux hommes et aux femmes, un bain de vapeur à 12 places et un appareil de fumigation de 8. Il n'est surélevé d'aucun étage et se termine par une terrasse garnie de vases de fleurs, qui donne à ce côté de l'hôpital un aspect agréable. Une des deux grandes chaudières qui alimentent les bains a été renouvelée en 1836, afin que le service ne fût pas interrompu dans le cas où l'une d'elles nécessiterait des réparations.

La distribution des *bains externes* aux malades qui n'habitent pas l'hôpital, en leur permettant de se soigner sans quitter le travail de chaque jour, est une des plus grandes améliorations. Ce service, si fréquenté par toutes les classes, est ouvert depuis un an, et déjà les bienfaits s'en font sentir. Nous avons dans le précédent rapport indiqué l'utilité de cette importante amélioration ; elle est aujourd'hui réalisée. Le bâtiment était construit depuis plusieurs années, mais il restait à effectuer la distribution des eaux dans les bains : elle présentait des difficultés qui ont nécessité quelques études préliminaires, et dans l'exécution des soins particuliers : 56 baignoires sont journellement en pleine activité ; 28 pour les hommes, 28 pour les femmes ; plus 2 bains de vapeur de 20 places, également pour chaque sexe, douches, déshabilloirs et autres convenances.

Un nouveau réglement a été préparé pour ce service, dans lequel plusieurs abus étaient à réprimer ; et des propositions ont été faites au conseil des hospices pour entourer les malades externes d'attentions qui rendent pour eux l'effet du bain plus assuré.

Les fouilles faites pour l'établissement de la conduite accordée il y a cinq ans par la Ville, avaient dégradé le pavage sur plusieurs points de son passage et soulevé plusieurs réclamations ; ce pavage a été rétabli.

La buanderie de cet établissement menaçait ruine et de plus était mal placée : sa reconstruction était urgente. Commencée en 1834, elle a continué en 1835 et 1836. Aujourd'hui elle est presqu'entièrement achevée et en pleine activité. C'est un véritable bienfait pour l'établissement, qu'on pouvait considérer comme privé complétement de cet important service. Un appareil de blanchissage à la vapeur, de l'invention de l'ingénieur Duvoir, a été placé dans cette buanderie, dans la vue de comparer les résultats de ce système avec celui des autres buanderies existant dans les hôpitaux.

Un égout couvert recevra les eaux abondantes qui s'écoulent par la porte d'entrée et qui présentaient beaucoup d'inconvéniens, et les conduira dans un égout de la Ville. Cet égout est actuellement en construction.

Par suite des intentions exprimées en 1829 par le conseil des hospices, relativement à la restauration successive des salles de cet établissement, des travaux ont été effectués dans la salle Saint-Louis pour une somme de 10,000 francs environ dans le cours de 1836.

Le système suivi a été le même que celui précédemment adopté pour la salle Sainte-Marthe, dont la réparation devait servir d'essai, dans la vue d'y conformer le reste de l'hôpital.

Enfin, le nombre des lits en fer a été augmenté de 50, destinés principalement aux salles de chirurgie.

2° Vénériens, hospices du Midi et de l'Oursine.

Dès la fin de l'année 1834, il était question de la création prochaine d'un établissement qui pût remédier aux nombreux inconvéniens que présentait l'hospice du Midi. Ces utiles projets ont été réalisés. L'ouverture de l'hôpital de l'Oursine, dans les anciens locaux de la maison de refuge, a permis de consacrer aux hommes l'hôpital du Midi, et d'en séparer les filles de la police, qui sont aujourd'hui traitées à Saint-Lazare. Après cette grande amélioration, bien d'autres seraient à effectuer. Des travaux d'assainissement ont déjà eu lieu dans quelques parties; mais il reste à les compléter, à revêtir de planches les salles du rez-de-chaussée, à remanier le pavé des cours, etc. Un fonds de 25,000 fr. avait été demandé pour l'exécution d'une partie de ces travaux : 10,000 fr. ont été alloués au Conseil municipal au budget de 1837.

Les travaux d'appropriation de l'hôpital de l'Oursine ont été successivement exécutés. Les bains, la pharmacie et les logemens ont été construits, mais l'ouverture de l'hôpital a été retardée par des craintes manifestées sur la solidité d'une salle ; des réparations indispensables ont été faites. Cet établissement reçoit des malades depuis le 1er janvier 1836, et l'on n'a qu'à s'applaudir de son existence par les services qu'il a déjà rendus.

L'ancien fourneau de la cuisine, qui était tout-à-fait hors de service, a été remplacé par un fourneau disposé de manière à recevoir de petites marmites qui permettront d'obtenir, avec une moindre dépense, un bouillon de meilleure qualité.

Diverses distributions intérieures, dont l'absence pouvait gêner le service, ont été pratiquées.

Il reste encore beaucoup à faire pour compléter cet hôpital ; l'ordre et la salubrité réclament des promenoirs séparés des cabinets d'injection, une salle d'opération, un ouvroir, l'agrandissement de la lingerie, la désinfection des cabinets d'aisance, etc.

La lingerie et le mobilier sont loin d'être dans un état satisfaisant ; mais j'espère que les divers services ne tarderont pas à être complétés, et j'y apporterai tous mes soins.

L'appauvrissement des sources d'Arcueil mettait depuis long-temps en souffrance les services de cette importante institution de charité. La présence, en 1835, d'un grand nombre de personnes dans les dépendances du palais du Luxembourg, à cause du procès d'avril, avait, en augmentant de ce côté les besoins, contribué à la gêne qu'éprouvait la maison d'accouchement. Cet établissement a dû chercher dans ses propres ressources les moyens d'assurer ses services. Des puits ont pu être ouverts et surmontés de pompes, avec l'allocation spéciale que nous avons sollicitée d'urgence près de vous et que vous avez votée. 3° Maison d'accouchement.

La chapelle avait été, en 1835, nétoyée et repeinte. Cette utile réparation n'avait pas été faite depuis long-temps.

Cet établissement, qui est formé dans la vue d'offrir aux malades non indigens, moyennant un prix modique, les secours dont ils ont besoin, éprouve depuis quelques années une forte dépression dont il était utile de rechercher les causes. 4° Maison royale de santé.

L'administration des hospices s'est livrée, sous ce rapport, à des soins laborieux, et il paraît résulter de son travail que la maison dont il s'agit n'offre pas au public toutes les convenances désirables, et que, pour la rendre prospère, il serait utile de faire subir d'importantes modifications au bâtiment et au régime intérieur.

Un programme est à l'étude et sera soumis à mon examen.

Néanmoins, il a été pourvu aux réparations que cet établissement nécessitait, telles que des ouvrages de peinture qui ont été faits en 1835 et 1836, principalement dans les localités habitées par les malades.

Le bain de vapeur a été restauré à l'extérieur dans cette dernière année. Les promenoirs ont été arrangés, garnis de bancs, et le pavage des cours a été remanié. L'écoulement des eaux a été amélioré.

Au mois de décembre 1834, j'annonçais que cet établissement, depuis long-temps réclamé dans l'intérêt de la science, allait enfin s'ouvrir aux leçons des maîtres, à l'étude des élèves et au soulagement des malades, et que 130 malades pourraient y être reçus, 40 ou 50 femmes en couches et 20 berceaux d'enfans ; tout s'est réalisé selon nos voeux. Toutefois, quand cet établissement s'est ouvert, il manquait encore de quelques dispositions indispensables au service qui venait d'y être créé. Le matériel spécial était incomplet. On s'est occupé de pourvoir à ces divers besoins de détail, et l'hôpital sera bientôt, j'espère, en possession de toutes les convenances qu'il pouvait désirer. 5° Hôpital des cliniques.

§ 3. — Hospices.

Ces établissemens, où la vieillesse et d'incurables infirmités trouvent un refuge contre la douleur et la misère, ont dû aussi avoir une grande part aux soins de l'administration, et elle ne croit pas être restée au-dessous de sa tâche. Dans deux de ces maisons cependant se traite une maladie spéciale, quelquefois passagère, la folie. Les résultats obtenus sont d'une nature satisfaisante et seront présentés ci-après.

1° Vieillesse (hommes). Nous parlerons d'abord des améliorations particulières à l'intérieur de l'hospice.

Les dortoirs de la première division ont été aérés et assainis ; de nouvelles baies de croisées ont été percées sur le côté du quinconce, et les planchers ont été parquetés sous les lits.

Pour l'essai du nouveau mode de confection du bouillon, un fourneau, devant servir de modèle, a été construit dans la cuisine générale. Cet essai a produit d'excellens résultats, savoir : amélioration de la qualité de bouillon et grande économie de combustibles.

La buanderie exigeait des soins particuliers. Depuis bien des années, le conseil général sollicitait un fonds extraordinaire pour la translation de ce service sur le vaste emplacement qu'il occupe aujourd'hui, désigné au plan général de cette destination.

L'ancienne buanderie, placée au centre de l'hospice, nuisait au développement de la section des épileptiques, et elle se trouvait dans un tel état de vétusté que tout à coup il a fallu faire disparaître ses bassins et sortir du bâtiment de la coulerie afin de prévenir de graves accidens.

Dans ce fâcheux état de choses arrivé en 1833, un fonds extraordinaire n'étant point encore alloué, l'administration s'est vu forcée d'opérer cette translation sur les ressources que lui offrait son fonds annuel destiné seulement pour les travaux d'entretien ; mais par une heureuse prévoyance elle avait mis en réserve une très grande partie des différens matériaux, soigneusement ménagés, provenant de précédens travaux et de quelques démolitions, qui ont pu être utilisés dans cette circonstance pressante.

En 1835 l'administration a élevé la pièce nécessaire au dépôt du linge blanc, et en 1836 elle a complété cet office par la serre au linge sale.

Le grand ordre qui règne dans cette partie du service de l'hospice de la Vieillesse (hommes) peut être cité comme un exemple à suivre. Aucune précaution n'a été omise pour la conservation du linge et l'économie des moyens.

Presque toujours quand le linge est sale on lui donne peu d'attention ; ici c'est tout le contraire ; le plancher de cette serre est à jour et laisse à l'air la facilité de pénétrer toutes les pièces de linge, quelle que soit la négligence que les surveillans pourraient mettre à le poser.

En 1835 les travaux de construction du bâtiment des Incurables ont été achevés et l'on s'est occupé de l'emménagement de ce nouveau service. La cour de cette section a été renouvelée et réparée.

La subdivision dite de force n'ayant point de cour, une portion de terrain lui a été adjointe et a été disposée en une cour-promenoir.

Dès 1834 des mesures avaient été prises pour employer de nouveaux moyens curatifs et faire disparaître ces loges humides et sombres qui aggravaient l'état du malade au lieu de le calmer; les barreaux et tout l'appareil d'une prison avaient été supprimés. On essaya avec un succès consolant de faire travailler les aliénés. Une section d'aliénés convalescens fut placée à la ferme Sainte-Anne où 50 lits furent disposés. On a occupé les aliénés aux travaux de terrassement de Bicêtre et de la Salpêtrière d'une manière à la fois utile à leur santé et à l'établissement; et cette heureuse innovation est digne des plus grands encouragemens.

Au mois d'avril 1835, le conseil général des hospices a réglé le travail à exiger des épileptiques afin d'éloigner d'eux l'oisiveté. Ces travaux, appropriés aux forces, à l'état de santé et à l'aptitude des malades, ne pourront que favoriser leur guérison et augmenter leur bien-être par le prix qu'ils en retireront.

De vieux bâtimens et hangars existant à la ferme Sainte-Anne ont été restaurés et appropriés pour recevoir une salle de bains, un parloir, une cuisine et un réfectoire. Bien que les malades envoyés dans cette section fussent convalescens, il en était cependant dont les accès fréquens pouvaient disparaître sans qu'il fût nécessaire de les renvoyer au traitement; quelques jours et même quelques heures d'isolement suffisaient; c'est pourquoi des cellules ont été disposées, dans le nouveau service, de manière à concilier la surveillance avec la commodité du malade.

Un fonds extraordinaire de 4,000 fr. a permis d'établir deux vastes bassins pour le trempage et la macération des toiles et couvertures. Sur le fonds ordinaire on a restauré un dortoir dans lequel on a placé vingt-cinq lits occupés par des fous incurables, jugés capables de faire de bons travailleurs.

Destinés, par leurs infirmités et leur indigence, à vieillir dans l'hospice, il est utile de former parmi eux des ouvriers sur lesquels on puisse compter, soit pour enseigner aux nouveaux, soit pour l'exploitation régulière des travaux de la ferme.

Le jour où le fou convalescent est devenu un ouvrier attentif et exact, c'est qu'alors sa raison lui est revenue, et il faut, par conséquent, le rendre à la société pour qu'il y reprenne ses occupations ordinaires.

On voit par là que c'est un ouvrier de moins toutes les fois qu'il commence à bien faire, et qu'il est nécessaire d'en avoir de sédentaires pour les différentes industries introduites dans la ferme. On doit donc considérer comme une grande amélioration l'établissement particulier du dortoir affecté aux fous incurables dans le service de la section Sainte-Anne.

Nous ne terminerons pas ce qui concerne cet établissement sans faire mention des améliorations qu'il va recevoir par la suppression du *dépôt des condamnés* transféré rue de la Roquette. L'hospice ne présentera plus ce singulier mélange de prisonniers et de malades; et les localités, agrandies, permettront de donner à plusieurs services des développemens depuis long-temps désirés.

2° Vieillesse (femmes). J'ai signalé, dès 1834, les améliorations en cours d'exécution ou projetées; elles sont aujourd'hui terminées. Les bâtimens, à peine commencés en 1834, sont achevés aujourd'hui; le classement des malades exigeait des dispositions particulières : il fallait un quartier pour les malades placées sous le poids d'une condamnation et dont le paroxisme exigeait l'isolement, ou qui, par de continuelles tentatives d'évasion, demandaient une surveillance plus active. Toutes ces divisions ont eu lieu au moyen de cellules, de pavillons nouvellement construits; et aujourd'hui les constructions nécessaires au classement des aliénées sont achevées. Tout ce vaste service est maintenant pourvu des localités qu'il exigeait.

Les travaux exécutés en 1835 consistent en trois bâtimens, composés chacun de deux rez-de-chaussée entre deux pavillons et cinq galeries.

La dépense a été de 105,045 fr. 60 c.

Les quatre pavillons et les quatorze cellules construites en 1836, complétant le service, reçoivent maintenant les malades qui leur sont destinées. Chaque quartier est en possession de ses réfectoires, de ses ateliers, de ses longues galeries.

L'ameublement de la section nouvelle, qui s'est effectué en 1836, est d'une valeur importante. On a pu y pourvoir par des réserves d'objets prudemment ménagés pour l'époque où l'administration ouvrirait cette section, une des plus considérables de la division des aliénées.

L'ameublement se compose principalement de cent cinquante-huit lits en fer, d'effets de coucher, d'ustensiles et de douze poêles-calorifères d'un modèle perfectionné.

Chaque quartier de la division est en possession de ses réfectoire, atelier et galeries.

L'humanité n'a plus à souffrir de l'entassement des malades : une cellule est affectée à chacune de celles qui ne peuvent être maintenues en dortoir.

Les améliorations, dont la division des aliénées a été successivement l'objet, en feront un ensemble remarquable, et toutes les exigeances médicales et administratives seront enfin satisfaites.

On a été assez heureux, pour obtenir le placement de 206 lits, de ne faire qu'une dépense totale de 147,421 fr., inférieure encore de 9,000 fr. au crédit alloué.

Cette opération est d'autant plus favorable, qu'on ne parvient ordinairement à organiser une salle de 100 lits, par exemple, que moyennant une dépense de 1,000 fr. par chaque lit.

Nous signalerons, en terminant, les avantages qui sont résultés de l'établissement à la Salpêtrière d'un magasin central de couture créé dans le but de procurer de l'ouvrage aux aliénées, aux épileptiques et aux indigentes. Le conseil a adopté un réglement et un tarif.

Un travail statistique plein d'intérêt a été rédigé avec un soin digne d'éloges sur le mouvement des aliénés depuis 1825 jusqu'en 1833 inclusivement. Nous ne croyons pouvoir mieux faire que de reproduire le tableau général des aliénés entrés pendant les neuf dernières années, classés par âge, et présentant la comparaison entre les admissions et les guérisons.

TABLEAU DES ALIÉNÉS

ENTRÉS

HOMMES ET FEMMES.

pendant les neuf années, classés par âge, présentant la comparaison entre les admissions et les guérisons.

AGE DES ALIÉNÉS ENTRÉS PENDANT LES 9 ANNÉES.	ALIÉNÉS ADMIS EN 1825. Hom.	1825. Fem.	1826. Hom.	1826. Fem.	1827. Hom.	1827. Fem.	TOTAL DE LA 1re SÉRIE. Hom.	Fem.	Total.	Proportion des admissions sur cent aliénés par période d'âge. Hom.	Fem.	Différence en plus sur les Hom.	Fem.
De 10 à 19 ans	29	32	14	50	22	34	65	116	181	6,12	7,98	»	1,87
20 à 29	101	101	64	89	75	90	241	280	521	22,05	19,50	3,58	»
30 à 39	93	105	61	89	67	107	264	304	563	24,55	20,95	3,60	»
40 à 49	98	104	61	104	71	43	230	325	553	21,03	22,26	»	0,63
50 à 59	47	67	30	85	28	55	105	207	312	9,88	14,27	»	4,39
60 à 69	42	40	37	42	29	52	108	134	242	10,16	9,24	0,92	»
70 à 79	22	29	12	27	13	24	47	80	127	4,42	5,51	»	1,09
80 à 89	3	3	2	4	»	»	5	7	12	0,47	0,48	»	0,01
90 à 99	»	»	1	»	»	»	1	»	1	0,09	»	0,09	»
D'âge inconnu	»	»	»	»	»	»	»	»	»	»	»	»	»
Totaux	435	504	302	470	326	477	1,066	1,454	2,511	»	»	»	»
Nombre des guérisons	119	162	120	179	144	170	383	511	894	»	»	»	»
Proportion entre les admissions et les guérisons	1 sur 3,65	1 sur 3,11	1 sur 2,51	1 sur 2,63	1 sur 2,26	1 sur 2,80	1 sur 2,77	1 sur 2,85	1 sur 2,81	»	»	»	»

AGE DES ALIÉNÉS ENTRÉS PENDANT LES 9 ANNÉES.	ALIÉNÉS ADMIS EN 1828. Hom.	1828. Fem.	1829. Hom.	1829. Fem.	1830. Hom.	1830. Fem.	TOTAL DE LA 2e SÉRIE. Hom.	Fem.	Total.	Proportion des admissions sur cent aliénés par période d'âge. Hom.	Fem.	Différence en plus sur les Hom.	Fem.
De 10 à 19 ans	26	52	25	41	31	48	82	141	223	7,32	9,76	»	2,24
20 à 29	67	81	94	68	87	103	248	252	500	22,73	18,13	4,60	»
30 à 39	127	95	106	73	104	122	337	290	627	30,89	20,06	10,83	»
40 à 49	64	87	64	71	65	104	193	262	455	17,69	18,13	»	0,44
50 à 59	33	68	39	83	35	79	107	230	337	9,81	15,92	»	6,11
60 à 69	33	43	26	47	20	58	79	148	227	7,24	10,24	»	3, »
70 à 79	16	36	9	39	16	29	41	104	145	3,76	7,20	»	3,44
80 à 89	1	1	»	5	1	1	2	5	7	0,18	0,35	»	0,17
90 à 99	»	»	»	»	1	»	1	»	1	0,09	»	0,09	»
D'âge inconnu	»	2	»	»	1	1	1	3	4	0,09	0,21	»	12
Totaux	369	402	393	440	339	343	1,094	1,145	2,334	»	»	»	»
Nombre des guérisons	165	165	117	151	117	183	397	499	896	»	»	»	»
Proportion entre les admissions et les guérisons	1 sur 2,23	1 sur 2,80	1 sur 3,40	1 sur 3,91	1 sur 3,06	1 sur 2,96	1 sur 2,74	1 sur 2,89	1 sur 2,85	»	»	»	»

AGE DES ALIÉNÉS ENTRÉS PENDANT LES 9 ANNÉES.	ALIÉNÉS ADMIS EN 1831. Hom.	1831. Fem.	1832. Hom.	1832. Fem.	1833. Hom.	1833. Fem.	TOTAL DE LA 3e SÉRIE. Hom.	Fem.	Total.	Proportion des admissions sur cent aliénés par période d'âge. Hom.	Fem.	Différence en plus sur les Hom.	Fem.
De 10 à 19 ans	22	45	48	31	37	38	107	114	221	3,21	5,95	1,26	»
20 à 29	75	106	70	117	76	93	221	316	537	16,95	15,47	1,48	»
30 à 39	135	147	140	155	130	125	405	427	832	31,05	22,26	8,79	»
40 à 49	75	146	103	133	86	112	264	311	575	20,24	21,43	»	1,19
50 à 59	57	93	38	98	47	89	122	280	402	9,36	14,60	»	5,24
60 à 69	40	57	30	66	30	90	100	213	313	7,67	11,11	»	3,44
70 à 79	18	47	28	38	21	60	67	145	212	5,14	7,56	»	2,42
80 à 89	3	4	4	3	3	2	10	9	19	0,77	0,47	0,30	»
90 à 99	»	»	»	»	»	»	»	»	»	»	»	»	»
D'âge inconnu	2	2	6	»	»	1	8	3	11	0,61	0,15	46	»
Totaux	407	647	467	661	430	610	1,304	1,918	3,222	»	»	»	»
Nombre des guérisons	110	176	116	234	112	219	344	629	973	»	»	»	»
Proportion entre les admissions et les guérisons	1 sur 3,50	1 sur 3,57	1 sur 4,02	1 sur 2,82	1 sur 3,84	1 sur 2,78	1 sur 3,79	1 sur 3,05	1 sur 3,31	»	»	»	»

AGE DES ALIÉNÉS ENTRÉS PENDANT LES 9 ANNÉES.	TOTAL GÉNÉRAL. Hom.	Fem.	Total.	Proportion des admissions sur cent aliénés par période d'âge. Hom.	Fem.	Différence en plus sur les Hom.	Fem.	Observations.
De 10 à 19 ans	254	371	625	7,35	7,71	»	0,36	
20 à 29	710	858	1,568	20,57	17,82	2,74	»	
30 à 39	1,003	1,081	2,084	29 »	21,21	7,79	»	
40 à 49	687	996	1,683	19,87	20,69	»	0,82	
50 à 59	334	717	1,051	9,66	14,89	»	5,23	
60 à 69	287	495	782	8,30	10,28	»	1,98	
70 à 79	135	329	464	4,18	6,81	»	2,36	
80 à 89	17	21	38	0,50	0,44	0,06	»	
90 à 99	2	»	2	0,59	»	0,05	»	
D'âge inconnu	8	6	13	0,26	0,12	0,14	»	
Totaux	3,456	4,814	8,272	»	»	»	»	
Nombre des guérisons	1,124	1,639	2,763	»	»	»	»	
Proportion entre les admissions et les guérisons	1 sur 3,07	1 sur 2,94	1 sur 2,69	»	»	»	»	Le chiffre des guérisons résulte des certificats délivrés par MM. les Médecins.

Nous signalerons l'établissement d'une salle pour la réunion pendant le jour des enfans les plus infirmes ; 10,000 fr. ont été alloués par le Conseil municipal sur le fonds de 54,000 fr. (exercice 1836). Incurables (hommes).

Ces enfans, dont le nombre est habituellement de 15 à 20, étaient rassemblés dans une pièce étroite, peu aérée et mal éclairée.

On conçoit combien il était urgent de leur procurer une localité assez spacieuse pour rendre moins sensibles les inconvéniens de leur agglomération. Leur intérêt particulier et celui des personnes charitables chargées de les soigner et de les garder, commandaient une pareille disposition.

La salle dont ces enfans vont jouir incessamment offre toutes les conditions que l'on pourrait désirer pour le soulagement de leurs misères. Elle est un bienfait digne de figurer parmi les généreuses dépenses consenties par le Conseil municipal.

Dès 1834 la nécessité de donner à l'hospice des Ménages une buanderie avec séchoir, une cuisine et dépendances, s'était fait sentir. Ces améliorations ont commencé en 1836 et ont été poursuivies ; elles sont aujourd'hui achevées. Ménages.

Les bureaux de bienfaisance ayant obtenu dans la nouvelle répartition des lits vacans aux hospices de la Vieillesse une part supérieure à celle qu'ils avaient auparavant, cette disposition a amené à examiner dans quelle proportion la nomination aux lits vacans dans les hospices de la Vieillesse, des Incurables et des Ménages, serait partagée entre le ministre, les préfets, le conseil général des hospices, la commission administrative et les bureaux de bienfaisance. Je m'efforcerai de concilier tous les droits et de prévenir toute réclamation.

Pendant l'année 1835, un bâtiment de service a été terminé. Déjà un laboratoire de pharmacie, un réservoir pour les eaux, des logemens pour les employés, avaient été disposés. Larochefoucault.

Cet hospice devant être incessamment réuni aux Enfans-Trouvés, rue d'Enfer, pour faire place à des vieillards et infirmes qui seront reçus moyennant u n prixd pension, il n'a été fait aucune dépense extraordinaire dans cet établissement. Orphelins.

A Ste-Périne, rien de digne d'être particulièrement signalé n'a été fait pendant l'année 1836, mais des améliorations s'étudient.

Un nouvel hospice a été ouvert à Paris : sa création est due à M. Devillas. Il ne sera pas sans intérêt de donner quelques détails sur cette fondation. Devillas.

Fondation Devillas.

M. Devillas est né en 1748, à Quissac, département du Gard; il acquit dans le commerce une fortune considérable qu'il voulut consacrer au soulagement des pauvres.

En conséquence, par son testament, en date du 16 octobre 1832, il institua sa légataire universelle l'administration des hospices civils de Paris, à la condition expresse d'établir, dans sa maison, située rue du Regard, n° 17, un hospice pour y recevoir des vieillards, hommes et femmes, ayant au moins 70 ans, atteints d'infirmités incurables, et inscrits sur le contrôle des pauvres.

M. Devillas mourut le 22 octobre 1832, et la fortune qu'il laissa pour accomplir ses dernières intentions s'élève, déduction faite des charges, à la somme de 1,124,000 fr.

Avant l'accomplissement des dernières volontés du fondateur, l'administration eut à lutter long-temps contre l'héritière naturelle de M. Devillas ; mais une ordonnance royale du 22 juillet 1834 autorisa l'acceptation du legs.

D'un autre côté, l'ordonnance n'était point encore rendue que déjà les héritiers de madame Devillas formaient une demande en rescision de partage de la communauté qui avait existé entre monsieur et madame Devillas. Un procès s'entama, l'administration succomba en première instance ; le jugement qui la condamnait était déféré à la cour royale, lorsqu'une transaction, par laquelle les hospices s'obligèrent à payer aux héritiers de madame Devillas une somme de 220,000 fr., vint mettre fin à ce procès.

Ce procès et les difficultés que rencontre l'administration pour obtenir du domaine de l'état la cession de la portion de terrain dont M. Devillas fut dépossédé, n'ont pas permis d'établir définitivement l'hospice dans la maison indiquée par le fondateur ; toutes les dispositions prises pour que cet hospice fût ouvert promptement l'ont été à moins de frais possible. Le 27 juillet 1835, 15 hommes et 15 femmes, 24 catholiques et 6 protestans, réunissant les conditions imposées par le fondateur, ont été admis dans cet hospice.

La répartition définitive des lits, les réglemens sur le régime, le personnel de l'hospice, sont élaborés avec soin ; des constructions indispensables sont projetées, qui pourront occasionner une dépense de 80,000 fr. Lorsque la succession de M. Devillas sera entièrement liquidée, libre des charges dont elle est grevée, elle donnera un revenu de 25,000 fr., avec lequel on pourra porter la population de l'hospice à 70 personnes des deux sexes.

Hospice de la Reconnaissance.

Pendant l'année 1835, les plans du nouvel hospice Brézin, à Garches, appelé hospice de la Reconnaissance, ont été étudiés et arrêtés. Les travaux ont été retardés par des circonstances indépendantes de l'administration ; mais les constructions nécessaires pour compléter l'hospice, ont été commencées en 1836, et s'achèveront probablement en 1837. Déjà deux bâtimens sont élevés et un troisième est à la hauteur du soubassement.

Les travaux auraient été plus avancés si l'alignement de la route de Versailles, pour placer l'hospice dans l'axe de celle de Marne, avait été connu plus tôt de l'administration.

Cet hospice contiendra 300 lits.

A St-Michel, rien à signaler.

Nouvel hospice, rue du Faub.-Saint-Antoine.

J'ai déjà parlé de la création possible d'un hospice à 400 fr. de pension dans les bâtimens vacans rue du Faubourg-Saint-Antoine, par l'adjonction de l'hospice des Orphelins à celui des Enfans-Trouvés. Ce projet est aujourd'hui l'objet d'un travail sérieux, et j'ai l'espoir qu'il pourra être réalisé. Cette institution aurait pour but d'éloigner des secours de la charité des personnes qui, par des économies journalières, se mettraient à même d'assurer l'existence de leurs vieux jours, comme aussi d'offrir aux individus qui, possédant plus de 200 francs de revenus, n'ont pas droit à leur admission dans l'hospice de Larochefoucault, mais qui ne jouissant pas non plus de 600 francs de rente, ne peuvent être admis à Ste-Périne.

Déjà plusieurs commissions, prises dans le sein de l'administration, se sont occupées de ce projet, mais on n'a pu jusqu'ici le mettre à exécution. Les travaux d'appropriation des locaux à leur nouvelle destination sont estimés devoir s'élever à 71,050 fr.; un réglement sur l'organisation intérieure du pensionnat, la fixation du personnel, un tableau des dépenses de premier établissement, évalué à 405,162 fr. 95 c., et le budget des dépenses, pour la première année, sont déjà arrêtés. On s'est efforcé de donner aux pensionnaires tous les avantages possibles sans compromettre les intérêts de la caisse des pauvres. L'ensemble de ces différens documens sera incessamment soumis à l'examen de l'administration municipale.

CHAPITRE V.

ENFANS-TROUVÉS. — ORPHELINS.— DIRECTION DES NOURRICES.

ENFANS-TROUVÉS.

L'importante question des enfans-trouvés méritait d'être traitée séparément. D'abord, en ce qui concerne l'hospice en lui-même, il a été dit l'année dernière qu'au moyen de l'affectation des bâtimens des Orphelins, faubourg Saint-Antoine, à une maison nouvelle, les enfans-trouvés allaient recevoir un annexe intéressant; ainsi se trouveront réunis les enfans-trouvés, les enfans abandonnés et les orphelins des deux sexes.

200,000 francs ont été accordés pour la construction de nouveaux bâtimens au budget de 1836, et 40,000 fr. à celui de 1837.

L'adjudication faite le 11 juin 1836 a porté la dépense à. . . .	305,455 05
Un supplément de dépense de.	6,353 62
a été autorisé, en sorte que la dépense totale sera de.	311,808 67

Il restera à faire des fonds pour une somme d'environ 83,800 fr.

Les constructions sont poussées avec une grande activité; les ailes principales seront bientôt parvenues à leur hauteur et couvertes; le surplus sera achevé en 1837, et tout fait espérer qu'au commencement de 1838 la maison du faubourg Saint-Antoine sera évacuée et livrée à sa nouvelle destination.

Il serait impossible, quant à présent, de poser des chiffres exacts sur cette partie du service en 1836. Les états de mouvement et de décès, surtout à l'égard des enfans placés à la campagne, ne seront tous rassemblés à l'administration qu'à la fin du premier trimestre 1837. Nous ne pourrons donc que parler de 1835.

Résumé du 1er janvier au 31 décembre 1835.

Existans au 1er janvier 1835......	A l'hospice		131	16,143	21,467
	A la campagne		16,012		
Entrés pendant l'année..........	A l'hospice		5,145	5,324	
	Par réintégration	à l'hospice	178		
		à la campagne	1		
Sortis........................	Par envoi...	aux Orphelins	24	1,847	5,102
		aux hôpitaux	12		
	Rendus à leurs parens		372		
	Ramenés à l'hospice		175		
	De pension		1,263		
	Évadés		1		
Morts........................	A l'hospice		1,126	3,255	
	A la campagne		2,129		
Restans le 31 décembre 1835......	A l'hospice			189	16,365
	A la campagne			16,176	

Orphelins. — Service extérieur.

Le nombre des enfans placés, soit à Paris, soit à la campagne, par l'hospice des Orphelins, a été, en 1835, de 293.

Le mouvement de ces enfans présente les résultats suivans :

	Garçons. à Paris.	Garçons. à la campagne.	TOTAL.	Filles. à Paris.	Filles. à la campagne.	TOTAL.	TOTAL général.
Existans le 1er janvier 1835	150	471	621	161	275	436	1,057
Placés à la campagne	»	85	85	»	36	36	121
Placés en essai ou en apprentissage	25	55	80	40	52	92	172
Total des existans	175	611	786	201	363	564	1,350
Sortis de pension	»	140	140	»	107	107	247
Sortis d'apprentissage par majorité	19	»	19	17	»	17	36
Sortis d'apprentissage par réintégrations	11	17	28	9	11	20	48
Sortis d'apprentissage par évasions	2	3	5	»	»	»	5
Décédés	2	11	13	»	5	5	18
Total des sortis et décédés	34	171	205	26	123	149	354
Restans au 31 décembre 1835	141	440	581	175	240	415	996

Nota. On ne présente ici que le mouvement des élèves placés directement par l'hospice des Orphelins et par le bureau du placement. Pour rendre ce tableau complet, il faudrait y comprendre les élèves des Enfans-Trouvés et des Orphelins, qui sont placés, à l'époque de leur sortie de pension, par les soins des préposés; mais, jusqu'à présent, ces agens n'ont pas donné sur cette partie de leur service des renseignemens suffisans pour l'établir ainsi.

Situation du Service des Enfans-Trouvés.

La question des enfans-trouvés occupe le conseil général des hospices.

Il s'est fait rendre compte des causes de l'accroissement successif du nombre des enfans apportés dans ces hospices, et il a recherché les moyens pour diminuer cette charge.

Plusieurs états ont été dressés; ils renferment des documens intéressans que je crois devoir mettre sous vos yeux.

Dans un premier état, l'administration des hospices présente le nombre des abandons des enfans dans les hospices de Paris, depuis l'année 1640 jusqu'en 1835 inclusivement, c'est-à-dire, pendant une période de 196 ans.

Depuis l'année 1756, le nombre des abandons ne s'est pas accru ; les années les plus fortes sont 1771 et 1772 ; les moins fortes sont celles qui se sont écoulées depuis 1793 jusqu'en 1805.

L'état n° 2 indique le nombre des femmes qui sont entrées, qui sont accouchées dans la maison d'Accouchement pendant vingt ans, de 1816 à 1835, avec des renseignemens sur les enfans nés dans l'établissement.

L'état n° 3 donne le mouvement des enfans apportés à l'hospice des Enfans-Trouvés pendant la même période de 20 ans.

L'état n° 4 est le mouvement des enfans placés à la campagne pendant 20 ans, avec la dépense faite pour chaque enfant.

Enfin, l'état n° 5 fait un rapprochement entre les enfans nés dans Paris et ceux reçus à l'hospice, toujours pendant 20 ans.

Ces divers tableaux conduisent à demander s'il n'y aurait pas quelques améliorations à apporter dans le double service de la maison d'Accouchement et des Enfans-Trouvés.

Dans une question aussi délicate, il faut ne pas être trop sévère pour les réceptions, afin de prévenir les crimes, et l'être assez cependant pour ne pas favoriser les abandons.

Cette question est étudiée dans ce moment, et j'espère pouvoir, à la fin de l'année 1837, faire connaître ce qui a été fait pour conserver les enfans dans leur famille et par conséquent diminuer les charges de l'administration.

ENFANS-TROUVÉS.

ÉTAT DES ADMISSIONS A L'HOSPICE DES ENFANS-TROUVÉS DE 1640 A 1835.

ANNÉE.	RÉCEPTION.	ANNÉE.	RÉCEPTION.	ANNÉE.	RÉCEPTION.	ANNÉE.	RÉCEPTION.	ANNÉE.	RÉCEPTION.	ANNÉE.	RÉCEPTION.	ANNÉE.	RÉCEPTION.	ANNÉE.	RÉCEPTION.	OBSERVATIONS.
1640	372	1665	486	1690	1,504	1715	1,840	1740	3,150	1765	5,497	1790	5,842	1814	5,137	
1641	229	1666	485	1694	1,720	1716	1,778	1741	3,388	1766	5,604	1791	5,140	1815	5,080	
1642	239	1667	323	1692	1,971	1717	1,749	1742	3,163	1767	6,007	1792	4,934	1816	5,080	
1643	312	1668	475	1693	2,894	1718	1,754	1743	3,101	1768	6,025	1793 *	3,129	1817	5,467	* 1793 jusqu'au 21 sept.
1644	288	1669	430	1694	3,788	1719	1,735	1744	3,034	1769	6,426	an 2	3,637	1818	4,779	
1645	288	1670	312	1695	1,767	1720	1,441	1745	3,234	1770	6,918	— 3	3,935	1819	5,057	
1646	253	1671	738	1696	1,244	1721	1,730	1746	3,274	1771	7,156	— 4	3,122	1820	5,101	
1647	322	1672	486	1697	2,419	1722	1,857	1747	3,369	1772	7,676	— 5	3,716	1821	4,963	
1648	338	1673	578	1698	1,845	1723	1,980	1748	3,429	1773	5,980	— 6	3,513	1822	5,040	
1649	412	1674	673	1699	1,998	1724	2,095	1749	3,775	1774	6,333	— 7	3,777	1823	5,116	
1650	393	1675	640	1700	1,738	1725	2,260	1750	3,789	1775	6,505	— 8	3,742	1824	5,213	
1651	354	1676	717	1701	1,931	1726	2,466	1751	3,783	1776	6,419	— 9	3,646	1825	5,240	
1652	434	1677	790	1702	1,644	1727	2,302	1752	4,129	1777	6,705	— 10	4,248	1826	5,396	
1653	270	1678	1,006	1703	1,511	1728	2,166	1753	4,329	1778	6,688	— 11	4,589	1827	5,416	
1654	333	1679	940	1704	1,712	1729	2,335	1754	4,231	1779	6,644	— 12	4,250	1828	5,497	
1655	326	1680	890	1705	1,709	1730	2,401	1755	4,273	1780	5,568	— 13	4,057	1829	5,320	
1656	416	1681	820	1706	1,595	1731	2,539	1756	4,725	1781	5,608	3m 10i 14	5,529	1830	5,238	
1657	421	1682	938	1707	1,742	1732	2,474	1757	4,969	1782	5,444	1806		1831	5,667	
1658	371	1683	940	1708	1,759	1733	2,413	1758	5,082	1783	5,715	1807	4,238	1832	4,982	
1659	365	1684	944	1709	2,525	1734	2,654	1759	5,264	1784	5,609	1808	4,302	1833	4,803	
1660	491	1685	988	1710	1,698	1735	2,577	1760	5,032	1785	5,918	1809	4,556	1834	4,941	
1661	441	1686	1,147	1711	1,638	1736	2,681	1761	5,418	1786	5,824	1810	4,502	1835	4,877	
1662	406	1687	1,147	1712	1,748	1737	2,914	1762	5,289	1787	5,912	1811	5,152			
1663	446	1688	1,216	1713	1,737	1738	2,786	1763	5,254	1788	5,822	1812	5,394			
1664	582	1689	1,245	1714	1,721	1739	3,289	1764	5,558	1789	5,719	1813	5,000			

N° 2.

MAISON D'ACCOUCHEMENT.

ÉTAT DES FEMMES ENTRÉES, DES FEMMES ACCOUCHÉES ET DES FEMMES DÉCÉDÉES, ET RENSEIGNEMENS SUR LES ENFANS NÉS DANS L'ÉTABLISSEMENT, DE 1816 A 1835.

ANNÉES.	FEMMES ENTRÉES A LA MAISON D'ACCOUCHEMENT.					FEMMES accouchées.	NOMBRE DE DÉCÈS DES FEMMES		ENFANS PROVENANT DES ACCOUCHEMENS.			ENFANS NÉS A L'ACCOUCHEMENT.				OBSERVATIONS.
	présumées mariées.	non mariées.	SE DISANT domiciliées à Paris.	SE DISANT domiciliées hors Paris.	TOTAL.		enceintes.	en couche.	Vivans.	Nés morts.	TOTAL.	Conservés ou mis en nourrice par leurs mères.	Abandonnés et envoyés aux Enfans-Trouvés.	Morts dans la Maison.	TOTAL.	
1816	304	2,333	1,895	742	2,637	2,392	4	42	2,437	115	2,552	321	1,917	83	2,321	
1817	407	2,616	2,351	672	3,023	2,765	1	62	2,728	108	2,836	432	2,202	70	2,713	
1818	389	2,246	2,099	536	2,635	2,380	1	151	2,319	124	2,443	377	1,837	82	2,296	
1819	434	2,296	2,176	554	2,730	2,499	1	186	2,407	150	2,557	389	1,952	62	2,403	
1820	346	2,309	2,182	473	2,655	2,395	1	153	2,346	121	2,467	408	1,848	82	2,338	
1821	299	2,265	1,915	649	2,564	2,348	"	51	2,278	122	2,400	477	1,729	64	2,270	
1822	281	2,401	2,130	552	2,682	2,372	1	93	2,316	122	2,438	534	1,680	91	2,305	
1823	247	2,436	1,946	737	2,683	2,440	3	131	2,382	120	2,502	533	1,748	103	2,384	
1824	277	2,377	2,136	518	2,654	2,402	1	121	2,367	102	2,469	501	1,778	89	2,368	
1825	355	2,560	2,249	666	2,915	2,606	6	92	2,549	131	2,680	543	1,910	106	2,559	
1826	347	2,744	2,597	494	3,091	2,704	2	80	2,632	132	2,764	529	2,006	97	2,632	
1827	388	2,716	2,484	620	3,104	2,733	6	138	2,672	134	2,806	599	1,995	90	2,684	
1828	409	2,766	2,579	596	3,175	2,840	7	163	2,785	135	2,920	632	2,079	105	2,816	
1829	409	2,665	2,528	546	3,074	2,718	3	252	2,653	135	2,788	595	1,955	106	2,656	
1830	403	2,683	2,456	630	3,086	2,633	4	122	2,553	140	2,693	530	1,021	94	2,554	
1831	482	2,788	2,812	458	3,270	2,861	2	254	2,776	131	2,907	647	2,050	86	2,783	
1832	372	2,438	2,326	484	2,810	2,544	"	146	2,414	168	2,582	601	1,757	69	2,427	
1833	432	2,361	2,203	590	2,793	2,502	4	109	2,378	161	2,539	550	1,751	83	2,384	
1834	541	2,350	2,276	615	2,891	2,614	2	97	2,463	136	2,599	729	1,731	46	2,506	
1835	350	2,585	2,620	315	2,935	2,615	4	92	2,459	137	2,596	775	1,663	60	2,498	
	7,472	49,935	45,960	11,447	57,407	51,363	53	2,535	49,914	2,624	52,538	10,711	37,509	1,677	49,897	

ENFANS-TROUVÉS DE PARIS.

RENSEIGNEMENS SUR LES ADMISSIONS, LES PLACEMENS, ETC., DES ENFANS APPORTÉS A L'HOSPICE, DE 1816 A 1835.

ENTRÉES.	1816.	1817.	1818.	1819.	1820.	1821.	1822.	1823.	1824.	1825.	1826.	1827.	1828.	1829.	1830.	1831.	1832.	1833.	1834.	1835.	TOTAL.
Enfans présumés légitimes	248	363	287	398	353	238	193	165	183	208	217	264	311	415	435	517	614	478	478	411	6,774
Enfans présumés naturels	4,832	5,104	4,492	4,659	4,748	4,725	4,847	4,951	5,030	5,034	5,175	5,152	5,186	4,905	4,803	5,150	4,368	4,325	4,463	4,466	95,415
	5,080	5,467	4,779	5,057	5,101	4,963	5,040	5,116	5,213	5,240	5,392	5,416	5,497	5,320	5,238	5,667	4,982	4,803	4,941	4,877	103,189
CE NOMBRE SE COMPOSE :																					
1°. d'enfans nés à Paris, apportés de la maison d'accouchement	1,917	2,202	1,837	1,952	1,848	1,720	1,680	1,748	1,778	1,910	2,006	1,995	2,079	1,955	1,921	2,050	1,757	1,751	1,731	1,663	37,509
des hôpitaux de Paris	67	73	76	69	86	123	128	135	187	140	185	203	223	238	273	406	299	281	303	442	3,937
de la Préfecture de police	41	55	22	36	45	20	7	18	14	12	7	12	13	13	27	23	27	21	15	22	450
de la ville avec actes de naissance	489	475	429	334	392	369	433	356	343	324	347	319	319	436	437	481	604	772	807	878	9,334
de la ville sans actes de naissance	1,838	1,942	1,696	1,876	1,903	1,936	1,968	2,014	2,062	2,029	2,077	2,035	1,994	1,859	1,783	1,880	1,504	1,216	1,407	1,330	36,347
	4,352	4,747	4,060	4,267	4,274	4,167	4,214	4,271	4,384	4,415	4,622	4,564	4,628	4,501	4,441	4,840	4,191	4,041	4,263	4,335	87,577
2°. d'enfans nés hors Paris, apportés avec actes de naissance	533	558	533	538	581	499	476	473	454	389	348	351	334	316	272	301	311	318	293	308	8,186
sans actes de naissance	106	78	77	102	85	133	167	176	200	218	211	236	242	251	277	270	227	231	217	155	3,659
3°. d'enfans apportés sans aucun renseignement	89	84	109	150	161	164	183	196	175	218	211	265	293	252	248	256	253	213	168	70	3,767
ADMISSIONS PAR ORDRE.	5,080	5,467	4,779	5,057	5,101	4,963	5,040	5,116	5,213	5,240	5,392	5,416	5,497	5,320	5,238	5,667	4,982	4,803	4,941	4,877	103,189
Enfans revenus des hôpitaux ou de la campagne	288	289	301	222	243	220	174	164	192	195	192	169	174	166	101	131	157	205	200	178	3,961
	5,368	5,756	5,080	5,279	5,344	5,183	5,214	5,280	5,405	5,435	5,584	5,585	5,671	5,486	5,339	5,798	5,139	5,008	5,141	5,055	107,150
SORTIES ET DÉCÈS.																					
1°. Enfans sortis définitivement, rendus à leurs parens	93	73	97	56	86	95	111	101	127	113	113	114	116	93	98	112	131	163	162	158	2,212
envoyés en nourrice à lait	3,214	3,670	3,163	3,454	3,483	3,452	3,560	3,592	3,788	3,766	3,726	3,646	3,804	3,568	3,438	3,855	3,386	3,370	3,501	3,547	70,892
envoyés en nourrice sevrés	210	200	192	141	188	171	178	187	199	190	218	214	222	251	208	234	229	181	191	184	4,048
envoyés à l'hospice des Orphelins	11	35	23	15	30	44	49	40	45	56	54	54	44	36	6	13	10	8	14	24	613
	3,528	3,938	3,475	3,666	3,787	3,762	3,907	3,920	4,159	4,125	4,111	4,028	4,186	3,948	3,752	4,214	3,756	3,722	3,868	3,013	77,765
2°. Enfans sortis provisoirement pour aller dans divers hôpitaux	398	245	236	190	165	103	55	46	57	64	59	44	61	39	30	34	33	28	27	12	1,926
	3,926	4,183	3,711	3,856	3,952	3,865	3,962	3,966	4,216	4,189	4,170	4,072	4,247	3,987	3,782	4,248	3,789	3,750	3,895	3,025	79,691
3°. Enfans décédés	1,465	1,562	1,354	1,367	1,473	1,294	1,221	1,333	1,189	1,223	1,414	1,486	1,444	1,534	1,541	1,556	1,301	1,258	1,230	1,081	27,416
	5,391	5,745	5,065	5,223	5,425	5,159	5,183	5,299	5,405	5,412	5,584	5,558	5,691	5,521	5,323	5,804	5,180	5,008	5,125	5,086	107,107

ENFANS-TROUVÉS DE PARIS.

MOUVEMENT DE POPULATION A LA CAMPAGNE, ET DÉPENSES FAITES POUR LES ENFANS, DE 1816 A 1835.

ANNÉES.	ENFANS existans à l'extérieur le 1er janvier de chaque année.	PLACÉS A LA CAMPAGNE.			SORTIES OU DÉCÈS.					ENFANS existans à l'extérieur le 31 décembre de chaque année.	DÉPENSES FAITES.	DÉPENSES MOYENNES pour chaque enfant existant le 1er janvier.	OBSERVATIONS.
		Envoyés en nourrice.	Réintégrés.	TOTAL.	Ramenés à Paris.	Sortis de pension âgés de 12 ans.	Évadés ou disparus.	Décédés.	TOTAL.		fr. c.	fr.	
1816.	11,258	3,424	15	3,439	96	520	»	2,522	3,138	11,559	1,093,328 18	97 — 1,147	
1817.	11,559	3,830	9	3,839	94	563	7	2,807	3,471	11,927	1,102,234 54	95 — 3,572	
1818.	11,927	3,355	»	3,355	131	569	48	2,928	3,676	11,606	1,047,830 53	87 — 7,617	
1819.	11,606	3,595	4	3,599	78	631	25	2,841	3,575	11,630	1,071,587 92	92 — 3,304	
1820.	11,630	3,671	14	3,685	94	711	69	2,108	2,982	12,333	1,122,012 14	96 — 4,756	
1821.	12,333	3,623	5	3,628	146	795	16	2,288	3,245	12,716	1,205,142 03	97 — 7,168	
1822.	12,716	3,746	8	3,754	132	720	7	2,649	3,508	12,962	1,233,012 02	96 — 9,654	
1823.	12,962	3,778	9	3,787	115	920	2	2,082	3,119	13,630	1,301,723 31	100 — 4,261	
1824.	13,630	3,987	20	4,007	151	962	6	2,366	3,485	14,152	1,434,815 69	105 — 2,689	
1825.	14,152	3,956	21	3,977	129	876	2	2,801	3,808	14,321	1,451,073 58	102 — 5,348	
1826.	14,321	3,954	1	3,955	137	719	1	2,661	3,518	14,758	1,464,889 20	102 — 2,895	
1827.	14,758	3,860	24	3,884	122	596	3	2,356	3,077	15,565	1,541,113 66	104 — 4,256	
1828.	15,565	4,022	»	4,022	141	662	1	2,837	3,641	15,946	1,568,452 43	100 — 7,679	
1829.	15,946	3,820	1	3,821	131	733	2	2,871	3,737	16,030	1,529,896 77	95 — 9,423	
1830.	16,030	3,647	2	3,649	105	757	2	2,634	3,498	16,181	1,476,154 67	92 — 0,870	
1831.	16,181	4,089	5	4,094	120	977	4	2,713	3,814	16,461	1,567,023 23	96 — 8,428	
1832.	16,461	3,615	»	3,615	152	1,027	6	2,662	3,847	16,229	1,559,898 47	94 — 7,632	
1833.	16,229	3,551	»	3,551	204	1,091	5	2,174	3,474	16,306	1,519,786 05	93 — 6,463	
1834.	16,306	3,692	1	3,693	194	1,118	2	2,673	3,987	16,012	1,529,036 25	93 — 7,713	
1835.	16,012	3,731	1	3,732	175	1,263	1	2,129	3,568	16,176	1,533,200 52	95 — 7,532	
	281,582	74,946	140	75,086	2,647	16,210	209	51,102	70,168	286,500	27,352,211 19	97 — 1,376	

N°. 5.

VILLE DE PARIS.

ÉTAT DES NAISSANCES ET DES DÉCÈS

QUI ONT EU LIEU A PARIS, AVEC DIVERS RENSEIGNEMENS SUR L'ABANDON DES ENFANS, ET LEUR REMISE A LEURS FAMILLES, DE 1816 A 1835.

ANNÉES.	NAISSANCES.				ENFANS MORTS NÉS.	DÉCÈS.		ENFANS REÇUS A L'HOSPICE DES ENFANS-TROUVÉS.			ENFANS RENDUS A LEURS PARENS PAR L'HOSPICE.			OBSERVATIONS.
	ENFANS LÉGITIMES.	ENFANS NATURELS. reconnus.	ENFANS NATURELS. non reconnus.	TOTAL.		Dans Paris.	pendant la 1re année de la vie.	présumés légitimes.	naturels.	TOTAL.	légitimes.	naturels.	TOTAL.	
1816	13,568	2,050	6,740	22,358	1,363	19,124	3,888	248	4,832	5,080	17	76	93	
1817	14,712	2,110	6,937	23,759	1,271	20,852	4,118	363	5,104	5,467	17	56	73	
1818	14,978	1,995	6,094	23,067	1,406	22,421	3,933	287	4,492	4,779	32	65	97	
1819	15,711	1,984	6,657	24,352	1,346	22,671	4,125	398	4,659	5,057	15	41	56	
1820	15,988	2,093	8,870	26,951	1,337	22,464	4,164	353	4,748	5,101	27	59	86	
1821	15,980	2,113	7,063	25,156	1,414	22,917	4,212	238	4,725	4,963	24	71	95	
1822	17,129	2,270	7,481	26,880	1,422	23,282	4,157	193	4,847	5,040	17	94	111	
1823	17,264	2,221	7,585	27,070	1,508	24,600	4,548	165	4,951	5,116	26	75	101	
1824	18,591	2,378	7,843	28,812	1,487	22,617	4,237	183	5,030	5,213	21	106	127	
1825	19,214	2,202	7,837	29,253	1,521	26,893	4,468	206	5,034	5,240	27	86	113	
1826	19,468	2,418	8,084	29,970	1,547	25,341	4,721	217	5,175	5,392	24	89	113	
1827	19,414	2,308	8,084	29,806	1,631	23,534	4,680	264	5,152	5,416	27	87	114	
1828	19,126	2,291	8,184	29,601	1,626	24,557	4,659	311	5,186	5,497	30	86	116	
1829	18,568	2,103	7,850	28,521	1,713	25,600	4,719	415	4,905	5,320	27	66	93	
1830	18,580	2,258	7,749	28,587	1,727	27,464	4,799	435	4,803	5,238	22	76	98	
1831	19,152	2,205	8,173	29,530	1,709	25,996	4,907	517	5,150	5,667	33	79	112	
1832	17,046	2,157	7,080	26,283	1,720	44,463	4,835	614	4,368	4,982	38	93	131	
1833	18,113	2,211	7,136	27,460	1,755	25,096	4,424	478	4,325	4,803	41	122	163	
1834	19,119	2,432	7,553	29,104	1,748	22,991	4,142	476	4,463	4,941	30	132	162	
1835	19,361	2,459	7,500	29,320	1,815	24,524	4,365	411	4,466	4,877	37	121	158	
	351,082	44,258	150,500	545,840	31,066	497,407	88,101	6,774	96,415	103,189	532	1,680	2,212	
		194,758												

N°. 5.

$\dot{\text{)}}$.

ES DÉCÈS

QUI ONT EU, ET LEUR REMISE A LEURS FAMILLES, DE 1816 A 1835.

ANNÉES.	NS REÇUS S ENFANS-TROUVÉS.		ENFANS RENDUS A LEURS PARENS PAR L'HOSPICE.			OBSERVATIONS.
	iturels.	TOTAL.	légitimes.	naturels.	TOTAL.	
1816	i,832	5,080	17	76	93	
1817	;,104	5,467	17	56	73	
1818	i,492	4,779	32	65	97	
1819	i,659	5,057	15	41	56	
1820	i,748	5,101	27	59	86	
1821	i,725	4,963	24	71	95	
1822	i,847	5,040	17	94	111	
1823	i,951	5,116	26	75	101	
1824	,030	5,213	21	106	127	
1825	,034	5,240	27	86	113	
1826	,175	5,392	24	89	113	
1827	,152	5,416	27	87	114	
1828	,186	5,497	30	86	116	
1829	i,905	5,320	27	66	93	
1830	i,803	5,238	22	76	98	
1831	;,150	5,667	33	79	112	
1832	i,368	4,982	38	93	131	
1833	i,325	4,803	41	122	163	
1834	i,463	4,941	30	132	162	
1835	i,466	4,877	37	121	158	
	;,415	103,189	532	1,680	2,212	

Direction des Nourrices.

Une Commission mixte, composée de membres du conseil des hospices, est chargée d'examiner l'utilité de cet établissement dans l'intérêt des habitans de Paris. La subvention qui lui est accordée est de 40,000 fr., et d'après les comptes de gestion

les recettes se sont élevées en 1835, à	287,718 46
les dépenses à	264,339 08
il restait donc en caisse	23,379 38

le mouvement du service intérieur de la direction des nourrices présente pour 1835 les résultats suivans :

service intérieur. — *Mouvement des Nourrices.*

Nourrices	Existantes le 1er janvier 1835		41	1,373
	Entrées en 1835		1,332	
	Sorties	avec nourissons	1,304	1,337
		sans nourrissons	20	
	Renvoyées		13	
	Restantes le 31 décembre 1835			36

Durée moyenne du séjour de chaque nourrice....... 10 jours.
Nombre de journées........................ 13,940

service extérieur. — *Mouvement des Enfans.*

Enfans	Existans à la campagne le 1er janvier 1835	1,244	2,490
	Mis en nourrice en 1835	1,246	
	Rendus à leurs parens	310	1,143
	Décédés	833	
	Restant en nourrice le 31 décembre 1835		1,347

CHAPITRE VI.

SECOURS A DOMICILE. — POPULATION INDIGENTE. — DROIT DES PAUVRES SUR LES SPECTACLES.—FONDATION MONTHYON.—ÉTABLISSEMENS CHARITABLES.

Secours a Domicile.

Le chiffre des secours à domicile s'est élevé, pour 1835, à 1,417,514 fr. 05 c., distribués à 62,539 indigens.

Nous nous abstiendrons de parler de 1836, dont le compte n'a pu encore être arrêté définitivement.

L'administration fait faire tous les trois ans le recensement à domicile de la population indigente.

Le recensement opéré en 1835 a constaté que le chiffre de cette population était de 28,969 ménages, composés de 62,539 individus. Si on compare ces résultats avec la population indigente au 31 décembre 1834, suivant les états rédigés par les bureaux de bienfaisance, on trouve une diminution de 18,711 individus. Les radiations opérées par suite de ce recensement ont été, par rapport à la population de 1834, d'un tiers dans le 6e arrondissement, d'un quart dans les 1er, 2e, 4e et 10e arrondissemens, d'un cinquième dans les 3e et 7e arrondissemens, d'un sixième dans les 5e, 8e et 11e arrondissemens, d'un huitième dans le 9e arrondissement, et d'un douzième seulement dans le 12e arrondissement.

Si on rapproche les résultats du recensement de 1835 de ceux du recensement de 1832, on trouve une diminution de 6,447 individus; mais l'année 1832 est une année exceptionnelle qui ne peut servir de base à aucune comparaison; si on remonte jusqu'au recensement de 1829, on trouve une différence en moins de 1,392 ménages. Cette comparaison exercée sur la population indigente de tout âge donnerait une idée inexacte de la diminution de cette population, puisqu'il n'en ressortirait qu'une différence en moins de 166 individus; mais en opérant séparément sur les adultes et les enfans, on trouve que le nombre des indigens adultes a diminué de 2,351, tandis que celui des enfans a éprouvé une augmentation de 2,185; cette dernière augmentation peut être considérée comme amélioration, puisqu'elle prouve que les enfans ont fréquenté les écoles en plus grand nombre. Cette diminution sera plus sensible, si l'on veut tenir compte de l'accroissement successif de la population de Paris depuis 1829.

Le rapport de la population indigente à la population générale de Paris est d'un indigent sur douze habitans trente-deux centièmes. Il est, dans le 12e arrondissement, d'un indigent sur six habitans quatre-vingt-deux centièmes, dans le 2e arrondissement, d'un indigent sur vingt-huit habitans vingt-six centièmes.

Nous croyons devoir extraire du tableau de recensement, imprimé en 1835, les résultats suivans, qui nous ont paru mériter votre attention.

Ménages secourus	Annuellement	19,862	28,969
	Temporairement ...	9,107	
État civil des chefs de ménage.	Mariés............	11,380	28,969
	Veufs	12,048	
	Célibataires	4,155	
	Jeunes abandonnés..	1,386	
Ages des chefs de ménages.	Orphelins.........	458	28,969
	60 ans et au-dessous.	13,755	
	60 à 64 ans	3,507	
	65 à 74 ans	7,841	
	75 à 79 ans	2,304	
	80 à 89 ans.......	1,054	
	90 à 99 ans	50	

Individus composant les ménages.	Hommes..........	14,499	62,539
	Femmes..........	25,748	
	Garçons	10,862	
	Filles	11,430	
Origine des chefs de ménages.	Nés à Paris	8,945	28,969
	Nés hors Paris, mais mariés à Paris	4,764	
	Nés hors Paris, non mariés ou mariés hors Paris ou veufs	15,260	
Ménages indigens chargés d'enfans au-dessous de 12 ans.	ayant un enfant	1,760	28,969
	ayant deux enfans ...	2,206	
	ayant trois enfans....	3,074	
	ayant quatre enfans ..	1,600	
Ménages sans enfans au-dessous de douze ans.	....	20,329	

Pour résumer le nombre des personnes sur lesquelles les bienfaits de l'administration se sont étendus dans le cours de l'année 1835, nous rappellerons :

Qu'elle a soigné dans les hôpitaux.....	70,452	malades.
Qu'elle a entretenu dans les hospices...	12,447	personnes.
Qu'elle a pourvu à l'entretien de	21,288	enfans-trouvés.
	1,676	orphelins.
Qu'elle a secouru à domicile.........	62,539	indigens.
TOTAL........	168,402	

Population indigente au 31 décembre 1835, suivant le recensement fait en 1835.

DÉSIGNATION des ARRONDISSEMENS.	NOMBRE des MÉNAGES.	INDIGENS COMPOSANT LES MÉNAGES. ADULTES. Hommes.	Femmes.	ENFANS. Garçons.	Filles.	NOMBRE TOTAL des INDIGENS.	POPULATION générale de Paris, recensement de 1832.	RAPPORT de la POPULATION INDIGENTE à la population générale.
								Indigens. Habitans.
1er........	1,649	814	1,488	632	665	3,599	66,793	1 sur 18,56
2e.........	1,291	593	1,160	444	449	2,646	74,773	1 — 28,26
3e.........	1,116	545	1,012	371	478	2,406	49,833	1 — 20,83
4e.........	1,531	735	1,350	512	532	3,129	44,734	1 — 14,30
5e.........	2,114	1,061	1,875	862	903	4,699	67,756	1 — 14,42
6e.........	3,174	1,033	2,842	1,175	1,286	6,936	80,811	1 — 11,65
7e.........	1,859	896	1,594	694	752	3,936	59,415	1 — 15,09
8e.........	3,998	2,290	3,586	2,077	1,985	9,938	72,800	1 — 7,32
9e.........	2,326	1,210	2,033	795	886	4,924	42,561	1 — 8,64
10e.........	2,662	1,061	2,376	791	845	5,073	83,127	1 — 16,39
11e.........	2,020	902	1,791	577	626	3,896	50,227	1 — 12,89
12e.........	5,229	2,759	4,043	1,932	2,023	11,357	77,456	1 — 6,82
	28,969	14,499	25,748	10,862	11,430	62,539	770,286	1 — 12,32

Impôt en faveur des indigens sur les spectacles et les guinguettes.

Il ne sera pas sans intérêt de montrer de quelle manière les spectacles ont fourni leur part de secours aux indigens.

Cette recette s'est élevée pour 1836 (*non compris les guinguettes*), à la somme de 775,991 francs 24 centimes.

Ce résultat est dû à la bonne administration du directeur de cette partie de service, elle ne s'était élevée pour 1835 qu'à la somme de 711,950 fr. 04 cent.

Voici le tableau de cette perception pour 1835.

Impôt en faveur des Indigens sur les spectacles et guinguettes.

	DÉSIGNATION des ÉTABLISSEMENS.	Représentations journalières.	Représentations extraordinair. ou à bénéfice.	Bals.	Concerts.	TOTAL.
THÉÂTRES.	Académie royale de musique	96,598 11	1,607 99	11,160 90	» »	109,578 03
	Français	46,928 03	1,616 89	» »	» »	48,344 92
	Opéra-Comique	48,801 46	187 25	3,718 »	» »	52,706 69
	Italiens	51,592 16	5,406 09	» »	» »	56,998 25
	Odéon	2,977 59	3,485 97	902 12	» »	7,365 59
	Ventadour	503 53	» »	3,786 83	» »	5,290 40
	Gymnase-Dramatique	48,880 19	994 30	» »	» »	49,874 49
	Vaudeville	43,548 65	1,554 01	» »	» »	44,702 66
	Variétés	35,271 96	756 07	2,498 70	» »	38,526 73
	Porte Saint-Martin	40,635 16	180 96	1,655 69	» »	42,472 02
	Palais-Royal	40,332 18	1,255 75	1,120 49	» »	42,708 42
	Cirque-Olympique	44,175 42	428 90	» »	» »	44,604 32
	Ambigu-Comique	53,850 29	470 73	1,489 91	» »	55,810 93
	Gaîté	9,867 87	302 47	» »	» »	10,170 34
	Folies-Dramatiques	15,184 53	1,529 38	265 04	» »	16,978 95
	Panthéon	3,277 24	31 14	» »	» »	3,308 38
	Saint-Antoine	1,643 14	49 64	» »	» »	1,692 78
	Jeunes-Élèves	1,377 01	61 18	» »	» »	1,438 19
	Luxembourg	4,292 08	739 30	» »	» »	5,031 38
	Acrobates	5,731 51	294 25	» »	» »	6,025 76
	Funambules	2,288 25	» »	» »	» »	2,288 25
	Lazary	1,134 94	» »	» »	» »	1,134 95
	Gymnase-Enfantin	996 77	13 09	» »	» »	1,009 86
	Saint-Laurent	55 56	» »	» »	» »	55 56
		578,723 91	20,767 34	26,606 59	» »	626,097 84
DIVERS ÉTABLISSEMENS.	Concerts des Champs-Élysées d'hiver	» »	» »	» »	21,845 19	21,845 19
	Idem d'été	» »	» »	» »	2,469 06	2,469 06
	Idem du Jardin-Turc	» »	» »	» »	2,628 59	2,628 59
	Idem de l'hôtel Laffitte	» »	» »	» »	4,757 96	4,757 96
	Idem du Gymnase musical	» »	» »	» »	3,130 85	3,130 85
	Idem Montesquieu	» »	» »	» »	34 65	34 65
	Idem divers	» »	» »	» »	6,974 93	6,974 93
	Bals des Champs-Élysées d'hiver	» »	» »	4,006 98	» »	4,006 98
	Bals de l'hôtel Laffitte	» »	» »	1,859 25	» »	1,859 25
	Bals Montesquieu	» »	» »	5,922 88	» »	5,922 88
	Bals divers	» »	« »	7,648 44	» »	7,648 44
	Jardins et Fêtes	6,227 60	» »	» »	» »	6,227 60
	Panorama, Diorama	10,078 77	» »	» »	» »	10,078 77
	Petits spectacles	7,070 »	» »	» »	» »	7,070 »
	Cafés et soirées amusantes	386 »	» »	» »	» »	386 »
	Assauts d'armes	23 »	» »	» »	» »	23 »
	Curiosités diverses	788 07	» »	» »	» »	788 07
		603,297 35	20,767 34	46,044 14	41,841 21	711,950 04
	Guinguettes					4,025 »
	TOTAL					715,975 04

Espérons que la population indigente diminuera chaque année; procurer à la classe pauvre, non-seulement du travail, mais les moyens d'en conserver le fruit, l'instruire sur ses véritables intérêts, tels sont les moyens que nos institutions mettent en nos mains pour détruire le paupérisme. C'est pourquoi l'instruction primaire, les asiles, les écoles, les caisses d'épargnes, pourront un jour tarir la source du mal. Enfin, la santé publique, assurée par des demeures plus saines, des rues plus spacieuses, plus aérées, portera dans la population parisienne une amélioration qu'elle attend de ses magistrats.

Fondation Monthyon.

Cette fondation, qui honore son auteur, a cependant donné lieu à une controverse digne d'attention.

Frappé de l'augmententión périodiquement croissante du nombre des malades dans les hôpitaux, le conseil général des hospices s'est appliqué à en rechercher les causes. La question de savoir si cet accroissement est dans l'ordre naturel des choses ou s'il ne serait pas le résultat de quelques abus, de quelques dispositions vicieuses dans le réglemens, a été confiée à l'examen d'une commisson qui a traité, entre autres choses, la question de savoir si la fondation Monthyon n'aurait pas donné naissance à quelques abus et ne serait pas pour l'admission la cause d'un surcroît de dépense. Il a été reconnu (en ne considérant que les hôpitaux généraux), que :

1° Dans la période antérieure à la fondation Monthyon, c'est-à-dire de 1815 à 1824 inclusivement, il a été fait dans les hôpitaux généraux.. 159,000 admissions.

2° Dans la période Monthyon de 1825 à 1834............ 258,000 admissions.

3° Que par conséquent l'excédant des admissions faites pendant la période dite Monthyon par le bureau central était de. 99,000

De là les résultats en moyenne par année des admissions par le bureau central.

Période Monthyon	25,800
Période antérieure	15,900
Excédant par année de la période Monthyon.	9,900

La durée du séjour de chaque malade dans les hôpitaux a été dans la période Monthyon de 9 jours 9/10e de moins que dans l'autre.

La mortalité était dans la 1re période de........................ 5 8/10

Dans la 2e de.. 8 1/10

Pendant la période Monthyon 2,187 par an n'ont séjourné que 5 jours ou moins dans les hôpitaux, et pendant la période antérieure on n'en compte que 1,104. De plus il y a eu dans la période Monthyon un excédant de 81,617 journées de ma-

lades sur la période précédente, et il en est résulté un excédant de dépense de.. 122,425 fr. par année moyenne,
et.. 1,224,00 fr. pour toute la période.

Ces données ont été elles-mêmes l'objet d'une judicieuse discussion ayant pour objet de démontrer que les admissions Monthyon n'ayant pas régulièrement subi la règle de proportion on ne saurait tirer une conclusion rigoureuse des chiffres obtenus. Toutefois, sans exagérer l'influence que cette fondation a dû exercer sur le nombre d'admissions, il faut reconnaître qu'elle a contribué à l'augmenter. Il était donc urgent de chercher les moyens de combattre les inconvéniens évidens qui résultent de la distribution trop facile de secours aux convalescens et de régulariser par le contrôle et la surveillance une libéralité qui devenait dangereuse.

L'idée d'un hôpital de convalescens avait été mise en avant, mais on s'en est tenu à un réglement ayant pour but de ne donner des secours *qu'aux plus nécessiteux*, et non indistinctement; le conseil général l'a sanctionné récemment. Par là les secours à accorder aux convalescens non inscrits au contrôle des pauvres seront fixés par une commission centrale dont la composition présente toutes les garanties désirables. Les bureaux de bienfaisance continueront à distribuer des secours aux convalescens inscrits au contrôle des indigens.

Pendant l'année 1835 l'admission a distribué aux convalescens une somme de.. 50,658 fr. 45 c.
et aux bureaux de bienfaisance.. 207,810 fr. »

TOTAL....... 258,468 fr. 45 c.

Établissemens Charitables.

Une somme de 12,000 fr. a été allouée au budget de 1836, pour être distribuée aux établissemens de charité; de plus une somme de 36,000 fr. a été remise à la disposition de M. le ministre de l'intérieur pour 1836; voici l'état de répartition de ces sommes, qui ont été distribuées suivant les nécessités constatées de chaque établissement.

ÉTAT des établissemens de charité qui ont participé à la distribution du fonds de 12,000 fr. alloué au budget de 1836.

A l'institution des jeunes filles délaissées, rue Notre-Dame-des-Champs, n° 17, fondée par madame de Carcado.	3,000 fr.
A l'établissement du Bon-Pasteur, rue d'Enfer, n° 83.	1,500
A l'association des jeunes économes, quai Conti, n° 3, ayant pour objet le placement en apprentissage de jeunes filles indigentes. . . .	1,200
A l'infirmerie de Marie-Thérèse, rue d'Enfer.	1,000
A reporter	6,700

Report. . . .	6,700
A l'institution des jeunes filles sourdes et muettes, rue St-Jacques, impasse des Feuillantines.	600
A l'institution dite Saint-Louis, Chaussée-d'Antin, rue St-Lazare, n° 124, en faveur des Jeunes filles indigentes du premier arrondissement.	1,000
A la société, rue Taranne, n° 12, ayant pour but le placement de jeunes garçons orphelins en apprentissage.	600
A l'institution des dames religieuses de Notre-Dame-de-Lorette, rue du Regard, n° 16, destinée à donner asile aux jeunes filles indigentes arrivant des départemens	1,200
A l'association de bienfaisance du premier arrondissement destinée à former des ateliers de charité et des salles de travail.	400
A l'association dite Sainte-Anne, ayant pour but de procurer à des jeunes filles les moyens de gagner leur vie.	600
A l'institution des jeunes filles indigentes, passage Saint-Roch. . .	300
A l'ouvroir, rue Traversière-Saint-Honoré, pour les jeunes filles indigentes du deuxième arrondissement.	600
TOTAL.	12,000 fr.

Distribution, en 1836, du fonds de 36,000 fr. mis à la disposition de M. le ministre pour ledit exercice, savoir :

1° A la société philanthropique.	10,000 fr.
2° A l'institution pour la jeunesse délaissée.	4,500
3° A l'asile royal de la Providence.	6,000
4° Aux orphelins de la Providence.	3,000
5° A la société de la Providence.	1,000
6° A la société pour faciliter le mariage des pauvres.	2,250
7° A l'infirmerie de Marie-Thérèse.	3,000
8° A la société pour le patronage des jeunes libérés.	2,000
9° A la société des jeunes économes.	1,750
10° A l'association Sainte-Anne.	1,500
11° Au pensionnat des protestantes pauvres.	1,000
TOTAL.	36,000 fr.

TITRE 6.

MONT-DE-PIÉTÉ, CAISSES D'ÉPARGNES ET TONTINES.

CHAPITRE I.

MONT-DE-PIÉTÉ.

Dans mon rapport du mois de décembre 1834, j'ai fait connaître dans son ensemble le service du Mont-de-Piété, des Caisses d'épargnes et des tontines. L'administration, pleine de sollicitude pour ceux que la misère et la vieillesse accablent, n'a pas négligé l'assistance qu'elle doit toujours à ceux qu'un moment de gêne met dans la nécessité d'avoir recours à un emprunt, et elle a continué de veiller à ce que cet emprunt fût le moins onéreux possible.

J'ai annoncé, l'année dernière, la situation propice du Mont-de-Piété; la confiance qu'il inspirait n'a fait que s'accroître. J'ai donné à cette occasion des détails intéressans contenus dans le compte de 1835 présenté par le directeur de l'établissement. Le compte de l'année 1836 n'étant pas encore rendu, je ne pourrai entrer dans les mêmes détails, mais je puis annoncer que le remboursement de la dette constituée, en cours d'exécution en 1835, a été terminé en 1836. Le même motif m'empêchera de parler du budget, et j'ajouterai également que les opérations du Mont-de-Piété ont dépassé toutes les prévisions en recettes.

Créé pour soustraire la population aux exactions de l'usure, ce n'est pas par ses bénéfices, mais par le nombre et l'importance de ses prêts que l'on doit apprécier l'utilité du Mont-de-Piété. Il fait ordinairement 1,100,000 prêts environ, représentant un capital de 20,000,000 fr. Pendant l'année qui vient de finir, les prêts ont été au nombre de 1,210,600 environ, qui représentent la somme de 20,714,000 fr. environ. Soit convenance, soit habitude, la majeure partie des emprunteurs a recours aux commissionnaires qui sont répartis dans les divers quartiers de la capitale, suivant les besoins du service; malgré les droits de commission qui leur sont attachés, les quatre cinquièmes des engagemens et les quatre dixièmes des dégagemens sont opérés par leur intermédiaire, sur les 1,100,000 nantissemens reçus en magasin.

Plus de 35 pour 100 sont renouvelés chaque année.

60 pour 100 sont retirés par les emprunteurs, et moins de 5 pour 100 sont livrés à la vente.

Ainsi le Mont-de-Piété, outre l'immense service qu'il rend à la société, en procurant des secours instantanés aux personnes qui ont à lutter contre des besoins urgens et imprévus, offre encore l'avantage inappréciable d'assurer aux emprunteurs la conservation de leurs effets mobiliers, qui forme souvent leur dernière ressource ; et, chose digne de remarque, les petits emprunteurs ne sont pas ceux qui apportent le moins d'intérêt à la conservation de leurs effets, puisque la proportion qui se fait remarquer dans les engagemens, entre les gros et les petits prêts, se reproduit dans les ventes.

Le séjour moyen d'un nantissement dans les magasins est de sept mois vingt jours. La dépense occasionnée à l'administration par l'entrée et la sortie est de 73 c. par article; or, les droits perçus à raison d'un prêt de 12 fr. n'étant que de 70 c., terme moyen, il est évident que tout prêt au-dessous de 13 fr. est onéreux à l'administration ; et comme, d'après les données de plusieurs années, ces prêts forment les huit onzièmes des opérations du Mont-de-Piété, il en résulte que, sur 1,100,000 prêts effectués par sa caisse, 800,000 lui occasionnent une perte. Ainsi s'explique la modicité de ses bénéfices, et l'impossibilité d'abaisser au-dessous de 9 pour 100 l'intérêt de ses prêts.

Il ne faut pas d'ailleurs perdre de vue que cette administration est obligée de se suffire à elle-même; que ne possédant rien en propre, ne recevant aucune subvention, elle doit se procurer, par son seul crédit, les ressources qui lui manquent. C'est au moyen de 1,600,000 fr., qui lui sont déposés à titre de divers cautionnemens, à raison de 4 pour 100 d'intérêts, et de 12 à 13 millions qu'elle emprunte annuellement sur des billets au porteur, qu'elle fait face à tous les prêts qui lui sont demandés.

Telle est la solidité de son crédit, que, depuis deux ans, et malgré le resserrement survenu pendant le dernier semestre, les emprunts ne lui ont coûté que 2 1/2 p. °/₀ d'intérêts par an; forcée de subir la loi commune, elle a du élever le taux de l'intérêt à 3 p. °/₀ à partir du 1er janvier 1837.

Toutefois quand on réfléchit que l'existence d'un établissement aussi utile, aussi nécessaire, n'a d'autre base que le crédit, on ne peut s'empêcher de regretter que l'ancienne administration ait négligé de fonder une dotation en mettant en réserve une partie des bénéfices qui étaient considérables alors que le taux des droits était à 12 p. °/₀ par an. Ce capital, qui se serait successivement accru, aurait mis l'établissement à l'abri de tout événement et aurait permis d'opérer une diminution sensible dans les droits du prêt.

Je ne terminerai pas sans faire observer que la situation prospère du Mont-de-Piété est due en partie à la bonne administration de cet établissement, qui poursuit avec persévérance les améliorations introduites depuis 1830 dans les diverses parties du service. Elles ont pour objet de simplifier le travail, de mettre de l'ordre et de la régularité dans les écritures, enfin d'introduire toutes les économies qui peuvent s'allier avec les facilités que le public est en droit de réclamer.

CHAPITRE II.

CAISSES D'ÉPARGNES.

Tout se lie et s'enchaîne dans une bonne administration ; une amélioration est la conséquence d'une autre. Grâce à nos institutions libérales, l'instruction primaire se développe, les idées d'ordre s'établissent, et chacun comprend qu'en conservant le fruit de son travail on améliore son bien-être, on assure son existence. Je le dirai donc avec satisfaction, les progrès des caisses d'épargnes ont été encore plus grands que les années précédentes. — L'honorable président de la caisse d'épargnes de Paris se félicitait, il y a plusieurs mois, dans son rapport sur les caisses d'épargnes, de ce que les dépôts de 1835 avaient été de beaucoup supérieurs à 1834 ; on remarquera avec un nouveau plaisir la progression remarquable qui signale l'année 1836.

En 1832 les versemens étaient de	3,643,221 fr.
En 1883, de	8,733,340
En 1834, de	17,239,215
En 1835, de	23,585,494
En 1836, ils sont montés à la somme de	27,059,331

Lesquels ont été versés par 196,752 déposans, dont 29,600 nouveaux.

Il ne sera pas sans intérêt de montrer dans quelle proportion chaque caisse a reçu les versemens dans les différentes parties de la ville et du département. En voici le tableau :

CAISSE D'ÉPARGNES DE PARIS.

Les recettes de l'année 1836 se sont élevées en totalité à 27,059,331 fr., versés par 196,752 déposans, dont 29,600 nouveaux; SAVOIR :

	SOMMES VERSÉES.	NOMBRE des DÉPÔTS.	NOMBRE des nouveaux livrets.
Caisse centrale	fr. 14,101,240	97,883	14,660
1re succursale, place Royale, 14	2,307,753	18,065	2,396
2e — rue Garencière, 10	2,089,984	15,944	1,978
3e — rue Saint-Martin, 208	2,225,841	18,731	2,541
4e — rue d'Anjou-Saint-Honoré	1,440,032	9,747	1,477
5e — à l'Hôtel-de-Ville	1,115,760	9,303	1,502
6e — rue de Grenelle-Saint-Germain, 7	1,440,724	9,757	1,811
7e — rue de la Montagne-Sainte-Geneviève, 24	706,171	5,825	952
8e — rue Pinon, 2	1,045,441	7,460	1,441
Saint-Denis, à la mairie	248,741	1,597	298
Neuilly —	221,315	1,717	374
Choisy-le-Roi —	114,888	679	143
Belleville —	3,441	44	27
F.	27,059,331	196,752	29,600

RÉSUMÉ DES VERSEMENS.

Caisse centrale	14,101,240	97,883	14,660
Succursales dans Paris	12,369,706	94,832	14,098
Succursales dans la banlieue	588,385	4,037	842
	27,039,331	196,752	29,600

NOTA. La succursale de Belleville a été ouverte pour la première fois le 11 décembre 1836.

Cette augmentation de 16 millions depuis cinq ans prouve évidemment les progrès rapides de l'esprit d'ordre et d'économie dans la société. En présence de tels résultats, on demeure anéanti devant l'aveugle fureur des assassins que cette prospérité, due à la sagesse de notre gouvernement, ne peut désarmer.

Depuis que les opérations de la caisse d'épargnes ne sont plus influencées par les émeutes, les deux premières semaines de chaque mois sont celles où les versemens sont les plus forts ; par contre, les remboursemens sont dans une proportion inverse. Cette différence est due à ce qu'un grand nombre d'employés, de domestiques et d'ouvriers, reçoivent leurs appointemens et salaires au commencement de chaque mois. A l'époque des termes de loyers on ne remarque, en général, qu'une légère différence. Le taux moyen des mouvemens faits à la caisse a été pour l'année

1832, de	44 fr.
1833, de	61
1834, de	120
1835, de	138

Ce chiffre n'a pas encore pu être fixé pour 1836.

En Angleterre, le taux moyen des dépôts était de 800 fr. à la fin de 1835, le maximum des versemens qu'un déposant peut faire dans une année est fixé à 750 fr.

De 1818 à 1832, on n'a établi que.	17	caisses d'épargnes.
En 1833.	9	
En 1834 il en a été fondé.	48	
En 1835.	85	
En 1836.	65	environ.

On peut évaluer le nombre des caisses d'épargnes à 224 ; il en existe dans 80 départemens. Il n'y en a que 6 qui n'en aient pas ; ce sont les Basses et Hautes-Alpes, la Corse, la Creuse, la Dordogne et la Lozère. Le département de la Manche en compte 7 ; le Calvados, l'Ile-et-Vilaine, le Pas-de-Calais, 6 ; la Charente-Inférieure, les Côtes-du-Nord, l'Eure, le Nord, l'Oise, le Haut-Rhin, la Seine-Inférieure, les Vosges, 5.

Il est à croire qu'il s'en établira dans toutes les villes importantes, et surtout celles où il y a des fabriques ; on s'occupe d'en former dans nos possessions d'Afrique.

Le grand développement qu'a pris la caisse d'épargnes prend sa source dans l'esprit d'ordre et de conservation, et en voici une preuve palpable : dans l'origine on comptait à peine quelques ouvriers parmi les déposans ; en 1826 leur nombre formait le sixième de la masse totale ; en 1829 ils y entraient pour un tiers ; en 1835 ils y sont entrés pour moitié. Sur 27,000 déposans, on compte 13,000 ouvriers. En 1836 cette progression s'est encore développée, et on peut évaluer aujourd'hui à plus de 20 millions les sommes que la classe ouvrière possède à la caisse d'épargnes de Paris; les onze succursales de Paris et de la banlieue ont contribué à encourager les dépôts. On ne peut non plus se dissimuler que la suppression totale et absolue de la loterie, qui a eu lieu le 1er janvier 1836, n'ait amené une grande augmentation dans les versemens. Les effets de cette mesure se sont fait sentir dans les premiers mois qui ont suivi la suppression de la loterie. En janvier 1836 on a reçu 525,000 fr. de plus qu'en janvier 1835. Le gouvernement, pour compléter les mesures utiles et de bonne administration, a proposé et obtenu la suppression des maisons de jeu; et la loi récemment présentée sur les caisses d'épargnes ne laissera rien à désirer sur l'ensemble de cette grande et utile institution.

CHAPITRE III.

TONTINES.

Les tontines, que les décrets de 1809 et 1810 ont placées sous la garantie de l'administration municipale, suivent la marche qui leur est tracée par leur organisation.

Depuis 1832 de notables améliorations, fruit d'une longue expérience, ont été apportées dans leur régime intérieur, et les intérêts des actionnaires y ont été mis plus en rapport avec les statuts.

La tontine d'épargnes, dite caisse Lafarge, était composée dans l'origine de 639,622 actions, assises sur 116,403 têtes, et présentait un capital social de 57,565,980 livres.

Les bonifications survenues jusqu'en l'an 6 ont porté ce capital à 60 millions.

La loi du 9 vendémiaire an 6, appliquée à cette tontine, a réduit son capital à 20 millions, et a détruit en partie par cette mesure la source des bonifications. Cependant celles survenues depuis cette époque, et avec lesquelles de nouvelles rentes ont été achetées, ont porté jusqu'en 1836 la rente appartenant à cette tontine, à 1,295,308 fr. de rente au capital de 25,906,160 fr.

Les actions rentières, qui touchaient dans l'origine 45 livres de rente, ne touchent plus, depuis la réduction des deux tiers, que 16 fr. 55 c., déduction faite des 20 sols accordés aux anciens directeurs pour leur droit de propriété; par l'arrêt de la cour royale du 16 avril 1821, prélèvement fait des frais de régie.

La classe des vieillards ou ceux des actionnaires qui, lors du placement (1791), avaient 44 ans révolus, s'est trouvée réduite, en 1827, au dixième de ce nombre, et les actions qui à cette époque touchaient 16 fr. 55 c., touchent en 1836, dans la première société, un dividende de 176 fr. 25 c. par action, et dans la seconde 173 fr. 45 (pour un capital de 30 fr. réduit).

La classe des jeunes des deux sociétés, qui présentait un nombre de 546,248 actions, est composée aujourd'hui ainsi qu'il suit : de 62,670 actions rentières de 16 fr. 55 c., de 135,972 actions en expectative de rentes, en 191,528 décès constatés, et en 156,078 actions présumées l'être, mais dont la preuve n'est pas acquise à l'administration.

Position sous le rapport des actions.

Les classes des vieillards présentaient dans l'origine :

1re société, 53,480 actions 2e société, 39,894 id.	Total, 93,374 actions assises sur 10,402 têtes.

En 1836, cette position n'offre plus dans la première société :

Que.................. 799 actions Et dans la deuxième, que 591 id.	Total, 1,390 actions assises sur 134 têtes.

Lorsque ces actions auront atteint le maximum de 3,000 fr., elles s'éteindront au profit des classes jeunes, c'est-à-dire celles de la première société vieillards au profit de la première société des jeunes, et celles de la seconde société vieillards, au profit de la seconde société des jeunes; cette réversibilité ne peut tarder, puisque les moins âgés dans ces deux classes ont atteint leur 87ᵉ année; l'amélioration que procurera cette réversibilité aux classes jeunes donnera 11,074 rentes nouvelles de 16 fr. 55 c. à répartir par la voie du sort aux actions expectantes ; ce qui élèvera le nombre des actions rentières dans ces deux classes à 73,744, au lieu de 62,670 qu'il est aujourd'hui. Les décès constatés jusqu'à ce jour dans les classes des vieillards présentent une moyenne de 123 têtes par année ; cette moyenne ne paraîtra peut-être pas si élevée qu'elle devrait l'être si l'on considère surtout que la moins âgée des têtes à 87 ans aujourd'hui; mais on doit considérer, comme tout porte à le croire, que les 23,256 actions assises sur 4,992 têtes, et dont l'existence ni le décès n'ont été justifiés à l'administration, sont réellement décédées, alors la moyenne s'élèverait à 244 par année.

La classe des jeunes, composée dans l'origine de 546,248 actions assises sur 106,001 têtes, se trouve aujourd'hui dans la position suivante :

Actions portant rente en activité	62,670	Total, 198,642 assises sur 83,892 têtes.
Actions expectantes...........	135,972	
Actions présumées décédées, n'ayant pas justifié de leur existence..........................	156,078	assises sur 22,109 têtes.
Actions décédées jusqu'à ce jour.............	191,528	
Total comme dessus...	546,248	assises sur 106,001 têtes.

La moyenne des décès dans les classes jeunes serait de 526 têtes par année; mais elle peut être augmentée d'un tiers par le nombre d'actions présumées éteintes, surtout dans les actions expectantes, les héritiers des actionnaires décédés n'ayant aucun intérêt à justifier de leur décès, puisqu'ils ne pourraient le faire qu'en se constituant en frais pour ne rien toucher.

Tontines des Employés et Artisans.

La tontine des employés et artisans, créée en 1802 et réorganisée par les décrets des 20 octobre 1810 et 11 juillet 1812, est en voie de prospérité.

Le dividende, fixé à 15 francs pour les quatre classes par le décret de 1812, est monté successivement jusques et y compris l'exercice 1836, savoir :

Pour la 4ᵉ classe à........	1049	03
Pour la 3ᵉ id. à........	77	25
Pour la 2ᵉ id. à........	23	85
Pour la 1ʳᵉ id. à........	19	60

Ces dividendes varient chaque année, bien qu'au premier aperçu on soit porté à croire qu'ils doivent être toujours progressifs par suite des décès qui ont lieu chaque année ; il est vrai que la portion des décès augmente les dividendes d'une manière irrévocable et graduée, l'action éteinte étant définitivement acquise au survivant; mais il y a un autre accroissement éventuel qui provient des actions en distribution (celles qu'on néglige de toucher pendant l'année). Ces actions laissent une somme en caisse qui accroît d'autant les dividendes pour l'exercice suivant; cet accroissement n'est que temporaire, puisque chaque actionnaire, quand il a été plusieurs années sans toucher, a le droit de se faire rappeler de son arriéré jusqu'à la concurrence de cinq années, en se représentant avec son titre et son certificat de vie.

Cette position est particulièrement celle des première et seconde classes, où le peu d'importance des dividendes occupe moins les actionnaires qui sont jeunes encore, et auxquels l'héritage des 4ᵉ et 3ᵉ classes ne peut échapper.

Pour en donner un exemple, on verra ci-après le chiffre des sommes prélevées chaque année pour les rappels faits depuis 1830.

Dans la première classe :			Dans la deuxième classe :		
En 1830.......	5,495	60	En 1830......	1,554	71
1831.......	5,772	82	1831......	2,974	79
1832.......	3,847	50	1832......	2,408	44
1833.......	5,976	22	1833......	2,201	86
1834.......	6,228	19	1834......	1,737	»
1835.......	5,089	52	1835......	2,475	45
1836.......	7,330	59	1836......	3,535	33

D'après le tableau ci-dessus, on jugera si l'importance de ces prélèvemens peut être couverte par les bonifications provenant des décès qui sont, d'après la moyenne de 24 années, dans la proportion de 26 actions par an dans la 1ʳᵉ classe, et de 30 dans la seconde.

Depuis la création de cette tontine jusques et y compris l'exercice 1835.

Dans la 1ʳᵉ classe, 627 actions sont éteintes sur 276 têtes.

Et dans la 2ᵉ classe, 744 actions sont éteintes sur 288 têtes.

La 3ᵉ classe jouira, en 1837, du revenu de la 4ᵉ, qui est éteinte depuis l'ouverture de l'exercice courant.

Le revenu de cette tontine, depuis la faillite de son fondateur, s'est trouvé réduit à 139,791 fr. de rente au capital de 2,795,820 francs, capital qui deviendra le patrimoine de la 1ʳᵉ classe.

J'ai cru devoir donner ces détails sur un établissement géré avec sagesse et sur le service duquel les méditations du Conseil municipal ont déjà été appelées.

MOUVEMENT GÉNÉRAL

DES

Affaires de la Préfecture de la Seine

PENDANT L'ANNÉE 1836.

CONSEIL DE PRÉFECTURE.

Le conseil de préfecture a statué, dans le cours de 1836,

Sur 11,975 réclamations individuelles en matière de contributions ; et sur des états collectifs de cotes dûment imposées, de cotes irrecouvrables, et de déclarations de vacances, comprenant 22,070 articles ;

Sur 6,458 contraventions en matière de police du roulage ;

Sur 245 affaires relatives à la grande voirie, aux ponts-et-chaussées et aux carrières ;

Sur 60 affaires contentieuses, relatives aux grands travaux publics, au domaine ou aux hospices ;

Sur 99 appuremens de comptes des communes et bureaux de bienfaisance ;

Sur 25 affaires relatives aux établissemens insalubres.

Total : 18,862 décisions.

Le travail du conseil est entièrement à jour.

SECRÉTARIAT GÉNÉRAL.

ATTRIBUTIONS. — Direction des fonds d'abonnement pour le personnel des bureaux. — Ordre général. — Classement et conservation des minutes et actes de la Préfecture. — Registres et procès-verbaux des Conseils général et municipal. — Cérémonies municipales, fêtes et réjouissances publiques. — Beaux-Arts. — Matériel de la Préfecture de la Seine, etc., etc.

ORDRE GÉNÉRAL.		AFFAIRES SPÉCIALES AU BUREAU.											OBSERVATIONS.
							CRÉDITS AUX BUDGETS ADMINISTRÉS PAR LE BUREAU.						
							POUR LA VILLE.		POUR LE DÉPARTEMENT.				
AFFAIRES enregistrées d'après le registre général d'entrée.	AFFAIRES sorties enregistrées au départ.	ENTRÉES ou RÉPERTORIÉES.	TRAITÉES ou INSTRUITES.	ARRÊTÉS pris PAR LE PRÉFET.	ADJUDICATIONS.	MÉMOIRES au CONSEIL MUNICIPAL	Nombre des articles.	Montant.	Nombre des articles.	Montant.	TOTAL des crédits.	ÉTABLISSEMENS placés dans les attributions du bureau.	
46,149	38,930	9,876	2,047	588	390	28	21	782,108 fr.	3	30,000 fr.	782,108 fr.	4	

COMPTABILITÉ GÉNÉRALE.

ATTRIBUTIONS:

LIQUIDATION DES DÉPENSES. — FORMATION DES BUDGETS DU DÉPARTEMENT ET DE LA VILLE.

EXAMEN ET APUREMENT DES COMPTES DE TOUTES LES CAISSES EN RAPPORT AVEC LA PRÉFECTURE DE LA SEINE.

SURVEILLANCE ET COMPTABILITÉ DE LA FERME-RÉGIE DES JEUX.

Le genre de travail imposé à cette division nécessite quelques explications qui devront précéder les tableaux.

Les travaux de la division de comptabilité sont répartis entre trois bureaux : celui de la liquidation, qui opère le réglement des mémoires, liquide toutes les dépenses et en ordonne le paiement ; celui de la comptabilité, qui établit les budgets et les comptes, surveille la rentrée des recettes, délivre les mandats de paiement sur toutes les caisses, et tient les écritures ou livres de recettes et dépenses sur tous les services ; enfin, celui des comptes, qui examine et vérifie les comptes de tous les comptables de la ville de Paris et des communes rurales du département de la Seine.

Bureau de liquidation.

Le nombre de mémoires de travaux et fournitures soumis au réglement éprouve chaque année un accroissement qui résulte sans doute en grande partie du développement qu'a reçu dans ces derniers temps l'exécution des travaux, mais qui doit être attribué aussi à la progression surprenante qu'éprouvent en général les affaires de l'administration. En 1829, par exemple, le nombre des mémoires n'était que de 1,835 ; il est monté, en 1833, à 2,811 ; en 1834, à 3,633 ; enfin pour l'année 1835, la dernière dont la liquidation soit achevée, il s'est trouvé de 3,987. Sur cette masse considérable de mémoires, il n'en restait à régler, à la fin de 1836, que 43, qui pourront être arrêtés dans le courant du mois de janvier, de telle sorte que la partie nécessairement la plus arriérée des liquidations de 1835 va se trouver terminée, à l'exception de quelques affaires retardées, soit à défaut de justifications suffisantes, soit à raison du refus d'acceptation des réglemens de la part d'un petit nombre d'entrepreneurs. Les mémoires qui restent en litige étaient également, au 31 décembre, au nombre de 7, et la plupart des obstacles qui en arrêtent l'acceptation seront sans doute de même levés avant la fin du mois de janvier 1837 ; 137 autres réclamations de même nature ont été examinées dans le cours de l'année 1836, et sur ce dernier nombre, trois seulement ont donné lieu à recours devant le Conseil de préfecture.

Le tableau suivant offre la situation matérielle des liquidations opérées en 1836.

26

LIQUIDATIONS FAITES PENDANT L'ANNÉE 1836.

	SUR L'EXERCICE 1835.			SUR L'EXERCICE 1836.		
	ARRÊTÉS de paiement.	NOMBRE de liquidations	MONTANT des sommes liquidées.	ARRÊTÉS de paiement.	NOMBRE de liquidations	MONTANT des sommes liquidées.
			fr. c.			fr. c.
Sur les fonds de la ville de Paris	1,712	3,398	4,922,719 38	3,863	7,398	29,482,784 46
Idem du département de la Seine :						
Pour dépenses fixes, variables, facultatives, de l'instruction primaire et du cadastre..	420	923	1,185,235 76	775	1,109	1,551,291 84
Idem du ministère de l'Intérieur :						
Pour le service des lignes télégraphiques, des gardes nationales, des secours généraux, des fêtes publiques, etc......................	9	49	12,246 53	51	336	132,934 55
Idem du ministère du Commerce :						
Pour les haras, poids et mesures, secours spéciaux, etc............	7	26	11,352 73	37	160	18,607 54
Idem des Ponts-et-Chaussées :						
Pour travaux ordinaires, extraordinaires, personnel, frais généraux, etc.	71	83	141,929 01	301	316	974,729 35
Idem du ministère de la Justice et des Cultes :						
Pour les dépenses des cultes catholique, protestant, israëlite; frais de justice..	38	90	115,872 46	548	402	848,153 24
Idem du ministère de l'Instruction publique :						
Pour l'instruction primaire................................	»	»	» »	6	6	10,200 »
Idem du ministère des Finances :						
Pour les services de trésorerie, contributions directes, perception des contributions, non-valeurs, restitutions, réimpositions..........	156	238	879,571 05	178	182	1,810,077 26
Idem des Cotisations municipales :						
Services divers...	»	»	» »	167	229	517,825 27
Idem du ministère de la Guerre :						
Pour dépenses de recrutement..................................	»	»	» »	1	5	1,475 »
	2,413	4,807	7,266,726 92	5,725	10,143	35,328,078 49

Bureau de la comptabilité.

La multiplicité du travail que nécessite d'une part la surveillance du recouvrement des revenus de la ville de Paris et de toutes les autres branches de recettes, ainsi que l'ordonnancement de toutes les dépenses, et d'autre part la tenue des sommiers et comptes ouverts pour les recettes, des journaux et comptes ouverts pour les dépenses, ne saurait être mieux démontrée et appréciée que par le tableau ci-après, dont il ressort que, dans une seule année, la recette a fait tenir ouverts 670 comptes généraux ou particuliers, offrant ensemble un total de 88,163,067 fr., tandis que pour les dépenses, il a été tenu 1,828 comptes généraux ou particuliers, dressé 1,175 états de distribution de fonds, et délivré 19,130 mandats de paiement. Les travaux généraux, pour la formation des budgets et des comptes, quoique considérables, s'effacent eux-mêmes en présence du relevé suivant :

RELEVÉ des opérations faites en Recettes et en Dépenses pendant l'année 1836.

	DEUXIÈME ANNÉE DE GESTION DE L'EXERCICE 1835.								PREMIÈRE ANNÉE DE GESTION DE L'EXERCICE 1836.							
	RECETTES FAITES			PAIEMENS ORDONNÉS.					RECETTES FAITES.			PAIEMENS ORDONNÉS.				
	SOMMES reçues ou déléguées.	NOMBRE DES comptes généraux.	comptes particuliers.	SOMMES mandatées par le Préfet.	NOMBRE DES comptes généraux.	comptes particuliers.	états de distribution.	mandats ou ordonnances.	SOMMES reçues ou déléguées.	NOMBRE DES comptes généraux.	comptes particuliers.	SOMMES mandatées par le Préfet.	NOMBRE DES comptes généraux.	comptes particuliers.	états de distribution.	mandats ou ordonnances.
SERVICES MUNICIPAUX DE LA VILLE DE PARIS.																
VILLE DE PARIS. — Services généraux du Budget	2,891,940 61	1	111	5,808,770 72	1	484	101	3,123	45,587,298 54	1	109	29,103,715 19	1	502	237	6,731
CAISSE MUNICIPALE. Services divers sur fonds de dépôts	» »	»	»	» »	»	»	»	»	803,971 05	1	20	674,464 91	1	10	9	46
Fonds spécial de la souscription nationale de 1830 (reliquats en caisse)	» »	»	»	» »	»	»	»	»	43,593 23	1	1	13,505 05	1	1	4	8
Idem. (fonds en rentes 5 %)	» »	»	»	» »	»	»	»	»	8,941 »	1	5	521 »	1	3	3	14
	2,891,940 61	1	111	5,808,770 72	1	484	101	3,123	45,505,732 52	4	132	29,792,205 05	4	532	253	6,799
SERVICES DÉPARTEMENTAUX DE LA SEINE.																
SOUS LA DIRECTION DES MINISTRES. Intérieur. Sur centimes fixes. — Frais d'administration départementale	7,482 »	1	1	7,482 »	1	5	1	8	307,718 »	1	1	308,074 35	1	9	25	126
Sur centimes centralisés. — Dépenses de condamnés à la détention renfermés dans les prisons départementales	241,443 30	1	2	230,074 07	1	2	9	25	» »	»	»	» »	»	»	»	»
Idem. — Travaux aux bâtimens de la Cour royale									911 10	1	1	120 10	1	1	1	2
Centimes départemens. — Dépenses départementales variables ordinaires	475,416 85	2	4	509,747 12	2	67	27	301	900,683 79	2	4	648,004 02	2	81	32	666
Centimes spéciaux. — Dépenses facultatives et extraordinaires	262,405 57	1	2	479,701 08	1	74	30	355	1,120,297 83	1	2	408,555 50	1	77	30	250
Instruc. publ. — Idem. — Dépenses diverses d'écoles dans les communes rurales	» »	»	»	9,300 42	1	»	1	120	34,000 »	1	1	11,001 44	1	9	13	130
Finances. — Idem. — Continuation des opérations cadastrales	21,238 76	1	2	5,141 06	1	1	4	5	53,959 11	1	2	47,086 20	1	2	28	56
	1,008,076 28	6	11	1,220,443 95	7	150	88	858	2,425,552 74	7	11	1,512,939 58	7	170	151	1,230
MINISTÈRES. **SERVICES GÉNÉRAUX SUR FONDS DE L'ÉTAT DÉLÉGUÉS AU PRÉFET.**																
INTÉRIEUR. Personnel et matériel du service des télégraphes	414 »	1	1	7,420 08	1	5	2	9	84,790 »	2	2	84,175 05	2	10	14	63
Dépenses matérielles de garde nationale	100 »	1	1	100 »	1	1	1	1	5,825 »	1	1	5,749 »	1	1	11	19
Récompenses et secours divers	4,726 45	4	4	5,304 45	3	3	3	62	18,835 »	4	4	18,060 30	4	4	13	225
Travaux d'art à des édifices publics	» »	»	»	» »	»	»	»	»	5,000 »	1	1	» »	»	»	»	»
Dépenses arriérées d'exercices clos	» »	»	»	» »	»	»	»	»	11,513 00	1	1	11,513 00	1	1	1	4
TRAVAUX PUBLICS ET COMMERCE. Travaux — Ponts-et-chaussées : Personnel	4,404 77	1	5	8,820 11	1	2	5	17	65,600 »	1	5	60,300 71	1	3	18	37
Travaux ordinaires et extraordinaires	88,000 »	2	7	170,088 47	5	22	43	88	1,003,000 »	5	7	992,558 01	5	35	81	207
Frais généraux	» »	»	»	» »	»	»	»	»	3,700 »	1	1	3,700 »	1	1	3	15
Commerce — Poids et mesures	4,184 77	1	1	4,184 77	1	1	1	2	» »	»	»	» »	»	»	»	»
Courses de chevaux	» »	»	»	6,367 90	1	1	1	15	5,000 »	1	1	5,000 »	1	1	1	2
Secours spéciaux pour pertes résultant de grêles, inondations, etc.	900 »	1	1	900 »	1	1	3	6	» »	»	»	» »	»	»	»	»
JUSTICE ET CULTES. Justice — Frais de Justice criminelle et correctionnelle	» »	»	»	» »	»	»	»	»	Point de recettes, les recev. paient d'office.			470,045 65	2	23	»	315
Cultes. Personnel du clergé, secours individuels, bourses du Séminaire	» »	»	»	55,815 81	4	9	10	135	190,915 »	4	4	193,426 25	4	11	20	378
Entretien et grands travaux à la Métropole et au Séminaire	45,391 »	3	8	56,729 45	3	8	15	74	73,255 »	2	2	69,713 82	3	3	15	26
Personnel du culte protestant	» »	»	»	4,875 »	1	2	1	7	18,875 »	1	1	14,683 33	1	2	1	22
Id. du culte israélite	400 »	1	2	4,650 »	1	2	2	8	12,750 »	1	1	12,750 »	1	2	4	17
Dépenses arriérées sur exercice clos	» »	»	»	» »	»	»	»	»	48,975 01	1	1	48,975 01	1	1	1	5
INSTRUCTION PUBLIQUE. — Fonds de l'État — Secours divers aux instituteurs et aux écoles rurales	» »	»	»	» »	»	»	»	»	10,200 »	1	1	10,200 »	1	1	6	6
FINANCES. Sur le Trésor — Frais de la direction des Contributions	15,476 45	1	5	15,476 18	1	5	5	6	137,005 98	1	4	137,005 98	1	4	11	38
Dépenses arriérées d'exercices clos	» »	»	»	» »	»	»	»	»	1,395 »	1	1	1,395 »	1	1	2	5
Sur le Receveur central. Frais de perception des contributions, remises, taxations, etc.	2,772 94	1	3	92,168 94	1	3	9	22	408,055 71	1	3	330,215 54	1	3	10	51
Dégrèvemens de taxes et non-valeurs	406,530 21	1	9	667,887 42	1	9	51	2,488	1,420,455 35	1	9	790,858 18	1	9	37	1,861
Restitution de centimes communaux	21,444 14	1	3	112,255 43					701,104 84			885,570 58				
GUERRE. — Dépenses d'administration relatives au recrutement	» »	»	»	» »	»	»	»	»	1,475 »	1	1	1,475 »	1	1	1	4
	689,248 65	10	50	1,222,230 77	26	74	150	2,063	4,257,962 79	30	49	3,707,531 57	34	117	253	3,506
SERVICES SPÉCIAUX SUR CAISSES PUBLIQUES.																
TRÉSOR. — Placemens de fonds. Au compte de la Ville de Paris	» »	»	»	» »	»	»	»	»	21,800,000 »	1	»	1,800,000 »	1	»	»	2
Au compte de l'administration des Hospices et du bureau des Nourrices	» »	»	»	» »	»	»	»	»	4,219,685 89	2	»	409,088 95	2	»	»	7
Au compte du Mont-de-Piété	» »	»	»	» »	»	»	»	»	4,600,000 »	1	»	5,400,000 »	1	»	»	13
Au compte de la Bourse de commerce	» »	»	»	» »	»	»	»	»	7,000 »	1	»	7,000 »	1	»	»	2
Au compte des douze bureaux de bienfaisance de Paris	» »	»	»	» »	»	»	»	»	396,944 78	10	»	47,985 21	10	»	»	9
Au compte des communes rurales, bureaux de bienfaisance, fabriques, etc.	» »	»	»	» »	»	»	»	»	1,228,927 89	148	»	405,170 96	148	»	»	216
CAISSE DES DÉPÔTS. Fonds de pensions des employés des Administrations municipales autres que de l'Octroi et de la Police	» »	»	»	» »	»	»	»	»	230,489 »	1	12	222,404 89	1	3	106	182
Fonds de réserve des octrois de banlieue au profit des communes rurales	» »	»	»	» »	»	»	»	»	80,805 88	1	1	72,831 48	1	1	12	15
RECETTE CENTRALE. Frais de poursuites en matière de contributions	» »	»	»	» »	»	»	»	»	77,135 37	1	2	85,066 05	1	2	24	28
Ressources départementales applicables aux dépenses variables	» »	»	»	» »	»	»	»	»	332,755 29	1	35	Point de dépenses. Ces recettes sont versées au Trésor.				
Frais de la Bourse de commerce à la charge du commerce	» »	»	»	» »	»	»	»	»	6,041 80	1	6	12,259 61	1	10	6	22
Cotisations municipales et particulières (y compris l'Octroi de banlieue)	» »	»	»	» »	»	»	»	»	427,791 66	2	15	345,876 91	2	22	34	155
									35,406,554 15	170	69	6,805,765 36	169	44	179	654

RÉSUMÉ.

1° Services municipaux de la Ville de Paris	2,891,940 61	1	111	5,808,770 72	1	484	101	3,123	45,505,732 52	4	132	29,792,205 05	4	532	253	6,799
2° Services départementaux de la Seine	1,008,076 28	6	11	1,220,443 95	7	150	88	858	2,425,552 74	7	11	1,512,939 58	7	170	151	1,230
3° Services généraux sur fonds de l'État délégué au Préfet	689,248 65	10	50	1,222,230 77	26	74	150	2,063	4,257,962 79	30	49	3,707,531 57	34	117	253	3,506
4° Services spéciaux sur caisses publiques	» »	»	»	» »	»	»	»	»	35,406,554 15	170	69	6,805,765 36	169	44	179	654
	4,589,265 54	20	172	8,251,445 44	34	708	339	6,044	87,595,802 20	211	261	41,817,439 56	215	873	836	12,189
Report des opérations de 1835									4,589,265 52	26	172	8,250,445 44	34	708	339	6,944
Totaux généraux des opérations									88,165,067 72	237	433	50,167,885 »	249	1,580	1,175	19,130

Les travaux attribués au bureau des comptes sont, moins que beaucoup d'autres, susceptibles d'une analyse développée; mais leur importance est grande, car il s'agit de constater l'exactitude et la régularité de tous les comptes, et la validité de toutes les pièces de recettes et de dépenses produites à l'appui d'une comptabilité annuelle de 150 millions. Bureau des comptes.

Les relevés qui vont suivre de ces travaux indiqueront l'immensité des détails sur lesquels le bureau des comptes doit porter ses investigations.

SERVICE *communal de Paris.*

OBJET DES COMPTES.		INDICATION DES PIÈCES JUSTIFICATIVES.	MONTANT des Comptes.
PERCEPTIONS MUNICIPALES.	Droits d'octroi	3,830 registres et environ 600 pièces	29,068,141 »
	Escortes	400 à 500 pièces	107,939 »
	Saisies	26 bordereaux et 3,000 pièces	37,055 »
	Retraites	150 pièces	407,322 »
	Droits d'abattage	20 registres et 600 pièces	1,058,740 »
	Entrepôt des liquides	150 pièces	320,096 »
	Entrepôt des sels		3,068 »
	Halle de déchargement		2,401 »
	Caisse de Poissy	600 à 700 pièces	43,404,931 »
	Droits de pesage et mesurage	5 registres et 600 pièces	15,152 »
	Mesurage des pierres	14,600 pièces	114,280 »
	Ferme-régie des jeux	8 à 9,000 pièces	8,547,144 »
CONSERVATION DU MOBILIER.	Récollement de l'année	136 registres et 200 pièces	3,052,070 »
			85,938,339 »

Les comptes de cette première catégorie, sans exception, sont vérifiés sur pièces avant d'être soumis à la délibération du Conseil municipal.

Établissemens hospitaliers et de bienfaisance.

A l'égard de la catégorie qui va suivre, les comptes appartiennent à la juridiction de la cour des comptes, où les pièces sont déposées directement par les comptables; mais les réglemens imposent au préfet l'obligation de transmettre ces comptes à la cour avec un arrêté en forme d'avis sur la gestion des comptables. Pour éclairer cet avis, une vérification administrative des comptes a lieu préalablement au bureau des comptes de la préfecture; elle comprend :

Les comptes	du receveur des hospices	15,184,245 fr.
Id.	du directeur du bureau des nourrices	442,328
Id.	du caissier du mont-de-piété	44,048,043
Id.	des trésoriers des douze bureaux de bienfaisance	1,585,502
		61,260,118

Établissemens spéciaux.

Les établissemens du collége Rollin et des tontines étant placés sous la surveillance du Conseil municipal, leurs comptes lui sont soumis après vérification à la préfecture.

Le dernier compte du collége Rollin, appuyé de 8 à 900 pièces, est d'une importance de . . . . . 382,609 fr.

Celui de l'administration des tontines 1,401,412

1,784,021

Service départemental de la Seine.

Droits de banlieue.

Compte rendu par le receveur central de la Seine, appuyé de 81 registres et 140 pièces . . . . . 182,338 fr.

Communes rurales.

Le nombre des receveurs municipaux est, pour l'arrondissement de Saint-Denis, de . . . . . 37 } 80

Pour l'arrondissement de Sceaux, de . . . . . 43 }

Parmi lesquels, 7 du premier arrondissement et 6 du second ressortissent à la cour des comptes. Les 67 autres appartiennent à la juridiction du Conseil de préfecture.

Sur ce dernier nombre, 37 comptes de 1835 ont été vérifiés en 1836 et soumis au jugement du Conseil de préfecture. Le surplus de la gestion de 1835 est en vérification.

Bureaux de bienfaisance.

Ces 37 comptes, appuyés d'environ 6,000 pièces, montent à 373,937

Ceux de l'arrondissement de St.-Denis sont au nombre de 39 } 82

Ceux de l'arrondissement de Sceaux sont au nombre de . . . 43 }

Les comptables de ces 82 établissemens, à l'exception de celui de l'hospice civil de Saint-Denis, sont tous justiciables du Conseil de préfecture.

69 comptes de cette catégorie, pour la gestion de 1835, appuyés d'environ 5,000 pièces, ont été vérifiés en 1836, leur importance est de 83,649

639,924

En résumé les comptes vérifiés en 1836, se sont élevés, savoir:

1° Ceux du service communal vérifiés sur pièces, à.........	85,938,339 fr.
2° Ceux du même service, examinés administrativement, à...	61,260,118
3° Ceux des établissemens spéciaux, à..................	1,784,021
4° Ceux du département de la Seine, à..................	639,924
Total.........	149,622,402

Les travaux relatifs à cette comptabilité, indépendamment de la correspondance qu'elle occasionne, ont donné lieu à :

1° 148 arrêtés pris par le préfet sur rapports développés;
2° 1 mémoire au Conseil général;
3° 27 mémoires au Conseil municipal;
4° 138 mémoires au Conseil de préfecture.

Le bureau des comptes est en outre chargé de la comptabilité et de la surveillance administrative des maisons de la ferme-régie des jeux de Paris. Au moment où leur suppression vient d'être prononcée, le résumé des états de mouvement des personnes qui les fréquentent et de celles à qui l'entrée en est interdite, offrira matière à de graves réflexions. On y trouvera la preuve des soins apportés par l'administration municipale, à ce que les individus qui en sont exclus par les réglemens, ne puissent pas s'y introduire, et l'on appréciera combien le défaut d'une surveillance constante et rigide entraînerait de dangers, surtout pour les mineurs et les étudians, qui malheureusement sont portés à affluer dans toute espèce de maisons de jeu. Il est à remarquer que la quantité de jeunes gens repoussés des maisons publiques de jeu est mobile et chaque jour renouvelée, tandis que la population des joueurs admis est permanente, et se compose généralement des mêmes individus. **Ferme-régie des jeux.**

RELEVÉ *du registre des admissions et exclusions tenu en conformité de l'arrêté du Préfet de la Seine du* 14 *novembre* 1836.

ois de Janvier 1837.	NOMBRE DES Admissions.	NOMBRE DES Exclusions.	MOTIFS DES EXCLUSIONS. Mineurs ou présumés tels.	Étudians.	Comptables et garçons de caisse.	Femmes travesties.	Domestiques.	Pris de boissons.	Mauvaise tenue.	Consignés par l'autorité.
	130,305	2,913	1,363	596	38	1	25	82	632	176
ienne par jour....	4,204	94								

La division de comptabilité présente, en résumé, les résultats suivans :

BUREAUX.	AFFAIRES ENTRÉES par le Secrétariat général ou autrement.		Affaires traitées ou instruites. Arrêtés du Préfet.	Mémoires au Conseil général.	Mémoires au Conseil municipal.	Mémoires au Conseil de préfect.	OBSERVATIONS.
Liquidation.	Par le secrétariat général.. 84 Par les bureaux .... 5,002 Par dépôt de mémoires.. 3,987	9,075	(1) 8,138	»	6	3	(1) Quelques affaires complexes donnent lieu à plusieurs liquidations.
Comptabilité.	Par le secrétariat........ 1,192 Par le bureau de liquidat.. 8,136	9,328	(2) 1,956	3	6	»	(2) Les arrêtés de répartition de fonds sont complexes et réunissent plusieurs affaires. Le nombre des mandats de paiement s'élève à 9130.
Comptes....	Par le secrétariat....... 338 Directement............ 311	649	596	1	27	138	
		19,050	10,690	4	39	141	

PREMIÈRE DIVISION.

ATTRIBUTIONS : ADMINISTRATION COMMUNALE ET DÉPARTEMENTALE; — ÉTAT CIVIL ET STATISTIQUE; — DOMAINE DE L'ÉTAT; — ÉLECTIONS ET JURY.

INDICATION DES BUREAUX.	NOMBRE des affaires entrées dans les Bureaux pendant l'année 1836.	AFFAIRES TRAITÉES OU INSTRUITES. ARRÊTÉS pris par M. le Préfet.	DÉCISIONS par correspondance et autres.	ADJUDICATIONS.	MÉMOIRES. au Conseil général.	au Conseil municipal.	au Conseil de préfecture.	ARTICLES DES BUDGETS ADMINISTRÉS POUR LE DÉPARTEMENT. NOMBRE des articles au budget.	MONTANT des crédits.	LA VILLE. NOMBRE des articles au budget.	MONTANT des crédits.	NOMBRE total des articles.	MONTANT total des crédits.	LIQUIDATIONS	ÉTABLISSEMENS GRANDS ET PETITS PLACÉS DANS LES ATTRIBUTIONS DU BUREAU. ADMINISTRATION GÉNÉRALE.	DÉPARTEMENTALE.	COMMUNALE DE PARIS.	OBSERVATIONS.
1er BUREAU.. (Administration communale.)	4,625	1,547	2,974	3	6 *	81	14	4	fr. c. 75,700 »	17	fr. c. 2,875,000 »	21	fr. c. 2,950,700 »	fr. c. 1,233 »	Emplacemens susceptibles de location sur les berges et la rivière de Seine, appartenant à l'état dans l'intérieur de Paris.	Palais de Justice de Paris. Hôtels des sous-préfectures. Tous les établissemens et biens patrimoniaux des communes rurales, savoir: Maisons communes; Églises; Maisons d'écoles; Corps-de-garde communaux; Fontaines et autres établissemens hydrauliques communaux; Cimetières; Maisons et terrains communaux.	Mairies et justices de paix. Maisons et terrains communaux n'ayant aucune affectation spéciale. Entrepôt des douanes. — des boissons. — des huiles. — des sels. Tous les autres établissemens affectés au service de l'octroi. Établiss. de la Caisse de Poissy, à Paris, Sceaux et Poissy. Établissemens relatifs au pesage et mesurage dans Paris et sur les carrières du département. Greniers de réserve. Halle aux cuirs. Tous les marchés de Paris. Abattoirs. Voieries de Bondy et Montfaucon. Clos d'écarrissage. Parties de la voie publique sujettes à location.	* Dans ce nombre figure le mémoire général sur les votes des conseils d'arrondissement.
2e BUREAU.. (État civil, statistique, etc.)	6,712	1,896	4,803	Néant.	5	7	1	7	184,514 76	10	414,472 »	17	598,986 76	540 »	»	»	Cimetière de l'Est (Père-Lachaise.) — du Nord (Montmartre.) — du Sud (Mont-Parnasse.) — du Sud-Ouest (Vaugirard.)	Ce dernier est fermé.
3e BUREAU.. (Domaine.)	3,240	1,224	1,626	10	»	»	»	»	» »	»	» »	»	» »	1,182 »	»	»	»	
4e BUREAU.. (Élections et jury.)	21,014	4,820	16,440	»	2	2	650	2	45,800 »	1	3,000 »	3	48,800 »	13	»	»	»	Le bureau a la surveillance des listes qu'il fait publier au moyen de deux cents boîtes environ réparties dans tous les quartiers de Paris et dans toutes les communes du département.
TOTAL GÉNÉRAL.	36,407	9,487	25,843	13	13	90	665	13	306,014 76	28	3,292,472 »	41	3,598,486 76	2,968 »				

DEUXIÈME DIVISION.

ATTRIBUTIONS : TRAVAUX PUBLICS, PONTS-ET-CHAUSSÉES, ÉGOUTS, TROTTOIRS, PAVÉ ET EAUX DE PARIS, TRAVAUX D'ARCHITECTURE, GRANDE VOIRIE.

INDICATION DES BUREAUX.	AFFAIRES ENTRÉES.			AFFAIRES TRAITÉES OU INSTRUITES.						ARTICLES DU BUDGET ADMINISTRÉS POUR :								LIQUIDATIONS proposées.	ÉTABLISSEMENS GRANDS ET PETITS placés dans les attributions du bureau.	OBSERVATIONS.
	Enregistrées au secrétariat et au bureau.		TOTAL.	ARRÊTÉS pris par M. le Préfet.	ADJUDICATIONS.	MÉMOIRES au Conseil général.	MÉMOIRES au Conseil municipal.	MÉMOIRES au Conseil de préfecture.	DÉCISIONS diverses, correspondance, etc.	L'ÉTAT. NOMBRE des articles au budget.	L'ÉTAT. MONTANT des crédits.	LE DÉPARTEMENT. NOMBRE des articles au budget.	LE DÉPARTEMENT. MONTANT des crédits.	LA VILLE. NOMBRE des articles au budget.	LA VILLE. MONTANT des crédits.	NOMBRE total des articles.	MONTANT TOTAL des crédits.			
											fr. c.		fr. c.		fr. c.		fr. c.			
1er BUREAU... (Ponts-et-chaussées.)	3,280	2,400	5,680	465	18	37	20	32	5,103	5	836,000 80	25	644,031 87	9	661,243 27	34	2,141,275 94	410	12	
2e BUREAU... (Eaux, égoûts, pavés, etc.)	2,634	3,300	5,934	2,350	29	»	77	43	3,433	2	448,000 »	»	» »	60	4,640,130 »	62	5,088,130 »	1,536	960	
3e BUREAU.... (Architecture.)	4,072	600	3,672	1,025	64	7	116	5	2,445	13	222,273 »	44	303,183 »	72	2,609,424 »	116	2,912,607 »	1,418	439	
4e BUREAU.... (Grande voirie.)	4,085	3,000	7,085	2,775	9	»	114	150	4,037	»	» »	4	14,250 »	14	1,679,544 »	18	1,693,794 »	306	Toutes les rues et places de Paris.	
TOTAUX...	14,071	9,300	22,371	6,615	120	44	327	230	15,018	20	1,506,755 80	73	961,464 87	155	9,590,341 27	230	11,835,806 94	3,670	1,411	

TROISIÈME DIVISION.

ATTRIBUTIONS : Instruction publique. — Cultes. — Hospices et Hôpitaux. — Garde nationale et Recrutement.

DÉSIGNATION des BUREAUX.	AFFAIRES ENTRÉES			AFFAIRES TRAITÉES OU INSTRUITES.						
	Enregistrées au secrétariat.	Non enregistrées.	TOTAL.	Affaires diverses.	Arrêtés ou décisions de M. le Préfet.	Adjudications.	Rapports aux Ministres.	Mémoires au Conseil Général.	Mémoires au Conseil Municipal.	Mémoires au Conseil de Préfecture.
Instruction publique..........	1,819	400	2,219	»	678	»	»	1	90	3
Hospices.........	3,162	2,950	6,112	»	3,500	»	98	»	34	35
Militaire.........	2,943	5,085	8,028	7,936	22	»	»	»	»	»
Garde nationale...	2,805	642	3,447	»	501	»	»	1	12	1
Totaux.......	10,729	9,077	19,806	7,936	4,701	»	98	2	142	38

DÉSIGNATION des BUREAUX.	ARTICLES DU BUDGET À ADMINISTRER POUR																NOMBRE des établissements placés dans les attributions de la division.
	L'État. Articles.	L'État. Crédits.	Le Département. Articles.	Le Département. Crédits.	La Ville. Articles.	La Ville. Crédits.	Les Hospices de Paris. Articles.	Les Hospices de Paris. Crédits.	Les Bureaux de bienfaisance de Paris. Articles.	Les Bureaux de bienfaisance de Paris. Crédits.	Le Mont-de-Piété. Articles.	Le Mont-de-Piété. Crédits.	Les Bureaux de bienfaisance et les Hospices de la banlieue. Articles.	Les Bureaux de bienfaisance et les Hospices de la banlieue. Crédits.	TOTAL des articles.	TOTAL des crédits.	
Instruction publique..........	7	f. 293,564	4	f. 41,360	23	f. 551,0[illegible]6	»	f. »	»	f. »	»	f. »	»	f. »	37	f. 885,9[illegible]	33
Hospices.........	1	»	7	433,680	8	6,771,180	»	12,364,041	420	1,487,737	21	534,740	274	100,875	731	22,043,419	81
Militaire.........	»	»	5	48,066	6	301,890	»	»	»	»	»	»	»	»	11	353,556	155
Garde nationale...	1	3,319	3	69,230	5	760,619	»	»	»	»	»	»	»	»	9	834,168	7
Totaux.......	9	296,884	19	592,945	41	8,338,045	»	12,364,041	420	1,487,737	21	534,740	274	100,875	784	24,116,162	274

QUATRIÈME DIVISION.

ATTRIBUTIONS. — CONTRIBUTIONS DIRECTES ET CADASTRE.

ATTRIBUTIONS DES BUREAUX.	NOMBRE DES AFFAIRES			NOMBRE des MÉMOIRES PRÉSENTÉS.		NOMBRE des ARTICLES DU BUDGET à administrer		NOMBRE des ÉTABLISSEMENS.
		TRAITÉES OU JUGÉES						
	ENTRÉES.	par arrêtés du Préfet.	par décision et correspondance.	au Conseil général.	au Conseil municipal.	pour le Département.	pour la Ville.	
1er BUREAU (Cadastre, Administration et Recouvrement des Contributions.)	26,042	967	26,040 (1)	2	3	1	6	47
2e BUREAU (Contentieux des Contributions.)	28,465 (2)	35	54,086 (3)	»	»	»	»	»
	54,507	1,002	80,405 (4)	2	3	1	6	47

OBSERVATIONS.

(1) Dans ce nombre figurent :

6,000 Autorisations de saisies collectives, relatives à 6,000 contribuables qui ont tous été appelés et entendus au bureau ;
3,150 Contraintes en garantie, enregistrées et visées pour leur exécution.
350 Contraintes départementales à exécuter à Paris ;
14,700 Actes de poursuites, vérifiés, liquidés et taxés.

(2) Parmi les affaires entrées se trouvent :

12,006 Déclarations de vacance ;
145 Demandes d'expertise contradictoire ;
400 Demandes en révision ;
60 Pourvois au Conseil d'État.

(3) Dans le nombre des affaires jugées on a dû comprendre :

8,984 Articles de cotes indûment imposées ou irrécouvrables, sur lesquelles il a été statué.

(4) Le nombre des affaires jugées, soit par arrêtés, soit par décision et correspondance, est supérieur au nombre des affaires entrées ; cela tient à ce que, très-fréquemment, une affaire qui ne prend qu'un seul N° d'entrée au bureau, donne lieu à plusieurs arrêtés, lettres ou décisions.

Résumé général de toutes les Affaires.

DÉSIGNATION des DIVISIONS.	AFFAIRES entrées dans les bureaux, enregistrées, ou non enregistrées	AFFAIRES TRAITÉES OU INSTRUITES PAR						OBSERVATIONS.
		ARRÊTÉS du préfet.	DÉCISIONS diverses, correspondance, etc.	ADJUDICATIONS.	MÉMOIRES au Conseil général.	MÉMOIRES au Conseil municipal.	MÉMOIRES au Conseil de préfecture.	
Secrétariat général.	(*) 9,876	588	2,047	390	»	28	»	(*) Ce chiffre ne s'applique qu'aux affaires spéciales aux bureaux du secrétariat général. On n'a pas fait figurer celui de 46,149 f. qui se rapporte aux affaires de toute la préfecture.
Comptabilité	19,050	10,690	»	»	4	39	141	
1re Division......	36,497	9,487	25,845	13	13	90	665	
2e Division.......	22,371	6,615	15,018	120	44	327	230	
3e Division.......	19,806	4,701	8,092	»	2	142	38	
4e Division.......	54,507	1,002	(*) 60,105	»	2	3	»	(*) Voir la note de la 4e division.
TOTAUX.....	162,107	42,083	111,105	523	65	629	1,074	
	155,479							
Différence.....	(*) 6,628	155,479						(*) Ces 6,628 sont en instruction dans les bureaux.

www.ingramcontent.com/pod-product-compliance
Lightning Source LLC
Chambersburg PA
CBHW070504030726
47503CB00004B/1163
* 9 7 8 2 0 1 4 5 2 2 4 6 4 *